U0132740

Dreamweaver CS3 标准教程

陈默 吴涛 编著

科学出版社
北京科海电子出版社

内 容 提 要

本书最大的特点是以实例为中心，通过实例逐步讲解 Dreamweaver CS3 的使用方法及网站设计的相关知识。全书汇集了各种主流网站的制作方法，实用性强，可以大大缩短读者的学习摸索过程。而且，本书所有实例最终汇总为一个完整的网站，读者学完本书就能对网站设计和制作有一个全面、深入的认识。

全书共 18 章，每章都结合大量的实例详细讲解知识要点，不仅介绍了 Dreamweaver CS3 的基本操作，更重要的是介绍了网站制作过程中常用的方法和技巧，让读者在学习实例的过程中掌握 Dreamweaver 这个强大的工具。

本书采用的实例都经过了多次课堂的检验，具有很强的代表性；实例由浅入深，每个实例所包含的重点难点都非常明确，可以让读者学习起来轻松、自然，因此特别适合高等院校、各类职业院校以及电脑培训学校作为网页设计相关课程的教材。另外，由于实例多且具有代表性，是网站设计和制作方面不可多得的参考资料，因此也可作为网站与网页设计人员、Dreamweaver 初学者和爱好者的参考用书。

与本书配套的光盘中提供了多媒体教学演示，生动形象地再现了实际操作过程，播放时间长达 392 分钟。此外，光盘中还提供了书中大部分的素材图片和源文件，以帮助读者提高学习效率。

图书在版编目（CIP）数据

Dreamweaver CS3 标准教程/陈默，吴涛编著. —北京：
科学出版社，2008

　ISBN 978-7-03-022936-6

　I. D… 　II. ①陈…②吴… 　III. 主页制作—图形软件，
Dreamweaver CS3—教材 　IV. TP393.092

中国版本图书馆 CIP 数据核字（2008）第 137979 号

责任编辑：徐晓娟 / 责任校对：杨慧芳
责任印刷：科 海 / 封面设计：林 陶

科 学 出 版 社 出版
北京东黄城根北街16号
邮政编码：100717
http://www.sciencep.com
北京市艺辉印刷有限公司印刷

科学出版社发行 　　各地新华书店经销
*

2008 年 10 月第一版 　　　　开本：16 开
2008 年 10 月第一次印刷 　　　印张：24.25
印数：0 001～4 000 　　　　　　字数：620 千字

定价：39.00 元（含 1DVD 价格）
（如有印装质量问题，我社负责调换）

前 言

Adobe Dreamweaver CS3是一种专业的HTML编辑器，用于对Web站点、Web页面和Web应用程序进行设计、编码和开发。无论用户是喜欢直接编写HTML代码，还是偏爱在可视化编辑环境中工作，Dreamweaver都会提供帮助良多的工具，丰富用户的Web创作体验。

利用Dreamweaver中的可视化编辑功能，用户可以快速创建页面而无需编写任何代码。不过，如果用户更喜欢直接编码，Dreamweaver还包含许多与编码相关的工具和功能。Dreamweaver每次的最新版本都代表了互联网的发展前沿，很多现代设计方法和理念都能较快地在新版本中反映出来。这次发布的最新版本——Dreamweaver CS3在很多方面都进行了改进和升级。

主要内容

本书是一个有机的整体，包括初识Dreamweaver CS3、创建本地站点、制作简单网页、超级链接、使用表格、常用表格技巧、布局视图排版、制作表单页面、使用CSS样式、制作网站首页、使用库和模板、使用其他页面、使用框架、使用行为、使用AP元素与时间轴、网站管理以及常用技巧等内容。

全书每章都围绕着具体的实例进行讲解，步骤详细、重点明确，手把手地教用户进行实际操作。

本书特色

本书与以往的网页设计书籍有很大的不同，不是依次讲解软件中有些什么命令，而是从具体的实例出发，以实例为中心，通过实例学软件，在实例中进行实际操练。而且，本书所有实例最终汇总为一个完整的网站，读者学完本书就能对网站设计和制作有一个全面、深入的认识。实例的讲解简洁明了，往往一两句话就将一个复杂的知识点或者操作步骤表述出来，让读者学习时倍感轻松，使用时迅速上手。

全书共18章，每章都结合大量的实例详细讲解知识要点，让读者在学习实例的过程中不知不觉地掌握Dreamweaver这个强大的工具。实例中有很多本身就是商业网站中的真实案例，也有一部分是作者按照初学者的认知过程根据实例改编而来的。这样，在保证读者学好知识点的同时可以掌握实际的操作技能。掌握了这些实例的制作，就掌握了大多数网站的制作方法和思路，真正能够做到以不变应万变。

本书所采用的实例都经过了多次课堂的检验，非常具有代表性，而且语言上通俗易懂，编排上图文并茂，讲解上深入浅出，实例选择上突出重点难点，实例多且具有代表性，是网站设计方面不可多得的参考资料。

本书作者

本书由北京师范大学艺术与传媒学院数字媒体专业研究生陈默和吴涛编写。陈默不仅具有多年的网站建设与开发经验，而且具有丰富的教育培训经验；吴涛不仅具有丰富的网站战略管理经验和网站运营管理经验，而且还领导并参与了许多大型网站项目的开发。

在本书中，作者结合以往的网站设计经验和教学心得，力求全面、细致地展现出Dreamweaver CS3最实用的功能、使用方法和应用技巧。

读者对象

本书适合高等院校和各类职业院校以及电脑培训学校作为网页设计相关课程的教材，也可作为网站与网页设计人员、Dreamweaver CS3自学者和爱好者的参考用书。

光盘介绍

与本书配套的多媒体光盘不仅包含书中大部分的素材图片和源文件，而且还包含长达392分钟的全程语音讲解的多媒体教学视频，可以帮助读者更加形象、直观、轻松地学习。

尽管作者在编写过程中力求完美，但疏漏之处在所难免，望广大读者发送邮件到feedback@khp.com.cn或wave_wu@hotmail.com批评指正，编者将不胜感激。

编　者
2008 年 9 月

目 录

Dreamweaver CS3

第 1 章

初识 Dreamweaver CS3

本章导读　　Dreamweaver CS3 拥有一个崭新的界面，而且软件的运行更快速稳定。除此之外，该产品还增加了很多新功能，让用户的工作变得更为轻松。下面重点介绍网页中所包含的基本元素以及 Dreamweaver 软件界面中的一些组成元素。

内容要点
1. 网页中的基本元素
2. Dreamweaver
3. 使用开始页
4. 窗口布局
5. 面板与面板组
6. 网页编辑视图
7. 获取帮助

1.1　网页中的基本元素

在学习 Dreamweaver 之前，大家有必要先了解一下网页中应该包含的基本元素。

读报刊杂志时，大家看到的主要是文字和图片；看电视时看到更多的则是视频、音频。每一种媒体都包含许多元素，网页也不例外。相比这些传统媒体，网页包含了更多的组成元素——除了文字、图片、音频、视频外，还有很多其他对象都可以加到网页中来，比如 Java Applet 小程序、Flash 动画、QuickTime 电影等。

1.1.1　文字

文字是网页的主体，是传达信息的最重要的方式。一方面，因为浏览网页上的文字和看书很相似，比较符合一般人的习惯；另一方面，也因为它占用的存储空间非常小（一个汉字只占两个字节），正是这个原因，很多大型的网站提供了纯文字的版面，以节省浏览者的下载时间。文字在网页上的主要形式有标题、正文、文本链接等。

1.1.2 图像

图像在网页中占有非常重要的地位。浏览者往往因为一张很好的图片而驻足，当网页上有很多文字时，适当地加入几个小图片，可以吸引人们的注意，因为它给人的感觉要比文字强烈得多。采用图像可以减少纯文字给人的枯燥感，巧妙的图像组合可以带给用户美的享受。

图像在网页中有很多用途，它可以用来做图标、标题、背景、按钮等，甚至可以构成整个页面。

1．图标

什么是图标？如图 1.1 所示的就是图标。

图 1.1　著名 IT 企业公司的图标

这些都是公司的图标，如果公司下属只有一个网站，网站的图标可以和公司图标相同。如果公司有很多商业性的网站，为了宣传的方便，图标可以不一样，如图 1.2 所示的是联想集团下属几个网站的图标。

联想集团	联想 1+1	FM365

图 1.2　联想集团网站的图标

网站的标志是风格和主题的集中体现，其中可以包含文字、符号、图案等元素。设计师就是用这些元素进行巧妙的组合以达到表现公司、网站形象的目的。

2．标题

标题可以用文本，也可以用图像。显然，图像标题相对文本标题而言更为美观，表现力更强，如图 1.3 所示。

有时页面中的标题需要使用特殊的字体，但可能很多浏览者的计算机上没有安装这种字体，导致浏览者看到的效果和设计师看到的效果不同。此时最好的解决方法就是将标题文字变成图片（如图 1.4 所示），这样可以保证所有人看到的效果都一样。

图 1.3　图像标题　　　　　　　　　　图 1.4　图片化的标题

3. 插图

除了使用大块图像外，局部使用插图可以让浏览更加轻松、舒畅。插图不仅能美化页面，同时也能传达更为丰富的信息。图片的选择取决于站点的内容和风格。

通过照片和插图可以直观地表达效果和展现主题，但也有一些插图仅仅是为了装饰。图 1.5 右侧新闻列表上方的小图片就改变了整个页面的风格。

图 1.5　添加插图前后的效果

图片一方面使页面更加美观，另一方面也使网页下载的时间变得更长。因此，设计者必须在保证浏览质量的前提下将图像文件降至最小，以提高网页的下载速度。

4. 广告条

网络媒体和其他传统媒体一样，投放广告是获取商业利益的重要手段。网络广告和其他广告一样，目的是传播信息以影响买卖双方的成交率。

网站上的广告通常有两种形式：一种是文字链接广告；另一种是广告条。前者通过HTML 即可实现，后者是把广告内容设计为吸引浏览者注意的图像或者动画，让浏览者通过点击来访问特定的宣传网页。如图 1.6、图 1.7、图 1.8 所示的是一些比较经典的广告条。

图 1.6　"我运动 我存在"

图 1.7　太平洋下载中心广告条

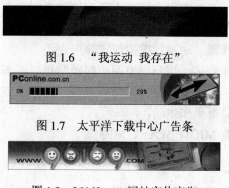

图 1.8　96169.com 网站宣传广告

5．背景

使用背景是网站整体设计风格的重要方法之一。背景可通过 HTML 定义为单色或背景图像，背景图像可以是 JPEG 和 GIF 两种格式。

选择背景时要注意，背景不要妨碍浏览者浏览背景上的页面内容，文件也不宜太大。

6．导航条

导航条用来帮助浏览者熟悉网站结构，让浏览者可以很方便地访问自己想要的页面。导航条的风格需要和页面保持一致。

导航条有文字式导航和图形化导航两种形式。文字式导航清楚易懂，下载迅速，适用于信息量大的网站。图形化导航美观，表现力强，适用于一般商业网站或个人网站。

如图 1.9 和图 1.10 所示的是 SOHU 和新浪网的导航条。由于是门户网站，因此它们更加注重内容，是典型的文字式导航。

图 1.9　SOHU 网上的导航条

图 1.10　新浪网上的导航条

7．效果图

效果图不是网页的最终显示形式，它的出现主要有两个方面的原因：一是为了在网页制作出来之前能得到页面的完整效果，二是为了获得网页中的图片。

如图 1.11 所示的效果图中除了黑色区域外，其他部分都可以用 Fireworks 中的切片功能分割出来，然后在 Dreamweaver 中排版组合。

图 1.11　网页效果图

1.1.3　音频

将多媒体引入到网页，可以在很大程度上吸引浏览者的注意。利用多媒体文件可以制作出更有创造性、艺术性的作品，它的引入使得网站成了一个有声有色、动静相宜的世界。

多媒体一般指音频、视频、动画、虚拟现实等形式。

音频在网页中出现的比较多，用户浏览网页时经常可以听到动听的背景音乐，有的网页中还加入了操作提示音，另外也有很多网站提供音乐的下载或在线试听。音乐的引入使得互联网顿时充满生气，显得更加生动。

网上常见的音频格式有 MIDI、WAV、MP3 等。

1．MIDI 音乐

每逢节日，很多人都会到贺卡网站上收发电子贺卡。其中有些贺卡就有一种音色类似电子琴的背景音乐，这种背景音乐就是一种网上常见的多媒体格式——MIDI 音乐，它以.mid 为扩展名，特点是文件体积非常小，很快就可下载完毕，但音色很单调。

2. WAV 音频

大家每次打开计算机时听到的开机音乐实际上就是 WAV 音频。该音频存放在以.wav 为扩展名的声音文件中，它的特点是表现力丰富，但文件体积很大。

3. MP3

MP3 是大家非常熟悉的文件格式，现在互联网上的音乐大多数都是 MP3 格式的，它的特点是，在尽可能保持音质的情况下减小文件体积，通常长度为 3 分钟左右的歌曲的文件体积在 3MB 左右。

1.1.4 视频

视频在网页中出现的不多，但它有着其他媒体不可替代的优势。视频传达的信息形象生动，能给人深刻的印象。网上的视频文件多为公司概况、城市概况、个人生平等介绍性资料。

网上常见的视频文件有 AVI、RM 等。

1. AVI 视频文件

AVI 视频文件是由 Microsoft 公司开发的动画文件格式，其文件的扩展名为.avi。它的特点是视频文件不失真，视觉效果很好，但缺点是文件体积太大，短短几分钟的视频文件需要耗费几百兆的硬盘空间。

2. RM 视频文件

喜欢在线看电影的朋友一定认识它，它是由 Real Networks 公司开发的视频文件格式，主要用于网上的电影文件传输，扩展名为.rm。它的特点是能一边下载一边播放，也就是说它是一种流式媒体。

3. QuickTime 电影

QuickTime 电影是由美国苹果电脑公司开发的用于 Mac OS 的一种电影文件格式，在 PC 上也可以使用，但需要安装 QuickTime 的插件，这种媒体文件的扩展名是.mov。

4. SWV 音视频

这是微软公司开发的新一代音视频文件格式，特点是文件体积小而且音视频效果较好，能够支持边下载边播放，目前已经在网上电影市场中站稳了脚跟。

5. FLV 视频

FLV 是 Flash Video 的简称。FLV 流媒体格式是一种新的视频格式，是随着 Flash MX 的推出而发展起来的一种新兴的视频格式。FLV 文件体积小巧，清晰的 FLV 视频 1 分钟占 1MB 左右，一部电影占 100MB 左右，是普通视频文件体积的 1/3。再加上 CPU 占有率低、视频质量良好等特点，使其在网络上盛行。目前各在线视频网站均采用此视频格式，如新浪播客、56 网、土豆网、酷 6、youtube 等无一例外。FLV 已经成为当前视频文件的主流格式。

1.1.5 动画

动画是网页中最吸引眼球的地方，好的动画能够使页面显得活泼生动，达到"动静相宜"的效果。自从 Flash 动画产生以来，动画成了网页设计中最热门的话题。

常见的动画格式有 GIF 动画、Flash 动画、Java Applet 等。

1．GIF 动画

GIF 动画是多媒体网页动画最早的动画格式，其优点是文件体积小，但没有交互性，主要用于网站图标和广告条。

2．Flash 动画

Flash 动画是基于矢量图形的交互性流式动画文件格式，可以用 Adobe 公司开发的 Flash CS3 进行制作。使用其内置的 ActionScript 语言还可以创建出各种复杂的应用程序，甚至是各种游戏。

3．Java Applet

在网页中可以调用 Java Applet 来实现一些动画效果，如图 1.12 所示的水波纹就是用 Java Applet 来实现的。

图 1.12　使用 Java Applet 的效果

> 🎐提示
>
> 要运行 Java Applet，首先需要在系统中安装 Java 虚拟机。Windows 2000 系列操作系统默认已经安装了该插件，但 Windows XP 还需要单独安装该插件。安装文件为光盘目录 "softwares\IE 插件" 下的 "Java 虚拟机.exe"。

1.1.6 虚拟现实

虚拟现实技术是一项近年来比较热门的实用技术，它利用计算机技术生成一个逼真的视、听、触觉一体化的三维虚拟环境，使参与者获得与现实一样的感觉。

按虚拟现实技术的表现方式来看，它可以分为全景模式、对象模式和场景模式 3 种类型。

全景模式指的是镜头位置不动，但镜头以 360°平行转动观看场景，例如环顾房屋四周的场景等。一般这种动画可以用鼠标交互控制，比较典型的制作软件有 Ulead COOL360。图 1.13 中显示的是一个典型的全景模式虚拟现实动画的场景。

图 1.13　用鼠标控制的 360°全景动画

与全景模式相对应的是对象模式——物体运动而镜头相对固定，比如用鼠标控制手机的旋转，此时物体运动而镜头（眼睛）固定。例如图 1.14 中的人物模型就可以用鼠标控制人头进行旋转或缩放。

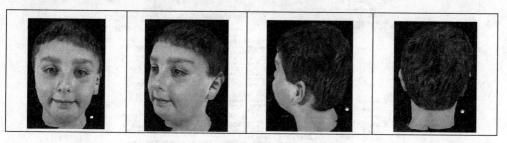

图 1.14　用鼠标控制的对象模式的动画

另外还有一种就是场景模式，其中最为典型的就是虚拟游历动画。比如用户要制作一个带领访问者游览校园的动画，就需要制作多个全景动画，然后将多个全景动画连接起来，组成一个导航式的虚拟世界，使浏览者不但可以观看单个景点，而且可以从一个景点跳到另一个景点，就像真的自由浏览，从而达到多场景交互浏览。

如果用户正在做电子商务，则可以用全景模式展示企业外景，也可以用对象模式展示产品，甚至可以将整个现实场景变成场景模式的动画，实现完全自由的虚拟。

1.1.7　版式

版式设计是整个页面制作的关键，也是最消耗脑细胞的地方。版式最常见的有海报型和表格型。

海报型版式给人的感觉是一气呵成，页面整体的感觉很好，形式自由，适合个性化页面的制作。当然，海报型版式也有很多问题，首先就是信息量很小，其次，因为页面中有大块的图像，文件体积必然会增大，因此一般用于个人网站或者企业形象页面，如图1.15 所示。

这类网页一般可以在 Fireworks 中将整个网页用图像的形式"画"出来，然后将整个图像切片并输出成 HTML 文档和图片。最终每个切片都会被输出为一个图片文件，而且图片将自动被插入到输出的 HTML 文档中，并用表格进行了布局的设定。

图 1.15　海报型网页

制作这种版式的网页需要完成以下 5 项工作：

（1）网页的标志设计。

（2）网页静态、动画广告条的设计。

（3）制作网页效果图。

（4）切片输出。

（5）在 Dreamweaver 中做细微调整。

表格型版式多见于商业网站，信息量大，结构清晰，但艺术性较差，很容易千篇一律，如图 1.16 所示。

图 1.16　表格型网页

这类网页不必要在 Fireworks 中把所有的对象都做出来，一般只需制作网站图标和广告条，然后在 Dreamweaver 中利用表格确定布局，在单元格中插入图像、文字、动画等对象。

制作这种版式的网页需要完成以下 5 项工作：

（1）网页的标志设计。

（2）网页静态、动画广告条的设计。

（3）装饰性图片设计。

（4）在 Dreamweaver 中设计制作版式结构。

（5）将图片等对象插入页面。

1.1.8　色彩

图 1.17 给浏览者印象最深的是色彩。

图 1.17　色彩丰富的网页

　　色彩是一种奇怪的东西，它美丽而丰富，能唤起人类的心灵感知。一般来说，红色是火的颜色，代表着热情、奔放，同时也是血的颜色，可以象征生命；黄色是亮度最高的颜色，显得华贵、明快；绿色是大自然草木的颜色，意味着自然和生长，象征安宁、和平与安全；紫色是高贵的象征，有庄重感；白色能给人以纯洁与清白的感觉，表示和平与圣洁……

　　色彩代表了不同的情感，不同的色彩搭配更能表现不同的效果，比如绿色和金黄可以产生优雅、舒适的气氛；蓝色和白色混合能体现柔顺、淡雅的气氛；红色和黄色能渲染喜庆的气氛；而金色和栗色则会给人带来暖意……

　　颜色的使用并没有一定的法则，经验上可先确定一种能表现主题的主体色，然后根据具体的需要，用颜色的近似和对比来完成整个页面的配色方案。整个页面在视觉上应是一个整体，以达到和谐、悦目的视觉效果。

1.1.9　链接和路径

　　当用鼠标单击网页上的一段文本（或一张图片）时，如果可以打开网络上一个新的位置，就代表该文本（或图片）上有链接，如图 1.18 所示。

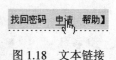

图 1.18　文本链接

　　路径就是文件的存放位置，对于网站而言就是指网站中文件的 URL 地址，例如"http://www.pku.edu.cn/index.htm"就是一个 URL 地址。

 提示

网页实际上可以包含很多元素，而且随着浏览器的升级，越来越多的媒体格式可以出现在浏览器上。上面这些元素是网页中最为常见的，也是网页设计师必须要熟悉的。

1.2 启动Dreamweaver CS3

单击"开始"菜单按钮，在程序组中选择"程序"| Adobe Dreamweaver CS3 快捷方式，如图 1.19 所示。

由于是首次启动 Dreamweaver，因此会出现"默认编辑器"对话框，让用户从中选择 Dreamweaver CS3 默认支持的文件类型，如图 1.20 所示。

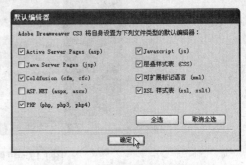

图 1.19 启动 Adobe Dreamweaver CS3　　　　　图 1.20 "默认编辑器"对话框

这里用户可以根据自己的需要选择文件类型。例如，如果希望把 Dreamweaver 作为 ASP（Active Server Pages）代码的默认编辑器，就应该选中第 1 个复选框。

这里保持默认，单击"确定"按钮，此时将打开 Adobe Dreamweaver CS3 软件窗口，如图 1.21 所示。

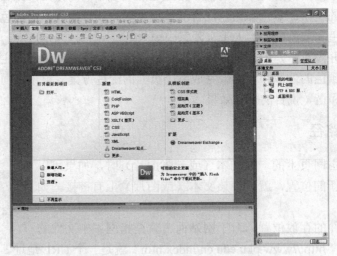

图 1.21 Adobe Dreamweaver CS3 软件窗口

1.3 使用开始页

当用户打开 Dreamweaver CS3 窗口后，软件没有立即显示编辑窗口，而是在其中显示一个开始页，如图 1.22 所示。

图 1.22 开始页

开始页分为 5 个部分："打开最近的项目"、"新建"、"从模板创建"、"扩展"以及"帮助"区域，下面逐一进行介绍。

1. 打开最近的项目

在"打开最近的项目"选项组中单击"打开"超链接，此时将打开"打开"对话框，如图 1.23 所示。

在对话框中找到已经存在的文件后，单击"打开"按钮即可。最近使用过的文件将会列在"打开最近的项目"下的列表中，最新的文件放在最顶部，如图 1.24 所示。

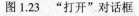

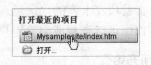

图 1.23 "打开"对话框　　　　图 1.24 打开过的文件列表

如果用户要打开其中的某个文件，直接单击该文件名即可。

2. 新建

Dreamweaver 可以创建 HTML、ColdFusion、PHP、ASP VBScript、XSLT（整页）、

CSS、JavaScript、XML 等多种文件，也就是说，当前流行的各种网页程序都可以在 Dreamweaver 中编写。

如果要创建新站点，可以单击其中的"Dreamweaver 站点"超链接。关于建站的内容将在第 2 章中进行详细介绍。

如果要选择其他文件类型，可以单击"更多"超链接，在打开的"新建文档"对话框中选择要创建的文件类型，如图 1.25 所示。

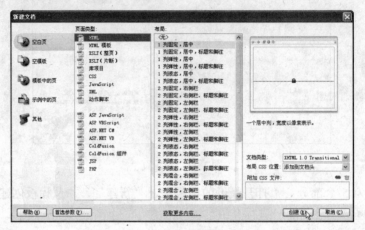

图 1.25 "新建文档"对话框

3. 从模板创建

"从模板创建"选项组中列出了创建文档的常用模板类别，包括"CSS 样式表"、"框架集"、"起始页（主题）"、"起始页（基本）"等。单击其中的某一个超链接，就可以根据默认模板快速创建文档。

4. 扩展

"扩展"选项组用来链接到 Adobe Dreamweaver Exchange 网站，用户可以从该网站下载 Dreamweaver 方面的插件，如图 1.26 所示。

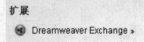

图 1.26 "扩展"选项组

5. 帮助

通过开始页还可以快速访问能够帮助用户学习 Dreamweaver 的资源，包括各种教程和课程等。单击窗口左下方的"快速入门"超链接，将打开在线帮助系统，如图 1.27 所示。

在该窗口中可以查找或浏览用户所需要的帮助信息。

6. 关闭开始页

如果要隐藏开始页，在开始页上选中"不再显示"复选框，下次启动软件时就不再显示开始页。

如果要重新显示开始页，选择菜单命令"编辑"|"首选参数"，此时将打开"首选参数"对话框，在"常规"参数设置中再次选中"显示欢迎屏幕"复选框即可。

图 1.27　Adobe 在线帮助系统

1.4　窗口布局

在开始页中单击"新建"下的 HTML 超链接，将会自动关闭开始页并打开一个新的文档编辑窗口，如图 1.28 所示。

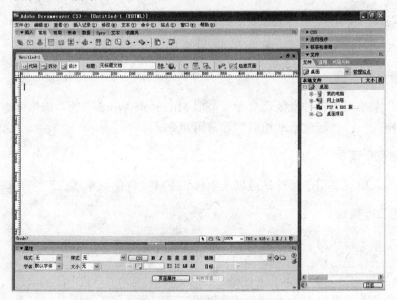

图 1.28　文档编辑窗口

1.4.1　菜单栏

在编辑窗口的顶部是菜单栏，其中包括"文件"、"编辑"、"查看"、"插入记录"、"修改"、"文本"、"命令"、"站点"、"窗口"、"帮助"菜单，几乎所有的功能都可以通过这些菜单来实现。

1．"文件"菜单

"文件"菜单除了包含"新建"、"打开"、"保存"、"另存为"、"保存全部"等命令外，还包含用于查看当前文档或对当前文档执行操作的命令，例如"在浏览器中预览"等。

2．"编辑"菜单

"编辑"菜单除了包括"剪切"、"拷贝"、"粘贴"、"撤销"和"重做"等常见编辑命令外，还包含选择和搜索命令，例如"选择父标签"和"查找和替换"等。

3．"查看"菜单

"查看"菜单使用户可以切换到文档的各种显示视图，例如"设计"视图和"代码"视图等，并且可以显示和隐藏不同类型的页面元素以及 Dreamweaver 工具栏等。

4．"插入记录"菜单

"插入记录"菜单用于将各种网页元素插入到文档中。

5．"修改"菜单

"修改"菜单使用户可以更改选定页面元素的属性。使用此菜单，用户可以编辑标签属性、更改表格和表格元素，并且可以修改"库"和"模板"。

6．"文本"菜单

"文本"菜单使用户可以设置文本的格式。

7．"命令"菜单

"命令"菜单提供各种批处理命令（类似 Microsoft Word 中的"宏"命令），其中包括"应用源格式"、"创建网站相册"等常用命令。

8．"站点"菜单

"站点"菜单提供用于管理站点以及上传和下载文件的菜单项。

9．"窗口"菜单

"窗口"菜单提供对 Dreamweaver 中的所有面板、检查器和窗口的访问。

10．"帮助"菜单

"帮助"菜单提供对 Dreamweaver 文档的访问，包括关于使用 Dreamweaver 以及创建 Dreamweaver 扩展功能的帮助系统，还包括各种编程语言的参考材料。

1.4.2 "插入"工具栏

网页元素虽然多种多样，但是它们都可以被称为对象。简单的对象有文字、图像、表格等，复杂的对象包括导航条、程序等。大部分对象都可以通过"插入"工具栏插入到文档中，如图 1.29 所示。

图 1.29 "插入"工具栏

单击"插入"工具栏的标签，可以切换到其他子工具栏，如图 1.30 所示。

图 1.30 在不同子工具栏之间切换

> 📀 **提示**
>
> 如果"插入"工具栏没有显示出来，可以选择菜单命令"窗口"|"插入"将其打开。

1.4.3 面板

在 Dreamweaver 窗口中还有很多可以展开和折叠的面板。根据位置的不同，这些面板分为两大部分。一部分是窗口底部的"属性"面板，如图 1.31 所示。

另一部分是窗口右侧的"设计"、"代码"、"应用程序"、"标签检查器"、"文件"等面板组，如图 1.32 所示。

图 1.31 "属性"面板

图 1.32 右侧的面板组

1.5 面板与面板组

面板是 Adobe 网页设计软件中的亮点，利用它能很方便地完成大多数的属性设定。用户可以将面板摆放到任何位置，也可以在不需要的时候关闭它们，甚至还可以根据习惯随意组合常用的面板。

1.5.1 打开与关闭面板

选择"窗口"菜单下的命令可以打开或关闭这些面板，这里选择菜单命令"窗口"|"CSS样式"，如图 1.33 所示，打开"CSS 样式"面板，如图 1.34 所示。

图 1.33　选择"窗口"菜单中的命令　　　　　　图 1.34　"CSS 样式"面板

如果要关闭该面板，可以再次选择菜单命令"窗口"|"CSS 样式"。

1.5.2　展开与折叠面板组

窗口中的面板组大多数都还没有展开（如"标签检查器"面板组），要展开该面板组，可以单击该面板组名称，如图 1.35 所示。

展开面板后，三角按钮的方向也会发生相应的改变，如图 1.36 所示。

再次单击该三角按钮，又可以重新折叠该面板组。

图 1.35　展开"标签检查器"面板组　　　　　图 1.36　三角按钮的方向发生改变

1.5.3　移动面板组

将光标移到某个面板组的名称前（这里以"标签检查器"面板为例），然后按住鼠标左键不放，将其拖动到编辑窗口中，如图 1.37 所示。

松开鼠标后，面板组就从窗口右侧分离出来变成了独立的面板组，如图 1.38 所示。

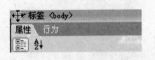

图 1.37　移动面板组　　　　　　　图 1.38　分离后的"标签检查器"面板

再次在面板组名称前按住鼠标左键，然后拖动鼠标到右侧的面板组中，就可以将分离出来的面板组重新放到窗口右侧了。

1.5.4 开启与关闭全部面板

当需要更大的编辑窗口时，按下键盘上的 F4 功能键，所有的面板就会隐藏起来。再次按 F4 键，隐藏的面板又会在原来的位置上出现。

提示

与快捷键 F4 对应的菜单命令是"查看"|"显示面板"（或"隐藏面板"）。

1.5.5 常用面板

1. "属性"面板

网页设计中的对象都有各自的属性，比如文字有"字体"、"字号"、"对齐方式"等属性，图像有"大小"、"链接"、"替换文字"等属性。所以在插入对象后，就要有相应的面板对对象进行属性的设置。

"属性"面板中显示的内容会根据对象的不同而发生改变，它可以通过菜单命令"窗口"|"属性"打开。

2. "文件"面板组

"文件"面板组是用来管理站点文件的工具，它可以通过选择菜单命令"窗口"|"文件"命令打开，展开后的"文件"面板组如图 1.39 所示。

该面板中包含 3 个面板："文件"面板、"资源"面板、"代码片断"面板。其中"文件"面板主要用来管理站点的文件目录结构；而"资源"面板用来管理网页中涉及的各种对象；"代码片断"面板存放了各类常用代码片断，可以大大减小程序员的重复工作量，如图 1.40 所示。

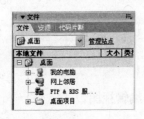

图 1.39 "文件"面板组

图 1.40 "代码片断"面板

3. CSS 面板组

CSS 面板组包括两个面板，分别为 "CSS 样式" 面板和 "AP 元素" 面板，该面板组可以通过选择菜单命令 "窗口" | "CSS 样式" 展开，展开后的 CSS 面板组如图 1.41 所示。

4. "标签检查器" 面板组

"标签检查器" 面板组包括两个面板： "属性" 面板、"行为" 面板。

"属性" 面板用来修改当前选中对象的各个属性。与软件窗口底部的 "属性" 面板不同的是，这里显示的是选中对象的所有属性，而且以代码的形式显示，因此更适合程序员进行属性的修改。

"行为" 面板可以通过可视化的方式创建 JavaScript 代码，即使用户不懂 JavaScript，也能实现 JavaScript 特效。

5. "应用程序" 面板组

"应用程序" 面板组主要用来创建动态服务器页面。在 Dreamweaver 中可以不用编写任何服务器端应用代码，通过这组面板进行一些设置就可以实现很多网络方面的应用。

"应用程序" 面板组主要包括 "数据库"、"绑定"、"服务器行为" 和 "组件" 4 个面板，如图 1.42 所示。

图 1.41　CSS 面板组　　　　　　　图 1.42　"应用程序" 面板组

1.6　网页编辑视图

新建文件后，在编辑窗口上方将出现一排工具栏，如图 1.43 所示。

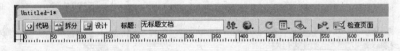

图 1.43　编辑窗口上的工具栏

其中左侧的 3 个按钮可以用来切换 Dreamweaver 的编辑视图。

1. 设计视图

默认情况下，网页将以设计视图进行显示。在这种视图下，用户看到的网页外观和浏览器中看到的基本上是一致的。

2. 代码视图

如果想查看或编辑源代码，可以单击工具栏上的"代码"按钮进入代码视图，如图 1.44 所示。

图 1.44　代码视图下的编辑窗口

3. 拆分视图

单击工具栏上的"拆分"按钮可以进入拆分视图。在这种视图下，编辑窗口被分割成了上下两部分，上面显示的是源代码，下面显示的是可视化编辑窗口，这样可以在编辑源代码的同时查看编辑区中的效果，如图 1.45 所示。

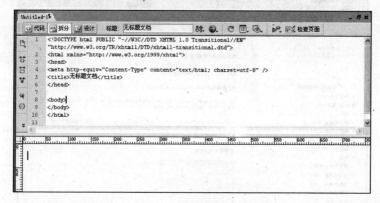

图 1.45　拆分视图

1.7　获 取 帮 助

Dreamweaver CS3 提供了非常详细的帮助系统，无论是软件的使用还是语法参考，甚至是有关案例的制作方法，用户都可以从帮助系统中找到解答。

Dreamweaver 的帮助系统主要由两部分组成：帮助窗口、"参考"面板。

1.7.1 帮助窗口

在 Dreamweaver 窗口中选择菜单命令"帮助"|"Dreamweaver 帮助",打开帮助窗口,如图 1.46 所示。

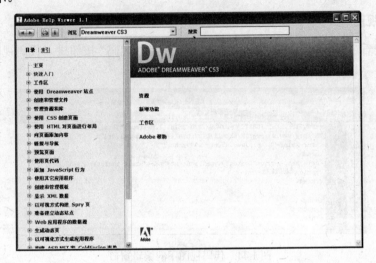

图 1.46 Dreamweaver 帮助窗口

如果用户希望能像查字典一样通过关键字查找相关的内容,可以单击"索引"链接,此时"索引"列表中按照字母顺序列出了关键字,单击其中的关键字将在右侧出现相关的内容,如图 1.47 所示。

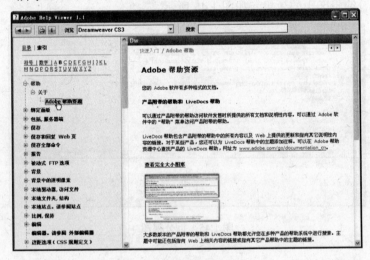

图 1.47 按索引查找内容

如果用户希望能通过搜索的方式查找包含搜索关键字的页面,可以在顶部"搜索"文本框中输入自己要查的内容,按回车键后将在帮助文档中找到包含该关键字的主题列表,如图 1.48 所示。

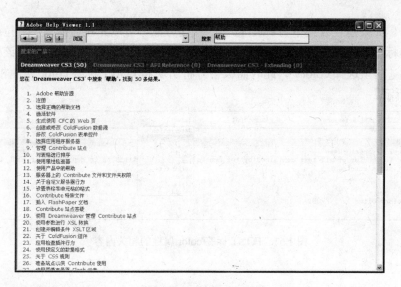

图 1.48　帮助搜索结果

在列表中双击一个主题，将显示出该主题的详细内容。

1.7.2　"参考"面板

"参考"面板提供了和各种源代码相关的语法参考。在编辑窗口中选择菜单命令"窗口"|"参考"，打开的面板如图 1.49 所示。

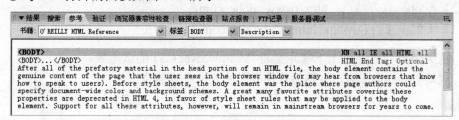

图 1.49　"参考"面板

展开"书籍"下拉列表框，其中包括 CSS、HTML、JavaScript、ASP、ASP.NET、PHP、JSP 等参考信息，如图 1.50 所示。

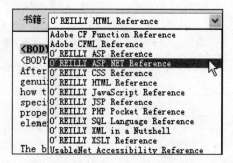

图 1.50　"书籍"下拉列表框

这里选择初学者比较常用的 O'REILLY HTML Reference，此时将在窗口下出现 HTML

的英文简介。如果想查看某个 HTML 标签的使用方法，可以先在"标签"下拉列表框中选中要查看的标签名称（这里选择 FONT），再在右侧的下拉列表框中选择和该标签相关的属性或描述（这里选择 color），此时面板下方将出现和 FONT 标签 color 属性相关的内容，如图 1.51 所示。

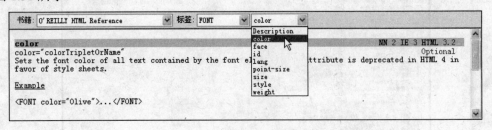

图 1.51　FONT 标签 color 属性的相关内容

1.8　练习题

1. 访问一些大型的门户网站，归纳这些网站使用的网页元素有哪些，它们分别有些什么特点。推荐访问的网站如下：

（1）微软 MSN：http://www.msn.com。

（2）Adobe 官方站点：http://www.adobe .com。

（3）大型中文门户网站：http://www.sina.com.cn。

2. 从 Adobe 官方站点上下载并安装 Dreamweaver CS3 的试用版。

3. 启动 Dreamweaver，并熟悉软件界面的各个组成部分。

Dreamweaver CS3

第 2 章

创建本地站点

通过第 1 章的学习，大家对 Dreamweaver CS3 有了一个初步的认识。从本章开始，我们将制作一个完整的网站。在制作网站各页面之前，首先需要创建一个本地站点。

内容要点

1. 新建站点
2. 修改站点信息
3. 多站点管理
4. 创建站点目录结构
5. 文件目录命名规范
6. 目录结构规范

2.1 新 建 站 点

2.1.1 准备工作

首先在 D 盘上创建文件夹 mywebsite，如图 2.1 所示，本书涉及的网站将放在该文件夹中。

2.1.2 定义站点

❶ 新建站点可以通过"文件"面板来完成。展开"文件"面板组，单击"文件"面板中的"管理站点"超链接，如图 2.2 所示。

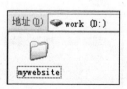

图 2.1 创建的文件夹

实讲实训
多媒体演示

多媒体演示参见配套光盘中的\\视频\第 2 章定义站点.avi。

> 📀 **提示**
>
> 也可以在 Dreamweaver 窗口中选择菜单命令"站点"|"管理站点"。

② 此时将打开"管理站点"对话框，在其中单击"新建"按钮，并从下拉菜单中选择"站点"命令，如图 2.3 所示。

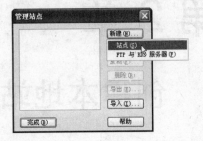

图 2.2 "文件"面板   图 2.3 "管理站点"对话框

在打开的对话框中包括"基本"选项卡和"高级"选项卡，如图 2.4 所示。

如果是初学者，建议选择"基本"选项卡，因为这是一个创建站点的向导，可以带领用户逐步完成站点的创建；如果对站点的各个细节已经比较熟悉了，建议选择"高级"选项卡，这样可以缩短创建站点的时间。

③ 这里保持默认的"基本"选项卡，并在文本框中输入新建站点的名称"mywebsite"。该名称可以任意取，和网站内容本身无关。

④ 单击"下一步"按钮，在打开的对话框中选择将要采用的服务器技术，这里选中"否，我不想使用服务器技术"单选按钮，如图 2.5 所示。

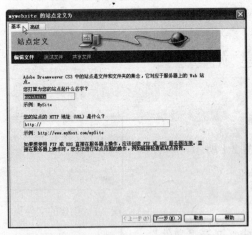

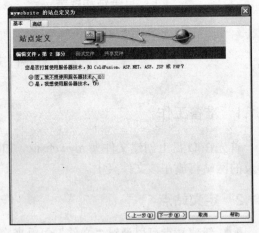

图 2.4 "站点定义"对话框   图 2.5 选择服务器技术

⑤ 继续单击"下一步"按钮，在打开的对话框中包括如下两个选项：

（1）编辑我的计算机上的本地副本，完成后再上传到服务器（推荐）；

（2）使用本地网络直接在服务器上进行编辑。

由于这里是在本地硬盘上进行站点的制作和测试，因此选择默认的第 1 项，如图 2.6

所示。

在该对话框中最重要的是选择存放站点文件的位置，这里在文本框中输入站点文件夹的路径"D:\mywebsite"。用户也可以单击文本框旁边的"浏览"按钮□，在打开的"选择站点 mywebsite 的本地根文件夹："对话框中找到将要存放站点文件的文件夹，如图 2.7 所示。

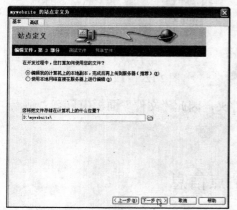

图 2.6　选择使用文件的方式

图 2.7　选择根文件夹的对话框

单击"选择"按钮后，就会将选中文件夹的路径加入文本框中，如图 2.8 所示。

❻ 单击"下一步"按钮，在弹出的对话框中选择远程服务器连接方式，因为这里只是在本地硬盘制作网站，因此连接方式选择"无"即可，如图 2.9 所示。

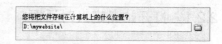

图 2.8　加入路径后的文本框

❼ 再次单击对话框中的"下一步"按钮，进入"总结"对话框，其中列出了设置中的关键信息。如果需要修改设置，可以单击"上一步"按钮修改对话框中的内容；如果确信没有问题，单击"完成"按钮关闭对话框，如图 2.10 所示。

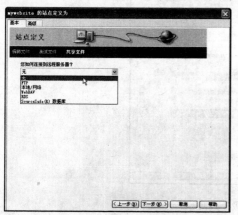

图 2.9　选择远程服务器连接方式

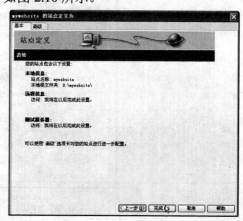

图 2.10　"总结"对话框

此时将返回"管理站点"对话框，其中列出了刚刚建好的站点 mywebsite，如图 2.11 所示。

❽ 单击"管理站点"对话框中的"完成"按钮结束站点的定义，此时"文件"面板

将会显示出本地站点的名称和存储路径，如图 2.12 所示。

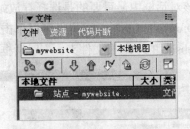

图 2.11　"管理站点"对话框　　　　　　图 2.12　"文件"面板

由于站点目录下目前还没有任何文件和文件夹，因此"文件"面板中只有"站点"一个项目。

2.2　修改站点信息

如果用户对站点的设置不满意，还可以继续修改。

2.2.1　打开站点定义对话框

选择菜单命令"站点"|"管理站点"，在打开的"管理站点"对话框中单击"编辑"按钮，此时将重新打开"mywebsite 的站点定义为"对话框。单击其中的"高级"标签将切换到"高级"选项卡，如图 2.13 所示。

💡 **实讲实训**
多媒体演示

多媒体演示参见配套光盘中的\\视频\第 2 章\修改站点信息.avi。

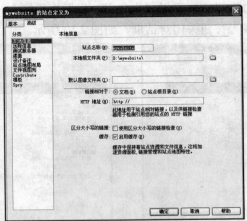

图 2.13　"高级"选项卡

2.2.2　设置本地信息

默认情况下，"高级"选项卡显示的是"本地信息"的参数设置，其具体含义和作用如下：

1．站点名称

"站点名称"文本框中显示的是站点的名称，这里可以直接修改。设定站点名称只是为了在站点比较多时能很方便地选择要管理的站点。

2．本地根文件夹

"本地根文件夹"文本框中显示的是站点在本地硬盘中的存放路径，用户可以直接修改路径，也可以单击右侧的"浏览"按钮，在打开的对话框中寻找正确的文件夹。

3．默认图像文件夹

"默认图像文件夹"用来设定默认的存放网站图片的文件夹，文件夹的位置可以直接输入，也可以单击右侧的"浏览"按钮，在打开的对话框中寻找正确的目录。

对于比较复杂的网站，图片往往不只是存放在一个文件夹中，因此实用价值不大。

这里将默认的图像文件夹路径设置为"D:\mywebsite\images\"。

4．链接相对于

该选项用来更改用户创建的链接到站点中其他页面链接的路径表达方式，更改此设置不会转换现有链接的路径。

默认情况下，Dreamweaver 使用相对文档的路径创建链接；如果选中"站点根目录"单选按钮，则将采用相对站点根目录的路径描述链接。

5．HTTP 地址

在其中填写 Web 站点根目录所在的 URL。使用该选项的目的是为了使 Dreamweaver 能够验证站点中使用绝对 URL 或站点根目录相对路径的链接。例如，如果网站将发布到 http://www.mywebsite.com，则可在"HTTP 地址"文本框中输入该地址。

6．启用缓存

如果没有选中该复选框，当修改某个文件（或文件夹）的名称或移动某个文件（或文件夹）时，Dreamweaver 需要读取站点中每个 HTML 文档中的所有代码，才能验证哪些文件使用要修改的文件名或路径。如果站点内的文件很多，检测将要花费很长的时间。

如果选中了此复选框，当用户在站点中创建文件夹时，将会自动在该目录下生成一个名为"_notes"的缓存文件夹，该文件夹默认是隐藏的。每当用户添加一个文件时，Dreamweaver 就会在该缓存文件中添加一个文件体积很小的文件，专门记录该文件中的链接信息。当用户修改某个文件中的链接时，Dreamweaver 也会自动修改缓存文件中的链接信息。这样当修改某个文件的名称时，软件将不需要读取每个文件中的代码，而只要读取缓存文件中的链接信息即可，可以大大节省更新站点链接的时间。

设定好后的站点定义对话框如图 2.14 所示。

图 2.14　"本地信息"参数设置

2.2.3　文件视图列调整

在左侧的列表中单击"文件视图列"，切换到"文件视图列"的参数设置，这里是设置站点管理器中的文件浏览窗口所显示的内容。默认情况下，在文件浏览窗口中会显示如图 2.15 所示的内容。

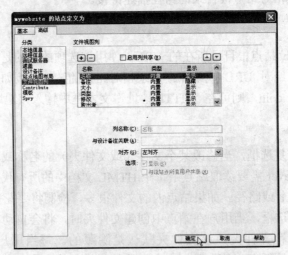

图 2.15　"文件视图列"参数设置

- 名称　显示文件名。
- 备注　显示设计备注。
- 大小　显示文件大小。
- 类型　显示文件类型。
- 修改　显示修改时间。
- 取出者　显示正在被谁打开或修改。

该面板可以进行 3 个方面的调整：调整列的先后顺序、添加新列、删除列。

1．调整列的先后顺序

选中要调整列的项目，然后单击面板右上角的"向上"按钮🔼或"向下"按钮🔽，调整列的先后顺序。

2．添加新列

单击面板上的"添加"按钮➕就可以添加新列。选中新添加的列，就可以在面板下方修改与其相关的各项参数了，如图 2.16 所示。

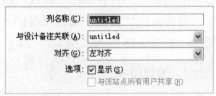

其中各项参数的含义或作用如下：

图 2.16　添加新列后可修改的参数

- 列名称　列的名称。
- 与设计备注关联　是否和设计备注结合。这里要注意的是，新添加列主要显示的是设计备注的内容，所以一定要和设计备注结合。关于设计备注的内容，可参考 17.4.2 节中的内容。
- 对齐　列内容的对齐方式。
- 显示　是否显示。
- 与该站点所有用户共享　是否和其他开发人员共享。

3．删除列

选中要删除的列后，单击面板上方的"删除"按钮➖即可。

2.3　多站点管理

有时不可避免地要同时管理多个网站，因此多站点的管理也是大家要掌握的内容。Dreamweaver 中的"管理站点"对话框就提供了这些功能，通过它可以实现站点的切换、添加、删除等操作。

选择菜单命令"站点"|"管理站点"，在打开的"管理站点"对话框中包含"新建"、"编辑"、"复制"、"删除"、"导出"、"导入"等按钮，这些按钮都是和多站点管理相关的工具。

1．新建站点

在"管理站点"对话框中单击"新建"按钮，就可以打开"站点定义"对话框创建一个新站点，新建站点的名称将出现在"管理站点"对话框中。这里创建另外一个站点 mywebsite2，如图 2.17 所示。

由于站点的定义在前面已经作了详细的介绍，这里不再赘述。

图 2.17　创建的新站点 mywebsite2

2．站点之间切换

如果要在"文件"面板中显示其他站点的名称，可以先在"管理站点"对话框中选中要显示的站点，然后单击"完成"按钮。

另外，在"文件"面板顶部的下拉列表框中选择要切换到的站点，也可以在站点之间切换，如图 2.18 所示。

3．编辑站点

选中要编辑的站点的名称，然后单击"编辑"按钮，就可以重新打开站点定义对话框，修改选中站点的属性。

4．复制站点

如果新建站点的设置和已经存在的某个站点的设置大部分相似，就可以使用复制站点的方法。首先选中要复制的源站点的名称，然后单击对话框中的"复制"按钮，就可以产生一个新的站点，如图 2.19 所示。

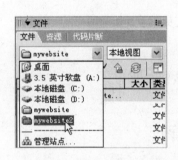

图 2.18　在下拉列表框中选择要切换到的站点　　　　图 2.19　复制出的站点

由于复制出的站点的设置和被复制的源站点相同，因此还需要修改站点的某些设置，如站点的存放目录等。

5．删除站点

如果只是想从 Dreamweaver 的"管理站点"对话框中删除站点，可以先选中要删除的站点名称，然后单击"管理站点"对话框中的"删除"按钮。

删除站点时只是删除 Dreamweaver 中的站点定义信息，并不会删除硬盘中的站点文件。

6．导出站点

把选中站点的设置导出成为一个 XML 文件。

7．导入站点

把导出的包含站点设置信息的 XML 文件再次导入。

2.4　创建站点目录结构

创建好站点 mywebsite 后，我们的站点还只有一个"空壳"。要使其成为站点，还必须为其添加文件和文件夹，也就是要确定网站的文件目录结构。

一般情况下，用户应当根据项目策划确定的内容，确定一级目录和二级目录的名称以及主要文件的文件名。

这样做的好处有两个：一是在制作网页时方便制作链接，不至于没有文件可以链接；二是可以让制作者保持很清晰的设计制作思路。

创建目录结构可以在"文件"面板中的站点窗口进行，但因为窗口很小，看起来很不舒服，因此一般切换到站点管理器中进行。单击"文件"面板中的"扩展/折叠"按钮，打开站点管理器，如图 2.20 所示。

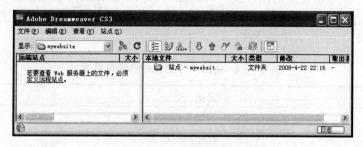

图 2.20　站点管理器

站点管理器左侧显示的是和远程站点相关的提示信息，右侧显示的是本地站点中的文件目录。由于还没有创建任何文件夹和文件，因此只显示站点的根目录。

下面在本地站点信息窗口中创建站点的文件目录结构，首先创建一级目录。

2.4.1　创建一级目录

在站点根目录上单击鼠标右键，在打开的快捷菜单中选择"新建文件夹"命令，如图 2.21 所示。

此时将在站点管理器中创建一个空的文件夹，默认的名称是 untitled，这里将其修改为 images，以后将用它来存放站点中公用的图片文件，如图 2.22 所示。

图 2.21　创建文件夹

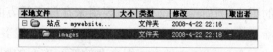

图 2.22　创建新的文件夹 images

通过上面的操作可以看出，在 Dreamweaver 中创建文件夹的方式和在 Windows 资源管理器中是类似的。使用同样的方法，在站点根目录中创建出另外一些文件夹，如图 2.23 所示。

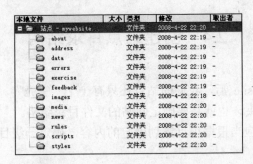

图 2.23 创建出的一级目录

2.4.2 创建二级目录

建好一级目录后，就可以在该目录中继续创建二级目录了。由于 images 文件夹中保存的是整个网站中都可以使用的图片文件，因此可以按照图片的内容来分类，这里主要分为按钮图片、背景图片、箭头、网站图标等，每一类占用一个子目录，具体的目录名称和用途如表 2.1 所示。

表 2.1 images 中子目录的名称与用途

子目录名称	用途
Arrows	存放各种小箭头
Logos	存放网站标志
banners	存放广告条
chartset	存放与版本相关的图片
Buttons	存放按钮图片
index	存放首页中的图片
swf	存放网页中的动画文件

最终建好的子目录如图 2.24 所示。

styles 和 scripts 这两个文件夹分别用来存放样式单文件和脚本程序文件，由于这样的文件不会太多，因此不需要创建子目录。

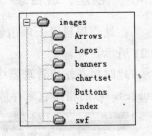

图 2.24 images 中的子目录

用户很难一次性确定所有的文件夹，但一般每个栏目中都会有一个子目录 images，专门用来存放这个栏目中使用到的图片。例如 news 文件夹主要用来存放新闻方面的网页文件，除了将来添加其他网页外，没有必要加上很多子目录，只需放一个 images 文件夹，用来存放新闻方面的图片即可。

建立文件夹的过程实际上就是构思网站结构的过程，很多情况下文件夹代表网站的子栏目，每个子栏目都要有自己对应的文件夹。

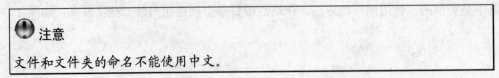

> ⊙ 注意
>
> 文件和文件夹的命名不能使用中文。

2.4.3　新建网页

有了文件夹就可以开始添加文件了。首先要添加的是首页，首页是指浏览者在浏览器中输入网址时服务器默认发送给浏览者的该网站的第一个网页。Dreamweaver 中默认的首页文件名为 index.html。

选中站点管理器中的根目录，然后在右键菜单中选择"新建文件"命令，如图 2.25 所示。

此时将在站点的根目录下生成文件名为 untitled.html 的网页文件，如图 2.26 所示。

图 2.25　选择菜单命令　　　　　　　　图 2.26　新建的文件

2.4.4　重命名文件或文件夹

现在的文件名不合适，需要修改文件名。选中该文件，然后按下键盘上的快捷键 F2 或者在右键菜单中选择"编辑"|"重命名"命令，此时文件名变为可修改状态，如图 2.27 所示。

修改文件的文件名为 index.html，注意文件名结尾的.html 不能省略，最后按下 Enter 键确认文件的名称。

结合使用"新建"命令和"重命名"命令可以继续创建其他网页文件。

如果有其他文件链接到该文件，就会打开"更新文件"对话框，左侧列表框中显示与重命名文件有链接的文件，如图 2.28 所示。

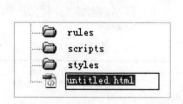

图 2.27　修改状态下的文件　　　　　　图 2.28　"更新文件"对话框

单击其中的"更新"按钮，系统将会自动更改与该文件相关的所有链接。

网站做到一定规模时，文件的数量会很多，相互之间的链接更是数不清。以往，如果此时需要更改文件名、文件夹名或是移动文件或者文件夹，就会发现这是一件很麻烦的事情。由于被操作的文件很有可能是某些链接的对象，因此修改文件名后还必须修改所有链接到这个文件的所有网页中的链接。这样不仅工作量大，而且有可能由于工作的疏忽而造成断链。

如果使用 Dreamweaver 的站点管理器，那就可以很轻松地完成这项工作，因为它可以自动更新其他相关文件中的链接。

2.4.5　移动文件或文件夹

有时候用户想移动文件的位置，如果直接在 Windows 资源管理器中移动，就有可能出现断链的情况，因为它很有可能是其他网页链接的对象。

庆幸的是，Dreamweaver 可以帮助用户解决这些问题，当用户移动文件后，它将自动检查所有与移动文件相关的链接，并对其进行修改。

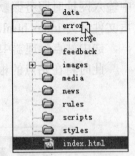

移动文件和文件夹的操作和 Windows 资源管理器中的操作一样，只要拖曳文件或文件夹到相应的位置就可以了。

例如，如果要将文件 index.html 移动到 errors 目录下，可以在选中文件 index.html 后，按住鼠标左键拖动文件并放到 errors 文件夹上，如图 2.29 所示。

图 2.29　移动文件

松开鼠标后，如果文件 index.html 没有在任何页面中被链接过，文件就会被直接移动到 errors 文件夹中。如果文件曾被链接，此时将打开"更新文件"对话框。单击"更新"按钮，Dreamweaver 就会自动更新文件中的链接。如果单击"不更新"按钮，就会出现断链。

 注意

> 由于站点管理器有动态更新链接的功能，因此无论是改名还是移动，都应在站点管理器中进行，这样可以确保站点内部不会出现断链。

2.4.6　删除文件或文件夹

进入站点管理窗口后，用户还可以删除不再需要的文件。在站点管理器中选中要删除的文件，然后按下 Delete 键，Dreamweaver 将开始自动检查站点缓存文件中的链接信息。检查完毕后，Dreamweaver 将打开一个警告框，告诉用户有多少个文件与要删除的文件有关联，询问是否一定要删除，如图 2.30 所示。

图 2.30　警告对话框

如果警告框提示没有文件指向要删除的文件，就可以安全地将其删除，以减少站点中的垃圾文件。

如果有一个或多个文件指向要删除的文件，就需要慎重对待了。此时如果单击"是"按钮，文件就会被删除，同时会出现多个断链；如果觉得还有必要保留，也可以单击"否"按钮取消删除操作。

 提示

> 千万不要在 Windows 资源管理器中重命名、删除或移动文件，否则会造成很多问题，如断链、图片不能显示等。

2.4.7 复制文件到站点内

到此为止，站点结构已经搭好了，下面的事情就是将素材图片等复制到站点中相应的文件夹中去。这些操作不能在 Dreamweaver 中进行，而应在 Windows 的资源管理器中进行。

例如，要将网站图标文件放到站点目录中去，可以先找到光盘目录 mywebsite\images\Logos 下的文件 bdzcb.gif，如图 2.31 所示，然后将它复制到站点目录 images\Logos 中，如图 2.32 所示。

图 2.31　在资源管理器中选中文件

图 2.32　在站点目录中粘贴文件

也就是说，原来在 images 目录中的文件还应该被放到站点中的 images 目录中。

采用同样的方式，将光盘目录 mywebsite 中的所有图片、SWF 动画文件复制到站点中对应的目录中去。

2.5　文件目录命名规范

由于网页是给全世界的人浏览的，必须保证使用不同操作系统、不同浏览器的用户都可以访问页面，因此网页必须符合一定的规范。

2.5.1　文件或文件夹的命名

给文件或文件夹命名时需要注意以下 5 点。

1. 尽量不使用中文

在所有的操作系统中，只有英文字符和数字的编码是完全一致的，也就是说，采用其他字符（如中文字符）就可能导致许多人无法正常浏览用户的网站。

例如，如果将网站首页的文件名设为"首页.html"，那么它在发布后的 URL 路径就成了类似于这样的形式：http://www.mywebsite.com/首页.html。

也就是说，网页地址中出现了中文，而实际上世界上绝大多数的浏览器默认情况下都不支持中文地址，当然也就无法访问到该网页。

提示

除了可以在网页上输入中文外，其他地方都应该尽量使用英文，如框架的命名，脚本变量命名等，否则将可能在源文件中出现乱码。

2．最好使用小写

因为有些操作系统（如 UNIX 等）对大小写敏感，因此对它们而言，http://www.pku.edu.cn/index.html 和 http://www.pku.edu.cn/INDEX.html 是两个不同的地址。为了让浏览者能顺利访问用户的页面，最好将所有的文件和文件夹都命名为小写。

3．不能使用特殊字符

文件名和文件夹名不能使用特殊符号、空格，如"~"、"!"、"@"、"#"、"$"、"%"、"^"、"&"、"*"等符号，但可以用下划线"_"。

例如，如果用户需要将两个单词分开，不能用 about us.html，而应当使用名称 about_us.html。

4．不推荐使用拼音命名

用户经常由于一时想不到合适的英文名字，就用拼音来给文件或文件夹命名。例如，将"关于我们"栏目所在的文件夹命名为 gywm，这样的名字只有一个还好，如果有很多个，找起来就非常麻烦了。

5．合理使用下划线

下划线"_"在命名时主要有两种情况：一种是将两个单词分开；另外一种是给同类文件批量命名。

对于第一种情况，除了上面提到的 about_us.html 外，更多的是给文件分类。这种名称分为头尾两部分，用下划线隔开。头部表示此图片的大类性质，尾部用来表示图片的具体含义，如 banner_sohu.gif、banner_sina.gif、menu_aboutus.gif、menu_job.gif、title_news.gif、logo_police.gif、logo_national.gif、pic_people.jpg 等。

表 2.2 中列出的是常见文件名的头部。

表 2.2 常见文件名的头部

头部名称	文件用途
banner	放置在页面顶部的广告
logo	标志性的图片
button	在页面上位置不固定并且带有链接的小图片
menu	在页面上某一个位置连续出现，性质相同的链接栏目的图片
pic	装饰用的照片
title	不带链接表示标题的图片

对于第二种情况，同类型文件使用英文加数字命名，英文和数字之间用下划线"_"分隔。例如，news_001.htm 表示新闻页面中的第一个文件。

2.5.2 网站首页的命名

当用户在浏览新浪网时，只要在地址栏中输入"http://www.sina.com.cn"并按回车键确认,就能打开新浪网的首页,并不需要输入网页的文件名,如图 2.33 所示。

地址① ｜ http://www.sina.com.cn

这是因为网站发布服务中设置了默认文档的缘故。一 图2.33 访问新浪网时输入的网址
般的默认文档包括 default.html 和 index.html,但由于很多网站使用 Active Server Pages(动态服务页面,ASP)文件发布数据,这种文件的扩展名为.asp 或.aspx,因此首页的文件名也可以是 default.asp、index.asp 或 default.aspx、index.aspx。

如果用户的网站中只是涉及静态网页,并没有涉及动态网页,最好将网站首页的文件名设为 index.html,这样在网站发布后,只需在浏览器中输入网站的域名就可以访问首页了。

2.6　目录结构规范

建立目录的原则就是层次最少,结构最清晰,访问最容易。具体而言,需要注意以下一些原则:

(1)站点根目录一般只存放 index.html 以及其他必需的系统文件,不要将所有网页都放在根目录下。

(2)每个一级栏目开设一个独立的目录。

(3)根目录下的 images 目录用于存放各页面都要使用的公用图片,子目录下的 images 目录用于存放本栏目页面使用的私有图片。

(4)所有 JavaScript 等脚本文件存放在根目录下的 scripts 文件夹中。

(5)所有 CSS 文件存放在根目录下 styles 文件夹中。

(6)如果有多个语言版本,最好分别位于不同的服务器上或存放于不同的目录中。

(7)多媒体文件存放在根目录下的 media 文件夹中。

(8)目录层次不要太深,建议不要超过 3 层。

(9)如果链接目录结构不能控制在 3 层以内,建议在页面里添加明确的导航条,这样可以帮助浏览者明确自己所处的位置。

(10)不要使用过长的目录名。

当然,这里提到的规范只是行业中大家的一种共识,用户也可以提出更加合理的命名方案,只要能保证提高效率就可以。养成一个好习惯,将会给浏览者和自己带来很多方便。

2.7　练 习 题

1. 在本地硬盘上创建一个文件夹 Mysamplesite,然后使用 Dreamweaver 将其定义为一个本地站点。

2. 在站点中创建以下一级文件夹:best、design、fashion、form、images。

3. 将光盘目录Mysamplesite下各目录的图片复制到本地硬盘站点内对应的目录中。

Dreamweaver CS3

第 3 章

制作简单网页

本章导读　　本章重点介绍如何在网页中插入各种常见的对象，并对这些对象的属性进行设置。这些对象主要包括文本、图像、Flash 动画、背景音乐、RealPlayer 视频、QuickTime 电影、Java Applet 程序等。通过本章的学习，用户将能独立完成常见媒体的插入和修改，并能独立完成简单网页的制作。

内容要点

1. 新建网页
2. 设置文件头
3. 使用文本
4. 使用图像
5. 插入 Flash 对象
6. 添加背景音乐
7. 插入 RealPlayer 视频
8. 插入 QuickTime 电影
9. 插入 Java Applet 程序
10. 用 CSS 样式设定网页属性
11. 用 HTML 定义网页属性

3.1　新　建　网　页

3.1.1　新建文档

前面已经学习了如何在站点管理器中新建网页文件，这里重点介绍如何通过菜单命令创建网页，这种方式的最大好处是可以选择预设的网页类型以及网页外观。

在 Dreamweaver 编辑窗口中选择菜单命令"文件"|"新建"，打开"新建文档"对话

框，如图 3.1 所示。

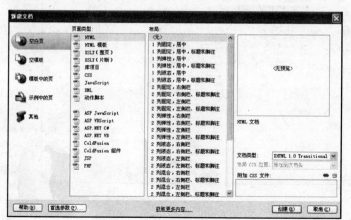

实讲实训
多媒体演示

多媒体演示参见配
套光盘中的\\视频\第
3 章\新建文档.avi。

图 3.1　"新建文档"对话框

　　"新建文档"对话框中包含 5 个选项卡："空白页"、"空模板"、"模板中的页"、
"示例中的页"和"其他"。

1. 空白页

　　"空白页"中的选项用来创建常见的网页类型。在左侧的列表中选中该选项后，其右
侧将出现创建网页所涉及的一些文件类型，如 HTML、HTML 模板、库项目、CSS、JavaScript、
XML、JSP、PHP 等，如图 3.2 所示。

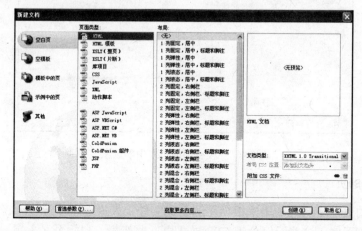

图 3.2　"空白页"中的选项

2. 空模板

　　"空模板"主要用来创建模板，选中该选项后，将在右侧出现一些网页模板，包括 ASP
JavaScript 模板、ASP VBScript 模板、ASP.NET C#模板、ASP.NET VB 模板、ColdFusion
模板、HTML 模板、JSP 模板、PHP 模板，如图 3.3 所示。

　　用户可以根据自己需要的动态网站技术选择不同的模板。对于静态网页而言，选择
HTML 模板即可。有关模板的内容将在后面的章节中进行详细的介绍。

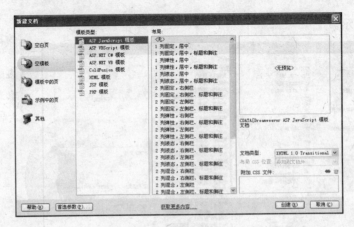

图 3.3 "空模板"中的选项

3. 模板中的页

"模板中的页"中的选项用来根据某个站点内的模板文件创建文件。切换到"模板"选项卡,当在左侧选中一个站点的名称时,将在中部出现该站点中已经创建好的模板文件,同时将在右侧出现模板的预览图像,如图 3.4 所示。

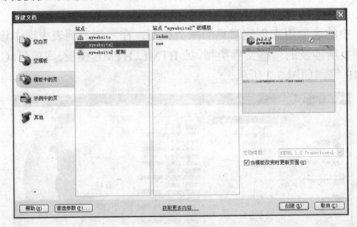

图 3.4 "模板中的页"中的选项

4. 示例中的页

"示例中的页"中的选项用来根据示例创建文件。如果选中该选项,将在其右侧出现各种系统默认的示例,这些示例分为 CSS 样式表、框架集、起始页(主题)、起始页(基本)4 类,如图 3.5 所示。

选中"CSS 样式表"分类,将在"示例页"下方出现各种预设的示例,选中某一个示例后将在右侧出现缩略图。使用示例中的 CSS 可以一次性设定好网页中涉及到的所有样式,大大减少用户的工作量。

5. 其他

"其他"中的选项主要用来创建各类程序代码。

如果选中该选项,将在其右侧出现和各种编程脚本、源文件相关的文件类型,也就是说，用户完全可以在 Dreamweaver 中编写各种程序的源代码，如图 3.6 所示。

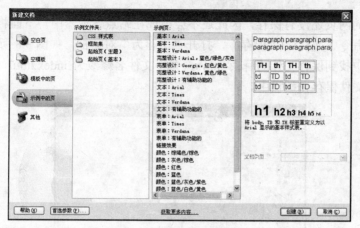

图 3.5　"示例中的页"中的选项

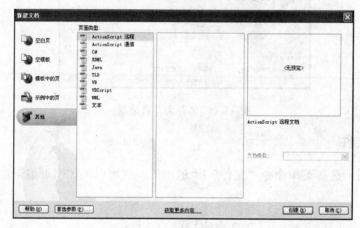

图 3.6　"其他"中的选项

这里选中"空白页"选项卡，然后在中间的"基本页"列表中选择 HTML，单击"创建"按钮后将打开一个网页编辑窗口，如图 3.7 所示。

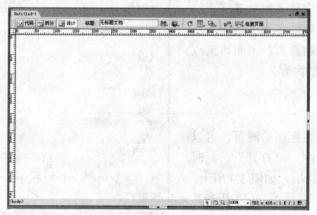

图 3.7　网页编辑窗口

3.1.2 保存网页

由于新建的网页还没有保存，因此还不会出现在站点管理器中，下面将该网页保存起来。选择菜单命令"文件"|"保存"，打开"另存为"对话框，如图 3.8 所示。

在对话框中找到保存文件的目录 news，并将文件名修改为 index.html，然后单击"保存"按钮，将文件保存在站点中。

图 3.8 "另存为"对话框

3.1.3 关闭文件

保存文件后，选择菜单命令"文件"|"退出"，就可以关闭网页编辑窗口了。

3.2 设置文件头

文件头在浏览器中是不可见的，却携带着网页的重要信息（如关键字、描述文字等），它还可以实现一些非常重要的功能（如自动刷新）。下面将重点介绍与文件头相关的内容。

3.2.1 打开网页

如果要编辑已经存在的网页，可以选择菜单命令"文件"|"打开"，此时将打开"打开"对话框，如图 3.9 所示。

在站点根目录 mywebsite 下找到并选中已经存在的文件 index.html，然后单

图 3.9 "打开"对话框

击"打开"按钮将其在编辑窗口中打开。

3.2.2 设置网页的编码

在设计视图下选择菜单命令"查看"|"文件头内容",将在快捷工具栏下方显示文件头窗口,如图 3.10 所示。

默认情况下文件头窗口中有两个图标,每个图标代表一个头部对象。双击其中的第 1 个图标，在打开的"属性"面板中可以查看该对象的属性,如图 3.11 所示。

实讲实训
多媒体演示

多媒体演示参见配套光盘中的\\视频\第 3 章\设置网页的编码.avi。

图 3.10　文件头窗口

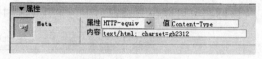

图 3.11　"属性"面板

该对象定义了网页的编码类型为 gb2312,也就是简体中文国标码。

其中,"属性"项用来告诉浏览器网页中使用的是 HTTP 通信协议;"值"项用来告诉浏览器下面的"内容"项的定义内容是和网页内容 Content 相关的;而"内容"项定义的是网页的编码方式和字符集。

如果要修改网页的编码类型,只需修改"内容"文本框内 charset 的值。例如,如果要将编码设为繁体中文编码 big5,就可以将该对象的属性设为 big5,如图 3.12 所示。

设定编码的好处在于:不论访问者使用何

图 3.12　修改后的"属性"面板

种浏览器,也不论是中文版还是西文版,都不必对浏览器进行任何语言设置（比如把文件编码设置为简体中文）,浏览器打开该网页时就会根据该对象中的设定自动找到合适的字符集,从而解决不同语种间的网页不能正确显示的问题。

切换到代码视图,可以看出用来描述该对象的 HTML 源代码如下:

```
<meta http-equiv="Content-Type" content="text/html;charset=gb2312">
```

3.2.3 设定文档标题

第 2 个图标可以用来指定网页的标题文本,网页标题是指打开网页时标题栏位置上的文字。默认情况下,Dreamweaver 中新建文件的标题为"无标题文档",如图 3.13 所示。

实讲实训
多媒体演示

多媒体演示参见配套光盘中的\\视频\第 3 章\设定文档标题.avi。

图 3.13　网页标题

单击该图标打开对应的"属性"面板，在其中可以输入新的网页标题，如图 3.14 所示。

图 3.14　修改网页标题 1

切换到源代码视图状态，会发现定义网页标题的源代码如下：

<title>北京大学资产管理部</title>

这段代码位于<head>与</head>之间。

该标题也可以在文档窗口上方的工具栏中进行修改，如图 3.15 所示。

图 3.15　修改网页标题 2

3.2.4　添加关键字

　　文件头中除了定义字符集、文档标题外，还可以添加很多对象。例如，可以为当前文档定义关键字，关键字用来协助网络上的搜索引擎寻找网页。由于很多来访者都是通过搜索引擎找到该网页来的，因此最好填好关键字。

　　在"插入"工具栏的"常用"面板中单击"文件头"按钮右侧的下拉箭头，此时显示的将是各种文件头对象，如图 3.16 所示。

　　从中选择"关键字"命令，打开"关键字"对话框，在其中的文本框中输入和网站相关的关键字。如果有多个关键字，可以用逗号将关键字分隔开来，如图 3.17 所示。

> 实讲实训
> 多媒体演示
> 多媒体演示参见配套光盘中的\\视频\第 3 章\添加关键字和描述文本.avi。

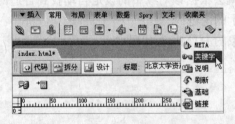

图 3.16　文件头菜单

图 3.17　"关键字"对话框

　　通过以上设置后，当有浏览者通过网络上的搜索引擎搜索上面设定的关键字时，该网页的网址就可能会被搜索到。

 注意

大多数搜索引擎检索时都会限制关键字的数量，过多的关键字会在检索中被忽略，因此关键字的输入不宜太多，一般不超过 5 个。

3.2.5　描述文本

如果在"文件头"下拉菜单中选择的是"说明"命令，将会打开"说明"对话框，如图 3.18 所示。

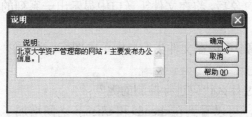

图 3.18　"说明"对话框

说明文字和关键字一样可供搜索引擎寻找网页，只不过它提供了更加详细的网页描述性信息。需要注意的是，搜索引擎同样会限制描述文字的字数，所以内容应尽量简明扼要。

3.2.6　设置网页的刷新

网页刷新通常用于两种情况：第一种情况是在打开某个网页后的若干秒内，让浏览器自动跳转到一个新网页；第二种情况是用于需要经常刷新的网页（如聊天室内显示留言的页面），可以让浏览器每隔一段时间自动刷新自身的网页。

在"文件头"下拉菜单中选择"刷新"命令，此时将会打开"刷新"对话框，如图 3.19 所示。

> **实讲实训**
> **多媒体演示**
>
> 多媒体演示参见配套光盘中的\\视频\第 3 章\设置网页的刷新.avi。

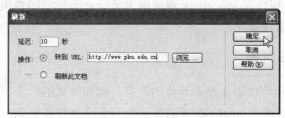

图 3.19　"刷新"对话框

如果希望 10 秒钟后让网页自动跳转到新网页中去，就应该在"延迟"文本框中设置刷新间隔的时间为 10 秒，然后在"转到 URL"文本框中输入要跳转到的网页的路径。例如，要让网页自动跳转到北京大学的网站上，可以在文本框中输入北京大学的网址"http://www.pku.edu.cn"。

如果要自动刷新当前网页，在填写延迟时间后应在"操作"选项组中选中"刷新此文档"单选按钮。该项最典型的用途是网上文字直播。比如有一场足球联赛，要在网上实现文字直播，怎么做呢？实际上就是有人在现场一边看球，一边用文字将比赛情况一条条输入新闻发布后台，每输完一条，利用后台系统保存一次。由于浏览者访问的是同一个页面，要看到最新的内容，就必须不停地刷新本页面。要实现这个功能，就需要在这个页面中加上自动刷新页面的语句，使它每隔几秒钟，内容就自动更新一次。这样就可以实现网上文字直播了。

其实，网上聊天室中也用到了自动刷新，利用它可以不断地将旧的内容换成新的内容。

3.2.7 查看代码

当添加了上面这些对象后，将在文件头窗口中显示出一系列的图标，如图 3.20 所示。

如果要修改某个对象，可以在文件头窗口中单击图标，然后在"属性"面板中进行修改。

那么这些对象是通过什么代码进行控制的呢？

切换到代码视图后，可以看到在\<head\>和\</head\>之间增加了几个\<meta\>标记，它们分别用来定义关键字、描述以及刷新，如图 3.21 所示。

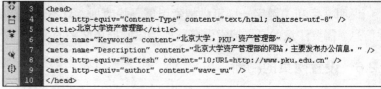

```
3   <head>
4   <meta http-equiv="Content-Type" content="text/html; charset=utf-8" />
5   <title>北京大学资产管理部</title>
6   <meta name="Keywords" content="北京大学，PKU,资产管理部" />
7   <meta name="Description" content="北京大学资产管理部的网站，主要发布办公信息。" />
8   <meta http-equiv="Refresh" content="10;URL=http://www.pku.edu.cn" />
9   <meta http-equiv="author" content="wave_wu" />
10  </head>
```

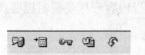

图 3.20 文件头窗口   图 3.21 代码视图中的代码

通过这段代码可以看出，关键字、描述、刷新、字符集等都是通过\<meta\>标签来定义的。这些对象可以分为两类，一类用来记录当前网页的相关信息，如编码、作者、版权等，定义这类对象的代码中包含有 name 属性；另外一类用来给服务器提供信息，比如刷新的间隔等，定义这类对象的代码中包含有 http-equiv 属性。

也就是说，name 属性和 http-equiv 属性确定了\<meta\>标签的性质，它们与其他属性配合在一起就可以定义出许多对象。

3.2.8 插入\<meta\>对象

利用\<meta\>标签还可以添加很多其他的对象，例如网页的作者、版权等信息。下面通过插入\<meta\>标签的方法给网页添加作者信息。

在 HTML 插入工具栏中展开"文件头"下拉菜单，从中选择 META 命令，此时将打开 META 对话框，首先在对话框中的"属性"下拉列表框中选择 HTTP-equivalent 选项，然后在"值"文本框中输入 meta 内容的类型"author"，并在"内容"文本框中输入作者的具体信息，这里输入作者的姓名"wave_wu"，如图 3.22 所示。

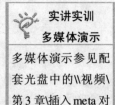

实讲实训
多媒体演示
多媒体演示参见配套光盘中的\\视频\第3章\查看代码.avi。

实讲实训
多媒体演示
多媒体演示参见配套光盘中的\\视频\第3章\插入 meta 对象.avi。

图 3.22 插入 Meta 对象

单击"确定"按钮后即可插入该对象。

3.2.9 删除头对象

在"文件头"窗口中选中要删除的头对象，如图 3.23 所示，然后按 Delete 键即可。当然，用户也可以选中头对象的代码直接将其删除。

当所有的头对象设定好后，可以选择菜单命令"查看"|"文件头内容"将文件头窗口隐藏起来。至此，网站首页的头部就设定好了。按快捷键 Ctrl+S 保存网页，然后单击文档编辑窗口右上角的"关闭"按钮。

图 3.23　选中头对象

3.3　使用文本

3.3.1 输入文本

在站点目录 Exercise\Simple 下新建文件 01.html，双击该文件将其在编辑窗口中打开。

在要插入文字的位置单击鼠标，此时将出现闪动的光标，该光标示着输入文字的起始位置，如图 3.24 所示。

在"文字栏"中选择一种自己喜欢的输入法，这里选择"微软拼音输入法"，然后在编辑窗口中输入需要的文本，这里输入如图 3.25 所示的文本。

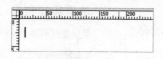

图 3.24　光标

图 3.25　输入的文本

3.3.2 设置标题文本

在文字左端单击鼠标将光标移到文字左侧，然后按住鼠标并向右拖动选中所有的文本，如图 3.26 所示。

展开"属性"面板，在其中显示的是当前选中文本的属性，如图 3.27 所示。

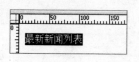

图 3.26　选中文本

图 3.27　选中文本时的"属性"面板

在"格式"下拉列表框中列出的内容和 Word 软件中的级别大纲有些类似，如图 3.28 所示。每个选项都代表一种已经预设好的样式。其中的"标题 1"~"标题 6"分别表示各级标题。

将光标移到"标题 1"上单击，此时编辑区中的文本就以一级标题的格式进行显示，如图 3.29 所示。

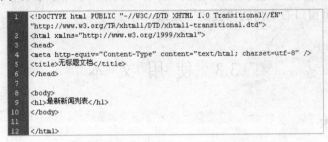

图 3.28 "格式"下拉列表框 　　　　　　　图 3.29 选择"标题 1"后的文本

此时单击文档编辑区上方工具栏中的"显示代码视图"按钮 ![代码]，将会在编辑区中显示文档的 HTML 代码，如图 3.30 所示。

```
1   <!DOCTYPE html PUBLIC "-//W3C//DTD XHTML 1.0 Transitional//EN"
    "http://www.w3.org/TR/xhtml1/DTD/xhtml1-transitional.dtd">
2   <html xmlns="http://www.w3.org/1999/xhtml">
3   <head>
4   <meta http-equiv="Content-Type" content="text/html; charset=utf-8" />
5   <title>无标题文档</title>
6   </head>
7
8   <body>
9   <h1>最新新闻列表</h1>
10  </body>
11
12  </html>
```

图 3.30 文档中的 HTML 代码

图中在<body>和</body>之间的部分就是上面添加的内容，具体的代码如下：

<h1>最新新闻列表</h1>

其中的<h1>和</h1>就是 HTML 标签，它们可以用来定义一级标题文字，应用范围就是从<h1>到</h1>之间的所有文字。

如果此时将<h1>和</h1>标签删除，文字就会变成没有添加标题格式时的效果。

如果选择其他各级标题，用户会发现对应标题的编号越大，字体就会越小。也就是说，标题 1 的文字最大，而标题 6 对应的文字最小，而且文字全部被加粗，如图 3.31 所示。

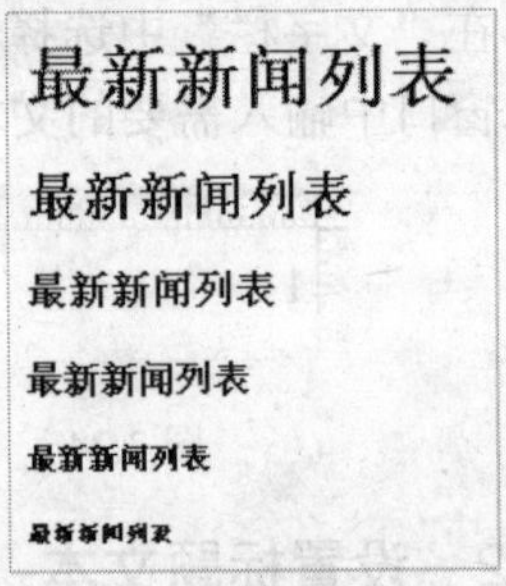

图 3.31 应用各级标题后的文本

如果在"属性"面板中选择的是"标题 2"选项，这段代码就会改为如下代码：

<h2>最新新闻列表</h2>

以此类推，其他标题分别用<h3>、<h4>、<h5>、<h6>来定义的。

3.3.3 设置段落文本

单击文档编辑区上方工具栏中的"显示设计视图"按钮 ![设计]，然后在编辑窗口中选中所有文本，在"属性"面板上的"格式"下拉列表框中选择"段落"选项，如图 3.32 所示。

再次打开源代码编辑窗口，会发现应用了"段落"格式的字两端出现<p></p>标记：

图 3.32 "格式"下拉列表框

```
<p>最新新闻列表</p>
```

3.3.4　设置预先格式化的文本

如果选择"预先格式化的"命令，将在文字两端添加<pre></pre>标记，它的一个重要的用途是保留源代码中的格式。

切换到代码视图下，然后在其中输入以下文本，在文本前加上一些不同长度的空格，如图3.33所示。

在正常情况下，HTML中文本的格式是由HTML标记决定的，文本自身的格式在浏览器中都将被忽略，如图3.34所示。

图3.33　代码视图下输入的文本　　　　图3.34　没有添加<pre>时的效果

要保留源代码中文本的格式，先选中文本，然后在"属性"面板上将"格式"设为"预先格式化的"，此时源代码中文本前后将被加上<pre>和</pre>标记，如图3.35所示。

再次在浏览器中打开该网页，这段文字将保留在HTML中的格式，如图3.36所示。

图3.35　添加了<pre>和</pre>标记的文本　　　　图3.36　添加<pre>之后的效果

这种方法虽然使用起来比较简单，但由于代码的缩进不好管理，因此不建议在网页制作中使用。用户应尽量使用HTML标记来修饰文本，更复杂的变化还可以通过CSS样式来实现。

3.3.5　修改字体

选中要修改的文本，然后在"属性"面板中单击"字体"后的下拉按钮打开下拉列表框，如图3.37所示。

大家可以发现，默认字体的下面每行都至少有3种字体，中间以逗号分隔，如"Times New Roman, Times, serif"。

这种字体列表是为了防止出现选择的字体在系统中不存在。如果应用了字体列表"Times New Roman, Times, serif"，浏览器将会首先在字体安装目录下寻找列表中的第一个字体Times New Roman，如果有，就会用这种字体显示文本；如果没有，就会继续寻找下一个字体 Times；如果再没有，就再找下一个字体 serif。如果列表中的所有字体都不存在，将会使用浏览器中的默认字体来显示。

如果想为文本定义中文字体，就要重新编辑字体列表。从"字体"下拉列表框中选择"编辑字体列表"选项，打开"编辑字体列表"对话框，如图3.38所示。

图 3.37 "字体"下拉列表框　　　　　图 3.38 "编辑字体列表"对话框

在"可用字体"下拉列表框中双击需要加入的字体，将会把它加入到左侧的"选择的字体"列表框中。继续双击其他字体可以不断添加新的字体到列表框中，如图 3.39 所示。

如果觉得"选择的字体"列表框中的字体不合适，可以双击不合适的字体，将其从左侧的列表框中删除。

当"选择的字体"列表框中的所有字体都添加完成后，单击对话框中的"确定"按钮关闭对话框。此时再展开"字体"下拉列表框，其中就会出现一个新添的字体列表，如图 3.40 所示。单击该字体列表就为选中的文本设定了中文字体。

图 3.39 添加字体　　　　　　　图 3.40 出现新添的字体列表

 注意

用户计算机上安装的字体往往是不一样的，如果我们在网页中使用了用户计算机中没有的字体，文字效果可能会不太一样，可能还会出现乱码。正因为如此，我们应尽可能地使用系统中默认安装的字体，如黑体、楷体、幼圆、宋体、隶书、仿宋等。如果确实需要使用比较有特色的字体，最好先把文字变成图像，然后再插入网页中。

3.3.6　修改文字大小

选中要修改大小的文本，然后在"属性"面板中展开"大小"下拉列表框，会发现文字大小可以用两种方法进行定义，一种是用数值，还有一种是通过文字选项，如图 3.41 所示。

用户一般选择用数值定义大小。文字大小的数值默认单位是"像素（px）"，用户可以通过"单位"下拉列表框选择新的单位，如图 3.42 所示。

图 3.41 "大小"下拉列表框

图 3.42 "单位"下拉列表框

这里选择单位为"点数（pt）"，因为用点数定义的文本大小不会随分辨率的改变而发生改变，而像素恰好相反。

选择好单位后，在"大小"下拉列表框中选择 18，此时的文字变成如图 3.43 所示。

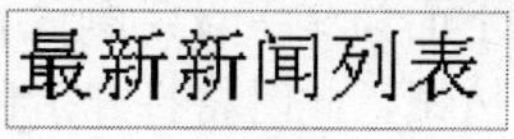

最新新闻列表

图 3.43 修改大小后的文本

> 💣 **提示**
>
> 一般网页中的正文使用 9pt 就可以了，而一般的标题文本使用 12pt、16pt、18pt 即可。

3.3.7 设置文本样式

文本样式中比较常见的有粗体、斜体等。要给文本添加样式，首先应选中文字，然后在"属性"面板中单击"粗体"按钮 **B** 或者"斜体"按钮 *I* 即可，如图 3.44 所示的是加粗并斜体后的文本。

最新新闻列表

图 3.44 加粗并斜体后的文本

3.3.8 设置对齐方式

下面让文本在文档中居中。选中要居中的文本段落，然后在"属性"面板中单击"居中对齐"按钮，如图 3.45 所示。

如果要让文本居右，应单击"属性"面板中的"右对齐"按钮 ；要让文本居左，应单击"左对齐"按钮 。

图 3.45 单击"居中对齐"按钮

3.3.9 设置文本缩进

如果要让段落整体向中间缩进，可以单击"属性"面板中的"文本缩进"按钮 ；如果要让段落整体向两侧展开，可以单击"属性"面板中的"文本凸出"按钮 。

每单击一次"文本缩进"按钮 ，缩进量就增加两个中文字符。如图 3.46 中所示的是单击了两次"文本缩进"按钮 后的文本效果。此时这段文本的 HTML 代码如图 3.47 所示。

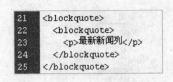

图 3.46　文本缩进效果　　　　　　　图 3.47　修改后的 HTML 代码

"文本凸出"按钮 ▤ 的作用和缩进正好相反，它将从 HTML 代码中删除
<blockquote></blockquote>标签。

3.3.10　修改文本颜色

下面为文字设定颜色。选中文档窗口中的文本，然后单击"属性"面板上的"文本颜
色"按钮，此时将打开拾色器。在拾色器上单击红色色块，如图 3.48 所示。此时文本的颜
色将变成红色，如图 3.49 所示。

选取颜色时可以从拾色器顶部看到选中颜色的代码
"#FF0000"，如图 3.50 所示。

这段颜色代码前的"#"是颜色标志符，是为了让这个代
码区别于一般的文本。后面的 FF0000 是一个十六进制的数值。
其中前两位代表颜色中红色通道的亮度，中间两位代表绿色通
道的亮度，最后两位代表蓝色通道的亮度，最终的颜色由红、
绿、蓝 3 个颜色通道按不同的亮度比例混合而成。

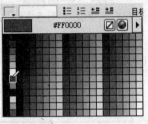

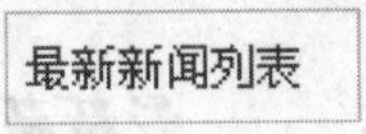

图 3.48　拾色器

最新新闻列表

图 3.49　修改颜色后的文本 　　　　　　图 3.50　拾色器顶部

根据以上定义可以得到以下几个结论：

（1）前两位的数值越大，红色就越亮；中间两位的数值越大，绿色就越亮；后面两位
的数值越大，蓝色就越亮。

（2）由于两位的十六进制数值最小为 00，数值最大为 FF。因此颜色#000000 的 3 个
颜色通道的亮度都是最低，也就是说它代表黑色；反之，颜色#FFFFFF 代表白色。

（3）代码#FF0000 的前两位颜色数值为 FF，而后 4 位数值为 0000，因此代表的是纯
红色；同样的道理，代码#00FF00 代表纯绿色，代码#0000FF 代表纯蓝色。

此时切换到源代码视图，就会发现文本前后增加了和标签，具体的代码
如下：

```
<span class="style1">最新新闻列表</span>
```

其中的 class 属性用来引用一个 CSS 样式，这里引用的是一个名为 style1 的样式。该样
式是在<head>和</head>之间定义的，具体的代码如下：

```
<style type="text/css">
<!--
.style1 {color: #FF0000}
```

```
-->
</style>
```

其中的第 3 行代码定义了一个名为 style1 的自定义样式，样式中定义了文本的颜色为红色 RGB（#FF0000）。

```
.style1 {color: #FF0000}
```

有关自定义样式的详细内容将在 9.2 节中进行详细的介绍。

3.3.11　设置文本换行

在对网页文字进行排版时，经常需要用到换行。在网页中，换行往往有以下 3 种情况：自动换行、段落换行、换行符换行。

1．自动换行

如果在网页中一直不停地输入文字，当文字到达编辑窗口的另一边时会自动换行。保存网页并在浏览器中查看网页时，文字也会自动换行，而且当浏览器缩放时，换行也会随之改变。

这里我们看一个例子，打开站点目录 Exercise\Simple 中的文件 02.html，其中的文本在浏览器中自动换行，如图 3.51 所示。

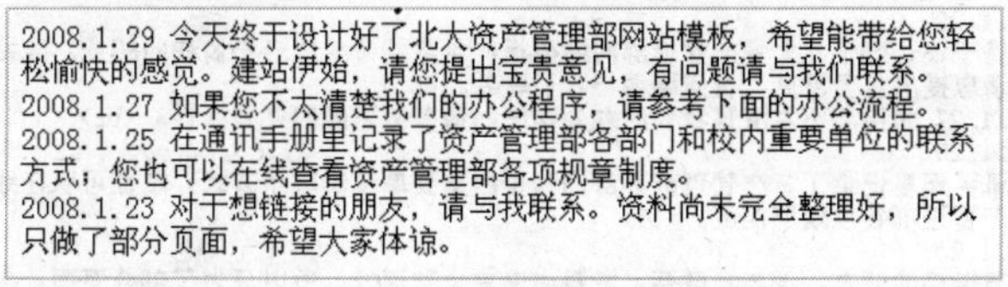

2008.1.29 今天终于设计好了北大资产管理部网站模板，希望能带给您轻松愉快的感觉。建站伊始，请您提出宝贵意见，有问题请与我们联系。
2008.1.27 如果您不太清楚我们的办公程序，请参考下面的办公流程。
2008.1.25 在通讯手册里记录了资产管理部各部门和校内重要单位的联系方式；您也可以在线查看资产管理部各项规章制度。
2008.1.23 对于想链接的朋友，请与我联系。资料尚未完全整理好，所以只做了部分页面，希望大家体谅。

图 3.51　自动换行的文字

2．段落换行

自动换行的位置会随着浏览器窗口的宽度发生改变。如果用户需要在固定的位置让文本换行，就可以使用段落换行。

在 Dreamweaver 中打开站点目录 Exercise\Simple 中的文件 02.html，将光标放在要换行的文本之间，然后按下键盘上的 Enter 键，就会让换行位置前后的文本分别成为一个段落，两个段落之间会出现一个空行，如图 3.52 所示。

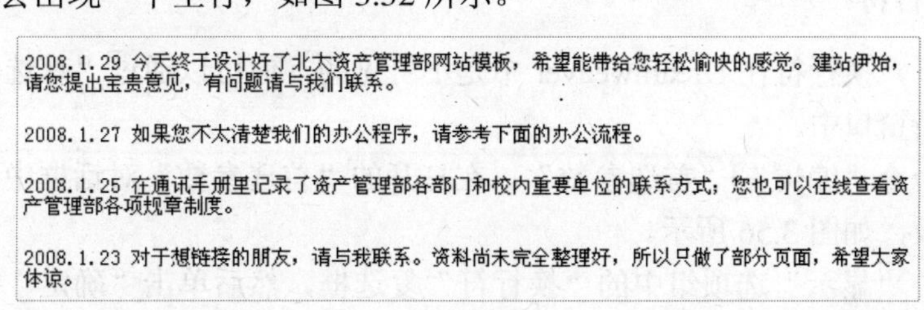

2008.1.29 今天终于设计好了北大资产管理部网站模板，希望能带给您轻松愉快的感觉。建站伊始，请您提出宝贵意见，有问题请与我们联系。

2008.1.27 如果您不太清楚我们的办公程序，请参考下面的办公流程。

2008.1.25 在通讯手册里记录了资产管理部各部门和校内重要单位的联系方式；您也可以在线查看资产管理部各项规章制度。

2008.1.23 对于想链接的朋友，请与我联系。资料尚未完全整理好，所以只做了部分页面，希望大家体谅。

图 3.52　段落换行后的文本

这样的换行实际上就是在文字前后自动加上一个段落符\<p></p>，如图 3.53 所示。

```
<p>2008.1.29
今天终于设计好了北大资产管理部网站模板，希望能带给您轻松愉快的感觉。建站伊
始，请您提出宝贵意见，有问题请与我们联系。</p>
<p> 2008.1.27 如果您不太清楚我们的办公程序，请参考下面的办公流程。</p>
<p> 2008.1.25
在通讯手册里记录了资产管理部各部门和校内重要单位的联系方式；您也可以在线查
看资产管理部各项规章制度。</p>
<p>2008.1.23
对于想链接的朋友，请与我联系。资料尚未完全整理好，所以只做了部分页面，希望
大家体谅。</p>
```

<div align="center">图 3.53　换行后的代码</div>

要删除这些换行，可以将光标放在两个段落之间，然后按下键盘上的 Delete 键。

3．换行符换行

段落换行时，两个段落之间会有空行。如果不希望出现这个空行，可以在按住 Shift
键的同时按下 Enter 键，这样就可以在文本中换行，行间并没有出现空行，如图 3.54 所示。

```
2008.1.29 今天终于设计好了北大资产管理部网站模板，希望能带给您轻松愉快的感觉。建站伊始，
请您提出宝贵意见，有问题请与我们联系。
2008.1.27 如果您不太清楚我们的办公程序，请参考下面的办公流程。
2008.1.25 在通讯手册里记录了资产管理部各部门和校内重要单位的联系方式；您也可以在线查看资
产管理部各项规章制度。
2008.1.23 对于想链接的朋友，请与我联系。资料尚未完全整理好，所以只做了部分页面，希望大家
体谅。
```

<div align="center">图 3.54　文本换行</div>

查看源代码，就会发现换行处插入了一个
标记，如图 3.55 所示。

```
2008.1.29
今天终于设计好了北大资产管理部网站模板，希望能带给您轻松愉快的感觉。建站伊
始，请您提出宝贵意见，有问题请与我们联系。<br>
2008.1.27 如果您不太清楚我们的办公程序，请参考下面的办公流程。<br>
2008.1.25
在通讯手册里记录了资产管理部各部门和校内重要单位的联系方式；您也可以在线查
看资产管理部各项规章制度。<br>
2008.1.23
对于想链接的朋友，请与我联系。资料尚未完全整理好，所以只做了部分页面，希望
大家体谅。
```

<div align="center">图 3.55　代码中加入的
标记</div>

这种换行方式在网页中出现的频率最高。

另外，在文本换行时需要注意以下两个问题：

（1）换行符
可以嵌套在段落标签<p></p>之间。

（2）段落符号<p>和</p>是成对出现的，但
不是成对的。

4．显示换行符

默认情况下，换行符在 Dreamweaver 中是不可见的，但可以通过"首选参数"对话框
让它显示在编辑窗口中。

选择菜单命令"编辑"|"首选参数"，在打开的"首选参数"对话框中，切换到"不
可见元素"面板，如图 3.56 所示。

在右侧选中"显示"选项组中的"换行符"复选框，然后单击"确定"按钮关闭对话
框。此后，如果网页中使用了换行符，就会在网页编辑窗口中出现换行符图标，如图 3.57
所示。

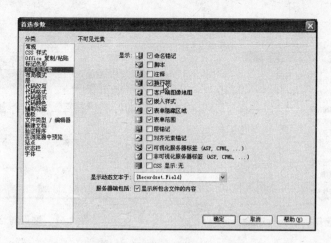

图 3.56 "首选参数"对话框

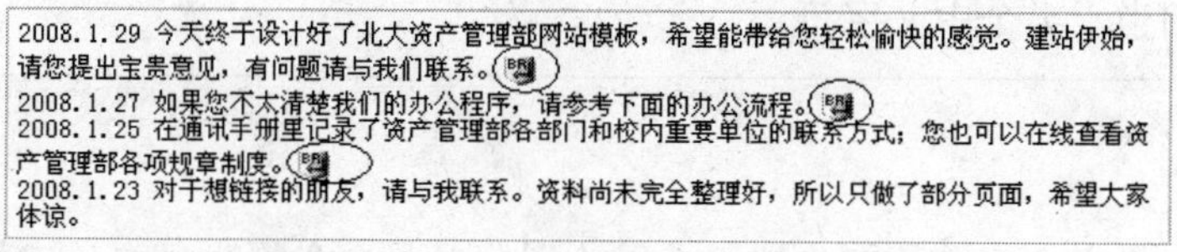

图 3.57 换行符图标

如果要隐藏换行符，再次打开"首选参数"对话框后，在其中取消选中"换行符"复选框即可。

3.3.12 设置首行缩进

在中文网页中经常要让段落的首行缩进两个字符，如图 3.58 所示。

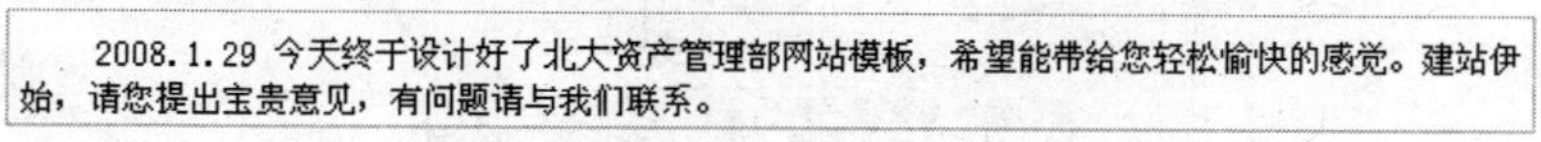

图 3.58 首行缩进后的效果

要实现首行缩进，可以使用"插入"工具栏来插入空格符。在"插入"工具栏中切换到"文本"插入工具栏，如图 3.59 所示。

图 3.59 "文本"插入工具栏

在工具栏中单击换行符按钮后的下拉按钮，在展开的下拉菜单中选择"不换行空格"命令，如图 3.60 所示。

此时将会打开警告对话框，提示如果网页中使用的不是西欧字符，有些浏览器可能不会正常显示特殊字符，如图 3.61 所示。

选中"以后不再显示"复选框，然后单击"确定"按钮。再单击 3 次"不换行空格"按钮，此时将在段落文本前出现两个字的空格（见图 3.58）。

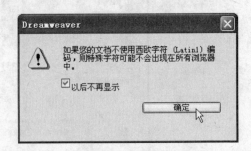

图 3.60 选择"不换行空格"命令　　　　图 3.61 警告对话框

切换到代码视图，就会发现段落前出现 4 组符号" "。每组符号代表一个英文字符的空格，相当于半个中文字符。

提示

之所以不直接在文字前按空格键，是因为浏览器将会忽略代码中的空格。

3.3.13　创建列表

列表包括有序列表和无序列表两种。无序列表是没有标明序号的，每一项前都以同样的符号显示，如图 3.62 所示。

```
· 日常行政工作 [综合办公室]
· 全校房地产产权管理 [综合办公室]
· 公用房 (教学、科研、办公) 分配与管理 [房地产管理办公室]
· 家属用房 (非售房) 分配与管理 [房地产管理办公室]
· 教工集体宿舍分配与管理 [房地产管理办公室]
· 已出售家属房的交易及产权管理 [房改办公室]
· 研究制定我校房改方案 [房改办公室]
· 全校实验室的建设与管理 [实验室管理办公室]
· 全校仪器设备固定资产的管理 [设备管理与进口办公室]
· 大型、贵重仪器设备订购与使用管理 [设备管理与进口办公室]
· 全校教学、科研仪器设备进、出口管理 [设备管理与进口办公室]
· 外资贷款工作 [外资贷款办公室]
· 材料、常用耗材的采购供应 [设备器材采购供应中心]
· 常用设备的维修 [设备器材采购供应中心]
```

图 3.62　无序列表

有序列表的每一项前都有序号，如图 3.63 所示。

```
1.  日常行政工作 [综合办公室]
2.  全校房地产产权管理 [综合办公室]
3.  公用房 (教学、科研、办公) 分配与管理 [房地产管理办公室]
4.  家属用房 (非售房) 分配与管理 [房地产管理办公室]
5.  教工集体宿舍分配与管理 [房地产管理办公室]
6.  已出售家属房的交易及产权管理 [房改办公室]
7.  研究制定我校房改方案 [房改办公室]
8.  全校实验室的建设与管理 [实验室管理办公室]
9.  全校仪器设备固定资产的管理 [设备管理与进口办公室]
10. 大型、贵重仪器设备订购与使用管理 [设备管理与进口办公室]
11. 全校教学、科研仪器设备进、出口管理 [设备管理与进口办公室]
12. 外资贷款工作 [外资贷款办公室]
13. 材料、常用耗材的采购供应 [设备器材采购供应中心]
14. 常用设备的维修 [设备器材采购供应中心]
```

图 3.63　有序列表

1. 创建无序列表

新建文档后，首先在编辑窗口中输入一段文本，如图 3.64 所示，然后单击"属性"面板中的"项目列表"按钮▤，此时这段文本将变成如图 3.65 所示。

日常行政工作 [综合办公室]　　　　　　· 日常行政工作 [综合办公室]|

图 3.64　输入的文本　　　　　　　　图 3.65　无序列表文本

将光标放在文本的末尾，按下 Enter 键，此时将出现列表的第 2 项，然后可以在后面输入文字，如图 3.66 所示。

· 日常行政工作 [综合办公室]
· 全校房地产产权管理 [综合办公室]　　I

图 3.66　出现列表的第 2 项

依次类推，就可以将所有列表项中的文本填写完整。输完最后一项后，连续按下两次 Enter 键，项目符号就会自动消失，结束列表的制作。

2. 创建有序列表

如果要创建有序列表，只要在开始时单击"编号列表"按钮即可，创建出的列表如图 3.67 所示。

图 3.67　创建出的有序列表

3. 转换列表类型

如果要将无序列表转换为有序列表，可以先选中所有列表中的文字，如图 3.68 所示，然后单击"属性"面板中的"编号列表"按钮▤。

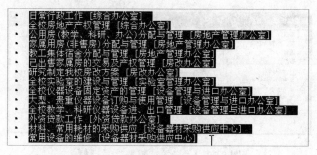

图 3.68　选中所有列表中的文字

如果要将有序列表转换为无序列表，可以在选中文字后单击"项目列表"按钮 ☰。

4．修改无序列表的外观

选中列表文本，单击鼠标右键，在弹出的菜单中选择"编辑标签"命令，此时将打开"标签编辑器"对话框，如图 3.69 所示。

在对话框的左侧列表中单击"常规"选项，切换到"ul-常规"面板，展开其中的"类型"下拉列表框，如图 3.70 所示。

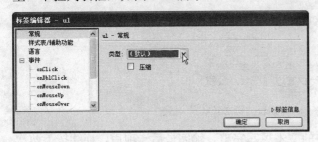 

图 3.69 "标签编辑器"对话框　　　　图 3.70 "类型"下拉列表框

当选择"圆形"选项时，列表文本前的列表符号就变成了圆圈，如图 3.71 所示。

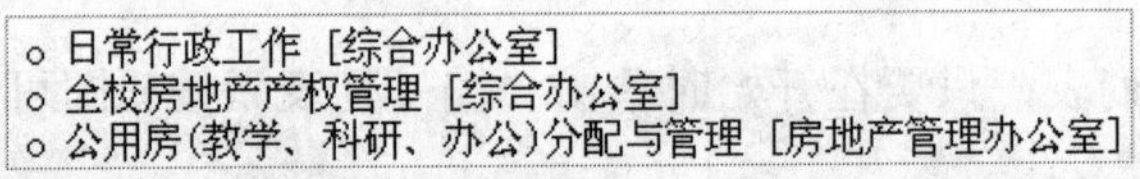

○ 日常行政工作 [综合办公室]
○ 全校房地产产权管理 [综合办公室]
○ 公用房(教学、科研、办公)分配与管理 [房地产管理办公室]

图 3.71 修改后的圆形项目符号

如果选择的是"正方形"选项，列表文本前的列表符号就变成了正方形，如图 3.72 所示。

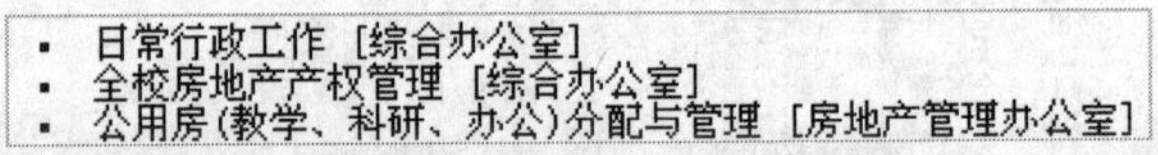

▪ 日常行政工作 [综合办公室]
▪ 全校房地产产权管理 [综合办公室]
▪ 公用房(教学、科研、办公)分配与管理 [房地产管理办公室]

图 3.72 修改后的正方形项目符号

5．修改有序列表的外观

选中有序列表中的所有文字，在右键菜单中选择"编辑标签"命令，在打开的"标签编辑器"对话框中单击"常规"选项，切换到"ol-常规"面板，展开其中的"类型"下拉列表框，如图 3.73 所示。

图 3.73 "标签编辑器"对话框

默认情况下，有序列表是用阿拉伯数字进行排序的。如果在"类型"下拉列表框中选择"小写希腊字母"选项，列表文本前的项目列表符号就会变成小写的英文字母，如图3.74所示。

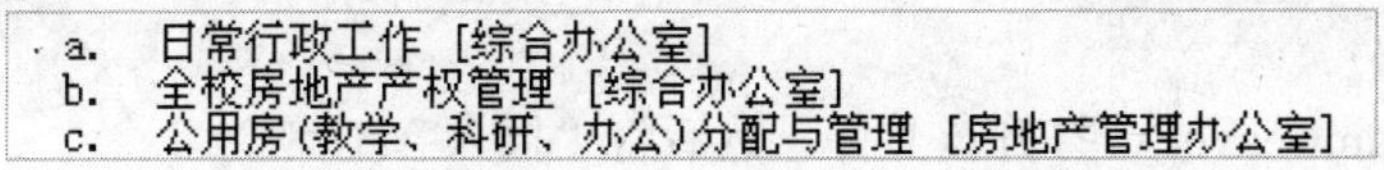

```
  a.   日常行政工作 [综合办公室]
  b.   全校房地产产权管理 [综合办公室]
  c.   公用房(教学、科研、办公)分配与管理 [房地产管理办公室]
```

图 3.74　修改为小写希腊字母后的列表符号

如果选择的是"小写罗马字母"选项，列表就会变成如图3.75所示。

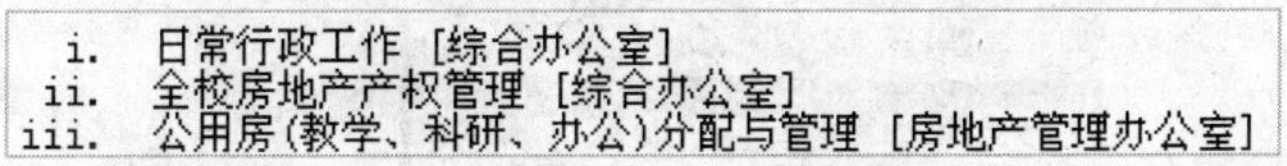

```
  i.   日常行政工作 [综合办公室]
 ii.   全校房地产产权管理 [综合办公室]
iii.   公用房(教学、科研、办公)分配与管理 [房地产管理办公室]
```

图 3.75　修改为小写罗马字母后的列表符号

如果希望编号不是从默认的数字1开始，就可以在"开始"文本框中输入数字列表的起始数字，这里输入数字"5"，修改后的效果如图3.76所示。

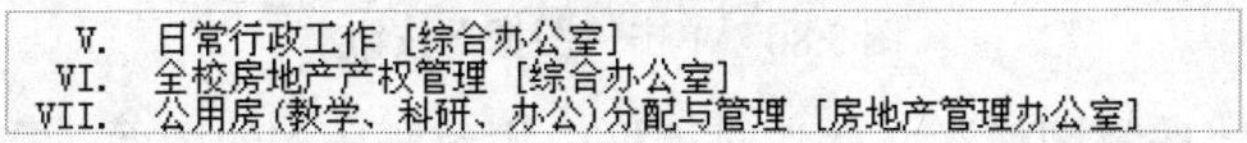

```
  V.   日常行政工作 [综合办公室]
 VI.   全校房地产产权管理 [综合办公室]
VII.   公用房(教学、科研、办公)分配与管理 [房地产管理办公室]
```

图 3.76　修改后的列表符号

6．创建嵌套列表

如果列表的下面还有子列表，就需要创建嵌套列表。首先创建一个列表项，如图3.77所示。

选中要作为嵌套子列表的列表项，如图3.78所示，然后单击"文本缩进"按钮，此时的列表将变成如图3.79所示。

```
  I   列表项1          III.   列表项1          III.   列表项1
 II   列表项2           IV.   列表项2           IV.   列表项2
III   列表项3            V.   列表项3                  1.  列表项3
 IV   列表项4           VI.   列表项4                  2.  列表项4
  V   列表项5          VII.   列表项5                  3.  列表项5
 VI   列表项6         VIII.   列表项6            v.   列表项6
```

图 3.77　创建的列表项 　　　图 3.78　选中命令列表项 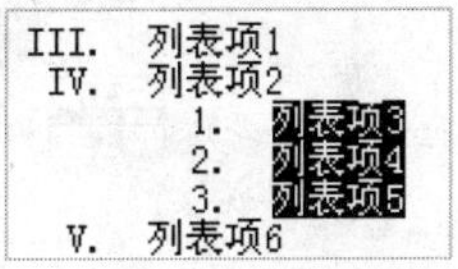　　　图 3.79　嵌套列表

在嵌套列表中增加列表项以及修改嵌套列表外观的方法和单独的列表方法一样，这里不再赘述。

如果要取消嵌套列表，可以先选中嵌套列表中的所有列表项，然后单击"属性"面板中的"文本凸出"按钮即可。

3.4　使用图像

目前的网页几乎没有不使用图像的，图像对于丰富网页的外观起着越来越重要的作用，因此合理地使用图像是网页制作中的重点。

3.4.1 插入图像

❶ 新建文件，将其保存在站点目录 Exercise\Simple 下，命名为 05.html。

❷ 在 Dreamweaver 中打开该文件，然后将"插入"工具栏切换到"常用"插入工具栏，并单击其中的"图像"按钮，如图 3.80 所示。

实讲实训
多媒体演示

多媒体演示参见配套光盘中的\\视频\第3 章\插入图像.avi。

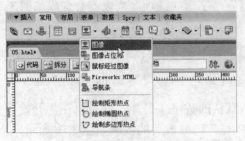

图 3.80 单击"图像"按钮

❸ 在打开的"选择图像源文件"对话框中找到要插入的图像，在对话框的右侧可以预览该图像，也可以查看图像文件的大小以及图像的长度、宽度等，如图 3.81 所示。

单击"确定"按钮，将该图像插入到文档中，如图 3.82 所示。

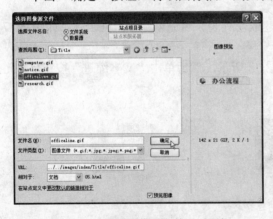

🌐 办公流程

图 3.81 "选择图像源文件"对话框   图 3.82 插入的图像

> ❗ **注意**
>
> 图像必须位于当前站点内部，否则图像的链接将会出现错误。

❹ 如果图像文件在站点外部，Dreamweaver 会提醒是否要将该文件保存在站点内部，如图 3.83 所示。

此时应单击"是"按钮，弹出"复制文件为"对话框，在站点内寻找一个文件夹，如图 3.84 所示。

❺ 单击其中的"保存"按钮将图像保存起来。此时，站点外的图像就被复制到站点内了，而且被插入到网页中。

切换到代码视图，该图像所对应的代码如下：

```
<img src="../images/index/Title/officeline.gif" width="142" height="21">
```

其中 img 是英文 image 的缩写，代表插入的对象是图像；src 后面引号中引用的是图像的路径；width 后面是图像的宽度；height 后面是图像的高度。

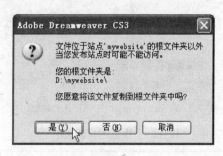

图 3.83　Dreamweaver 提示框　　　　图 3.84　"复制文件为"对话框

3.4.2　修改图像属性

选中刚才插入的图像，"属性"面板中显示的是该图像的各项属性，如图 3.85 所示。

1. 图像名称

图像的名称一般用在程序代码中（如 JavaScript 脚本等）。如果要为图像指定名称，只需在"名称"文本框中输入名称即可，如图 3.86 所示。

实讲实训
多媒体演示

多媒体演示参见配套光盘中的\\视频\第 3 章\修改图像属性.avi。

图 3.85　选中图像时的"属性"面板

由于程序代码中往往不支持中文，因此该名称的命名应和变量的命名一样，只允许使用英文字母、数字以及下划线"_"。

2. 图像大小

选中图像，然后在"属性"面板中的"宽"或"高"文本框中输入图像新的大小，如图 3.87 所示。

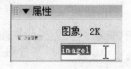

图 3.86　输入图像名称　　　　　　图 3.87　修改图像大小

如果不习惯这种方式，也可以将光标移到文档编辑窗口中的图像上，然后通过拖动图像上的控制句柄调节图像的大小，如图 3.88 所示。

拖动右侧的句柄可以改变图像的宽度，拖动下方的句柄可以改变图像的高度。

一旦图像大小发生变化，"属性"面板中的"宽"、"高"文本框中的数字也会相应地发生变化，并且以粗体显示。

如果要恢复图像原来的大小，可以单击"属性"面板上的"重设图像大小"按钮，如图 3.89 所示。

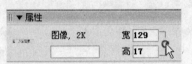

图 3.88　调整图像大小　　　　　　　　图 3.89　恢复图像的大小

提示

使用 Dreamweaver 更改图像的大小是个不好的习惯，如果要修改图像，最好使用专门的图像编辑软件（如 Fireworks、Photoshop 等）对图像进行缩放，然后再重新插入。

3．替代文本

有时在浏览网页时，将鼠标放在某些图像上时，鼠标旁边会出现一些文本，这些文本就是替代文本，如图 3.90 所示。

加入替代文本的好处是，在图像没有被下载时，在图像的位置上就会显示替代文本，这样浏览者就可以事先知道该图像所代表的内容。

4．边框宽度

选中图像后，通过在"边框"文本框中输入数值可以定义边框的宽度，如图 3.91 所示。当图像上没有超级链接时，边框颜色默认为黑色，如图 3.92 所示。

图 3.90　替代文本　　　　　图 3.91　修改边框宽度　　　　图 3.92　添加边框后的图像

当图像上有超级链接时，边框的颜色将和链接文字颜色一致，默认为深蓝色。

如果要删除边框，可以在"边框"文本框中将边框宽度修改为 0。

5．对齐方式

❶　新建文件 06.html，为了方便查看效果，在文档中加入一些文本，并插入站点目录 images\index\Title 下的图像 computer.gif，如图 3.93 所示。

图 3.93　插入的文本和图像

❷　下面将图像移到第一行中。选中图像后按住鼠标不放，将光标拖动到文本开始的
位置上，如图 3.94 所示。松开鼠标后，图像将位于文本开始的位置，如图 3.95 所示。

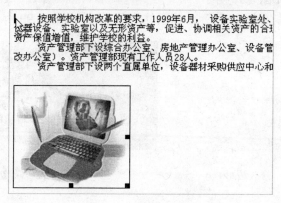

图 3.94　拖动图像

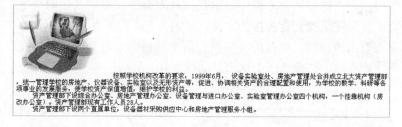

图 3.95　拖动后的图像

❸　选中图像，在"属性"面板中的"对齐"下拉列表框中共包含 9 种对齐方式，如
图 3.96 所示。选择"左对齐"选项，此时的文本和图像的相对位置就变成了如图 3.97 所示。

图 3.96　"对齐"下拉列表框

图 3.97　图像左对齐后的效果

其他对齐方式定义了图像与附近文字之间的相对位置：

- 基线、底部、绝对底部　是指图像底端与文字的底端对齐。
- 顶端、文本上方　是指图像顶端和文字行最高字符的顶端对齐。
- 居中　是指图像的中间线和文字的底端对齐。
- 绝对居中　是指图像的中间线和文字的中间线对齐。

这些对齐方式也适用于其他多媒体文件。

6．边距

边距分为"垂直边距"和"水平边距"两部分，可以分别设定在水平或垂直方向上若干像素内为空白区域。设置的方法是，选中图像后，在"垂直边距"和"水平边距"文本框中输入边距数值，如图 3.98 所示。

此时图像的上下左右都出现了 20 像素的空白区域，如图 3.99 所示。

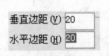

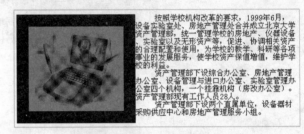

图 3.98　修改边距　　　　　　　　　　图 3.99　修改后的图像

7．链接

选中图像后，在"链接"文本框中可以直接输入要链接对象（如网页等）的路径，或者单击"浏览文件"按钮找到要链接的文件，如图 3.100 所示。

如果希望在单击图像时，链接的文件是在新文档窗口中打开的，可以在"属性"面板的"目标"下拉列表框中选择_blank 选项，如图 3.101 所示。

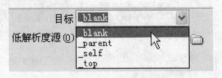

图 3.100　添加链接　　　　　　　　　图 3.101　设置链接目标框架

8．低解析度源

低解析度源可以用来指定在载入主图像之前应该载入的图像，这个文件的体积很小，一般是只包含黑、白两色的图像，因为它可以迅速载入，让访问者对他们等待的内容事先有所了解。

在使用该项前，必须用图像编辑软件制作一个文件体积很小的图像文件，然后单击"低解析度源"后的"浏览文件"按钮，在打开的"选择图像源文件"对话框中找到该文件。

一般不推荐使用这种方式，因为它需要多下载一张图片，实际上增加了网络负担。

3.5　插入Flash对象

网页中可以包含各种各样的对象，多媒体是其中最为耀眼的部分。下面将介绍在页面中插入各种常见多媒体对象的方法。

3.5.1　插入Flash动画

Flash 动画文件体积小、效果好，而且具有交互功能，让网页更吸引人。如果制作好了一个 Flash 动画，怎样将它显示在网页上呢？实际上，Dreamweaver 提供了可视化插入 Flash 动画的方式。

**实讲实训
多媒体演示**

多媒体演示参见配套光盘中的\\视频\第 3 章\插入 Flash 动画.avi。

❶　在 Dreamweaver 窗口中新建文档 07.html，将光标放在要插入动画的位置上，然后切换到"常用"插入工具栏，在其中单击"媒体"按钮，在展开的菜单中选择 Flash 命令，如图 3.102 所示。

图 3.102　"媒体"下拉菜单

❷　此时将打开"选择文件"对话框，在其中找到站点目录 images\swf 下的文件 topbanner.swf，如图 3.103 所示。单击"确定"按钮，将弹出"对象标签辅助功能属性"对话框，如图 3.104 所示。

图 3.103　"选择文件"对话框

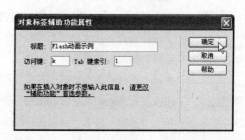

图 3.104　"对象标签辅助功能属性"对话框

其中"标题"选项用来设定当 Flash 被禁止显示时描述 Flash 的文本信息；"访问键"选项用来设定在页面中访问该文件的快捷键；"Tab 键索引"用来设定焦点在页面元素间

切换的次序，数值越小，按 Tab 键时焦点越先到达。

❸ 单击"确定"按钮插入 Flash 动画文件，它在页面中显示为一个灰色的方框，里面有一个 Flash 标志，如图 3.105 所示。

图 3.105　插入的 Flash 动画

选中此对象，可以在"属性"面板中设置它的高度和宽度，如图 3.106 所示。如果想预览一下效果，可以单击"属性"面板中的"播放"按钮。

图 3.106　Flash 文件"属性"面板

"属性"面板中的参数及其含义如表 3.1 所示。

表 3.1　Flash 文件"属性"面板中的参数及其含义

属性	含义
宽和高	设定 Flash 文件的宽度和高度。因为 Flash 里包含的大多是矢量图形，所以改变高度和宽度时不会影响画面的质量
文件	显示 Flash 文件的路径，单击后面的"浏览"按钮可以指定新的动画文件
重设大小	如果曾经修改过 Flash 文件的高度和宽度，单击"重设大小"按钮可以恢复到默认尺寸
自动播放	选中后电影会自动播放
垂直边距	设定 Flash 文件垂直方向上的空白区域
水平边距	设定 Flash 文件水平方向上的空白区域
品质	设定动画的质量，一般都选择"高品质"选项
比例	设定 Flash 电影在指定的高度和宽度后如何显示，共有 3 项设置。"默认"设定下会显示整个电影，同时保持电影原来的高度和宽度比，但采用缩小的方法，电影周围会出现空白，自动以电影的背景进行填充；"无边框"也是保持电影的高度宽度比，但采用放大的方式，超出高度、宽度的区域会被裁掉；"严格匹配"会改变电影的高宽为设定的值，但会因此使电影发生变形
对齐	Flash 文件相对文本的对齐方式，其中"左对齐"和"右对齐"可以产生图文混排的效果；"基线"和"底部"指动画底端与文字的底端对齐；"顶端"是指动画顶端和文字行顶端对齐；"居中"是指动画的垂直中轴线和文字的底部对齐；"文本上方"指动画的顶端和文本行顶部对齐；"绝对居中"是指动画垂直中轴线和文字的中轴线对齐；"绝对底部"是指动画底端和文本底端对齐
背景颜色	用来设定动画的默认背景颜色
播放	单击"播放"按钮，可以在 Dreamweaver 编辑窗口下预览动画
参数	可设定 ActiveX 参数，这些参数用于 ActiveX 控件之间的数据交换

❹ 保存文件并在浏览器中打开这个页面，就可以看到 Flash 动画效果了，如图 3.107 所示。

图 3.107　浏览效果

3.5.2　插入Flash文本

实讲实训
多媒体演示
多媒体演示参见配
套光盘中的\\视频\
第 3 章\插入 Flash
文本.avi。

其实很多情况下，用户不是想制作一个复杂的 Flash 动画，更多的是想制作一个有 Flash 动画效果的文本。这样的对象用 Dreamweaver 就可以实现，而且比在 Flash 中制作动画更加容易。

❶ 将光标放在要插入 Flash 文本的位置，然后在"常用"插入工具栏中单击 Flash 按钮旁的下拉按钮，在打开的"媒体"下拉菜单中选择"Flash 文本"命令，如图 3.108 所示。此时将打开"插入 Flash 文本"对话框，如图 3.109 所示。

图 3.108　插入 Flash 文本　　　　图 3.109　"插入 Flash 文本"对话框

❷ 在"文本"列表框中输入文字"welcome to pku.edu.cn"，选中后在上面设置文字的字体、大小。如果觉得有必要，还可以通过"字体"下面的按钮设定文字的粗体、斜体、对齐方式等。

文字颜色有两种，对话框中"颜色"后设定的是正常状态下的文本颜色，而"转滚颜色"设定的是当鼠标移到 Flash 文字上时的颜色。

如果想给这段文字添加链接，可以在"链接"文本框中给它添加链接，链接可以是外部链接，也可以是内部链接。这里输入网址"http://www.pku.edu.cn"。如果要在单击按钮时打开新窗口，可以设置"目标"为"_blank"。

"背景色"选项可以用来设定 Flash 文本的背景色。

"另存为"选项可以设定当前 Flash 文本的保存路径。

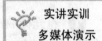

注意

Flash 文件和使用 Flash 文本的网页必须处于同一个目录中，否则动画不能显示。

对 Flash 文字进行设定时，可以随时单击"应用"按钮预览效果。

③ 设定完成后，单击"确定"按钮，Flash 文本就出现在编辑窗口中。此时用浏览器打开这个网页，效果如图 3.110 所示。

welcome to pku.edu.cn

图 3.110　Flash 文本效果

如果要编辑该文字，双击 Flash 文本将重新打开"插入 Flash 文本"对话框，在其中可以进行修改。

3.5.3　插入Flash按钮

❶ Dreamweaver 还可以创建 Flash 按钮。将光标放在要插入 Flash 按钮的位置上，然后在"常用"插入工具栏中单击 Flash 按钮旁的下拉按钮，在打开的"媒体"下拉菜单中选择"Flash 按钮"命令，如图 3.111 所示。此时将打开"插入 Flash 按钮"对话框，如图 3.112 所示。

在"按钮文本"文本框中输入文字"Cart"，然后在"样式"列表框中选择自己喜欢的样式。

如果想设定文字的格式，可以在"字体"、"大小"文本框中设置。

实讲实训
多媒体演示

多媒体演示参见配套光盘中的\\视频\第 3 章\插入 Flash 按钮.avi。

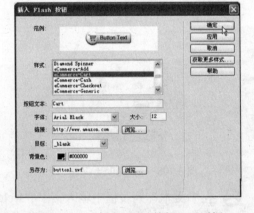

图 3.111　选择"Flash 按钮"命令　　　　图 3.112　"插入 Flash 按钮"对话框

和 Flash 文本一样，可以在"链接"文本框中输入链接路径或者单击"浏览"按钮找到要链接的文件。

"目标"、"背景色"、"另存为"等项的设置和创建 Flash 文本时相同。

❷ 设定完毕后，单击"确定"按钮，在打开的"Flash 辅助功能属性"对话框中单击"确定"按钮，将完成设置并返回编辑窗口，此时文档中将出现一个 Flash 按钮，如图 3.113 所示。

图 3.113　插入后的 Flash 按钮

此时如果想调整一下 Flash 按钮的大小，选中按钮后，在"属性"面板中调整按钮的大小等属性即可，如图 3.114 所示。

图 3.114　调整 Flash 的属性

3.6　添加背景音乐

如果想在页面中加入背景音乐，可以在代码中使用<embed>标记。

首先准备好一首 MIDI 音乐，它的扩展名为*.mid 或*.rmi。这里使用站点目录 media\mid 中的文件 bgsound.mid。

新建文档，将它保存到和音乐文件相同的目录中，文件名为 mid.htm。

切换到代码窗口，在网页<body>和</body>之间添加<embed>标记，<embed>标记可以放在这两个标记之间的任何地方，如图 3.115 所示。

保存文件并在浏览器中打开，此时浏览器窗口就会出现一个播放控制器，用来控制音乐的播放或停止，如图 3.116 所示。

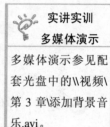

多媒体演示参见配套光盘中的\\视频\第 3 章\添加背景音乐.avi。

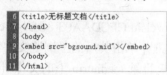

```
6  <title>无标题文档</title>
7  </head>
8  <body>
9  <embed src="bgsound.mid"></embed>
10 </body>
11 </html>
```

图 3.115　插入的代码

图 3.116　播放控制器

现在用户希望能把音乐当作背景音乐来用，也就是要把这个控制器隐藏起来，而且一进入画面就开始自动播放，然后一直重复。此时就需要修改代码了，修改后的代码如下：

<embed src="bgsound.mid" hidden=true autostart=true loop=true>

其中 hidden 用来控制控制器是否隐藏，后面的值为 true 表示隐藏控制器。

autostart=true 时可以让音乐在打开页面时就自动开始播放。

loop=true 表示让背景音乐不停地循环，如果只想让它循环一定的次数，可以将其改为一个整数。

3.7　插入RealPlayer视频

❶ 新建文档，将文件保存在站点目录 media\rm 下，将文件名设为 rm.htm。

❷ 在"常用"插入工具栏中展开"媒体"下拉菜单，从中选择 ActiveX 命令，如图 3.117 所示。

❸ 再次单击打开窗口的"确定"按钮，此时将在页面上添加一个控件，拖动控件上的句柄可以调整大小，如图 3.118 所示。

实讲实训
多媒体演示

多媒体演示参见配套光盘中的\\视频\第 3 章\插入 RealPlayer 视频.avi。

图 3.117　选择 ActiveX

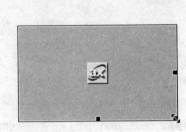

图 3.118　添加的控件

❹ 选中该控件，此时的"属性"面板如图 3.119 所示。

图 3.119　"属性"面板

从 ClassID 下拉列表框中选择 RealPlayer/clsid:CFCDAA03-8BE4-11cf-B84B-0020AFBBCCFA 选项，然后选中"源文件"前的复选框并单击其后的"浏览文件"按钮，在打开的"选择 Netscape 插件文件"对话框中找到站点目录 media\rm 下的文件 final.rm，如图 3.120 所示。

图 3.120　"选择 Netscape 插件文件"对话框

注意

对话框中的文件类型必须为"所有文件"，否则对话框中看不到文件 final.rm。

❺ 单击"确定"按钮后，将网页保存在和文件 final.rm 相同的目录中，接下来继续添加一些参数。单击"属性"面板中的"参数"按钮，将会打开一个"参数"对话框。在其中添加参数 src，然后在右侧的文本框中输入 RM 文件相对于当前网页的路径，由于 RM 文件和网页位于同一个目录中，因此相对路径为 final.rm。单击"添加参数"按钮，添加参数 controls，设定值为 imagewindow，此时的"参数"对话框如图 3.121 所示。

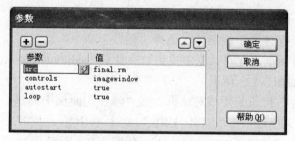

图 3.121　添加参数后的"参数"对话框

❻ 单击"确定"按钮后保存文件，在浏览器中就可以观看电影了，如图 3.122 所示。

图 3.122　浏览效果

提示

如果没有出现该控件，可能是因为没有安装 RealPlayer 插件。光盘目录 softwares\IE 插件\RealPlayer 是该插件的安装文件。

最后生成的代码如下：

```
<object classid="clsid:CFCDAA03.8BE4-11cf-B84B-0020AFBBCCFA"
width="319" height="244">
   <param name="src" value="final.rm">
```

```
<param name="controls" value="imagewindow">
<param name="autostart" value="true">
<param name="loop" value="true">
<embed src="final.rm" width="319" height="244" autostart="true"
loop="true" controls="imagewindow"></embed>
</object>
```

3.8 插入QuickTime电影

❶ 新建文件，在"常用"插入工具栏中单击 Flash 按钮旁的下拉按钮，在打开的"媒体"下拉菜单中选择"插件"命令，此时将打开"选择文件"对话框，在对话框中找到站点目录 media\mov 下的文件 mike.mov，如图 3.123 所示。

❷ 单击"确定"按钮关闭该对话框。在"属性"面板中调整好插件的宽度和高度后，在"插件 URL"文本框中输入路径"http://www.apple.com/quicktime/download/"，如图 3.124 所示。

实讲实训
多媒体演示

多媒体演示参见配套光盘中的\\视频\第3 章\插入 QuickTime 电影.avi。

图 3.123 "选择文件"对话框

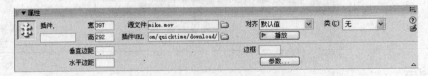

图 3.124 插件"属性"面板

❸ 最后保存文件并在浏览器中浏览电影，如图 3.125 所示。

 提示

要能浏览 MOV 电影，必须安装 QuickTime 插件，光盘目录 softwares\IE 插件\QuickTime 是该插件的安装文件。

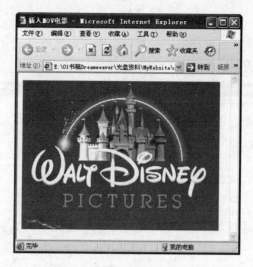

图 3.125　浏览效果

最后生成的代码如下：

```
<embed src="mike.mov" width="397" height="292"
pluginspage="http://www.apple.com/quicktime/download/"></embed>
```

3.9　插入Java Applet程序

Java 可以用来开发嵌入网页的小程序，这就是人们常说的 Java Applet。下面介绍使用 Dreamweaver 引入 Java Applet 的方法。

在站点目录 media\javaapplet 中有一个 Applet 程序文件 Lake.class，它的作用是让图像产生倒影效果，如图 3.126 所示。

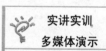

实讲实训
多媒体演示

多媒体演示参见配套光盘中的\\视频\第3 章\插入 Java Applet 程序.avi。

图 3.126　倒影效果

 新建文件并将其保存到 media\javaapplet 下，命名为 javaapplet.htm。

❷ 在文档窗口中，将插入点放在要插入 Applet 的地方，然后在"常用"插入工具栏

中单击 Flash 按钮旁的下拉按钮，在打开的"媒体"下拉菜单中选择 APPLET 命令。

此时将打开"选择文件"对话框，在对话框中找到站点目录 media\javaapplet 下的文件 Lake.class，如图 3.127 所示。

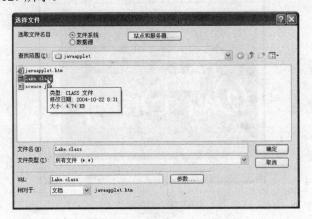

图 3.127　"选择文件"对话框

选中后单击"确定"按钮，此时页面中出现一个小图标，如图 3.128 所示。

❸ 在"属性"面板上修改其宽度为 300，高度为 400（该数值由 Applet 程序引用的图像的宽度来决定），如图 3.129 所示。

图 3.128　出现的图标

图 3.129　"属性"面板

❹ 下面将图片引入 Applet 中。单击"属性"面板中的"参数"按钮，在打开的"参数"对话框中设置 image 参数，如图 3.130 所示。

在左侧的文本框中输入参数"image"，右侧输入要加入图片相对于文档的路径，由于引用的图片 scence.jpg 和本文档位于相同的目录中，因此这里只需输入 scence.jpg。

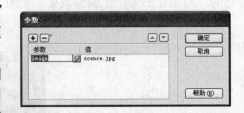

图 3.130　"参数"对话框

❺ 单击"确定"按钮完成设定。保存文件后，在浏览器中打开文件就可以看到效果了。

 提示

如果用户使用的是 Windows XP，默认情况下是不能正常观察效果的，必须安装 Java 虚拟机，其安装程序在随书光盘中的"softwares\IE 插件"目录下。

3.10 用CSS样式设定网页属性

网页具有许多属性，如网页的标题、网页颜色、背景图片等，本节将重点介绍如何设置这些属性。

3.10.1 "页面属性"对话框

新建文档，将文件保存在站点目录Exercise\Simple中，命名为 09.html。

此时在"属性"面板中显示的是文本的各项属性，同时面板上还有一个"页面属性"按钮，如图 3.131 所示。

单击该按钮将打开"页面属性"对话框，如图 3.132 所示。

在该对话框中，用户可以指定页面的默认字体和字体大小、背景颜色、边距、链接样式等。

实讲实训
多媒体演示

多媒体演示参见配套光盘中的\\视频\第 3 章\"页面属性"对话框.avi。

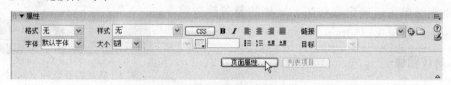

图 3.131 "属性"面板

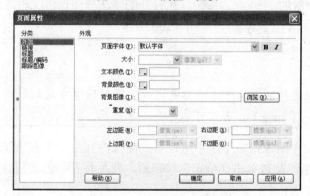

图 3.132 "页面属性"对话框

3.10.2 外观

1. 页面字体

"页面字体"下拉列表框用来指定网页中使用的默认字体。一旦指定了该选项，网页中的文本将以该字体进行显示，除非用户给文本专门指定了另一种字体。

2. 大小

"大小"下拉列表框用来指定网页中默认文字的大小。

3．文本颜色

"文本颜色"项用来指定网页中默认的文本颜色。单击"文本颜色"项后的拾色器按钮，在打开的拾色器中选择合适的颜色，这里选择黑色（#000000），如图 3.133 所示。

4．背景颜色

"背景颜色"项用来指定页面使用的背景颜色。单击"背景颜色"项后的拾色器按钮，在打开的拾色器中选择合适的颜色，这里选择一种深灰色（#666666），如图 3.134 所示。

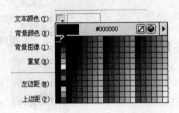

图 3.133　选择文本颜色

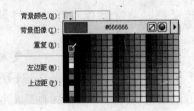

图 3.134　选择背景颜色

如果此时单击"确定"按钮，文档的背景颜色将变成深灰色，如图 3.135 所示。

5．背景图像

"背景图像"项用来指定页面使用的背景图像。单击"背景图像"项后的 浏览... 按钮，在打开的"选择图像源文件"对话框中找到站点目录 images 下的图像文件 gray.gif，如图 3.136 所示。

图 3.135　修改后的文档颜色

提示

选择的背景图像文件必须位于本地站点之内，同时网页中用到的图片文件格式最好选择.gif 或.jpg（.jpeg），否则可能无法正常显示。

从对话框右侧的"图像预览"区中可以看到图像内容是一张灰色纹理图片，图像大小为 128 像素×128 像素。此时单击"确定"按钮后，网页背景颜色就被背景图像覆盖了，如图 3.137 所示。

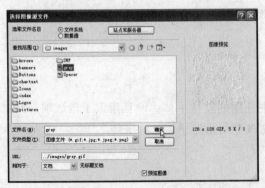

图 3.136　"选择图像源文件"对话框

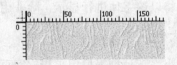

图 3.137　添加背景图后的效果

从上面可以看出，背景图像具有以下几个特点：

（1）背景图像将被放置在背景颜色的上层

也就是说，如果同时使用背景图像和背景颜色，背景图像完全下载并显示之前显示的是背景颜色；当背景图像完全下载之后，背景图像将覆盖背景颜色；如果背景图像有部分是透明的，则背景颜色会透过背景图像的透明部分显示在网页上。

（2）背景图像将被放置在文档对象的下层

一旦在文档中输入文字或插入图片，这些对象将会覆盖背景图片。

（3）默认情况下背景图像会不断重复出现

默认情况下背景图片在水平方向和垂直方向上会不断重复出现，直到铺满整个网页。如果要控制背景图片的重复，需要用到 CSS 样式表，这部分内容将在第 9 章中作详细的讲解。

6．页边距

接下来的 4 个文本框可以用来调整网页内容和浏览器边框之间的空白区域，其中"左边距"和"右边距"分别定义网页内容左侧和右侧与浏览器边框之间的空白距离；"上边距"和"下边距"分别定义网页内容顶部和底部与浏览器边框之间的空白距离。

这 4 项默认的单位都是像素，只要在文本框中输入数值就可以。不输入时，上、下、左、右的边距默认为 10 像素，这里全部设为 0 像素，如图 3.138 所示。

 提示

为了保持在 Internet Explorer 和 Netscape Navigator 两种浏览器中都取得一致的外观，这 4 项最好都要进行设置。

如果此时在文档中输入一些文字，文本就会紧贴网页边框的左上角，如图 3.139 所示。

图 3.138　设定页边距　　　　图 3.139　修改页面边距后的网页

7．查看源代码

所有的"外观"选项都设定好后，下面来看一下到底是哪些代码决定了网页的外观。切换到代码视图下，此时在网页的头部增加的代码如下：

```
<style type="text/css">
<!--
body {
    background-color: #006600;
    background-image: url(../images/gray.gif);
    margin-left: 0px;
    margin-top: 0px;
    margin-right: 0px;
```

```
        margin-bottom: 0px;
}
body,td,th {
        color: #000000;
        font-size: 9pt;
}
-->
</style>
```

这些代码就是控制网页属性的代码，这段代码是一个用 CSS 语法编写的 CSS 样式单。也就是说，默认情况下 Dreamweaver 是使用 CSS 样式单来指定页面属性的。有关 CSS 样式单的内容将在第 9 章详细地介绍。

3.10.3 链接

下面给网页中的文本链接定义各种相关的属性。在"页面属性"对话框左侧的列表中单击"链接"选项，切换到"链接"面板，在其中可以定义默认的链接字体、大小，以及链接、访问过的链接和活动链接的颜色，如图 3.140 所示。

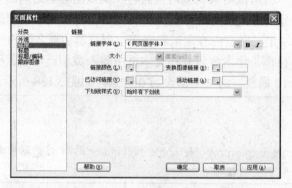

图 3.140　"链接"面板

其中：

- 链接字体　指定链接文本使用的默认字体。
- 大小　用来指定链接文本使用的默认的字体大小。
- 链接颜色　用来指定应用于链接文本的颜色。
- 已访问链接　用来指定应用于访问过的链接的颜色。
- 变换图像链接　用来指定当指针位于链接上时应用的颜色。
- 活动链接　用来指定单击链接时显示的颜色。
- 下划线样式　用来指定是否在链接上增加下划线。

这里在面板中设置各选项为如图 3.141 所示。

此时切换到代码窗口，将会发现上面的样式定义部分新加了一系列的样式，这些样式是专门为 <a> 标签准备的，网页中的所有 <a> 标签会自动添加这些样式。这些样式在 Dreamweaver 中被称为链接样式。

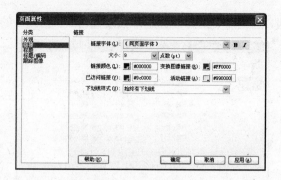

图 3.141　设置好后的各个选项

```
a {
    font-size: 9pt;
    color: #000000;
}
a:link {
    text-decoration: none;
}
a:visited {
    text-decoration: none;
    color: #9C0000;
}
a:hover {
    text-decoration: underline;
    color: #FF0000;
}
a:active {
    text-decoration: none;
    color: #990000;
}
```

　　以上设置可以让网页中链接文字的颜色互相区别开来，对浏览网页会有很大的帮助。比如通过不同的链接颜色，浏览者就能把已访问过的和未访问过的区分开，节省了浏览者的时间。

3.10.4　标题

　　在左侧列表中单击"标题"选项，切换到"标题"面板，在这里可以为标题（这里指用<h1>等定义的标题文本）定义更细致的格式，如图 3.142 所示。

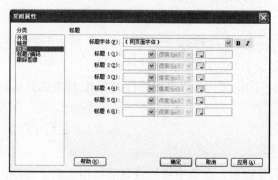

图 3.142　"标题"面板

由于标题共有 6 级，因此需要给每级标题单独设置格式，修改后的面板如图 3.143 所示。

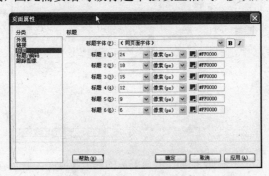

图 3.143 修改后的面板

此时切换到代码窗口，将会发现样式定义部分又新加了一系列的样式。

```
h1,h2,h3,h4,h5,h6 {
    font-weight: bold;
}
h1 {
    font-size: 24pt;
    color: #FF0000;
}
h2 {
    font-size: 18pt;
    color: #FF0000;
}
h3 {
    font-size: 15pt;
    color: #FF0000;
}
h4 {
    font-size: 12pt;
    color: #FF0000;
}
h5 {
    font-size: 9pt;
    color: #FF0000;
}
h6 {
    font-size: 6pt;
    color: #FF0000;
}
```

这些样式是分别为<h1>~<h6>标签定义的。例如，网页中的<h1>标签会自动应用名为 h1 的样式，而<h6>标签会自动应用名为 h6 的样式，以此类推。

也就是说，通过这样的定义，用户可以修改 HTML 标签的默认属性，这样的样式称为"HTML 标签样式"。

3.10.5 标题/编码

切换到"标题/编码"面板，在其中可以设置解释网页的字符编码。如果用户制作的是简体中文的网页，就应该选择"简体中文（GB2312）"选项，如图 3.144 所示。

图 3.144　"标题/编码"面板

3.10.6　跟踪图像

　　"跟踪图像"面板如图 3.145 所示，它可以为当前制作的网页添加跟踪图像。在专业网站建设中，往往会由美术设计人员首先制作出网页外观的图片，这样的图像在 Dreamweaver 中被称作"跟踪图像"。跟踪图像要和网页的大小一样大，这样制作网页时就可以照着跟踪图像规划网页的布局。

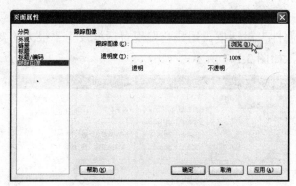

图 3.145　"跟踪图像"面板

　　在"跟踪图像"文本框中输入跟踪图像的路径，跟踪图像就会出现在编辑窗口中。如果觉得"跟踪图像"太亮，可以拖动"透明度"上的滑块来调节跟踪图像的透明度。

提示

跟踪图像不是网页的背景，并不会显示在浏览器中，因此不必专门删除它。

3.11　用HTML定义网页属性

1．修改首选参数

　　如果不喜欢使用 CSS 样式单，也可以选择用 HTML 标签的属性来定义外观。如果要改用 HTML 标签，可以在软件窗口中选择菜单命令"编辑"|"首选参数"，在打开的"首选

参数"对话框中切换到"常规"面板，如图 3.146 所示。

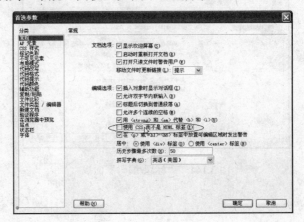

图 3.146 "首选参数"对话框

在其中的"编辑选项"选项组中取消选中"使用 CSS 而不是 HTML 标签"复选框，然后单击对话框中的"确定"按钮关闭对话框即可。

2. 设定外观

再次打开"页面属性"对话框，用户会发现对话框发生了很大的变化，首先要设定的就是网页的整体外观，如图 3.147 所示。

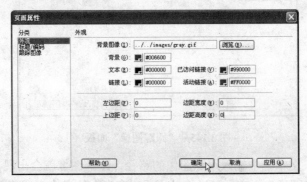

图 3.147 "页面属性"对话框

单击"确定"按钮后切换到代码视图，就会发现在<body>标签中增加了很多属性，如图 3.148 所示。

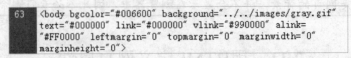

图 3.148 修改后的代码

其中的 bgcolor 代表背景颜色，background 代表背景图像，text 代表默认的文本颜色，link 代表链接文本的默认颜色，vlink 代表访问过后链接的颜色，alink 代表单击链接时链接文本的颜色，而 leftmargin、topmargin、marginwidth、marginheight 分别代表左边界、上边界、边界宽度、边界高度。

3．标题/编码

这里的"标题/编码"和在上节中提到的"标题/编码"的作用以及设置方法是相同的，这里不再赘述。

4．跟踪图像

这里的"跟踪图像"和在上节中提到的"跟踪图像"的作用以及设置方法也是相同的。

3.12　练 习 题

1．在站点Mysamplesite目录的best文件夹下新建网页文件index.htm。

2．分别练习用 CSS 样式和 HTML 来设定网页的属性。

3．在文档中添加文本和图像，最终的效果参见光盘目录 Mysamplesite\best 下的文件 index.htm。

4．在站点 Mysamplesite 的各个一级目录下新建网页文件 index.htm；在一级目录 best 中新建文件 best1.htm、best2.htm、best3.htm；在一级目录 fashion 下新建文件 fashion01. htm、fashion02.htm、fashion03.htm、fashion04.htm、fashion05.htm。

Dreamweaver CS3

第 4 章

超 级 链 接

本章导读

超级链接是网站的灵魂，掌握超级链接的基本概念和创建方法是学习网页制作非常重要的一步。本章首先介绍链接地址的类型、链接类型，然后通过实例讲解如何创建各种不同形式的链接。

内容要点

1. 地址和链接
2. 添加链接
3. 锚记链接
4. 热点链接

4.1　地址和链接

4.1.1　文件地址

1. 绝对地址

如果要创建一个外部链接，就不可避免地要使用一个绝对地址。

绝对 URL 是指某个文件在网络上的完整路径，包括协议、Web 服务器、路径和文件名等。简单地说，在浏览器地址栏中输入就能直接访问的文件地址就可以看作是绝对地址。例如，下面的地址就是绝对地址：

http://www.pku.edu.cn/
http://www.pku.edu.cn/index.htm

当然，用户可以在内部链接上使用绝对地址，但这么做有可能出现这样的问题：一旦网站所采用的域名发生改变，这些绝对地址必须逐个进行修改。因此在站点内部不推荐使用绝对地址，而应该选择更加灵活的相对地址。

2．相对地址

相对地址可以分为两类：文件相对地址和根目录相对地址。

（1）文件相对地址

文件相对地址是描述某个文件（或文件夹）相对另一个文件（或文件夹）的相对位置。即使站点根目录位置发生了改变，这种形式的地址也不会受到任何影响。也就是说，当站点的域名或网站的根目录发生改变时，站点内所有使用文件相对地址的链接都不会出现问题。

除此之外，还有一点也是非常重要的。当在站点管理器内进行文件的重命名、文件的移动、文件夹的移动等操作时，用文件相对地址创建的链接都会动态地进行更新。

如图 4.1 所示的是某个站点的目录结构，下面以这个站点中的文件为例说明文件相对地址的书写方法。

图 4.1　站点目录结构

- 如果要创建从站点根目录的 index.htm 到 top.htm 的链接，链接地址应是链接目标的文件名 top.htm。
- 如果要创建从 top.htm 到 news/index.htm 的链接，链接地址应是"news/index.htm"。
- 如果要创建从 news 目录下的 index.htm 到站点根目录下的 top.htm 的链接，链接地址应是"../top.htm"。类似地，如果创建从 pages 目录下的 news001.htm 到 top.htm 的链接，链接地址应是"../../top.htm"。
- 如果要创建从 news001.htm 到 about 目录下的 index.htm 的链接，链接地址应是"../../about/index.htm"，也就是要先向上后退两级目录，再向下一级目录找到要链接的网页。

（2）根目录相对地址

如果要创建的是内部链接，用户还可以选择根目录相对地址，这种地址在动态网页编写时用得比较多，但如果只是静态的网页，则不推荐使用这种地址形式。

根目录相对地址的书写形式比较简单，首先以一个斜杠开头，用它代表根目录，然后再书写文件夹名，最后书写文件名。例如要创建到 news001.htm 的链接，任何文件中的链接地址都可以书写为"/news/pages/new001.htm"。

根目录相对地址与文件相对地址不同，文件相对地址利用的是文件之间的相对关系，而根目录相对地址利用的是文件与根目录的关系。也就是说，在链接"/news/pages/news001．htm"中，根目录相对地址和链接目标文件 top.htm 的位置是没有关系的。

根目录相对地址只能由网站服务器软件来解释，所以在硬盘目录中打开一个带有根目录相对地址链接的网页，上面的所有链接将是无效的。这是因为在硬盘目录中不存在站点根目录，而只有文件夹。要想正确查看网页中的链接，就需要将网页上传到服务器上或将网页用网站服务器软件发布出来，然后用浏览器访问该页面。

4.1.2　关于超级链接

当站点访问者单击超级链接时，目标将显示在 Web 浏览器中，并根据目标的类型来运行或打开。这个目标通常是另一个 Web 页，也可以是一幅图片、一个多媒体文件、一个 Microsoft Office 文档、一个电子邮件地址或者一个程序。

超级链接分为内部链接与外部链接，它们是相对站点目录而言的。如果单击链接后访问的是站点目录内的文件，这样的链接就是内部链接；相反，如果单击后访问的是站点目录之外的文件，这样的链接就被称作外部链接。

4.2　添加链接

了解和链接相关的知识后，下面来看看怎样创建这些链接。

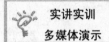

实讲实训
多媒体演示

多媒体演示参见配套光盘中的\\视频\第4章\添加外部、内部、E-mail 链接.avi。

4.2.1　添加外部链接

链接的载体一般为文字或图片，首先看看如何在文本上添加链接。

在首页中输入文本"北京大学"，然后选中文本，在"属性"面板的"链接"文本框中输入北大的网址"http://www.pku.edu.cn"，如图 4.2 所示。此时将在选中的文字上添上链接，如图 4.3 所示。

> **注意**
>
> "http://" 不可以省略。

保存文件后，单击该链接，将会在浏览器中打开北京大学网站的首页。

如果希望单击链接后能够打开一个新窗口来显示北京大学网站首页，就需要给链接添加"目标"属性。选中链接文本，在"属性"面板的"目标"下拉列表框中选择_blank 选项，如图 4.4 所示。

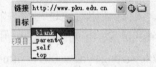

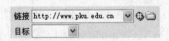

图 4.2　输入网址	图 4.3　添加链接后的文本	图 4.4　"目标"下拉列表框

"目标"下拉列表框中共有以下 4 项可供选择：

- 如果选择_blank 选项，表示单击链接后，将在新的浏览器窗口中打开链接的网页。
- 如果链接文本所在的网页是嵌套框架中的一部分，选择_parent 选项后，链接的网页将会在父框架中打开；如果不是在嵌套框架中，就会在整个浏览器窗口中显示链接的网页。

- 如果选择_self 选项，将在当前网页所在的窗口或框架中打开链接的网页。该项是浏览器的默认值。
- 如果选择_top 选项，将在浏览器窗口中打开网页。

如果要在图片上创建链接，可以先选中图像，然后在"属性"面板的"链接"文本框中输入链接的地址，如图 4.5 所示。

图 4.5　给图像添加链接

4.2.2　添加内部链接

在 Dreamweaver 中创建内部链接的方法主要有两种：一种是通过选择文件的方式，另一种是通过拖放定位图标的方式。

1．选择文件方式

❶ 选中要添加链接的文本或图像，如图 4.6 所示，然后在"属性"面板中单击"链接"文本框后的"浏览文件"按钮，如图 4.7 所示。

　　图 4.6　选中要创建链接的文本　　　　　　图 4.7　单击"浏览文件"按钮

❷ 此时将打开"选择文件"对话框，在其中找到要链接的网页文件。这里选择 news 目录下的文件 index.htm，如图 4.8 所示。

图 4.8　"选择文件"对话框

❸ 在添加链接时，用户可以选择文件地址的类型。如果想使用文件相对地址创建链

接，可以在对话框中“相对于”下拉列表框中选择“文档”选项；如果想使用根目录相对地址，可以在“相对于”下拉列表框中选择“根目录”选项。

> **注意**
> 链接的网页或文件必须位于本地站点中，不可以在硬盘中随意选取。

2. 拖放定位图标方式

除了上面的方法外，在 Dreamweaver 中还提供了一种简便的创建链接的方法。

首先在 Dreamweaver 中打开要添加链接的网页，并选中要添加链接的文字或图像，同时在“文件”面板上展开要链接的文件所在的目录，如图 4.9 所示。

接着在“属性”面板上按住链接定位图标不放，然后将其拖动到要链接的网页文件图标上，如图 4.10 所示。

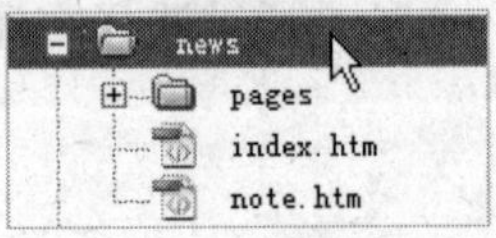

图 4.9　展开的目录

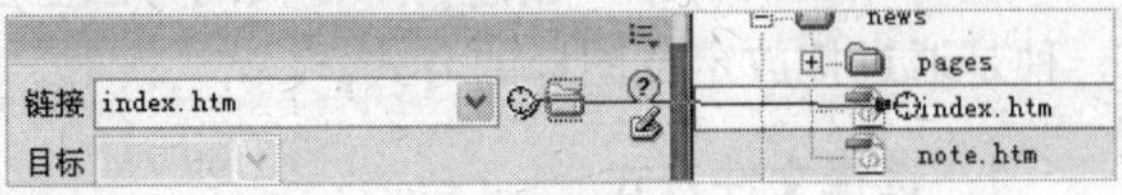

图 4.10　拖动链接定位图标

松开鼠标后，要链接网页的地址就会出现在“属性”面板的“链接”文本框中。

4.2.3　添加E-mail链接

E-mail 链接是连接到 E-mail 地址的链接。如果用户安装了电子邮件软件，如 Outlook、Outlook Express 等，在浏览器中单击 E-mail 链接时会自动打开“新邮件”窗口，如图 4.11 所示。

添加 E-mail 链接最直接的方法是在选中文本或图像后，在“属性”面板上输入以下形式的链接地址“mailto:image_wu@263.net”，如图 4.12 所示，其中“image_wu@263.net”是 E-mail 的接收地址。

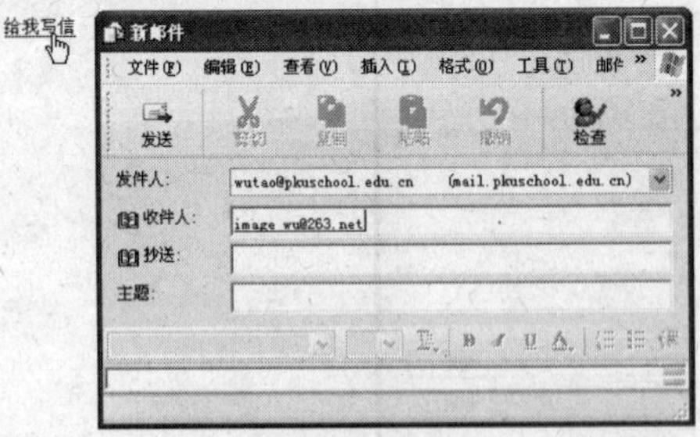

图 4.11　打开的“新邮件”窗口

图 4.12　输入邮件链接地址

另外，通过“插入”工具栏也可以插入 E-mail 链接。在“常用”插入工具栏中单击“电子邮件链接”按钮，如图 4.13 所示，在打开对话框的“文本”文本框中填写 E-mail 链接中要显示的文字，在 E-Mail 文本框中填写相应的 E-mail 地址，如图 4.14 所示。

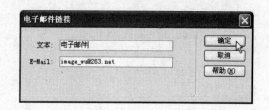

图 4.13　单击"电子邮件链接"按钮　　　　图 4.14　设定 E-mail 链接

4.3　锚 记 链 接

如果某个网页中的内容很多，页面就会变得很长，这样在浏览时就需要不停地拖拉滚动条，使浏览者看起来很不方便。

如果此时能在该网页（或其他网页中）创建一个目录，浏览者只需单击目录上的项目就能跳到网页相应的位置上，这样就会很方便。要实现这样的效果，就需要用到锚记链接。

4.3.1　网页内部锚记链接

打开站点目录 Exercise\links 下的文件 02.html，该网页的内容很多，主要由 6 个部分组成。为了方便浏览，在网页开头创建了简单的目录，浏览者只需单击目录中相应的项目，就可以跳转到网页上对应的位置，如图 4.15 所示。

下面就来练习一下如何创建这种类型的链接。

> 💡 **实讲实训**
> **多媒体演示**
>
> 多媒体演示参见配套光盘中的\\视频\第 4 章\网页内部锚记链接.avi。

1．添加文本

首先在打开的网页窗口中按 Ctrl+A 快捷键全选所有的文本，并按 Ctrl+C 快捷键复制所有的内容；然后在 Dreamweaver 中新建文件并将其打开，将光标放在编辑窗口中，选择菜单命令"编辑" | "选择性粘贴"，在打开的"选择性粘贴"对话框中选中"仅文本"单选按钮，如图 4.16 所示。

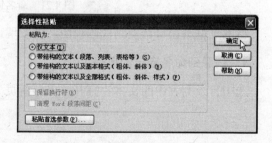

图 4.15　锚记链接　　　　　　　　图 4.16　"选择性粘贴"对话框

将复制所得的文本粘贴在编辑窗口中，然后手动让文本换行，如图 4.17 所示。

然后对网页中的文本进行格式化。将文章顶部第一行文本设为"标题 2"，将各部分的标题文本设为"标题 3"，如图 4.18 所示。

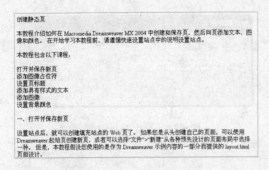

图 4.17　粘贴并换行后的文本　　　　　　图 4.18　格式化后的文本

2．添加命名锚记

将光标放在第一部分的标题文本前，然后在"常用"插入工具栏中单击"命名锚记"按钮 ⚓，打开"命名锚记"对话框，在其中输入命名锚记的名称，这里输入"open"，如图 4.19 所示。

单击"确定"按钮后，在光标所在的位置上就会出现一个命名锚记图标，如图 4.20 所示。

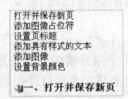

图 4.19　"命名锚记"对话框　　　　　　图 4.20　插入的命名锚记

3．修改命名锚记

选中该图标，在"属性"面板上就会显示该锚记的名称。如果要修改该名称，可以直接在"名称"文本框中输入新的名称，如图 4.21 所示。

图 4.21　命名锚记的属性

将网页编辑窗口切换到代码视图，会发现命名锚记对应的源代码如图 4.22 所示。

4．创建到命名锚记的链接

选中目录列表中的文本"打开并保存新页"，如图 4.23 所示。

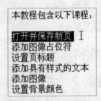

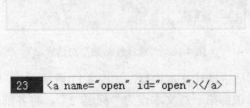

图 4.22　命名锚记对应的源代码　　　　　图 4.23　选中文本

在“属性”面板上的“链接”文本框中输入链接地址“#open”，该地址以“#”号开头，并在其后加上锚记的名称，如图 4.24 所示。

▼属性
格式 段落
样式 无
CSS
链接 #open
字体 默认字体
大小
目标

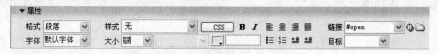

图 4.24　添加锚记链接

也可以将“属性”面板上的链接定位图标拖动到网页中的锚记图标上，此时“#”和锚记的名称会自动加入到“链接”文本框中，如图 4.25 所示。

一、打开并保存新页
设置站点后，就可以创建填充站点的 Web 页了。如果您是从头创建自己的页面，可以使用 Dreamweaver
▼属性
格式 段落
样式 无
链接 #open
字体 默认字体
大小
目标

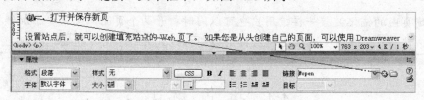

图 4.25　拖动链接定位图标创建链接

用同样的方法创建其他几个锚记链接，然后将文件保存起来。打开该网页并单击网页开始处的锚记链接，就可以跳转到网页中的相关位置上。

5．创建返回顶部的链接

浏览者利用锚记链接浏览了下面的内容后，如果想返回页面顶端，同样需要使用滚动条。为了方便浏览，这里可以在网页顶端添加一个命名锚记，命名为 top，如图 4.26 所示。

创建静态页

图 4.26　顶部的命名锚记

在网页每一部分内容的末尾输入文本“返回顶部”，并在文本上添加返回页面顶端的链接，如图 4.27 所示。

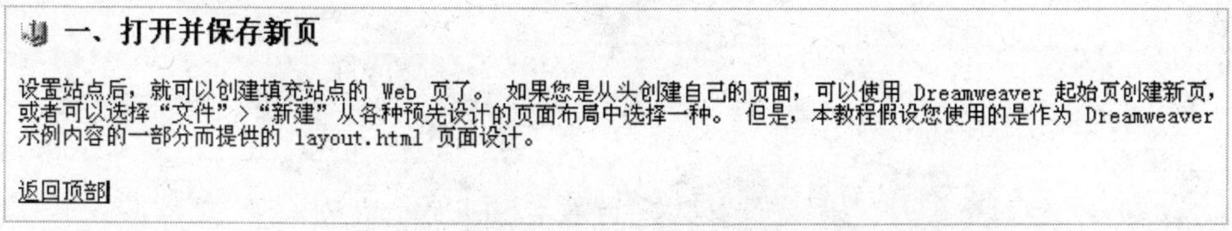

一、打开并保存新页
设置站点后，就可以创建填充站点的 Web 页了。如果您是从头创建自己的页面，可以使用 Dreamweaver 起始页创建新页，或者可以选择“文件”>“新建”从各种预先设计的页面布局中选择一种。但是，本教程假设您使用的是作为 Dreamweaver 示例内容的一部分而提供的 layout.html 页面设计。
返回顶部

图 4.27　返回顶部的锚记链接

保存并打开该网页，单击其中的链接文本“返回顶部”，就可以返回到页面顶端了。

4.3.2　页面之间的锚记链接

下面看看如何在其他网页中创建能跳转到该网页中锚记的链接。

首先新建文档 03.html，然后在其中输入一些目录文本，如图 4.28 所示。

选中其中的文本“打开并保存新页”，然后在“属性”面板上单击“链接”文本框后的“浏览文件”按钮，在打开的对话框中找到站点目录 Exercise\links 下要链接的文件 02.html，此时选中网页的地址就出现在“链接”文本框中，再在已添入的路径后面添加“#”号和命名锚记的名称，如图 4.29 所示。

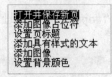

图 4.28　目录文本

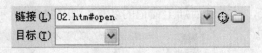

图 4.29　修改链接

保存并打开该文件，单击其中的链接就能打开指定的网页，并跳转到指定的位置上。

 提示

和创建页内的锚记链接一样，用户也可以同时打开两个页面，选中要添加链接的文本，然后在"属性"面板上将链接定位图标拖到另一个网页的锚记图标上。

4.4　热点链接

有时候用户希望能在图像的某个区域上添加链接，而在其他部分添加其他链接或不添加任何链接。要做到这一点，就需要用到热点链接。

热点链接就是利用 HTML 在图片上定义一定形状的区域，然后给这些区域加上链接，这些区域被称作热点。

图 4.30 中显示的是一张中国地图的局部，我们希望单击其中的直辖市名称"北京"后，就能打开北京的政府门户网站 www.beijing.gov.cn，下面就来完成这个实例。

> 实讲实训
> 多媒体演示
>
> 多媒体演示参见配套光盘中的\\视频\第4 章\热点链接.avi。

图 4.30　中国地图（局部）

❶ 新建文件，将文件保存在站点目录 Exercise\Simple 下，命名为 09.html。在打开的编辑窗口中插入站点目录 images 下的图片文件 chinamap.gif，如图 4.31 所示。

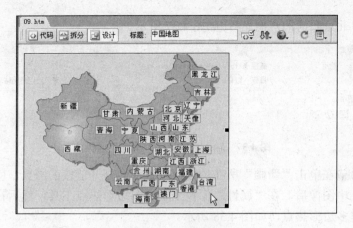

图 4.31　插入的图片

② 选中图片后，在"属性"面板上可以看到有 3 个分别绘制矩形、椭圆形、多边形热点的工具，如图 4.32 所示。

③ 选中其中的矩形热点工具，然后在要绘制热点的位置上按住鼠标左键并拖动，就会创建出一个热点，如图 4.33 所示。

图 4.32　"属性"面板上绘制热点的工具　　　　图 4.33　创建热点

如果热点的位置不好，可以用图像"属性"面板上的指针热点工具 拖动该热点到合适的位置上，如图4.34所示。

如果觉得热点的大小不合适，可以先单击选中该热点，然后按住热点上的控制句柄拖动到合适的位置后松开，就可以调整好热点的大小了，如图4.35所示。

图 4.34　移动热点　　　　　　　　　图 4.35　调整热点的大小

④ 用指针热点工具选中热点，此时"属性"面板上就会出现相应的属性，如图 4.36所示。

图 4.36　"属性"面板

⑤ 在"链接"文本框中输入单击该热点后要打开文件的地址，这里输入网址"http://www.beijing.gov.cn"，然后在"目标"下拉列表框中选择_blank 选项，在"替换"

文本框中输入"北京政府门户网站",如图 4.37 所示。

图 4.37 输入内容后的"属性"面板

如果用户希望在单击"新疆"所在的任何位置都会打开链接的网页,就需要用到多边形热点工具。选中图像后,在"属性"面板上单击多边形热点工具,然后在新疆地图边界上连续单击创建多边形热点,如图 4.38 所示。

❻ 选中绘制完成的多边形热点,如图 4.39 所示,然后在"属性"面板上修改热点的各项属性即可。

 提示

椭圆形热点工具的使用方法和矩形热点工具类似,这里不再专门举例说明。

图 4.38 创建多边形热点　　　　图 4.39 完成的多边形热点

切换到代码视图下,热点对应的源代码如下:

```
<map name="Map">
  <area shape="rect" coords="242,87,280,104" href=
    "http://www.beijing.gov.cn" target="_blank" alt="北京政府门户网站">
  <area shape="poly"
coords="24,80,36,79,48,76,60,73,68,62,69,53,80,52,86,45,93,41,98,45,107,
36,116,30,120,43,126,50,127,59,122,61,135,64,141,72,145,82,138,90,131,10
0,125,106,116,109,110,115,113,121,109,127,93,126,75,127,61,124,46,129,37
,124,31,114,25,102,23,90" href="#">
</map>
```

其中:

- <map></map>标识热点的开始和结束。
- shape 代表形状,其中 circle 代表圆形,rect 代表矩形,poly 代表多边行。
- coords 是定义坐标点。对于矩形,只要定义左上角点的坐标和右下角点的坐标就可以了。网页编辑窗口左上角点是原点(0,0)的位置。前两个数是左上角点的坐标,后两个数是右下角点的坐标。

- href 后接链接地址。
- target 设定打开窗口。

一般而言，热点链接适合图像不是很好分割的情况，例如上面提到的地图。如果切割出的图像比较规则，还是建议先将图像切割为正方形，然后在单个图像上做链接。

4.5 练 习 题

1. 在 Dreamweaver 中打开光盘目录 Mysamplesite\best 下的文件 index.htm，然后给文本"返回首页"添加链接，链接到站点根目录下的 index.htm。

2. 在图片上添加热点链接，如下图所示。

Dreamweaver CS3

第 5 章

使用表格

本章导读　　　　表格在网页中具有举足轻重的地位, 它最大的作用是用于网页排版。因为网页中没有像 Word 那样的分栏和图文混排功能, 因此能够自由拆分的表格就显得尤为重要。本章首先从如何插入表格开始介绍。

内容要点
1. 插入表格
2. 选择表格对象
3. 表格的属性
4. 调整表格结构
5. 设置单元格属性
6. 嵌套表格
7. 导入表格化数据
8. 表格数据排序

5.1　插　入　表　格

将光标放在要插入表格的地方, 在"常用"插入工具栏中单击"表格"按钮田, 打开"表格"对话框, 如图 5.1 所示。

实讲实训
多媒体演示

多媒体演示参见配套光盘中的\\视频\第5 章\插入表格.avi。

1. 表格大小

在"表格大小"选项组中可以指定的选项有行数、列数、表格宽度、边框粗细、单元格边距、单元格间距等。

其中各项参数的含义如下:

- 行数　确定表格具有的行的数目。
- 列数　确定表格具有的列的数目。

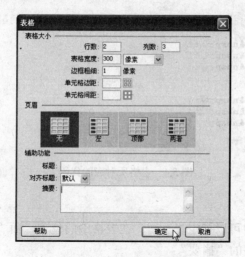

图 5.1 "表格"对话框

- 表格宽度 以像素为单位或按占浏览器窗口宽度的百分比指定表格的宽度。
- 边框粗细 指定表格边框的宽度（以像素为单位）。

💡 提示

如果没有指定边框粗细的值，则大多数浏览器按边框粗细设置为 1 显示表格。若要不显示表格边框，则必须将边框粗细设为 0。

- 单元格边距 确定单元格边框和单元格内容之间的像素数。
- 单元格间距 确定相邻的单元格之间的像素数。

💡 提示

如果用户没有明确指定单元格间距和单元格边距的值，则大多数浏览器按单元格边距设为 1，单元格间距设为 2 显示。若要不显示表格中的边距和间距，则必须将"单元格边距"和"单元格间距"设为 0。

这里在"表格大小"选项组的各选项中输入的数值如图 5.2 所示。
单击"确定"按钮后，将在文档窗口中出现如图 5.3 所示的表格。

图 5.2 设定各选项的数值 　　　　　　图 5.3 插入的表格

此时切换到代码视图，该表格所对应的代码如图 5.4 所示。

```
<table width="300" border="1" cellspacing="0" cellpadding="0">
  <tr>
    <td> </td>
    <td> </td>
    <td> </td>
  </tr>
  <tr>
    <td> </td>
    <td> </td>
    <td> </td>
  </tr>
</table>
```

图 5.4 表格所对应的代码

2. 页眉与辅助功能

在"页眉"选项组中可以指定"页眉"在表格中的位置，而"辅助功能"选项组可以指定"标题"文本和表格的"摘要"。

单击"常用"插入工具栏上的"插入表格"按钮，再次打开"表格"对话框，在"页眉"选项组中选择"顶部"，在"标题"文本框中输入"联系方式"，在"对齐标题"下拉列表框中选择"默认"选项，在"摘要"列表框中输入"北大资产管理部的联系方式"，如图 5.5 所示。

图 5.5 设置页眉和辅助功能

单击"确定"按钮后，生成的表格外观与上面的表格相比，上方多了标题文字"联系方式"，如图 5.6 所示。

如果在表格的第 1 行中输入文字，就会发现单元格中的文字自动加粗并居中到单元格中间，如图 5.7 所示。

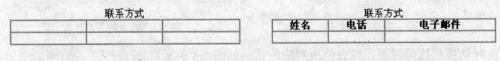

图 5.6 加了标题文字　　　　　图 5.7 输入文本后的表格

这是因为第 1 行中的单元格被定义成了一种特殊的单元格——表头。表头中的文本会被自动加粗并居中。

5.2 选择表格对象

表格有几个重要的元素，首先是表格整体，其次是单元格，另外还有行和列。图 5.8 中的小格子就是单元格。水平方向上的一排单元格构成一行；垂直方向上的一排单元格构成一列。

1．选择表格

如果需要修改插入表格的属性，就必须先选中表格。选择表格的方法很多，最常用的方法是在表格的边框上单击，如图 5.8 所示。

另外，用标签选择器也可以选中表格，首先将光标放在表格的任意一个单元格内，此时在页面状态栏上出现标签选择器，如图 5.9 所示。

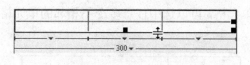

图 5.8　被选中的表格　　　　　　图 5.9　标签选择器

单击标签选择器中的<table>标记也可以选中表格。标签选择器中的标签是按照标签的嵌套关系排列的，通过单击标签可以选择任何出现在上面的对象。

2．选择单个单元格

选择单个单元格最简单的方式就是将光标放在这个单元格内，然后在标签选择器中单击<td>标签。

3．选择整行或整列

当单元格比较少时，按住鼠标左键从一个单元格开始拖动，鼠标经过的单元格将会被选中。

如果从一行的第一个单元格开始向右拖动鼠标到最后一个单元格，则整行将会被选中，如图 5.10 所示。

将鼠标放在一行的左侧边框上，当选择行的图标出现时，单击鼠标也可选中该行，如图 5.11 所示。

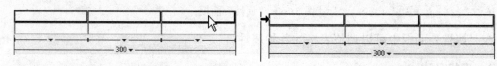

图 5.10　选择整行 1　　　　　　图 5.11　选择整行 2

如果从一列的第一个单元格开始向下拖动鼠标到最后一个单元格，则整列将会被选中，如图 5.12 所示。

将鼠标放在一列的顶部边框上，当选择列的图标出现时，单击鼠标也可选中该列，如图 5.13 所示。

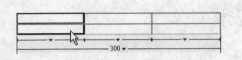
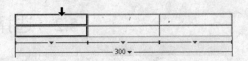

图 5.12　选择整列 1　　　　　　　　　图 5.13　选择整列 2

选中行或列后，可以通过"属性"面板调整整行或整列的属性。行、列和单元格的"属性"面板完全相同，只不过应用属性的单元格范围不同而已。

4．选择相邻的多个单元格

按照上面选择整行整列的第一种方法，用鼠标选中开始的单元格，然后拖动鼠标，就可以选中相邻的多个单元格，如图 5.14 所示。

5．选中不相邻的单元格

按住键盘的 Ctrl 键，用鼠标单击要选中的单元格，可以选中任意多个不相邻的单元格，如图 5.15 所示。

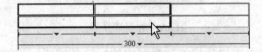
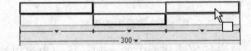

图 5.14　选中相邻的多个单元格　　　　　图 5.15　选中不相邻的单元格

应用上面这些选择单元格的方法可以提高表格格式化的效率，多练习几次就会熟练起来。

5.3　设置表格属性

选中插入的表格，"属性"面板就会显示表格的属性，如图 5.16 所示。

图 5.16　"属性"面板

在"属性"面板中可以调整表格的各种属性。

1．表格名称

在"表格 Id"文本框内可以给表格起个名字，该名称只有在涉及到编程时才会使用到，一般都不需指定。

2．行和列

"行"和"列"两个文本框中显示的是选中表格的行数和列数。表格插入之后，仍然可以通过修改这两项的数值来改变行数或列数。

3．宽和高

"宽"和"高"两个文本框中显示的是表格的宽度和高度。设置数值前可以在旁边的下拉列表框中设置单位，可选择的单位有像素和百分比，如图5.17所示。

除了直接输入数值外，拖动鼠标也可以调整表格的高度和宽度。当要调整宽度或高度时，首先选中表格，此时表格边框上出现3个控制点，如图5.18所示。

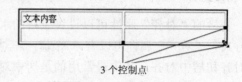

图 5.17　设置单位　　　　　图 5.18　拖动鼠标调整表格大小

此时将鼠标置于调整点上，当出现双向的小箭头时，按下鼠标左键拖动边框到想要的位置上即可。

 提示

实际操作中最好不要采用这种办法，因为拖动的时候会给表格中的每个单元格都设置一个高度和宽度，这很可能引起高度或宽度的冲突问题。

如果已经将一个表格的宽度设定为400像素，现在又想将它转化成百分比，可以使用"属性"面板上的"将表格宽度转换成百分比"按钮 。转换时首先选中整个表格，然后单击该按钮即可，转换前的宽度和转换后的结果如图5.19所示。

（a）转换前　　　　　　（b）转换后

图 5.19　将表格宽度转换成百分比

同组的共有4个按钮，它们的作用如下：

- 清除选中表格中每列的宽度。
- 清除选中表格中每列的高度。
- 将表格的宽度转换为像素。
- 将表格的宽度转换为百分比。

如果用户将转换后的表格宽度再次转换为像素值，就会发现最后的数值（300）与最初的值（297）不一样。这提醒用户最好一开始就决定采用哪种单位，否则可能会出现问题。

4．边框

设置表格边框的大小时，可以直接在"边框"文本框中输入边框的宽度值。一般用来布局的表格边框宽度都设为0，此时表格边框在 Dreamweaver 中以虚线显示，这样的表格在浏览器中边框是不会显示的。

5．单元格填充和单元格间距

单元格填充指单元格中的对象与表格边框间的距离；单元格间距指单元格之间的距离。

图 5.20 中单元格边框之间的白色区域为单元格间距，文字和黑边之间的距离就是单元格填充。

6．对齐

表格的"对齐"属性可以设置表格的水平对齐方式。"对齐"属性可以有 3 个值：左对齐、右对齐和居中对齐，其中最常用的是居中对齐，利用它可以将表格居中到整个页面的中央。

图 5.20　单元格填充和单元格间距

商业页面中为了让不同分辨率下的浏览器都能正常显示网页，常用的方式是将内容放在 800×600 分辨率下能正常浏览的表格内，然后将表格居中，最好是给网页设置一个漂亮的背景图片或背景颜色。

如果不将表格居中，页面重心会明显靠到左边，让人很不舒服，如图 5.21 所示。

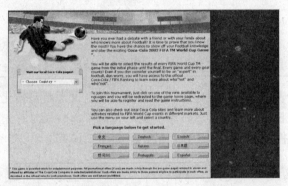

图 5.21　网页内容重心偏左

如果将所有的外部表格集中到页面当中，页面重心将回到网页中心，让人感觉比较舒畅，效果如图 5.22 所示。

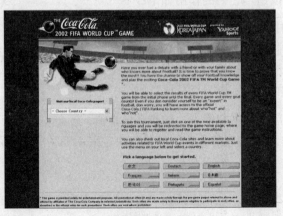

图 5.22　表格居中时要好看得多

7. 背景颜色与背景图像

单击背景颜色后的色块，打开拾色器，如图 5.23 所示。

在其中选择一种颜色后，表格的背景色就会相应地发生改变。

下面修改表格的背景图像。单击"背景图像"后的"浏览文件"按钮 🗀，打开"选择图像源文件"对话框，如图 5.24 所示。

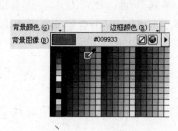

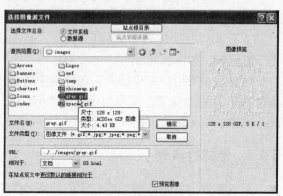

图 5.23 拾色器   图 5.24 "选择图像源文件"对话框

选中图片后，单击"确定"按钮，此时表格背景加上了背景图片。

8. 边框颜色

设置表格边框颜色的方法和背景色一样。

5.4 调整表格结构

5.4.1 插入单行或单列

将光标置于表格中希望插入行的位置，然后单击鼠标右键，在打开的快捷菜单中选择"表格"|"插入行"命令，如图 5.25 所示。

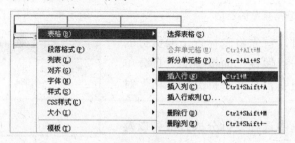

图 5.25 插入行

此时将在当前单元格的上方插入一个新行。

如果要插入列，同样将光标置于表格中希望插入列的位置上，然后在快捷菜单中选择"表格"|"插入列"命令，这样插入的列将位于光标所在列的左侧。

5.4.2 插入多行或多列

以上两种方法一次只能插入一行或者一列，而且插入位置都是固定的。为了方便一次性插入多行或多列，Dreamweaver 还提供一种比较灵活的方法。

将光标置于表格中希望插入行或列的位置上，单击鼠标右键，在打开的快捷菜单中选择"表格"|"插入行或列"命令，此时将打开一个"插入行或列"对话框，如图 5.26 所示。

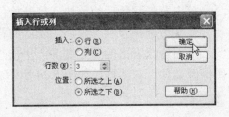

图 5.26 "插入行或列"对话框

例如，如果用户在"插入"选项组中选中"行"单选按钮，在"行数"文本框中输入数值"3"，在"位置"选项组中选中"所选之下"单选按钮，单击"确定"按钮后就能在光标所在的单元格之下插入 3 行。

5.4.3 删除行或列

将光标置于要删除的行或列中的任意一个单元格内，然后在快捷菜单中选择"表格"|"删除行"或者"删除列"命令即可。

5.4.4 单元格的拆分与合并

从整体而言，表格的拆分与合并非常重要。正因为表格能够合并和拆分，所以才能实现很多复杂的布局。

如图 5.27 所示的是一个标准的 3 行 3 列的表格，如果不经过处理，根本不能用作布局。但如果将其中部分单元格合并之后，就可以实现页面内容的布局了，如图 5.28 所示。

图 5.27 非常规整的表格

图 5.28 合并后的表格结构

要拆分单元格时，首先将光标置于要拆分的单元格中，然后单击"属性"面板中的"拆分单元格为行或列"按钮，打开"拆分单元格"对话框，如图 5.29 所示。

在打开的对话框中选择要拆分成行或列以及拆分出的单元格的数量。

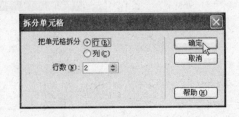

图 5.29 "拆分单元格"对话框

要合并单元格时，首先选择要合并的单元格，这些单元格必须是相邻的，然后单击表格"属性"面板中的"合并所选单元格，使用跨度"按钮，选中的单元格就会合并成一个单元格。

> **注意**
>
> 在排版时，表格在插入时行数和列数最好多一点，然后使用合并方式实现表格结构。由于一次只能拆分一个单元格，因此采用拆分的方法要麻烦一些。

5.5　设置单元格属性

5.5.1　设置单元格宽度和高度

单元格宽度和高度的调整方法和表格类似。首先将光标放在单元格中，此时"属性"面板显示的是单元格的属性，如图 5.30 所示。

图 5.30　单元格的"属性"面板

在"属性"面板中的"宽"和"高"文本框中分别输入数值"200"和"50"，此时表格的效果就会变成如图5.31 所示。

由最后的效果可以看出，当调整某个单元格的高度时，和它同行的单元格高度同时发生变化；当调整某个单元格的宽度时，和它同列的单元格宽度同时发生变化。也就是说，用户没有必要给每行或每列都设置宽度和高度。

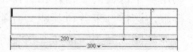

图 5.31　调整单元格属性后的表格

5.5.2　对齐设置

单元格的对齐和表格有一点差别，它包括水平对齐和垂直对齐两个部分。水平对齐可以将单元格中所有的内容居中到单元格的水平中央去，水平对齐可以用"水平"下拉列表框来调整，如图 5.32 所示。

如果要让单元格内的对象对齐到单元格的顶部，此时用水平对齐是办不到的，需要用"垂直"下拉列表框来调整，如图 5.33 所示。

图 5.32　调整水平对齐属性

图 5.33　调整垂直对齐属性

单元格的背景颜色、背景图像的设置和表格完全一致，这里不再赘述。

5.5.3 将单元格转换为表头

表头是特殊的单元格，它和单元格的区别在于其中的文字自动变成粗体，而且位于单元格的中央。

要将单元格转换成表头，选中单元格后，选中"属性"面板中的"标题"复选框就可以了，如图 5.34 所示。

实讲实训
多媒体演示
多媒体演示参见配套光盘中的\\视频\第 5 章\将单元格转换为表头.avi。

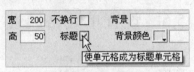

图 5.34 将单元格转换成表头

5.6 嵌 套 表 格

表格之中还可以有表格，这一点非常重要。

因为网页排版有时会很复杂，在外部需要有一个大的表格来控制总体布局。如果一些内部排版的细节也用它来实现，容易引起行高、列宽的冲突，给表格制作带来困难。如果利用多个嵌套的表格，由外部的大表格负责整体的布局，由内部的小表格负责各个板块的排版，这样一来各司其职，互不冲突。

如图 5.35 所示就是一个嵌套表格的例子——网页的整体排版由外部的表格来承担，内部插入两个小表格，一个用来制作导航条，另一个用来放置内容。这样可以有效地降低表格的复杂程度，避免各单元格之间的冲突。

图 5.35 嵌套表格举例

将光标置于要插入嵌套表格的单元格中，然后单击"插入"工具栏中的"表格"按钮，剩下的事情和创建普通表格就完全相同了。

 提示

由于大表格控制的是网页整体的布局，为了使之在不同分辨率的显示器下能保持统一的外观，大表格的宽度一般使用像素值。为了使嵌套表格的高和宽不与总表格发生冲突，嵌套表格一般使用百分比设置高和宽。

5.7 导入表格化数据

有时候用户需要把很多表格数据发布到网上，但随着公司的壮大，大量的数据让用户应接不暇。这该怎么办？其实除了用动态网站开发语言来实现快捷更新外，Dreamweaver 本身就提供了数据导入与排序的方法，这对不懂动态编程的朋友来说也是个不错的选择。

在站点目录"Exercise\table\导入数据"中有一个 Excel 文件，工作簿中是一张学生成绩单，具体数据如图 5.36 所示。

用户需要将这些数据放到网页中来，并且用表格进行格式化。如果采用复制文本的方法显然不是那么轻松。这里可以先在 Excel 中将此工作表存为 TXT 文件，文本中的内容如图 5.37 所示。

实讲实训
多媒体演示

多媒体演示参见配套光盘中的\\视频\第 5 章\导入表格化数据.avi。

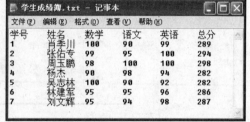

图 5.36 Excel 文件中的数据   图 5.37 在 Excel 中将工作表存为.txt 文件

启动 Dreamweaver，在需要插入此数据表的地方单击鼠标，然后选择菜单命令"文件"|"导入"|"表格式数据"，打开"导入表格式数据"对话框。

单击对话框中的"浏览"按钮，在打开的"浏览"对话框中选择刚才保存的 TXT 文件，然后单击"打开"按钮返回"导入表格式数据"对话框，再在该对话框中设定表格的单元格边距、单元格间距、边框、格式化首行等选项，如图 5.38 所示。

此时文本文件中的数据就以表格的形式导入到网页中了，导入后的表格如图 5.39 所示。

图 5.38 "导入表格式数据"对话框   图 5.39 导入后的表格

5.8 表格数据排序

有时候用户需要对表格中的数据进行排序，比如希望对上面成绩单中的数据根据总分排序，总分相同的按姓名排序。

如果采用手动调整的话，工作量不小，而在 Dreamweaver 中，这个工作很轻松就能完成。

首先选中整个表格，然后选择菜单命令"命令"|"排序表格"，在打开的"排序表格"对话框中进行设置，如图 5.40 所示。

实讲实训
多媒体演示
多媒体演示参见配套光盘中的\\视频\第 5 章\表格数据排序.avi。

图 5.40 "排序表格"对话框

从"排序按"下拉列表框中选择列号，这里选择总分所在的第 6 列，在"顺序"下拉列表框中选择"按数字排序"选项，在后面的下拉列表框中选择"降序"选项，表示以降序方式进行排序。在"再按"下拉列表框中设置第 2 排序方式，这次选第 2 列，然后在"顺序"下拉列表框中选择排序方式。本例中姓名是中文的，而 Dreamweaver 不支持按笔画排序，所以就选择"按字母顺序"排序，并以升序方式进行排序。

第 1 行为标题行，所以不要选中"排序包含第一行"复选框，单击"确定"按钮完成表格的排序。排序结果是：先按总分递减排序，总分相同的按姓名排序，其排序是按汉字发音来排序，如图 5.41 所示。

学号	姓名	数学	语文	英语	总分
3	周玉鹏	98	100	100	298
2	张佑专	99	95	100	294
1	肖季川	100	90	99	289
7	刘文辉	95	94	98	287
6	林建军	95	95	96	286
5	吴志林	100	90	92	282
4	杨杰	90	98	94	282

图 5.41 排序之后的数据表格

5.9 练 习 题

1. 在 Dreamweaver 中打开站点 Mysamplesite 目录 design 子目录下的文件 index.htm，然后在其中插入一个 2 行 2 列的表格。

2. 在表格的单元格中插入图片和文字，并进行简单的排版，最终页面效果参见光盘目录 Mysamplesite\design 下的文件 index.htm。

Dreamweaver CS3

第6章

常用表格技巧

6.1　细线边框表格

　　如图 6.1 所示的是搜狐网站首页内容的一部分，其中的文字全部放在一个边框很细的表格中，这样做的好处是使整个页面井然有序，而且让页面显得比较精致。

　　这样的细线边框表格在很多网站上都有，如图 6.2 所示。

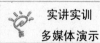

实讲实训 多媒体演示

多媒体演示参见配套光盘中的\\视频\第6章\细线边框表格.avi。

图 6.1　搜狐首页上的细线边框表格

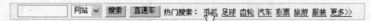

图 6.2　细线边框表格实例

对于这样的细线边框表格，直接设置表格边框是做不到的。如图 6.3 所示就是一个加黑边框的表格，它和图 6.1 中的表格边框相比要粗得多，不太美观。

图 6.3　加上黑边框的表格

要实现这种效果，需要用到表格的两个属性——单元格间距和单元格边距，这两个属性分别对应一种不同的制作方法。

1. 单元格间距

首先练习如何用单元格间距创建一个具有黑色细线边框的表格。

在文档中插入一个 1 行 1 列、宽度为 300 像素、高度为 100 像素的表格。选中表格，在"属性"面板中修改表格的背景颜色为黑色（#000000），将表格边框设为 0，单元格填充设为 0，单元格间距设为 1，如图 6.4 所示。

图 6.4　修改表格的属性

然后将单元格的背景颜色设为网页的背景颜色，这里设为白色（#FFFFFF），如图 6.5 所示。

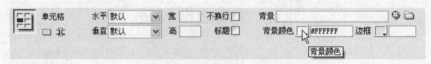

图 6.5　修改单元格的背景色

设定好参数后，细线边框表格就制作好了，如图 6.6 所示。

"表格间距"指的是两个单元格之间的距离，由于整个表格的背景色会填充这个空隙，而单元格的背景色却不填充这个空隙，因此浏览器中显示的表格"边框线"并不是真正意义上

图 6.6　细线边框表格

的表格边框，而是单元格与单元格的空隙"透"过来的背景色。

2．单元格边距

首先插入一个 1 行 1 列的表格，设置表格的背景颜色为所要边框线的颜色，边框为 0，单元格填充设为 1，间距为 0，高度值为空。

在这个表格的单元格内再插入一个新表格，将新表格的背景颜色设置为白色，宽度设为 100%，高度值设为一个较大的数值，将外部的表格撑大，单元格填充和单元格间距均设为 0，得到的表格如图 6.7 所示。

图 6.7　细线边框表格

3．二者的区别

这两种方法现在看来好像没有什么区别，得到的表格边框都是一样的，但实际上还是有差别。

将第 1 种方法制作的细线表格拆分成上下两行，此时可以发现表格中间又多了一条细线，将表格分成了上下两个部分。将上面的单元格背景变成其他的颜色，得到如图 6.8 所示的效果。

将第 2 种方法内部嵌套的表格拆分成上下两行，表格中间不会出现细线。当把拆分后的单元格背景填充颜色后，得到如图 6.9 所示的效果。

图 6.8　第 1 种方法拆分后的效果

图 6.9　第 2 种方法拆分后的效果

 提示

这两种方法在商业网站页面中用得都比较多，应该加以重视。

6.2　简单导航条

在商业网站中，人们经常会看到如图 6.10 所示的导航条。

首　页	最新图书	热点图书	新书预告	本月排行	案例下载

图 6.10　简单导航条

实讲实训
多媒体演示

多媒体演示参见配套光盘中的\\视频\第 6 章\简单导航条.avi。

这是怎么做出来的呢？如果看清结构后就会发现，其实并不复杂，它主要利用了表格的"单元格间距"属性。

❶ 首先插入一个 1 行 6 列的表格，单击"常用"插入工具栏上的"表格"按钮，在打开的"表格"对话框中设置各项参数如图 6.11 所示。

插入的表格（部分）如图 6.12 所示。

表格
表格大小
行数: 1
列数: 6
表格宽度: 700
像素
边框粗细: 0
像素
单元格边距: 5
单元格间距: 1
页眉
无
左
顶部
两者
辅助功能
标题:
对齐标题: 默认
摘要:
帮助
确定
取消

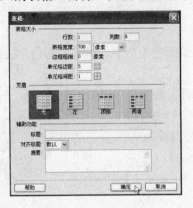

图 6.11 “表格”对话框

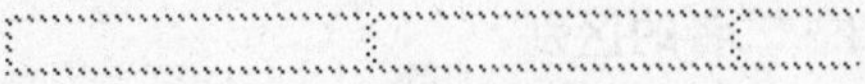

图 6.12 插入后的表格（部分）

❷ 将该表格的背景色设置为橙色（#FF9900），每个单元格的背景色设置为淡黄色（#FFFFCC），此时的表格（部分）如图 6.13 所示。

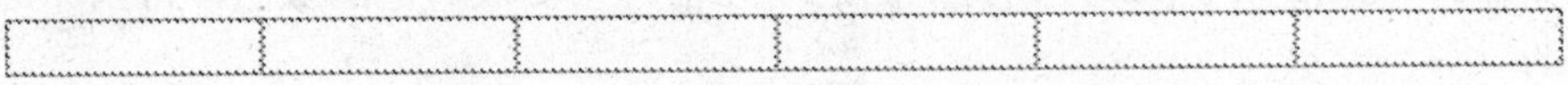

图 6.13 修改单元格背景色后的表格（部分）

❸ 在每个单元格中输入文字，此时表格的效果如图 6.14 所示。

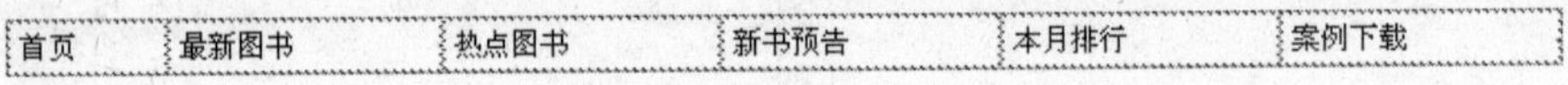
首页
最新图书
热点图书
新书预告
本月排行
案例下载

图 6.14 输入文字后的效果

❹ 选中整行单元格，然后在“属性”面板上设定“水平”属性为“居中对齐”，如图 6.15 所示。

行
水平 默认
垂直
默认
左对齐
居中对齐
右对齐
宽
高

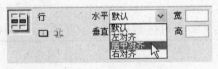

图 6.15 设置居中对齐

此时表格的效果如图 6.16 所示。

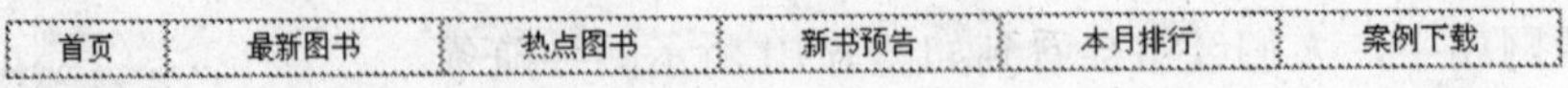
首页
最新图书
热点图书
新书预告
本月排行
案例下载

图 6.16 修改后的效果

❺ 按键盘上的 F12 键，在浏览器中查看预览效果，如图 6.17 所示。

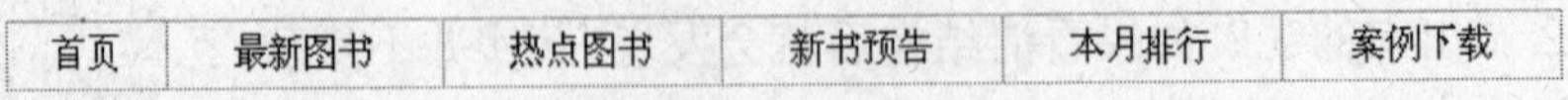
首页
最新图书
热点图书
新书预告
本月排行
案例下载

图 6.17 预览效果

6.3　水　平　细　线

有时用户需要在网页上加入一条细线，如图 6.18 所示。

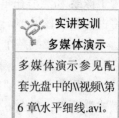

**实讲实训
多媒体演示**

多媒体演示参见配
套光盘中的\\视频\第
6 章\水平细线.avi。

图 6.18　细线效果

这样的细线可以通过添加水平线的方法获得，但并不是所有的浏
览器都能正常显示水平线的，因此大型商业网站都使用更加通用的表
格来实现它。

1. 插入表格

新建文档，在编辑窗口中插入一个 1 行 1 列的表格，宽度为 400 像素，其他各项参数
如图 6.19 所示。

然后给表格指定背景颜色为橙色（#FF9900），得到的表格如图 6.20 所示。

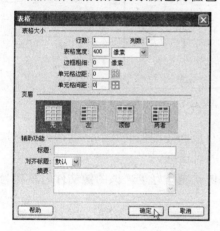

图 6.19　"表格"对话框　　　　　　　图 6.20　指定背景颜色后的表格

用户发现无法使该表格的高度变矮，这是为什么呢？

选中表格并切换到代码视图，此时与表格相关的 HTML 源代码如下：

```
<table width="400" border="0" cellpadding="0" cellspacing="0"
bgcolor="#FF9900">
  <tr>
    <td > </td>
  </tr>
</table>
```

在表格的 HTML 源代码中可以看到，Dreamweaver 创建表格时给单元格加上了一个空
白占位符 " "。这个占位符有一定的高度和宽度，因此即使将表格的高度降低也不
会使表格变矮。

2．创建间隔图像

要将表格变得很矮，这里有一个通用的方法，就是先设置一个单元格高度（这里设定为 1 像素），然后在单元格内插入一张大小为 1 像素×1 像素的图片（通常称之为间隔图像），将占位符给替换掉，就可以得到上面的细线效果。

为了不影响整个表格效果，间隔图像最好是一张透明的图片，因此必须是 GIF 格式的。它可以用 Fireworks 来制作，但比较麻烦，而 Dreamweaver 提供了更为简单的制作方法。

选择菜单命令"编辑"｜"首选参数"，在打开的"首选参数"对话框中切换到"布局模式"面板，如图 6.21 所示。

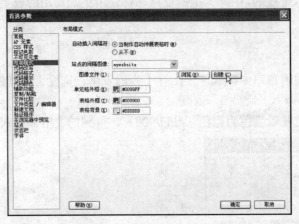

图 6.21   "首选参数"对话框

在"站点的间隔图像"下拉列表框中选择用户要存放间隔图像的站点，默认为当前站点，然后单击其右下方的"创建"按钮打开保存文件的对话框。

将文件保存到站点目录 images 中，这样间隔图像就制作好了，该图像文件名默认为 spacer.gif。

3．插入间隔图像

下面将图片插入到表格中。单击"常用"插入工具栏中的"图像"按钮，打开"选择图像源文件"对话框，如图 6.22 所示。

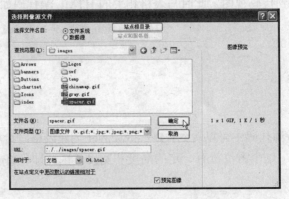

图 6.22   "选择图像源文件"对话框

当选中刚生成的 spacer.gif 时，从窗口右侧的图像预览区中可以看到该图像的各项属性，而且可以看出该图片是透明的。此时单击"确定"按钮将图像插入到表格的单元格中。

当间隔图像插入单元格后，在页面中的空白地方单击一下，页面中的表格在 Dreamweaver 中就变成了细线，如图 6.23 所示。

图 6.23　表格变成了细线

将文件保存后，打开页面就可以看到一条很细的直线，如图 6.24 所示。

图 6.24　完成后的细线

6.4　标题栏

下面将上面的例子稍微做一些修改，做一个标题栏，效果如图 6.25 所示。大家能看出它是怎么做的吗？

实讲实训
多媒体演示

多媒体演示参见配套光盘中的\\视频\第 6 章\标题栏.avi。

标题文字

图 6.25　标题栏效果

首先插入一个 2 行 2 列的表格，单元格间距和单元格边距都为 0，表格边框也为 0，然后将第 2 行合并，形成如图 6.26 所示的表格。

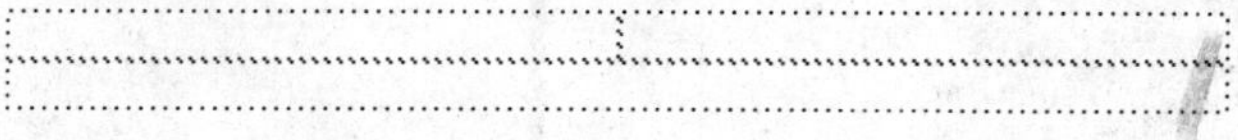

图 6.26　合并单元格后的表格

给第 1 行右侧的单元格和第 2 行的单元格设置一种背景颜色，得到的表格如图 6.27 所示。

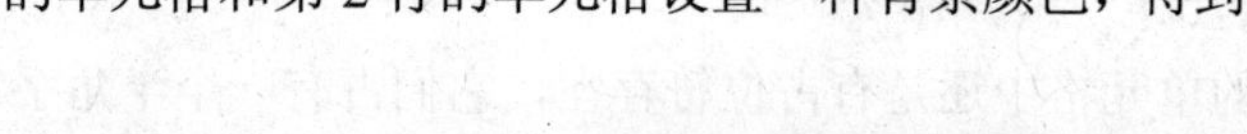

图 6.27　添加背景颜色后的表格

相信大家已经想到下面要做什么了！和上例中一样，设定第 2 行单元格的高度为两个像素，在里面插入上例中制作的 spacer.gif 小图，然后将光标在空白处单击确认，得到的表格如图 6.28 所示。

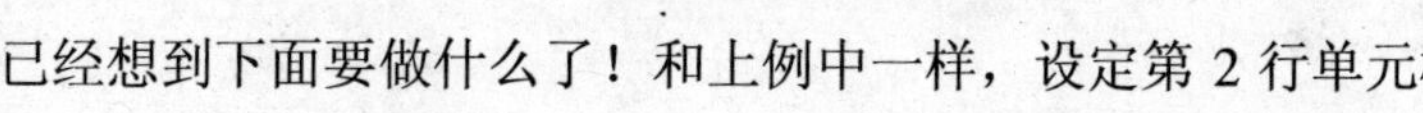

图 6.28　插入 spacer 图后的表格

最后设定第一行中右侧单元格的宽度为 100 像素，左侧为空，输入文字，按 F12 键预览就可以得到如图 6.29 所示的效果。

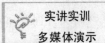

图 6.29　标题栏

6.5　垂直细线

实现横的细线需要用到间隔图片，垂直的细线同样需要它。比如要制作如图 6.30 所示的细线，同样需要用间隔图片替换占位符，因为占位符有高度，同时也有宽度，因此它的制作方法和水平细线非常相似。

首先插入一个 1 行 3 列的表格，将左右两侧单元格的背景颜色改为紫色，将中间的单元格背景颜色改为很浅的橙色，选中表格给它设定一个高度，得到如图 6.31 所示的表格。

> **实讲实训**
> **多媒体演示**
>
> 多媒体演示参见配套光盘中的\\视频\第 6 章\垂直细线.avi。

图 6.30　垂直细线效果　　　　　　　　图 6.31　修改后的表格

下面在左侧和右侧的单元格中各插入一次间隔图像，然后将两侧的单元格宽度设为 1 个像素，此时网页在浏览器中的效果如图 6.32 所示。

如果没有插入 spacer 小图，在 Dreamweaver 中看到的效果和插入后是一样的，但是在浏览器中却不一样，如图 6.33 所示的是没有插入间隔图像的网页在浏览器中的效果。

图 6.32　插入间隔图像后在浏览器中的效果　　图 6.33　没有插入间隔图像时在浏览器中的效果

这是因为两侧的单元格中还是有占位符存在，它们占有一个半角字符的宽度。

6.6　圆角表格（一）

网页中的很多地方需要用到圆角，但因为排版的主角——表格并没有圆角，因此需要借助图片来实现这种效果。如图 6.34 所示的就是一种比较常见的圆角表格。

> **实讲实训**
> **多媒体演示**
>
> 多媒体演示参见配套光盘中的\\视频\第 6 章\圆角表格（一）.avi。

图 6.34　圆角表格示例

要制作这样的圆角表格，需要在 Fireworks 中制作出 4 张圆角图片，如图 6.35 所示是已经做好的 4 张圆角图片。

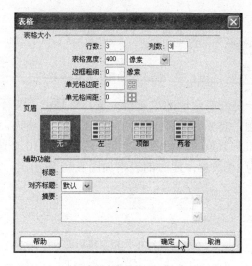

（a）左上角　　（b）左下角　　（c）右上角　　（d）右下角

图 6.35　已做好的圆角图片

下面要把这 4 张圆角图片放到表格的单元格中。如果只想得到一个圆角，最少需要用到一个 2 行 2 列的表格；如果要得到 4 个圆角，至少需要一个 3 行 3 列的表格。

1．插入表格

新建文档，然后在新建的文档中插入一个 3 行 3 列的表格，在"表格"对话框中的设置如图 6.36 所示。

图 6.36　"表格"对话框

其中表格的宽度可以根据将来要添加的内容来确定，这里暂时输入数值，单击"确定"按钮后，表格变成如图 6.37 所示。

图 6.37　插入的表格

2．插入图片

下面分别插入 4 张小图，图片放在站点目录 Exercise\table2\images 中。

❶ 将光标放在左上角的单元格中，然后单击"常用"插入工具栏中的"图像"按钮，在打开的"选择图像源文件"对话框中选中左上角的图片，如图 6.38 所示。

❷ 单击"确定"按钮，此时图片就插入单元格中了。

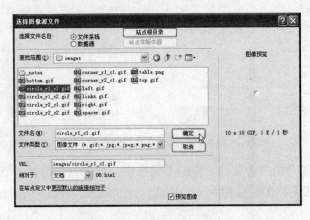

图 6.38　选择左上角的图片

❸　使用同样的方法，将 4 张小图分别插入表格角上的 4 个单元格内，此时的表格如图 6.39 所示。

图 6.39　插入圆角图片后的表格

此时有两个问题，一是左右两侧的单元格太宽，二是上下两行的单元格太高。

首先解决第 1 个问题。将光标放在左上角的第 1 个单元格内，然后在"属性"面板中设置这个单元格的宽度和左上角的圆角图片宽度一致，都是 10 个像素。用同样的方法设置右上角的单元格宽度也为 10 像素，此时的表格如图 6.40 所示。

图 6.40　设定单元格宽度后的表格

上下两行的单元格太高，是因为没有插入图片的单元格中还有占位符的缘故。我们只需要在上下两行中间的两个单元格中分别插入两个小图片就可以将占位符去掉，这样问题就解决了。

❹　单击"常用"插入工具栏中的"图像"按钮，找到前面创建的 spacer.gif，将它插入到上下两行中间的单元格内，如图 6.41 所示。

图 6.41　插入间隔图像的位置

❺　插入图片后，将光标移到表格外面空的地方，单击鼠标确认插入操作，此时的表格如图 6.42 所示。

图 6.42　插入小图后的表格

可以看出，现在表格的圆角已经出来了，但效果并不明显，用户还需要给文档设置一下页面背景颜色，将背景颜色变得和图片上的橙色完全一样。

❻ 选择菜单命令"修改"|"页面属性"，打开"页面属性"对话框，单击"背景颜色"后面的色块，然后将光标移到图像上的橙色区域吸取颜色，找准位置后单击，此时将把颜色加到"背景颜色"后的文本框中，如图 6.43 所示。

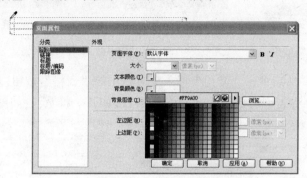

图 6.43　修改页面背景颜色

取好颜色后，单击"确定"按钮关闭对话框，此时的页面效果如图 6.44 所示。

很显然，这样的圆角还是不完整。此时还需要将整个表格的背景颜色改为和圆角图片中一样的白色。选中表格，和修改页面背景颜色一样，吸取圆角图片中的白色，修改后的效果如图 6.45 所示。

图 6.44　修改页面背景后的效果

下面将表格中心的单元格高度变大一些。将光标放在中心的单元格上，然后将这个单元格的高度设为 100 像素。

保存文件并在浏览器中打开网页，看到的效果如图 6.46 所示。

图 6.45　修改背景颜色后的圆角表格　　　　图 6.46　圆角表格效果

6.7　圆角表格（二）

还有一种方法可以制作宽度固定的圆角表格，这种圆角表格的最终效果如图 6.47 所示。

要制作这样的圆角表格，首先要制作两张图片，如图 6.48 所示。做好后的图片放在 Exercise\table2\images 目录中。

实讲实训
多媒体演示

多媒体演示参见配套光盘中的\\视频\第 6 章\圆角表格（二）.avi。

（a）上部的图片　　　　　　（b）底部的图片

图6.47　最后效果　　　　　　　图6.48　制作好的图片

❶　新建文档，然后单击"常用"插入工具栏中的"表格"按钮，在文档中插入一个3行1列的表格，并将表格的宽度设为150像素（和图片一样宽），如图6.49所示。

图6.49　插入表格的属性

❷　在表格的上下两行中分别插入如图6.48所示的图片，此时的表格如图6.50所示。

❸　在中间的单元格中再插入一个表格，将这个表格的间距设为1，背景颜色设为图片上的橙色（#FF9900），如图6.51所示。

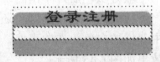

图6.50　插入图片后的表格

图6.51　设置表格背景

❹　把该表格中唯一的单元格背景色设为白色，并将这个单元格的高度设为100像素，此时的效果如图6.52所示。保存文件后，在浏览器中就可以看到最后的效果了，如图6.53所示。

图6.52　插入表格后的效果　　　　　　图6.53　最后的效果

该表格对应的源代码如下：

```
<table width="150" border="0" cellspacing="0" cellpadding="0">
 <tr><td><img src="images/corner_r1_c1.gif" width="150"
```

```
height="20"></td></tr>
  <tr><td>
<table    width="100%"    border="0"    cellpadding="0"    cellspacing="1"
bgcolor="#FF9900">
    <tr><td height="100" bgcolor="#FFFFFF"> </td></tr>
  </table>
</td></tr>
  <tr><td><img src="images/corner_r2_c1.gif" width="150"
height="16"></td></tr>
</table>
```

6.8 立体表格

如图 6.54 所示的表格相信大家肯定见过，它是怎么做出来的呢？

图 6.54　立体效果表格

其实这也是利用了表格的属性，主要用到了表格的亮边框（bordercolorlight）和暗边框（bordercolordark）两个属性。

新建文档，然后插入一个表格，选中表格，在"属性"面板中修改属性如图 6.55 所示。

图 6.55　表格的属性

此时插入的表格如图 6.56 所示。

此时的表格显得很生硬，为了使其美观一些，这里给它添上亮边框和暗边框两个属性。但由于这两个属性在"属性"面板中没有，需要在代码中加入，因此需要采用其他方式，这就是快速标签编辑器。

1．在快速标签编辑器中设置属性

❶ 选中表格后，单击"属性"面板中的"快速标签编辑器"按钮，如图 6.57 所示。

图 6.56　插入的表格　　　　图 6.57　单击"快速标签编辑器"按钮

此时与表格相关的代码会全部显示出来，如图 6.58 所示。

图 6.58　表格的代码

实讲实训
多媒体演示

多媒体演示参见配套光盘中的\\视频\第6章立体表格.avi。

❷ 将光标放在代码的末尾，然后按空格键，稍等片刻后将打开一个列表，列出的是表格的全部属性，如图 6.59 所示。

图 6.59 打开的属性列表

❸ 在其中单击 bordercolorlight，此时属性 bordercolorlight 就加到表格的属性中，如图 6.60 示。

❹ 用同样的方法在表格属性中加入 bordercolordark 属性，将它的值设为"#FF9900"，如图 6.61 所示。

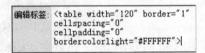

图 6.60 加入 bordercolorlight 属性

图 6.61 加入 bordercolordark 属性

加入这两个属性并输入文字后，表格有了一种类似托盘的效果，如图 6.62 所示。

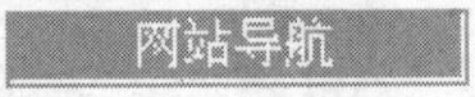

2. 修改代码

图 6.62 加入两个属性后的效果

如果用户觉得这种效果不好看，可以将这两种颜色调换一下，也就是说，亮边框为橙色（#FF9900），暗边框为白色（#FFFFFF），如图 6.63 所示。

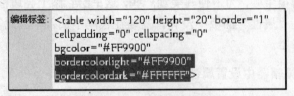

图 6.63 修改后的代码

此时的表格就有了类似立体按钮的效果，如图 6.64 所示。

如果这种效果用在多行多列的表格上，则效果如图 6.65 所示。

图 6.64 立体按钮的效果

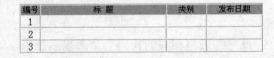

图 6.65 多行多列表格中的效果

如果此时将亮边框改为橙色（#FF9900），而暗边框改为红色（#FF0000），则效果如图 6.66 所示。

3. 修改表格背景

如果将图 6.64 中表格的背景色删除掉，则效果如图 6.67 所示。

网站导航

网站导航

图 6.66　修改后的表格 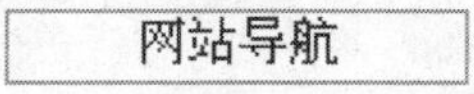　　　　　　图 6.67　删除背景色后的表格

6.9　让两个表格并排

实谱实训

多媒体演示

多媒体演示参见配套光盘中的\\视频\第 6 章\让两个表格并排.avi。

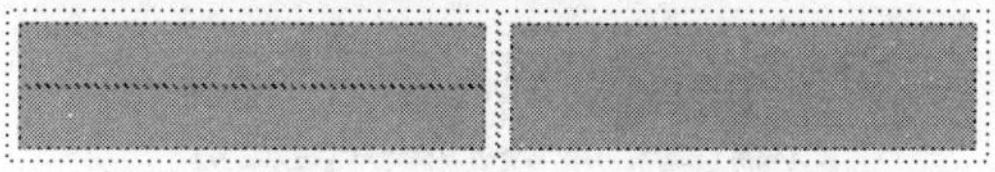

有时候用户需要把两个表格并排，如图 6.68 所示。

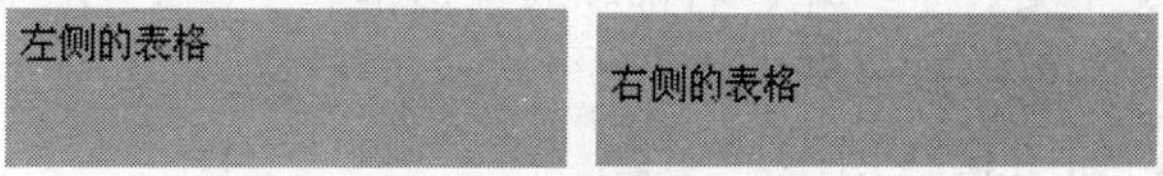

左侧的表格　　　　　右侧的表格

图 6.68　并排的表格

当用户连续插入两个表格时，表格会自动上下排列，这个问题怎样解决呢？遇到这样的情况需要用到表格的嵌套：先插入一个 1 行 2 列的表格，然后在每个单元格中嵌套新表格，如图 6.69 所示。

图 6.69　在单元格中可以插入新表格

6.10　用表格留空

有时候用户希望文字和旁边的对象有一定的空白区域，此时可以有两种解决方法：一是利用表格的单元格间距或单元格填充留空白；二是利用嵌套表格留空白。

1. 利用表格的单元格间距或单元格填充留空白

首先插入一个 1 行 1 列的表格，在中间输入一些文本，如图 6.70 所示。

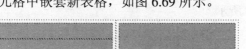

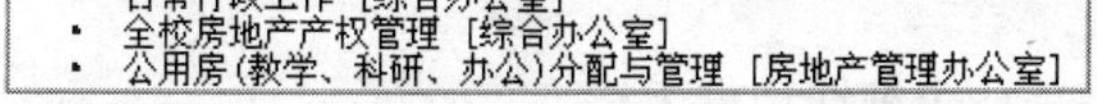

- 日常行政工作 [综合办公室]
- 全校房地产产权管理 [综合办公室]
- 公用房(教学、科研、办公)分配与管理 [房地产管理办公室]

图 6.70　表格中的文本

此时的文本和表格边框紧密地贴在一起，如果要将它们稍微分开一点，可以在选中表格后，用"属性"面板调整表格的单元格填充值为 5 像素，如图 6.71 所示。

图 6.71　修改单元格填充

此时的内容就会和表格分离开来，如图 6.72 所示。

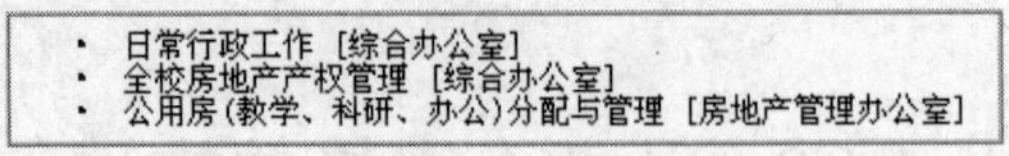

- 日常行政工作［综合办公室］
- 全校房地产产权管理［综合办公室］
- 公用房(教学、科研、办公)分配与管理［房地产管理办公室］

图 6.72　内容和表格分离开来

2．利用嵌套表格留空白

利用上面的方法，文字上、下、左、右都和表格边框有了一定的距离，如果只希望左右有一定的宽度，此时就需要用到嵌套表格。

首先插入一个表格，如图 6.73 所示。

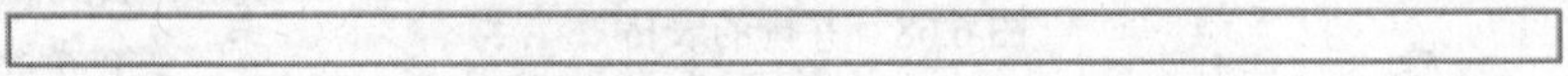

图 6.73　插入一个表格

如果希望加入的文字只在中间区域出现，此时就必须再插入一个表格，并且嵌套在这个表格之内，如图 6.74 所示。

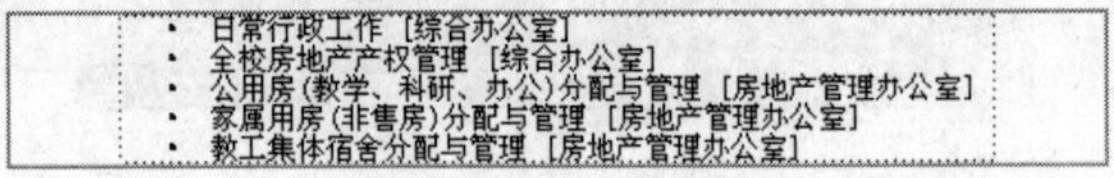

- 日常行政工作［综合办公室］
- 全校房地产产权管理［综合办公室］
- 公用房(教学、科研、办公)分配与管理［房地产管理办公室］
- 家属用房(非售房)分配与管理［房地产管理办公室］
- 教工集体宿舍分配与管理［房地产管理办公室］

图 6.74　嵌套表格

 注意

要将里面的表格宽度设得小一些，而且一般没有边框。

6.11　添加小图标

如图 6.75 所示的列表中每条标题前都有一个很别致的小图标，这种结构是怎么实现的呢？

其实最外面的表格是一个细线边框表格。

❶ 按照前面细线边框表格的制作方法制作一个表格，此表格在 Dreamweaver 中的效果如图 6.76 所示。

**实讲实训
多媒体演示**

多媒体演示参见配套光盘中的\\视频\第 6 章\添加小图标.avi。

图 6.75　带小图标的标题　　　　　图 6.76　细线边框表格

❷　在其中插入一个 9 行 2 列的表格，选中表格，在"属性"面板中修改属性为如图 6.77 所示。

图 6.77　表格的属性

❸　此时表格中又嵌套了一个表格，效果如图 6.78 所示。选中中间表格中左上角的单元格，将宽度设为 15 像素，此时表格结构如图 6.79 所示。

图 6.78　嵌套的表格　　　　　　图 6.79　调整宽度后的表格

❹　下面的事情应当很容易理解了，在左上角的单元格中插入一张图片，然后通过复制，在左侧的单元格（除最下面一行）内各加入一张小图片，如图 6.80 所示。

❺　由于左侧的图片离表格边框太近，需要将它们移到单元格的中间去。选中左侧的单元格，如图 6.81 所示，然后在"属性"面板中修改单元格的"水平"排列属性为"居中对齐"，如图 6.82 所示。

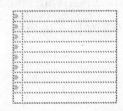

图 6.80　插入小图片后的表格　　　　图 6.81　选中左侧的单元格

剩下的事情就是向右侧的单元格中输入文字，对文字修改字体和大小了，最终效果如图 6.83 所示。

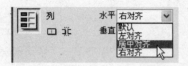

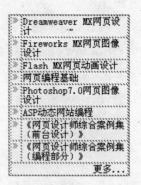

图 6.82 单元格的水平排列属性　　　　图 6.83 最终的表格效果

6.12 无缝拼接图片

虽然网页看起来是一个完整的画面，但在实际制作主页时，为了节省下载时间，并不是放上一张大图，而是将一幅完整的图分割成若干个小图，然后将它们拼接起来，使图片之间没有缝隙，看起来就和一幅完整的图一样，这种方法被称为无缝拼接，如图 6.84 所示的就是一个典型的例子。

这是网页中的一部分，一张封面的图片放在由几张图片围成的边框内，图 6.85 是去掉封面图片后的边框，它实际上是用表格和 4 张图片拼接而成的。

实讲实训
多媒体演示
多媒体演示参见配套光盘中的\\视频\第 6 章\无缝拼接图片.avi。

图 6.84 无缝拼接实例　　　　图 6.85 去掉封面图片后的边框

这 4 张图片位于站点目录 Exercise\table2\images 下，分别如图 6.86 所示。

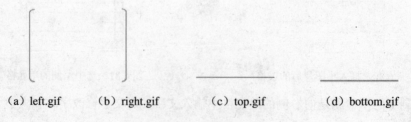

　（a）left.gif　　（b）right.gif　　（c）top.gif　　（d）bottom.gif

图 6.86 各部分的图片

下面的任务就是将这些图片拼接起来。

❶ 首先插入一个 3 行 3 列的表格，宽度为 95 像素（小于或等于图 6.86 中左边 3 张图片宽度的总和），如图 6.87 所示。

此时需要将左右两侧的单元格合并起来，如图 6.88 所示。

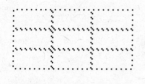

图 6.87　插入的表格　　　　　　　图 6.88　合并后的单元格

❷ 在左右两侧的单元格内分别插入图 6.86 中的第 1 张和第 2 张图片，如图 6.89 所示。很显然，这两张图片所在的单元格宽度太大，需要将它们缩小。将光标置于图片所在的单元格内，然后在"属性"面板中输入单元格的宽度数值，让单元格宽度等于图像的宽度。按回车键确认后，表格结构如图 6.90 所示。

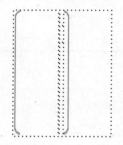
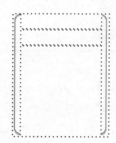

图 6.89　插入图片后的效果　　　　图 6.90　调整宽度后的表格结构

❸ 在上下两行的单元格中分别插入 top.gif 和 bottom.gif 两张小图，如图 6.91 所示。此时最下方的一行太高，需要调整一下高度。将光标置于表格中心的下边框上，然后按住鼠标向下拖动直到底部，如图 6.92 所示。

此时的表格效果如图 6.93 所示。

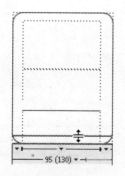

图 6.91　在上下两行插入小图　　　图 6.92　拖动边框到底部　　　图 6.93　最后的边框效果

这样的边框中心还有一个较大的区域，可以放入其他内容，本例中放入的是图片。

提示

这种方法一般只适用于中间插入的图片与边框中心空白区域大小一致的情况；如果不一致，最好采用制作圆角表格的方法来制作边框。

6.13 练习题

1. 在 Dreamweaver 中打开自己创建的站点目录 Mysamplesite 下的文件 index.htm，然后在其中插入一个 3 行 1 列的表格。

2. 在表格的每个单元格中插入 3 行 3 列的表格，然后在表格 4 个角上的单元格中插入圆角图片并调整单元格的宽度，让其变成圆角表格。最后，在表格中央的单元格中插入所需要的各种内容，最终效果参见光盘目录 Mysamplesite 下的文件 index.htm。

Dreamweaver CS3

第7章

布局视图排版

本章导读　　表格虽然是排版的重要工具，但是表格用起来非常烦琐，用表格排出的网页结构缺少灵活性。为了解决这个问题，Dreamweaver 另外还提供了一种名为"布局视图"的功能，它可以制作布局更加自由的网页。

　　布局视图排版的好处在于，网页设计师不必过多地去关心表格中的行数和列数，也不必反复调整单元格的高度和宽度。用它绘制表格就和画画一样，让用户的创作更加轻松自由。

内容要点
1. 布局视图
2. 创建布局表格和布局单元格
3. 嵌套布局表格
4. 使用标尺与网格
5. 调整布局表格及布局单元格
6. 设定布局视图参数

7.1　布　局　视　图

　　新建文件，然后选择菜单命令"查看"|"表格模式"|"布局模式"，打开"从布局模式开始"提示对话框，其中介绍了"布局单元格"与"布局表格"工具的使用方法，如图7.1 所示。

　　单击"确定"按钮关闭对话框，并自动进入布局模式，如图 7.2 所示。

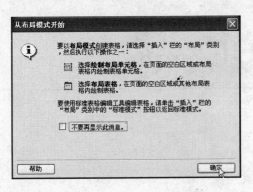

图 7.1 "从布局模式开始"提示对话框　　　图 7.2 布局模式

7.2　创建布局表格和布局单元格

7.2.1　创建布局表格

切换到布局视图窗口后，单击"布局"插入工具栏上的"绘制布局表格"按钮，如图 7.3 所示，此时光标就会变成"+"形状。

实讲实训
多媒体演示

多媒体演示参见配套光盘中的\\视频\第 7 章\创建布局表格.avi。

图 7.3　单击"布局表格"按钮

将光标放在要绘制表格的区域，然后按住鼠标拖动就能绘制出表格来，如图 7.4 所示。

默认情况下，表格的外框是绿色的，表格的上方有一个标签便于辨别和选择表格。表格下方的数字是表格的宽度值，单位为像素。

如果是在空白网页上创建的一个表格，该表格会自动调整到网页的顶端。如果在此表格中再绘制其他表格，新表格就嵌套在它里面。

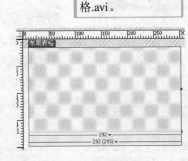

图 7.4　绘制的表格

如果表格与其他表格的间距小于 8 个像素，表格会自动吸附在一起。为了暂时取消吸附，可以在绘制表格的时候按住 Alt 键。

7.2.2　绘制布局单元格

当绘制了布局表格后，在"布局"插入工具栏上单击"绘制布局单元格"按钮，如图 7.5 所示。

移动光标到要绘制单元格的位置，按下鼠标左键后拖动，松开鼠标后，表格中就会出现一个可以插入文字和图像的单元格了，但其他单元格所在的位置还是灰色，不能添加任何内容，如图 7.6 所示。

实讲实训
多媒体演示

多媒体演示参见配套光盘中的\\视频\第 7 章\绘制布局单元格.avi。

图 7.5　单击"绘制布局单元格"按钮

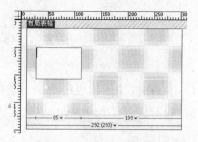

图 7.6　绘制出的单元格

默认情况下，布局单元格的外框是蓝色的，而且没有任何标签。用同样的方法在表格中继续绘制其他单元格，如图 7.7 所示。

当两个单元格间的距离小于 8 个像素时，单元格会自动吸附在一起。

当在布局表格中绘制完所有的单元格后，选择菜单命令"查看"|"表格模式"|"标准模式"，切换到标准视图下，此时的表格就变成了普通表格，如图 7.8 所示。

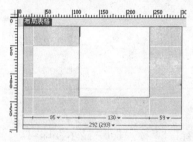

图 7.7　绘制其他单元格

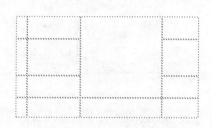

图 7.8　标准视图下的表格

此时就可以在其中插入各种网页对象了。

7.3　嵌套布局表格

如果要在表格中嵌套表格，只要在一个布局表格的内部再绘制一个表格即可，如图 7.9 所示。

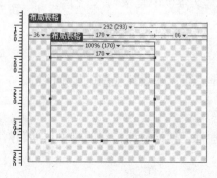

图 7.9　嵌套表格

由于在布局视图下不必考虑单元格的宽度和高度，因此一般不需要使用嵌套表格。

7.4 使用标尺与网格

在使用布局视图创建表格时，为了更方便地定位，往往需要测量工具来测量表格或单元格的高度和宽度，Dreamweaver 中提供了标尺和网格两种测量工具。

7.4.1 使用标尺

当位于布局视图时，选择菜单命令"查看"|"标尺"|"显示"，就可以打开标尺，如图 7.10 所示。

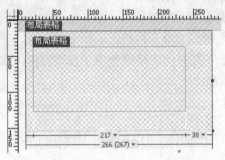

图 7.10 打开的标尺

如果要隐藏标尺，只需再次选择菜单命令"查看"|"标尺"|"显示"即可。

7.4.2 使用网格

如果觉得标尺定位不方便，还可以使用网格。选择菜单命令"查看"|"网格"|"网格设置"，打开"网格设置"对话框，如图 7.11 所示。

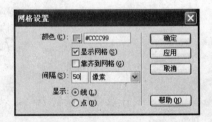

图 7.11 "网格设置"对话框

1. 颜色

单击拾色器按钮，从打开的拾色器中选择一种颜色。当然，用户也可以在"颜色"文本框中直接输入一个十六进制颜色数值。

2. 显示网格

选中"显示网格"复选框，可以在设计视图中显示网格。

3. 靠齐到网格

选中"靠齐到网格"复选框，使接近网格线的对象自动和网格线对齐。

4. 间隔

"间隔"文本框可以用来控制网格线之间的间距。间距的单位可以从右侧的下拉列表框中进行选择，可供选择的选项有"像素"、"英寸"和"厘米"。

5. 显示

在"显示"选项组中可以指定网格线是线还是点。这里选中"线"单选按钮。

当所有的选项设定好后，单击"确定"按钮关闭对话框，此时将在布局视图下的文档窗口中显示网格线，如图 7.12 所示。

如果要隐藏网格线，可以选择菜单命令"查看" | "网格" | "显示网格"。

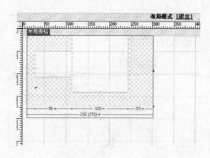

图 7.12　显示的网格线

7.5　调整布局表格及布局单元格

在布局视图中，用户可以对表格和单元格自由地移动和改变大小。

7.5.1　选择布局表格和布局单元格

单击"布局表格"标签，当表格外框出现定位点时，就可以确定该表格处于选中状态，如图 7.13 所示。另外，单击表格上的灰色区域也可以选中表格。

如果鼠标单击的是单元格的外框，当单元格外框出现 8 个定位点的时候，可以确定该单元格处于选中状态，如图 7.14 所示。

> **实讲实训**
> **多媒体演示**
>
> 多媒体演示参见配套光盘中的\\视频\第 7 章\调整布局表格及布局单元格.avi。

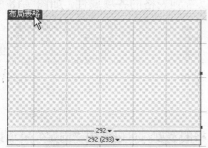

图 7.13　表格的选中状态

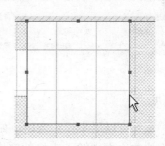

图 7.14　单元格的选中状态

 提示

在按住 Ctrl 键的同时，在单元格的任意位置单击也可以选中单元格。

7.5.2　调整布局表格和布局单元格大小

选中布局表格后，将鼠标放在表格的控制句柄上方，鼠标形状就会变成双向的箭头，此时拖动鼠标就可以调整表格的宽度和高度，如图 7.15 所示。当拖动表格右侧的控制句柄时，表格将会变宽或变窄；而拖动表格底部的控制句柄时，表格将会变高或变矮。

和表格类似的是，选中单元格后，就可以拖动控制句柄调整单元格的高度和宽度了，如图7.16所示。

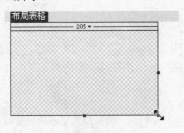

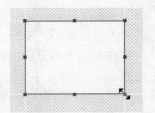

图7.15　调整表格大小　　　　　　　　图7.16　调整单元格大小

7.5.3　移动布局表格和布局单元格

外层的表格是不能移动的，只有嵌套在其他表格中的表格或单元格才能移动。单击布局表格的单元格，按住鼠标拖动表格到合适的位置上，如图7.17所示。

选中表格后，使用方向键也可以移动表格。每按下一次键盘上的方向键，表格就会在相应方向移动1个像素。如果在按住Shift键的同时每按下一次方向键，表格就会在相应方向移动10个像素。

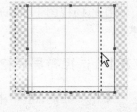

图7.17　移动表格

当选中单元格时，同样也可以用方向键移动单元格。

7.5.4　修改布局表格的属性

在布局视图下选中表格，在"属性"面板中可以看到表格的各项属性，如图7.18所示。

图7.18　"属性"面板

1．宽度

选项"宽"可以用来设定宽度。如果要指定表格的宽度，可以选中"固定"单选按钮，然后在后面的文本框中输入表格的宽度。

2．高度

在"高"文本框中可以指定表格的高度值。

3．自动伸展

如果想让表格的宽度随着表格内的内容自动伸展，可以选中"自动伸展"单选按钮。

4．背景颜色

单击"背景颜色"后的拾色器按钮，在打开的拾色器中可以选择合适的色彩。

5．填充

"填充"文本框用来设定表格内单元格中的内容和单元格边框之间的空白区域，单位是像素，设定的值将会影响到该表格内的所有单元格，但对嵌套表格中的单元格没有影响。

6．间距

"间距"文本框用来设定单元格之间的空白区域，单位是像素。设定的值将应用于该表格内的所有单元格（不包括嵌套表格的单元格）。

7．清除行高

"清除行高"按钮可以用来清除表格的高度，如图 7.19 所示。

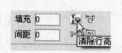

图 7.19　"清除行高"按钮

8．删除嵌套

如果要删除表格内的嵌套表格，可以选中嵌套表格，然后单击"属性"面板中的"删除嵌套"按钮，此时将会删除嵌套表格，但嵌套表格内的文字、图像等内容不发生变化。

7.5.5　修改布局单元格的属性

在布局视图下选中布局单元格后，在"属性"面板中显示的就是布局单元格的属性，如图 7.20 所示。

图 7.20　布局单元格的属性

1．宽度

选项"宽"可以用来设定宽度。选中"固定"单选按钮后，可以在后面的文本框中输入宽度数值。

2．高度

可在"高"文本框内输入固定的高度值。

3．自动伸展

选中"自动伸展"单选按钮后，该单元格会根据浏览器窗口的大小自动伸缩。

 注意

一个表格中只允许有一个单元格"自动伸展"，因为如果同时有两个单元格自动伸展，就很可能导致单元格宽度的冲突。

4．背景颜色

单击"背景颜色"后的拾色器按钮，就可以在打开的拾色器中选择合适的单元格背景色。

5．水平

"水平"下拉列表框用来设定单元格中内容的对齐方式，可供选择的选项有"居中对齐"、"左对齐"、"右对齐"。

6．垂直

"垂直"下拉列表框用来设置单元格内容的对齐方式，可供选择的选项有"顶端"对齐、"居中"对齐、"底部"对齐和"基线"对齐。

7．不换行

如果选中"不换行"复选框，单元格中的内容就不会自动换行。

7.5.6　调整列

在布局视图中，在表格的下方会出现表格各列的标签，单击列标签就会出现一个下拉菜单，如图 7.21 所示。

1．添加间隔图像

添加间隔图像可以让单元格的宽度或高度小于 12 像素，这样才能更细致地调整单元格。

单击要插入间隔图像的列，在下拉菜单中选择"添加间隔图像"命令，打开"选择占位图像"对话框，如图 7.22 所示。

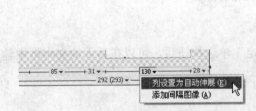
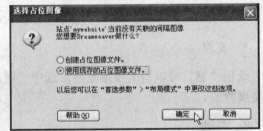

图 7.21　下拉菜单　　　　　　　　图 7.22　"选择占位图像"对话框

如果站点中还没有间隔图像，可以选中"创建占位图像文件"单选按钮并单击"确定"按钮，在打开的"浏览"对话框中选择保存新建图像的路径。

由于在第 6 章中已经创建了一个名为 spacer.gif 的间隔图像，因此这里选中"使用现存的占位图像文件"单选按钮，然后单击"确定"按钮，在打开的对话框中找到站点目录 images 下的文件 spacer.gif，如图 7.23 所示。

单击"确定"按钮插入间隔图像后，插入图像的列就会变成双横线，由于插入的间隔图像有一定的宽度，因此该列就不会被挤压变形了，如图 7.24 所示。

如果要删除间隔图像，可以在该列的菜单中选择"删除间隔图像"命令，如图 7.25 所示。

如果要删除表格中的所有间隔图像，可以单击列下方的箭头，在打开的菜单中选择"移除所有分隔符图像"命令，如图 7.26 所示。

图 7.23　选中间隔图像

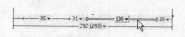

图 7.24　插入间隔图像后的列

图 7.25　删除间隔图像

图 7.26　选择"移除所有分隔符图像"命令

2．调整列宽

有时有的列插入的是图像，有的列插入的是文本，如果希望插入文本的单元格可以随着浏览器窗口的缩放而自动调整宽度，如图 7.27 所示，就可以使用自动伸展命令。

在列的下拉菜单上选择"列设置为自动伸展"命令，此时自动伸缩的单元格的列宽数值被删除，取而代之的是一个波浪线，如图 7.28 所示。

图 7.27　应用实例

图 7.28　修改后的列

 注意

一个表格之中只能有一列是自动伸展的。

如果要取消列的自动伸展，可以在使用了自动伸展的列上单击向下箭头，在打开的菜单中选择"列设置为固定宽度"命令，如图 7.29 所示。

图 7.29　选择"列设置为固定宽度"命令

在布局视图中设定好了布局表格和布局单元格后，就可以在单元格中输入文字或插入图像了。由于表格的灰色区域没有插入单元格，因此不能插入图像或文字。

在单元格中添加内容时，单元格宽度或高度如果比内容所需宽度要小，单元格的宽度或高度会自动调整，而附近的单元格也会相应地自动调整。

7.6　设定布局视图参数

在网页编辑窗口下，选择菜单命令"编辑" | "首选参数"，打开"首选参数"对话框，切换到"布局模式"面板，如图 7.30 所示。

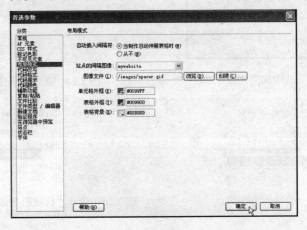

图 7.30　"布局模式"面板

其中：

- 自动插入间隔符　用来设定是否会自动添加间隔图像。
- 站点的间隔图像、图像文件　用来创建间隔图像，前面已经通过它创建了一个间隔图像。

面板下方的几个选项用来设定布局视图下各对象的颜色。

- 单元格外框　用来设定布局状态下单元格边框的颜色。
- 表格外框　用来设定布局状态下表格边框的颜色。
- 表格背景　用来设定布局状态下表格背景的颜色。

7.7　练 习 题

1. 在 Dreamweaver 中打开自己创建的站点 Mysamplesite 目录 fashion 下的文件 index.htm，用布局排版的方式在其中插入布局表格和布局单元格，接着在其中插入图像和文本。文本、图像、布局表格、布局单元格的相对位置参见光盘目录 Mysamplesite\fashion 下的文件 index.htm。

2. 在工具栏上单击"标准"按钮退出布局排版视图，将布局表格（或布局单元格）变为普通的表格（或单元格）。

Dreamweaver CS3

第 8 章

制作表单页面

本章导读　　如果用户想通过网站与浏览者进行交流，想知道浏览者的需求，那就不能不了解表单，因为这些都需要用到表单元素，它可以帮助我们收集各种用户信息和反馈意见。学好表单，就为制作动态网页的学习打下了扎实的基础。本章的学习目标是掌握表单元素的各项属性，能独立制作完成常见的各种表单页面。

内容要点
1. 关于表单
2. 确定页面布局
3. 添加表单域
4. 添加文本域
5. 添加复选框
6. 添加单选按钮
7. 添加菜单和列表
8. 添加其他表单域
9. 插入按钮
10. 添加图像域
11. 制作跳转菜单
12. 添加搜索引擎

8.1　关于表单

8.1.1　什么是表单

在申请 E-mail 邮箱时，网站往往会要求填写一些个人信息，如姓名、年龄、联系方式等，如图 8.1 所示。

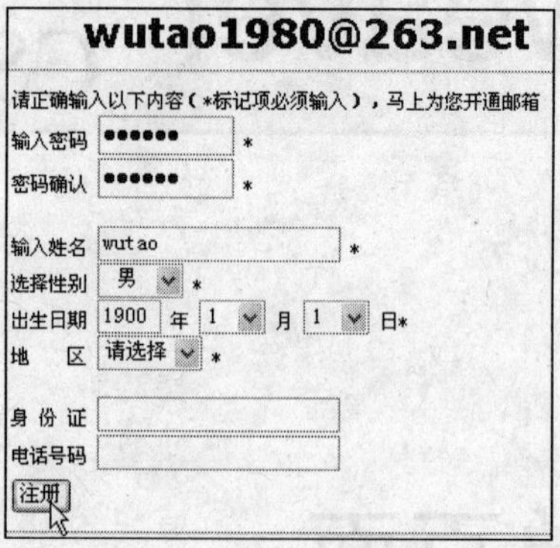

图 8.1 填写信息的页面

填写信息的页面上往往会包括很多表单元素。如果希望用户能输入数据，就应该放置文本域、密码域等；如果希望用户进行选择，就应放上单选按钮、复选框、下拉列表框、列表框等；有时为了传递一些必要的参数，还需要添加一些隐藏的表单元素，如表单域、隐藏域等。所有这些表单元素合在一起称为表单。

8.1.2 表单的作用

浏览者接触到的只是一个网页界面，真正处理这些数据的是它背后的程序语言。也就是说，表单要实现数据的提交、接收，至少要完成两个方面的工作：

（1）首先用HTML编写表单页面。

（2）编写用于处理表单数据的应用程序。这些应用程序用来收集页面上的表单数据，对这些数据的数据格式进行整理。如果有必要，还可以将这些数据作为记录插入到数据库中。在网站中可以用来处理表单数据的应用程序很多，它们可以是用 ASP、PHP、JSP 等任何一种动态网站编程语言创建的。

简而言之，表单的主要功能是让浏览者能够有地方填写数据，应用程序的作用是收集并处理这些数据。

8.1.3 表单的制作步骤

下面练习如何创建一个留言板的表单页面，如图 8.2 所示。

要制作这样的表单页面，一般要经过以下两个步骤：

1. 确定网页布局

也就是要用表格规划好表单元素的放置位置。

2. 插入表单元素

表单元素中最重要的就是表单域，它可以用来确定表单中有效数据的范围。从位于表单域之外的表单对象中提交的数据将会在提交后被自动丢弃。另外，在表单域上需要设定处理数据的应用程序的位置以及数据的处理方法等。虽然该元素在网页上是看不见的，但对于表单的处理却有着决定性的作用。

图 8.2　留言页面

然后就可以根据需要在表格的单元格中插入各种表单元素了。

8.2　确定页面布局

1．插入表格

首先创建用于放置各种表单元素的表格，步骤如下：

❶ 插入一个 13 行 2 列的表格，利用它来控制各种表单元素和说明文字的位置，插入表格的属性如图 8.3 所示。

实讲实训
多媒体演示

多媒体演示参见配套光盘中的\\视频\第 8 章\确定页面布局.avi。

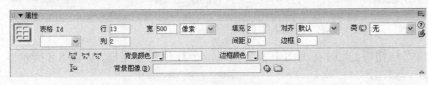

图 8.3　插入表格的属性

❷ 合并表格中的第 1、12、13 行的单元格，并且给第 1 行和第 12 行分别加上背景颜色（#FFCC00），最终表格如图 8.4 所示。

❸ 将光标放在左侧任意单元格中，设置单元格的宽度为 100 像素，此时的表格如图 8.5 所示。

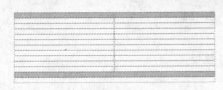

图 8.4　合并后的表格

图 8.5　调整宽度后的表格

2. 输入文本

在单元格中分别输入文字，此时的页面如图 8.6 所示。

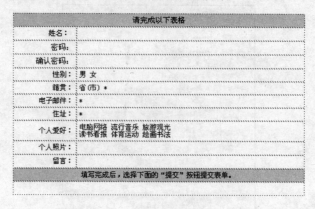

图 8.6　输入文本后的表格

8.3　添加表单域

到此为止，网页中的文字和版式已经定好了。下面在里面添加各种表单元素，它们都可以用"表单"插入工具栏上的按钮插入。

> **实讲实训**
> **多媒体演示**
>
> 多媒体演示参见配套光盘中的\\视频\第 8 章\添加表单域.avi。

8.3.1　插入表单域

打开"表单"插入工具栏，如图 8.7 所示。

图 8.7　"表单"插入工具栏

在其中单击"表单"按钮▭，此时在页面中就会出现一个红色的虚线框，如图 8.8 所示。

图 8.8　插入的表单域

8.3.2　修改表单域属性

单击红框的内部，此时"属性"面板显示的是表单域的属性，如图 8.9 所示。

图 8.9　"属性"面板

1．表单名称

"表单名称"文本框用来输入表单的名称，该名称在需要引用表单对象时才会用到。

2．动作

"动作"是这些属性中最重要的一项，它用来定义处理数据的应用程序的路径。

如果处理表单的脚本程序在本地站点中，可以直接单击右侧的"浏览文件"按钮，找到该文件后确认，脚本文件的路径就会出现在文本框中。也可以在"动作"文本框中手动输入脚本程序的路径。例如可以将其设为如下路径：

```
http://www.sina.com.cn/cgi-bin/process.cgi
```

其中的 cgi-bin 是大部分服务器默认的 cgi 脚本程序放置的文件夹，process.cgi 为处理表单的 CGI 程序的文件名。

如果用户希望浏览者提交的内容可以发送到邮箱中，可以在"动作"文本框中输入"mailto:image_wu@263.net"，也就是在"mailto:"后面再加上用户的邮件地址，如图 8.10 所示。

在浏览者提交表单后，浏览器将会自动打开 Outlook 或 Outlook Express，将表单中的数据整理为 E-mail 内容发送到设定的邮箱中去。

图 8.10　修改表单属性

3．方法

"方法"下拉列表框用来选择表单提交的方法。其中 POST 方式表示表单信息将以数据包的形式提交；而 GET 方式会将浏览者提供的信息附加在 URL 地址的后面提交到服务器。

不建议使用 GET 方式，因为 GET 方法会将表单中的内容附加在 URL 地址后面，但 URL 地址的长度是有限制的，如果提交的内容太多，超出的部分就会被截掉。另外，使用 GET 方法很不安全，从用户的浏览器地址栏中就可以看到用户输入的密码。

4．目标

"目标"下拉列表框用来设定提交表单后，打开的目标网页将以哪种形式进行显示。其中各选项的含义如下：

- _blank　将在未命名的新窗口中打开目标网页。
- _parent　将在当前文档窗口的父级窗口中打开目标网页。
- _self　将在当前窗口中打开目标网页。
- _top　将在顶级窗口内打开目标网页，选择此选项可确保目标网页占用整个浏览器窗口，即使表单页面原来位于某个框架中。

5. MIME 类型

"MIME 类型"下拉列表框用来指定对提交给服务器进行处理的数据使用的 MIME 编码类型。默认设置 application/x-www-form-urlencode，该选项通常与 POST 方法协同使用。

如果要在表单域中添加文件域，最好选择 multipart/form-data MIME 类型。

8.3.3　查看代码

添加完表单域后，切换到代码视图，表单域对应的 HTML 代码如下：

```
<form action="mailto:image_wu@263.net" method="post"
enctype="application/x-www-form-urlencoded" name="form1" target="_self">
</form>
```

其中<form></form>标签规定了表单的范围，此后插入的表单元素都要放置在这两个标签之间。

8.3.4　移动表格

由于所有的表单元素都必须位于表单域中，因此需要将表格移动到虚线的红框中。

选中表格，按快捷键 Ctrl+X 将它剪切到剪贴板，然后单击红框，当"属性"面板显示表单的属性时表示已经选中了表单，此时再按快捷键 Ctrl+V 将表格粘贴在表单内，如图 8.11 所示。

请完成以下表格	
姓名：	
密码：	
确认密码：	
性别：	男 女
籍贯：	省（市）＊
电子邮件：	＊
住址：	＊
个人爱好：	电脑网络 流行音乐 旅游观光 读书看报 体育运动 绘画书法
个人照片：	
留言：	
填写完成后，选择下面的"提交"按钮提交表单。	

图 8.11　移动后的表格

8.4　添加文本域

8.4.1　添加单行文本框

下面在表格中"姓名"右侧的单元格内添加一个单行文本框，用来输入浏览者的姓名。

❶ 将光标放在该单元格中，然后在"表单"插入工具栏中单击"文本字段"按钮，如图 8.12 所示。

实讲实训
多媒体演示

多媒体演示参见配套光盘中的\\视频\第 8 章\添加文本域.avi。

❷ 此时将弹出"输入标签辅助功能属性"对话框，在其中设定 ID 为 username，"标签文字"为"姓名"，选择样式为"使用'for'属性附加标签标记"，如图 8.13 所示。

图 8.12　单击"文本字段"按钮　　　图 8.13　"输入标签辅助功能属性"对话框

❸ 单击"确定"按钮后，在此单元格中将出现一个单行文本框，文本框左侧出现标签文字"姓名"，如图 8.14 所示。

图 8.14　添加好的单行文本框

❹ 保存文件并按快捷键 F12 预览网页，当在标签文字"姓名"上单击时，光标将自动插入单行文本框内。这是因为在文字标签上添加了 for 属性。切换到代码窗口，该文本框对应的 HTML 代码如图 8.15 所示。

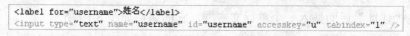

```
<label for="username">姓名</label>
<input type="text" name="username" id="username" accesskey="u" tabindex="1" />
```

图 8.15　文本框对应的 HTML 代码

因为这里希望将标签文本放在左侧的单元格内，因此将右侧的标签文字"姓名"删除，文本框显示为如图 8.16 所示。

选中该文本框，然后就可以在"属性"面板中修改文本框的属性了。

图 8.16　加入的文本框

1．文本域

在"文本域"文本框中给文本框命名，命名时应该注意以下 3 点：

- 最好使用英文或数字，不能包含特殊字符和空格，但可以使用下划线"_"。
- 不能和网页中其他对象重名。
- 名称最好与收集内容一致，例如用来收集姓名的文本框可以命名为 name，这样看起来一目了然，也便于记忆。

2．字符宽度

"字符宽度"文本框用来设定文本框的宽度，默认状态下约为 24 个字符的长度，也就是说为 24 个英文字母或 12 个中文字的宽度。

3．最多字符数

"最多字符数"为单行文本框内所能填写的最多的字符数。例如，如果设定了最多字符数为 20，那么该文本框中最多只能输入 20 个英文字符或 10 个中文字符。

之所以限定最大字符数，是因为有些浏览者会随意填写一些无用的信息，当这些信息过长时会加重服务器的负担，占用数据库空间。

4．初始值

"初始值"用来设定默认状态下在单行文本框中显示的文字。这里设定名称为 username，"字符宽度"设为 12，"最多字符数"设为 15，"初始值"设为空，如图 8.17 所示。

图 8.17　单行文本框的属性

按照前面的方法在"电子邮件"后面插入一个单行文本框，它的属性如图 8.18 所示。

图 8.18　"电子邮件"文本框的属性

然后在"住址"后面插入一个单行文本框，它的属性如图 8.19 所示。

图 8.19　"住址"文本框的属性

8.4.2　添加密码文本框

❶ 选中上面创建的文本框，然后按快捷键 Ctrl+C 复制，再选中"密码"后的单元格并用 Ctrl+V 粘贴，此时将在该单元格内出现一个文本框，如图 8.20 所示。

图 8.20　复制得到的文本框

❷ 选中该文本框，然后在"属性"面板中将其名称修改为 password，将"字符宽度"设为 12，"最多字符数"设为 15，"初始值"设为 123456，并将文本框的类型设为"密码"，如图 8.21 所示。

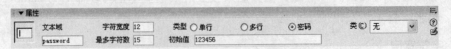

图 8.21　修改文本框的属性

此时该文本框就变成了密码文本框，其中的默认值以"*"号的形式显示，如图 8.22

所示。

❸ 再次复制新创建的密码文本框，将其粘贴到"确认密码"后的单元格中，如图 8.23 所示。

图 8.22　密码文本框　　　　　　　　图 8.23　粘贴后的密码文本框

选中复制得到的密码文本框，此时的"属性"面板如图 8.24 所示。

图 8.24　第 2 个密码文本框的属性

8.4.3　添加文本区域

选中"留言"后的单元格，在其中插入一个文本框。选中该文本框，然后在"属性"面板上将其类型修改为"多行"，此时文本框变为文本域，如图 8.25 所示。

图 8.25　单行文本框变为文本域

此时"属性"面板显示的是文本域的属性，将文本域名称设为 comments，将"字符宽度"设为 45，将"行数"设为 4，"初始值"设为空，如图 8.26 所示。

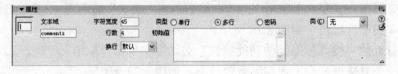

图 8.26　"属性"面板

这些属性的作用如下：

1．字符宽度

"字符宽度"用来设定文本域的宽度，默认值为 20 个字符的宽度。

2．行数

"行数"用来设定文本域的高度，也就是能输入多少行文本，默认高度为两行。

3．换行

当在文本域中输入的内容超过了右侧边界时，就会涉及换行的问题，以下是文本域中换行的几种方式：

- 默认 当内容超过了右边界时，填写内容是否自动换行由浏览器决定，在 IE 浏览器中是自动换行的。如果浏览者在输入内容时按下回车键，可以让文本强制换行。
- 关 选择该选项后内容将不会自动换行，此时水平方向上会出现滚动条，但浏览者可以通过回车键强制换行。
- 虚拟 选择此选项后，如果内容超过了右边界将会自动折行；如果内容超过了下方边界，在垂直方向上也会出现滚动条，但在提交数据时，数据中包含的文本不含有换行信息。
- 实体 选择此选项后，如果内容超过了右边界将会自动折行，而且在提交数据时，数据中包含的文本不含有换行信息。

4．初始值

"初始值"可以填写文本区域的初始文本内容。

除了这种方法外，也可以单击"表单"插入工具栏中的"文本域"按钮直接插入文本域，如图 8.27 所示。

图 8.27 单击"文本域"按钮

8.5 添加复选框

复选框允许浏览者同时选择多个选项，这有点像考试中的多项选择题。例如，由于浏览者的"个人爱好"可能有多种，因此需要用到复选框。

实讲实训
多媒体演示

多媒体演示参见配套光盘中的\\视频\第 8 章\添加复选框.avi。

❶ 将光标放在文字"电脑网络"前，然后单击"表单"插入工具栏中的"复选框"按钮，如图 8.28 所示。

❷ 在打开的"输入标签辅助功能属性"对话框中单击"取消"按钮，此时一个复选框就会出现在编辑窗口中，如图 8.29 所示。

图 8.28 单击"复选框"按钮

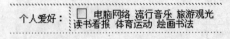

图 8.29 插入的复选框按钮

❸ 选中该复选框，此时在"属性"面板中显示的就是该复选框的属性，如图 8.30 所示。

图 8.30 "属性"面板

这些属性的作用如下：

1．复选框名称

"复选框名称"文本框用来在处理提交数据时识别复选框。需要注意的是，同一组复选框应该使用相同的名称，例如关于爱好的同一组复选框的"复选框名称"一项都要设为hobby。该名称也只能使用英文、数字或下划线。

2．选定值

"选定值"用来给复选框赋值。当浏览者在访问页面时选中了这个插入的复选框，那么提交的内容就是"选定值"文本框中设定的内容。

3．初始状态

"初始状态"是浏览者还没有做出选择时的状态，初始状态既可以是"已勾选"，也可以是"未选中"。

这里将上面加入的复选框的名称设为 hobby，将"选定值"设为 computer，"初始状态"设为"已勾选"，如图 8.31 所示。

图 8.31　修改复选框的属性

用同样的方式在"流行音乐"等文字前各插入一个复选框，效果如图 8.32 所示。

这里的复选框都是和"个人爱好"相关的，应该使用相同的名称 hobby。"选定值"分别为 music、travel、reading、sports、handwriting，初始状态都是"已勾选"。

图 8.32　插入其他复选框

8.6　添加单选按钮

单选按钮一般用在从多个选项中选中一项的情况下，这有点像考试中的单项选择题。

8.6.1　添加单选按钮

下面在"性别"后的各选项前分别添加一个单选按钮。将光标放在文字"男"前，然后在"表单"插入工具栏上单击"单选按钮"按钮 ，此时单选按钮就会出现在编辑窗口中，如图 8.33 所示。

选中该单选按钮，然后在"属性"面板中将单选按钮的名称设为 sex，"选定值"设为 1，"初始状态"设为"已勾选"，如图 8.34 所示。

图 8.33　插入的单选按钮　　　　　　　　图 8.34　"属性"面板

单选按钮各项属性的作用如下：

1．单选按钮

"单选按钮"文本框用来填写单选按钮的名称。注意，同一组单选按钮必须使用相同的名称，这样才能保证同一组单选按钮中只能选择一个项目。

2．选定值

"选定值"用来设定单选按钮提交的值。

3．初始状态

"初始状态"可以将当前的单选按钮设为"已勾选"或"未选中"。

用同样的方法在文字"女"前添加一个单选按钮，将其值设为 2，如图 8.35 所示。

性别：◉ 男 ◉ 女

图 8.35 新加的单选按钮

8.6.2 添加单选按钮组

除了逐个添加单选按钮外，还可以通过插入"单选按钮组"的方式插入一组单选按钮，这样可以减少插入单选按钮的错误。

将光标置于要插入单选按钮组的位置，然后单击"表单"插入工具栏上的"单选按钮组"按钮，打开"单选按钮组"对话框，如图 8.36 所示。

图 8.36 "单选按钮组"对话框

对话框中各选项的作用如下：

1．名称

在"名称"文本框中可以输入单选按钮组的名称，插入单选按钮组的好处是，同一组单选按钮都有统一的名称。

2．标签

单击"标签"列中的文字，当文字变为可修改状态时可以输入新的内容。"标签"列实际上设定的是单选按钮旁边的说明文字，因此可以使用中文。

3. 值

单击"值"列中的文字，可以添入需要的值。该列设定的是选中单选按钮后提交的内容，只能使用英文、数字以及下划线。

4. 添加/删除项目

单击对话框中的"＋"按钮可以添加新的单选按钮项目；选中单选按钮项目后，单击"－"号按钮可以删除单选按钮项目。

5. 移动选项

选中单选按钮项目后，单击向上箭头可以将项目上移；单击向下箭头可以将项目下移。

6. 布局

在对话框底部可以选择是使用"换行符"排版，还是使用"表格"排版。

最后单击对话框中的"确定"按钮，就会在光标所在的位置上出现一组单选按钮组，如图 8.37 所示。

图 8.37 新加的单选按钮组

8.7 添加菜单和列表

有时要显示的选项很多，例如"省份"就有几十个，要将这些省份全部用单选按钮的形式罗列出来，将会使网页显得非常杂乱。为了更好地节省空间，可以选择菜单或列表。

列表和菜单的最大区别是，菜单默认只显示一行，而列表可以显示多行。

> **实讲实训**
> **多媒体演示**
>
> 多媒体演示参见配套光盘中的\\视频\第8章\添加菜单和列表.avi。

8.7.1 添加菜单

将光标放在"籍贯"后的单元格中，在"表单"插入工具栏中单击"列表/菜单"按钮 ，此时在编辑窗口中就会出现一个菜单框，如图 8.38 所示。

籍贯：▢▾ 省(市) *

图 8.38 插入的菜单框

选中插入的菜单框，就可以在"属性"面板中设定其各项属性了，如图 8.39 所示。

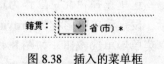

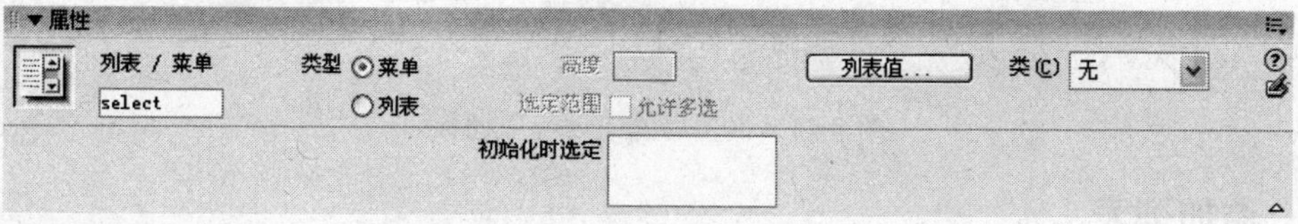

图 8.39 "属性"面板

其中各项属性的作用如下：

1．列表/菜单

在"列表/菜单"文本框中可以输入当前菜单的名称，该名称最好和菜单的内容相关。

2．类型

在"类型"选项组中可以选择类型是"菜单"还是"列表"。列表可以同时显示多个选项，如果选项超过了列表高度，就会自动出现滚动条，浏览者可以通过拖曳滚动条查看各个选项；而菜单正常状态下只能看到一个选项，单击按钮展开菜单后才能看到全部选项。

3．列表值

单击"列表值"按钮，就会打开"列表值"对话框，如图8.40所示。

单击对话框中的"＋"按钮可以添加新项目，然后单击"项目标签"列就可以输入标签的内容了，这里设定的内容将会显示在菜单列表中；单击"值"列可以输入列表项对应的数值。在列表中选中项目后，单击"－"按钮可以删除项目。

在列表中选中项目后，单击对话框中的向上箭头按钮可以将项目位置上移；单击对话框中的向下箭头按钮可以将项目下移。

在这里添加各省份的名称，如图8.41所示。

当所有的选项设定好后，单击"确定"按钮关闭对话框。

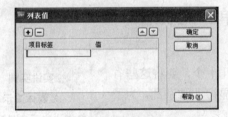

图8.40 "列表值"对话框

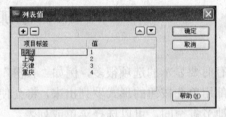

图8.41 添加各省份的名称

此时"初始化时选定"列表中就会出现刚设定的菜单项目。如果在此不进行选择，菜单未被选择之前就会是空项；如果在该项目中选择了某一项，该选项就会出现在菜单中，作为初始状态下默认的选项。

这里选择"北京"作为默认的省（市），如图 8.42 所示。设定菜单的名称为 province，在"类型"选项组中选中"菜单"单选按钮，如图8.43所示。

图8.42 "初始化时选定"项

图8.43 设置后的"属性"面板

8.7.2 添加列表

选中插入的菜单，在"类型"选项组中选中"列表"单选按钮，此时菜单框就会转化为列表框，"属性"面板上"高度"和"选定范围"两项就会变成可用，如图8.44所示。

其中的"高度"文本框用来设定列表的高度，单位是行。"选定范围"可以设定是否允许多项选择。当允许多项选择时，浏览者可以配合 Shift 键或 Ctrl 键同时选中列表中的多个选项。

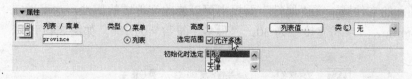

图 8.44　列表框的"属性"面板

这里设定"高度"为 4，并选中"允许多选"复选框。按快捷键 F12 预览网页，此时在列表中单击一个选项，然后按住 Shift 键再次单击另外一个复选框，就可以在列表中选中两个选项间的所有选项，如图 8.45 所示。

如果在按住 Ctrl 键的同时单击选项，可以添加选中的项，再次单击就会取消选择，如图 8.46 所示。

图 8.45　按住 Shift 键选中选项

图 8.46　按住 Ctrl 键选中选项

由于这里不需要涉及到多项选择，同时也为了尽可能地节省屏幕空间，所以将类型重新改为"菜单"。

8.8　添加其他表单域

8.8.1　添加文件域

有时需要用户将文件提交到网站服务器上，例如浏览者的个人照片等，此时就会用到文件域。文件域看起来是一个文本框再加上一个"浏览"按钮，如图 8.47 所示。浏览者可以在文本框中填写要上传的图片路径，也可以单击"浏览"按钮找到要上传的文件。

实讲实训
多媒体演示

多媒体演示参见配套光盘中的\\视频\第 8 章\添加其他表单域.avi。

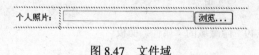

图 8.47　文件域

 注意

文件域对表单域的设定有特殊的要求，表单域属性中的"方法"必须设为 POST；另外，"MIME 类型"要设置为 multipart/form-data。

文件上传需要有上传程序模块的支持。该程序模块被包含在"动作"文本框中设定的文件中。当然，也可以将邮箱作为上传文件的位置。

将光标置于要插入文件域的位置，然后单击"表单"插入工具栏中的"文件域"按钮，文件域就会被插入到文本中。

选中插入的文件域，在"属性"面板中可以修改文件域的属性，这里设定"文件域名称"为 photofile，"字符宽度"为 30，"最多字符数"为 100，如图 8.48 所示。

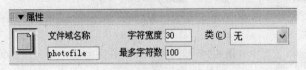

图 8.48　文件域的"属性"面板

文件域的属性设置如下：

1．文件域名称

"文件域名称"文本框用来输入文件域的名称。

2．字符宽度

"字符宽度"文本框用来设定文件域文本框的宽度，单位是字符。

3．最多字符数

"最多字符数"文本框用来设定文件域文本框中所能添加的最多字符数。

8.8.2　添加隐藏域

有时用户需要在网页之间传递参数，但这些参数又不希望浏览者看见，此时就可以使用隐藏域。当浏览者在提交表单时，隐藏域中包含的信息也会被发送到表单域指定的目标程序中，这样程序就可以接收到表单页面中的一些参数。

隐藏域可以放在表单内的任何位置上。将光标放在需要插入隐藏域的表单中后，在"表单"插入工具栏中单击"隐藏域"按钮，隐藏域就会出现在编辑窗口中。

选中插入的隐藏域，在"属性"面板上可以查看其属性，如图 8.49 所示。

图 8.49　隐藏域的"属性"面板

1．隐藏区域

"隐藏区域"文本框用来给隐藏域命名。

2．值

在"值"文本框中可以设定隐藏域的值。

这里设定名称为 usertype，"值"为 1。

8.9 插 入 按 钮

表单中的按钮可以用来提交或重置表单，也可以用来触发特定的事件。

将光标放在要插入按钮的位置，然后在"表单"插入工具栏中单击"按钮"按钮 ，此时按钮就会出现在编辑窗口中，如图 8.50 所示。选中该按钮，按钮的属性如图 8.51 所示。

图 8.50 插入的按钮

图 8.51 按钮的"属性"面板

按钮的属性设置如下：

1．按钮名称

"按钮名称"文本框用来给按钮命名。

2．动作

"动作"选项组用来选择单击按钮时将会触发的动作。其中：

- 提交表单 用来将按钮设为提交按钮。当访问者单击该按钮时，就会将表单中的内容提交给表单目标程序。
- 重设表单 用来将按钮设为重置按钮。当访问者单击该按钮时，就会清除浏览者填写的所有表单内容。
- 无 用来将按钮设为普通按钮，在该按钮上可以自定义触发的动作。当访问者单击该按钮时，就可以触发该动作。

3．值

"值"用来设定按钮上的文字。这里保持各选项为默认值，不做任何的改动。

使用同样的方法，在单元格中再插入一个按钮，命名为 reset，选择按钮的动作为"重设表单"，此时"值"文本框中的文字被修改为"重写"，如图 8.52 所示。

图 8.52 修改后按钮的属性

最后给网页添加一些说明文字，此时编辑窗口中的网页如图 8.53 所示。

在页面中输入一些内容，然后单击"提交"按钮，由于前面给表单设定的"动作"是一个邮件地址，此时就会打开一个对话框，询问是否以电子邮件的形式提交，如图 8.54 所示。

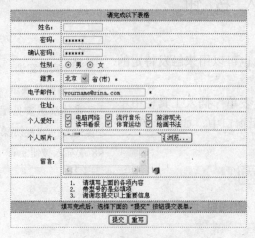

图 8.53　制作好的页面　　　　　　　　　　图 8.54　提示框

单击"确定"按钮后，浏览器会将提交的信息发送到表单的"动作"属性中定义的邮箱内。如果打开设定的电子邮箱，就会在收件箱中收到一封邮件，该邮件中的内容就是表单提交的数据。

8.10　添加图像域

普通的提交按钮看起来并不美观，用户可以用图像域来替换它。

将光标放在要插入图像提交按钮的位置上，然后在"表单"插入工具栏中单击"图像域"按钮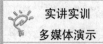，在打开的"选择图像源文件"对话框中找到站点目录 images/index/Left 中的图像文件 denglu.gif，如图 8.55 所示。

> 💡 **实讲实训**
> **多媒体演示**
>
> 多媒体演示参见配套光盘中的\\视频\第8章\添加图像域.avi。

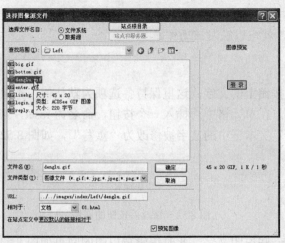

图 8.55　"选择图像源文件"对话框

单击"确定"按钮后，在弹出的"输入标签辅助功能属性"对话框中单击"取消"按钮，图像域就会出现在网页编辑窗口中。选中该图像域，在"属性"面板上显示的是图像域的属性，如图 8.56 所示。

图 8.56　图像域属性设置

1. 图像区域

"图像区域"文本框用来设定图像域的名称。

2. 源文件

"源文件"文本框中为图像所在的路径。

3. 替换

"替换"文本框中为图像的替换文字。当图像没有被下载之前，图像所在的位置会显示替换文字；如果图像下载完成，当鼠标放在图像上方时，也会显示替换文字。

4. 对齐

"对齐"下拉列表框用来设置图像与文字的相对对齐方式。

8.11　制作跳转菜单

如图 8.57 所示的跳转菜单中添加了很多友情链接，使用起来比较方便。浏览者单击下拉按钮展开下拉列表框，在其中选择某一个选项，就可以打开该选项对应的 URL 地址。

> **实讲实训**
> **多媒体演示**
>
> 多媒体演示参见配套光盘中的\\视频\第 8 章\制作跳转菜单.avi。

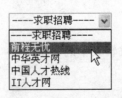

图 8.57　跳转菜单

8.11.1　插入跳转菜单

新建文件，然后单击"表单"插入工具栏上的"跳转菜单"按钮，打开"插入跳转菜单"对话框，设置"菜单 ID"为 menu1，如图 8.58 所示。

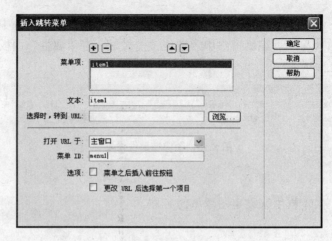

图 8.58 "插入跳转菜单"对话框

对话框中各选项的含义如下：

1. 菜单项

"菜单项"中显示该跳转菜单中将会出现的各个选项。当增加、删除、修改各选项时，菜单项中的内容都会发生相应的改变。

2. 文本

"文本"文本框用来设定下拉列表框中某选项的说明文字。

3. 选择时，转到 URL

"选择时，转到 URL"文本框用来设定链接网页的地址，也可以单击"浏览"按钮找到要链接的网页。

4. 打开 URL 于

"打开 URL 于"下拉列表框用来设定打开链接的窗口。

5. 菜单 ID

"菜单 ID"文本框用来设定跳转菜单的名字。

6. 选项

当选中"菜单之后插入前往按钮"复选框后，将在菜单的旁边添加一个"前往"按钮，此时只有当访问者单击该按钮后，浏览器才会访问该地址。

当选中"更改 URL 后选择第一个项目"复选框后，可以在找不到链接的 URL 地址时，自动打开菜单中第一个项目对应的 URL 地址。

这里将"文本"修改为"新浪网"，"选择时，转到 URL"修改为"http://www.sina.com.cn"，如图 8.59 所示。

单击对话框顶部的"+"按钮 ，将在对话框中增加一个选项，并修改该选项的各项参数，如图 8.60 所示。

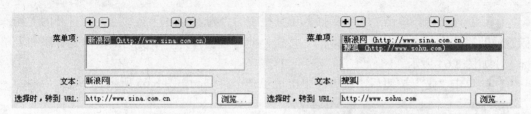

图 8.59　修改后的选项　　　　　　　　　图 8.60　增加的选项

提示

选择项目后单击面板上方的"–"按钮可以删除选中的项目。

此时单击"确定"按钮，跳转菜单就会出现在编辑窗口中。

8.11.2　修改跳转菜单

选中插入的跳转菜单，"属性"面板就会变成如图 8.61 所示。

图 8.61　"属性"面板

单击"属性"面板上的"列表值"按钮，打开"列表值"对话框，如图 8.62 所示。此时就可以和修改菜单一样去修改表单中的各个选项了。修改完毕后单击"确定"按钮，修改就会应用到已有的跳转菜单上。

保存文档并在浏览器中打开，效果如图 8.63 所示。

展开菜单并选择其中的某个选项，就可以跳转到在"插入跳转菜单"对话框中设定的网址上。

图 8.62　"列表值"对话框

图 8.63　在浏览器中的效果

8.11.3　添加JavaScript脚本

使用跳转菜单有一个问题，那就是选择某个选项后，窗口中原来的网页被替换成了新的网页，而更多情况是，用户希望选择选项后，新打开的页面能够出现在新开的窗口中。要实现这样的效果，需要手动添加 JavaScript 脚本。

❶ 新建文档，单击"表单"插入工具栏中的"列表/菜单"按钮▤，在打开的"输入标签辅助属性"对话框中单击"取消"按钮，此时就会打开一个对话框询问是否添加表单标签，如图 8.64 所示。

❷ 单击"是"按钮后，编辑区中出现了一个菜单，如图 8.65 所示。

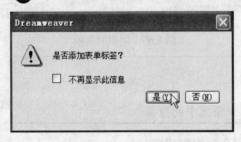

图 8.64　询问是否添加标签　　　　　　图 8.65　加入的菜单

❸ 选中该菜单后，单击"属性"面板上的"列表值"按钮，在打开的"列表值"对话框中添加各个列表项。

这里设定第 1 项的项目标签为"----求职招聘----"，值设为空。然后单击"+"按钮，并在添加的选项的"项目标签"列中输入各求职网站的名称，在右侧的"值"列中输入该网站的网址，具体的内容如表 8.1 所示。

表 8.1　列表中各项内容

项目标签	值
前程无忧	http://www.51job.com
中华英才网	http://www.china-hr.com
中国人才热线	http://www.cjol.com
IT 人才网	http://www.pcjob.com.cn

添加完整后，"列表值"对话框如图 8.66 所示。

❹ 单击"确定"按钮返回文档窗口，在"属性"面板中选中"初始化时选定"项为"----求职招聘----"，把它作为默认显示项，如图 8.67 所示。

图 8.66　"列表值"对话框　　　　　　图 8.67　设置列表框默认选项

到现在为止，我们已经将选项全部设置好了。要实现选择选项跳转，还必须添加 JavaScript 脚本。选中菜单并切换到代码视图，此时菜单的代码反白显示，如图 8.68 所示。

```
<select name=select1>
  <option selected>----求职招聘----</option>
  <option value="http://www.51job.com">前程无忧</option>
  <option value="http://www.china-hr.com">中华英才网</option>
  <option value="http://www.cjol.com">中国人才热线</option>
  <option value="http://www.pcjob.com.cn">IT人才网</option>
</select>
```

图 8.68   菜单的代码

在<select name=select1>代码后添加一个 onChange 语句：

```
<select name=select1
onChange=javascript:window.open (this.options[this.selectedIndex].
    value)>
```

修改后的代码如图 8.69 所示。

```
<select name=select1
onChange=javascript:window.open (this.options[this.selectedIndex].value)>
  <option selected>----求职招聘----</option>
  <option value="http://www.51job.com">前程无忧</option>
  <option value="http://www.china-hr.com">中华英才网</option>
  <option value="http://www.cjol.com">中国人才热线</option>
  <option value="http://www.pcjob.com.cn">IT人才网</option>
</select>
```

图 8.69   修改后的代码

这段代码的作用是在选择菜单中的某一项时，在一个新窗口打开相应的链接。

用同样的方法可以添加其他跳转菜单，分别为"信息热线"、"知名网站"、"更多链接"，如图 8.70 所示。

图 8.70   添加其他菜单

至此就完成了"网站导航栏"，用户可以根据自己的需要将"友情链接"、"搜索引擎"等也做成跳转菜单。

8.12   添加搜索引擎

很多个人网站上都有如图 8.71 所示的搜索引擎，在文本框中输入关键字并选择搜索的类型后，单击"搜索"按钮，浏览器中就会列出符合条件的记录。

这样的搜索引擎实际上是在调用门户网站提供的搜索程序，像新浪、搜狐等都有这样的程序供个人站点使用。下面就用新浪网提供的搜索引擎制作一个搜索表单。

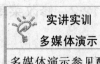

实讲实训
多媒体演示

多媒体演示参见配套光盘中的\\视频\第 8 章\添加搜索引擎.avi。

图 8.71　搜索引擎

8.12.1　插入表单对象

❶ 新建文档，单击"表单"插入工具栏中的"表单"按钮插入一个表单域。

❷ 将光标定位在红框内，单击"常用"插入工具栏中的"表格"按钮插入一个 3 行 1 列的表格，宽度为 150 像素，如图 8.72 所示。

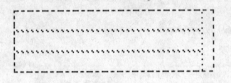

图 8.72　添加表单域和表格

❸ 在第 1 个单元格中插入图片（文件路径为站点目录 Exercise\images\search.gif）；然后单击"表单"插入工具栏中的"文本字段"按钮，在第 2 个单元格内增加一个单行文本框，选中单行文本框，在"属性"面板上设置其各项属性，如图 8.73 所示。

图 8.73　设置单行文本框属性

 注意

文字框的名字必须为"_searchkey"，这是由新浪网的搜索程序确定的。

❹ 在第 3 个单元格中增加一个菜单和一个按钮，并设置按钮的属性如图 8.74 所示。此时整个表单的效果如图 8.75 所示。

图 8.74　按钮的属性

图 8.75　添加完整后的表单

8.12.2　修改菜单属性

下面来修改一下菜单的属性。选中菜单框，单击"列表值"按钮，在打开的"列表值"对话框中编辑列表中的内容，各选项中的内容和值如表 8.2 所示。

表 8.2　列表中各项内容

项目标签	值	项目标签	值
搜索引擎	sina	新闻正文	newsft
中文网页	avcn	软　　件	down
新闻标题	newstitle	游　　戏	game

设定好的列表如图 8.76 所示。

图 8.76　设定好的列表

🅞 **注意**

其中的"值"一定要和表 8.2 中完全一致，因为这些参数在新浪网的搜索程序中已经定下来了，用户没有权限修改它们。如果变成其他参数，查询将无法进行。

单击"确定"按钮关闭"列表值"对话框，然后在"属性"面板上将"搜索引擎"设成默认选项，将菜单名称设为_ss（该名称不能修改），如图 8.77 所示。

图 8.77　"属性"面板

8.12.3　设定表单属性

❶ 将光标移到表单的红框上单击，在"动作"文本框中输入搜索引擎的 URL，这里输入"http://search.sina.com.cn/cgi-bin/search/search.cgi"，并设置提交表单的方法为 GET，如图 8.78 所示。

图 8.78　设置表单动作

❷ 保存网页并按 F12 键打开浏览器，在文本框中输入关键词"电影"，在下拉列表框中选择"中文网页"，然后单击"搜索"按钮，如图 8.79 所示。

图 8.79　在浏览器中搜索页面

❸ 此时网页将调用新浪的搜索引擎开始搜索，完成后的结果如图 8.80 所示。

图 8.80　搜索结果页面

8.13　练　习　题

1. 在 Dreamweaver 中打开自己创建的站点 Mysamplesite 目录 form 下的文件 index.htm，在其中插入表格和装饰性图片，为后面插入表单元素做好准备。

2. 在表格的单元格中插入各种表单元素，并设定好各个元素的属性，最终效果参见光盘目录 Mysamplesite\form 下的文件 index.htm。

Dreamweaver CS3

第 9 章

使用 CSS 样式

本章导读　　由于 HTML 对页面元素的控制能力有限，因此功能更强的 CSS 样式表（Cascading Style Sheet，层叠样式表）逐渐成为定义网页格式的重要工具，利用它可以对页面当中的文本、段落、图像、页面背景、表单元素外观等实现更加精确的控制，甚至浏览器滚动条等浏览器的一些属性都可以通过它来调整。更为重要的是，CSS 真正实现了网页内容和格式定义的分离，通过修改 CSS 样式表文件就可以修改整个站点文件的风格，大大减小了更新站点的工作量。

内容要点

1. 关于 CSS 样式
2. 本文档内自定义样式
3. 本文档内重定义标签样式
4. 本文档内 CSS 选择器样式
5. 管理本文档中的样式
6. CSS 文件中的重定义标签样式
7. CSS 文件中的自定义样式
8. CSS 文件中的 CSS 选择器样式
9. 管理 CSS 文件中的样式
10. CSS 布局
11. CSS 样式使用原则

9.1　关于CSS样式

9.1.1　CSS和HTML

双击打开站点目录 Exercise\css 下的文件 css.html 和 html.html，比较这两个页面之间有哪些不同之处，如图 9.1 和图 9.2 所示。

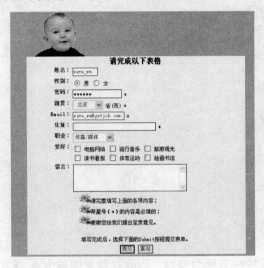

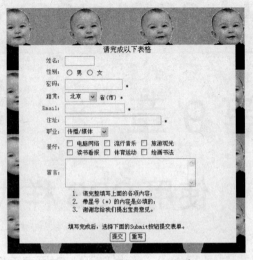

图 9.1　用 CSS 格式化的网页　　　　　图 9.2　用 HTML 格式化的网页

它们之间的区别主要体现在以下 5 点：

（1）将光标移到文字链接上时，css.html 中的链接会发生改变，而 html.html 没有变化。

（2）css.htm 中的文本框背景颜色为浅黄色，输入文字时文本框中的文字为红色，边框为实线边框，看起来整个页面浑然一体；html.html 中的文本框背景颜色是默认的白色，输入的文字是黑色，边框是凸起效果，显得很生硬。

（3）css.html 中的列表符号是一朵小花，而 html.html 中的列表符号却只能显示数字或者字母。

（4）css.html 页面中的文字可以有阴影效果，而 html.html 中的文字只能是普通文本。

（5）当在 IE 浏览器中选择菜单命令"查看"｜"文字大小"｜"最大"时，css.html 中的文字大小没有发生变化，而 html.html 中的页面已经变得面目全非。

当然，HTML 和 CSS 之间的差别还有很多，下面逐步通过实例进行介绍。

9.1.2　CSS样式分类

什么是 CSS 样式呢？简单地说，CSS 样式就是定义网页格式的代码。

CSS 样式分为 3 类，它们分别是自定义样式、重定义标签样式、CSS 选择器样式。

1．自定义样式

自定义样式是最基本也是最灵活的样式，它的特点是：定义样式后必须在需要用样式的地方应用它，否则就不起任何作用。

2．重定义标签样式

顾名思义，重定义标签样式就是对 HTML 标签的默认格式重新定义，比如原来页面的背景颜色默认是白色的，用户可以通过这种样式使页面默认的背景颜色变成橙色。

这种样式的特点是不需要应用，当页面被下载时，一遇到重新定义过的 HTML 标签，就会将重定义标签样式中定义的格式应用到 HTML 标签上。

3. CSS 选择器样式

CSS 选择器样式是一类特殊类型的样式，其中用得最多的就是关于链接的定义。利用它可以实现很多链接上的特殊效果，比如当用户将光标放到链接文字上时，文字链接下面的下划线消失或者文字变大变粗等。

不同类型样式的代码写法不同，但一般不需要手动去编写。因为可以使用 Dreamweaver 自动生成代码，即使用户不熟悉 CSS 语法也没有任何困难。

9.1.3　存放样式的位置

CSS 样式的定义代码可以存放在两个位置上，一个是在本文档的头部（<head>和</head>之间），另一个就是存放在扩展名为*.css 的文件中。

1. 在本文档的头部

把 CSS 样式定义在本文档中，实际上是将定义代码块放了网页的<head>和</head>之间。这样的定义方式使得样式表只能用于当前网页，也就是说，用户每新建一个网页都必须重新定义一遍 CSS 样式，修改时也必须打开每一个文件单独进行修改。但在同一页面中，如果多次用到了一个样式，则一旦修改了该样式，所有用过该样式的对象都会发生变化。

2. 在外部 CSS 文件中

如果把样式存放在外部*.css 的文件中，可以用链接样式表文件的方式将网页和样式表关联起来，此时网页中的内容将会根据样式表文件中的定义进行格式化。

由于该文件独立于网页之外，因此该文件可以被所有的网页引用。这样一来，同一个文件就可以控制多个网页的外观了。当修改样式表文件中的内容时，所有链接过该文件的网页都会发生相应的变化。也就是说，网页内容和格式可以实现分离。

9.2　本文档内自定义样式

9.2.1　文字

下面新建一个自定义样式，设置文字字体为宋体，大小为 9pt，颜色为黑色。在 Dreamweaver 中打开站点目录 Exercise\css 中的文件 01_exer.html，如图 9.3 所示。

选择菜单命令"窗口"丨"CSS 样式"，展开窗口右侧的"CSS 样式"面板，如图 9.4 所示。

"CSS 样式"面板最下面有 4 个按钮，单击其中的"新建 CSS

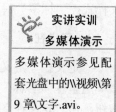

实讲实训
多媒体演示

多媒体演示参见配套光盘中的\\视频\第 9 章\文字.avi。

规则"按钮，将会打开"新建 CSS 规则"对话框，如图 9.5 所示。

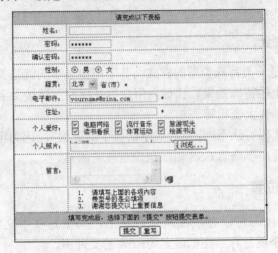

图 9.3　打开的网页

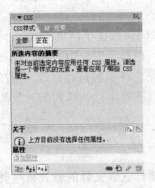

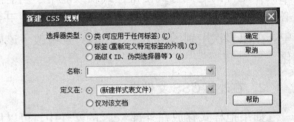

图 9.4　"CSS 样式"面板　　　　图 9.5　"新建 CSS 规则"对话框

该对话框中包括"名称"、"选择器类型"、"定义在"3 项，其具体含义及其作用如下：

1．名称

"名称"文本框中的名字默认为空，用户可以修改为任何英文名称，但注意名称前必须以英文句点"."开头，如".title"、".head"等。

2．选择器类型

"选择器类型"实际上对应的就是前面提到的 3 种样式类型。其中的"类"对应自定义样式；"标签"对应重定义标签样式；"高级"对应 CSS 选择器样式。

3．定义在

"定义在"定义的是存放 CSS 样式的位置。

这里在"名称"文本框中输入".text"，从"选择器类型"选项组中选中"类"单选按钮，从"定义在"选项组中选中"仅对该文档"单选按钮，单击"确定"按钮后就会打开".text 的 CSS 规则定义"对话框，如图 9.6 所示。

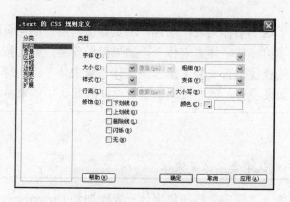

图 9.6 ".text 的 CSS 规则定义"对话框

对话框左侧显示的是定义内容的分类，这些分类和定义主要项目如表 9.1 所示。

表 9.1 样式类型和主要定义项目

分类	主要定义的项目
类型	文本的大小、字体、颜色、样式、修饰等
背景	背景颜色、背景图片的设定
区块	文本区域的整体效果，如行间距、字符间距、文本缩进等
方框	设定对象在网页上的位置，如间距、边界等
边框	添加不同类型宽度的边框
列表	创建不同类型的列表，包括创建图片、列表符号等
定位	用于 AP 元素的属性定义，包括 AP 元素的类型、位置等，但因为直接在"属性"面板中设置 AP 元素的属性更方便，因此并不常用
扩展	实现一些扩展的功能，包括换行符、鼠标形式和通过 CSS 样式给图片添加滤镜效果等

在"分类"列表框中单击"类型"选项，此时右侧显示的就是和文本相关的面板了。要定义文本的字体，在"字体"下拉列表框中选择"编辑字体列表"选项，此时将打开"编辑字体列表"对话框，如图 9.7 所示。

在"可用字体"列表框中找到自己需要的字体，然后双击该字体或者选中后单击"添加字体"按钮，将字体加入到"选择的字体"列表框中，用户可以一次添加多种字体，如图 9.8 所示。

图 9.7 "编辑字体列表"对话框

图 9.8 添加多种字体后的"编辑字体列表"对话框

　　如果网页中使用了这个字体列表，当客户浏览器访问用户的网页时，首先查找它所在的计算机上是否安装了第一种字体"宋体"，如果已经安装，就会按照宋体来显示网页内容；如果没有才会继续查找是否安装了第二种字体"新宋体"。同样，如果有新宋体就用"新宋体"来显示，如果没有，就会按浏览器中设置的默认字体来显示。

提示

一般 IE 浏览器的默认中文字体是宋体。

　　添加完字体后，单击"确定"按钮将字体列表添加到 Dreamweaver 中。此时再次展开".text 的 CSS 规则定义"对话框中的"字体"下拉列表框，就会出现刚刚定义好的字体列表，如图 9.9 所示。选择该字体列表即可。

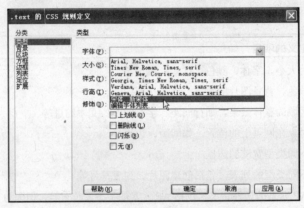

图 9.9　刚刚定义好的字体列表

　　在".text 的 CSS 规则定义"对话框中还有很多文字的格式，它们的作用和含义如表 9.2 所示。

表 9.2　文字样式的定义

定义类型	含义和使用方法
大小	在下拉列表框中可输入数值或选择相对大小。一般输入具体数值，此时可以使用的单位有像素值、点数、英寸和厘米，这里推荐使用点数（pt），用它定义的文字大小能随着显示器分辨率的变化而自动调整，可以防止网页在显示器分辨率变化时发生变形。一般正文的数值设为 9pt
粗细	在下拉列表框中可以输入具体的数值或选择相对粗细。如果需要加粗文字，一般选择"粗体"就可以了；正文一般应当选择"正常"
样式	设置文本样式，包括正常、斜体（指字体本身带有的斜体）、偏斜体（指对正常字体的倾斜）
行高	在该下拉列表框中可以选择"正常"选项，也可以输入具体数值。一般行高要比文字大小高出两个像素

（续表）

定义类型	含义和使用方法
变体	在英文中，大写字母的字号一般比小写的大，采用变量中的"小型大写字母"可以减小大写字母的大小，一般不用
大小写	可以将每一句话的第一个字母大写，也可以将全部字母变为大写或者小写，仅支持Netscape的浏览器，一般不用
颜色	设置文本的颜色，可以在文本框中直接输入十六进制颜色代码，也可以用拾色器拾取文本颜色

这里设置文字大小为 9pt（点数），将粗细、样式、变体、行高全部设为"正常"，将大小写设为"首字母大写"，然后单击"确定"按钮，如图 9.10 所示。

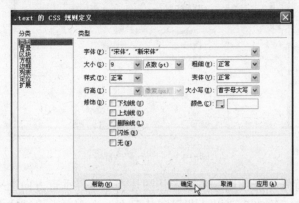

图 9.10 ".text 的 CSS 规则定义"对话框

此时在"CSS 样式"面板中就会出现刚创建好的".text"，如图 9.11 所示。

选中要使用样式的文字，右击"CSS 样式"面板上的名称".text"，在快捷菜单中选择"套用"命令，此时样式就被应用到文字上了，如图 9.12 所示。

图 9.11 "CSS 样式"面板

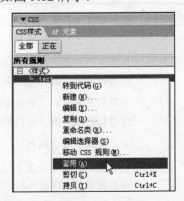

图 9.12 套用样式

此时的文字和原来相比明显变小了，这是因为刚才在样式中定义的文字大小比默认文字要小一些。

9.2.2 背景

新建一个名为".tablebg"的自定义样式，在其中设定背景色和背景图像，并将它用在表格的背景上。

实讲实训
多媒体演示
多媒体演示参见配套光盘中的\\视频\第9章\背景.avi。

❶ 单击"新建 CSS 样式"按钮⊞，在打开的对话框中选中"仅对该文档"和"类"单选按钮，然后输入样式名称".tablebg"，单击"确定"按钮后，在打开的".tablebg 的 CSS 规则定义"对话框中单击左侧列表中的"背景"选项，切换到"背景"面板，如图9.13所示。

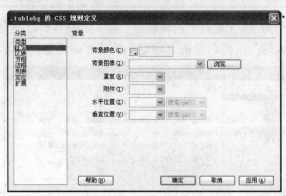

图 9.13 "背景"面板

在 HTML 中，背景只能使用颜色或者让图片在水平、垂直方向上平铺开来，无法对背景实现更精确的控制，而 CSS 可以让背景图片只在一个方向上平铺或者根本不重复，甚至可以决定不重复的背景图片出现的位置。

表 9.3 中列出的是"背景"面板中各选项的含义和使用方法。

表 9.3 "背景"面板中各选项及其含义

定义类型	含义和使用方法
背景颜色	设定背景色彩，在文本框中直接输入十六进制颜色代码或者通过拾色器拾取颜色
背景图像	单击此项右侧的"浏览"按钮可以选择需要的背景图片
重复	使用背景图片时，用它来设置背景图片的重复方式，包括"不重复"、"重复"、"横向重复"、"纵向重复"。默认是在横向和纵向都重复
附件	使用背景图片时，可以设定当拖拉滚动条时，图片是否跟随网页一同滚动，选项中有"滚动"或"固定"。Netscape 浏览器不支持这种效果
水平位置	设置背景图片在水平方向上的位置，可以是左对齐、右对齐或居中，也可以设置具体的像素值，注意坐标原点在选中对象的左上角
垂直位置	可以选择"顶部"、"底部"或"居中"，也可以使用具体数值来设置位置，此时坐标原点在选中对象的左上角

❷ 这里在"背景颜色"文本框中输入"#FFFF99"，将背景色设为黄色。单击"确定"按钮后，"CSS 样式"面板中就会出现定义好的样式".tablebg"。

❸ 选中文档中的表格，在"属性"面板中的"类"下拉列表框中选择 tablebg，如图 9.14 所示。此时表格的背景上就会出现黄色，如图 9.15 所示。

图 9.14 选择样式 　　　　　　　　图 9.15 添加背景色后的表格

❹ 下面给表格设置一个背景图片。由于表格上只能应用一个样式，因此只能修改".tablebg"这个样式，在该样式上添加背景图片。

❺ 在"CSS 样式"面板上选中样式名称.tablebg，单击"编辑样式"按钮 ✐，再次打开".tablebg 的 CSS 规则定义"对话框。

❻ 切换到"背景"面板，单击"背景图像"后的"浏览"按钮，在打开的"选择图像源文件"对话框中找到站点目录 Exercise\css\images 下的 boy.gif，如图 9.16 所示。

图 9.16 "选择图像源文件"对话框

❼ 单击"确定"按钮关闭对话框，并在"背景"面板中单击"应用"按钮，表格就加上了背景图片，如图 9.17 所示。

这说明 CSS 样式在修改后不需要重新应用。由于小男孩的图片是透明的，因此图片后面的背景色可以透过来。

此时的表格上平铺了很多小图，如果用户只希望右上角空白的地方有一张小图，可以继续调整背景图片的属性。

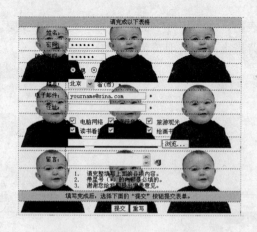

图 9.17　表格加上了背景图片

❽　在"背景"面板的"重复"下拉列表框中选择"不重复"选项，设置"水平位置"为 320 像素，"垂直位置"为 30 像素，如图 9.18 所示。

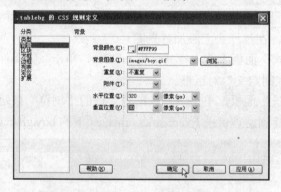

图 9.18　设定"重复"属性

单击"确定"按钮后，表格就只剩下一张背景图像了，如图 9.19 所示。

图 9.19　背景上只剩下一张图片

9.2.3　区块

设定好文字和表格背景后，需要新建一个名为".lefttd"的自定义样式，用它来设定左侧单元格中文字的格式，将这些文字设为粗体、红色，右对齐，并将它们移到单元格的顶部。

新建自定义样式".lefttd"，在"类型"面板中设置文字的粗细为"粗体"，文字颜色为红色（#FF0000），大小为 9pt，如图 9.20

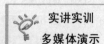

实讲实训
多媒体演示

多媒体演示参见配套光盘中的\\视频\第9章\区块.avi。

所示。

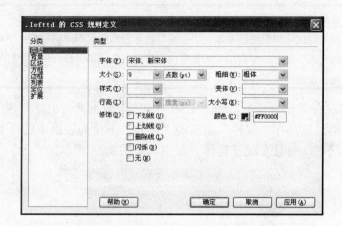

图 9.20 ".lefttd 的 CSS 规则定义"对话框

在该对话框中单击列表框中的"区块"选项,切换到"区块"面板,如图 9.21 所示,这里设置垂直对齐为"顶部",文本对齐为"右对齐"。

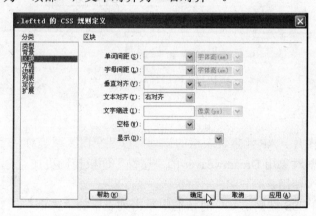

图 9.21 "区块"面板

"区块"面板中各项的具体含义和使用方法如表 9.4 所示。

表 9.4 "区块"面板中各选项的含义和使用方法

定义类型	含义和使用方法
单词间距	设定英文单词的间距,可以使用默认的设置"正常",也可以设置为具体的数值。使用正值将增加单词的间距,使用负值将减小单词的间距
字母间距	设定英文字母的间距,用法和单词间距相同
垂直对齐	设置对象的垂直对齐方式,包括基线对齐、下标对齐、上标对齐、顶部对齐、文本顶对齐、中线对齐、底部对齐、文本底对齐和自定义数值
文本对齐	文本的对齐方式,包括左对齐、右对齐、居中和两端对齐
文字缩进	这是区块定义中最常用的一项,首行缩进就可以用它来实现。使用时最好选择单位字体高(em)

（续表）

定义类型	含义和使用方法
空格	控制源代码中空格的显示。"正常"表示忽略源代码中的空格；"保留"表示将保留源代码中所有的空格形式，包括由空格键、Tab 键和 Enter 键创建的空格；"不换行"表示设置文字不自动换行

　　单击"确定"按钮关闭对话框，此时"CSS 样式"面板上就会出现新建的样式".lefttd"。选中左侧的单元格，然后在"属性"面板的"样式"下拉列表框中选择 lefttd，此时单元格中的文字全部居右，而且变成了粗体、红字，如图 9.22 所示。

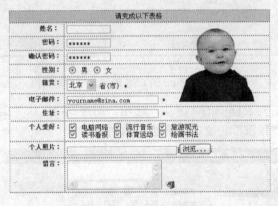

图 9.22　应用样式后的文字

9.2.4　方框

　　方框用来设定图片、AP 元素、表格的排列，以及空白区域等对象的属性。由于这些对象用 Dreamweaver 的"属性"面板控制更加方便，因此一般很少使用。

　　在".tablebg 的 CSS 规则定义"对话框中单击列表中的"方框"选项，切换到"方框"面板，如图 9.23 所示。

实讲实训 多媒体演示
多媒体演示参见配套光盘中的\\视频\第 9 章\方框.avi。

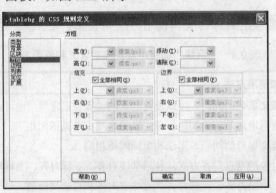

图 9.23　"方框"面板

　　"方框"面板中各项的具体含义和使用方法如表 9.5 所示。

表 9.5 "方框"面板中各选项的含义和使用方法

定义类型	含义和使用方法
宽	设定对象的宽度
高	设定对象的高度
浮动	选择"左对齐"或"右对齐"选项时，选中的对象位于文本块的左侧或右侧；而选择"无"选项时，将取消环绕。这一属性一般用于图文的混排
清除	用来设定对象的哪一侧不许出现 AP 元素。如果选择"左对齐"或"右对齐"选项，表示左侧或右侧不允许出现 AP 元素；而选择"两者"，表示对象左右两侧都不允许出现 AP 元素；如果选中"无"，表示两侧都可以出现 AP 元素
填充	如果对象有边缘，则"填充"指的是边缘和其中内容之间的空白区域。下面的上、右、下、左各项中设定的数值表示空白间距的大小。"填充"属性在编辑窗口中不显示效果
边界	如果对象有边框，则"边界"指的是边框外侧的空白区域

9.2.5 边框

下面给文本框设定边框。新建一个名为".inputborder"的自定义样式，在".inputborder 的 CSS 规则定义"对话框中切换到"边框"面板，如图 9.24 所示。

在该面板中可以给对象添加边框，同时设定边框的颜色和宽度等。其中各项的具体含义和使用方法如表 9.6 所示。

> **实讲实训**
> **多媒体演示**
>
> 多媒体演示参见配套光盘中的\\视频\第9 章\边框.avi。

图 9.24 "边框"面板

表 9.6 "边框"面板中各选项的含义和使用方法

定义类型	含义和使用方法
样式	设定对象的样式，包括点划线、虚线、实线、双线、凹陷、槽状、脊状、凸出等
宽度	可以选择相对值，也可以设置为具体的数值。相对值有细、中等粗细、粗几个选项
颜色	设置边框的颜色

这里从"样式"中选择"实线"，设定边框宽度为 1 像素，颜色为黑色，由于边框的 4 条边完全相同，因此选中所有的"全部相同"复选框，如图 9.25 所示。如果要让边框的

上下左右 4 条边采用不相同的设置，可以取消选中该复选框，然后单独给每条边设置样式。

单击"确定"按钮关闭对话框。此时分别选中单行文本框、密码框、文本区域以及按钮，然后在"属性"面板上的"类"下拉列表框中选择 inputborder 选项，如图 9.26 所示。

图 9.25　设置样式　　　　　图 9.26　选择 inputborder 选项

此时在 Dreamweaver 中看不到效果，按 F12 键打开 IE 浏览器，就会发现页面中的文本框变成黑色的实线边框，如图 9.27 所示。

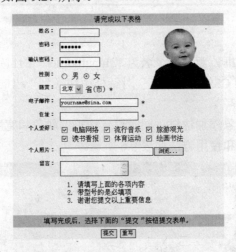

图 9.27　文本框变成黑色的实线边框

提示

在"边框"面板中还有很多样式可以选择，采用不同样式和颜色的组合可以实现很多有意思的效果，用户不妨多试一试。

9.2.6　列表

下面给"留言"下面的文字列表加上项目符号。

新建一个名为".list"的自定义样式，在".list 的 CSS 规则定义"对话框中切换到"列表"面板，如图 9.28 所示。

"列表"面板中各项的具体含义和使用方法如表 9.7 所示。

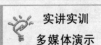

实讲实训
多媒体演示

多媒体演示参见配套光盘中的\\视频\第 9 章\列表.avi。

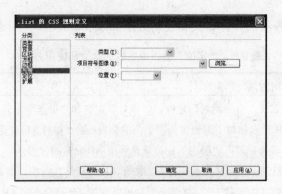

图9.28　"列表"面板

表9.7　"列表"面板中各项的含义和使用方法

定义类型	含义和使用方法
类型	设定列表的符号类型。可以选择圆点、圆圈、方块、数字、小写罗马数字、大写罗马数字、小写字母和大写字母
项目符号图像	选择图像作为项目符号，单击右侧的"浏览"按钮，找到图片文件即可
位置	决定列表项目所缩进的程度。选择"外"选项，列表贴近左侧边框；选择"内"选项，列表缩进

　　这里单击"项目符号图像"右侧的"浏览"按钮，在打开的对话框中找到Exercise\css\images下的图片list.gif，单击"确定"按钮将它加入到路径文本框中，如图9.29所示。

　　单击"确定"按钮关闭对话框。选中列表文字，然后在"属性"面板上设定"样式"为list，此时列表前出现一朵小花，如图9.30所示。

图9.29　设定项目符号图片

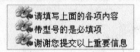

图9.30　应用样式后的列表

9.2.7　定位

　　"定位"面板实际上是用来对AP元素进行定义的，如图9.31所示，但因为AP元素用Dreamweaver中的"属性"面板更容易控制，因此在实际操作中几乎不用。

实讲实训
多媒体演示

多媒体演示参见配套光盘中的\\视频\第9章\定位.avi。

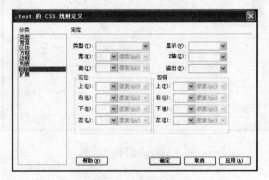

图9.31　"定位"面板

"定位"面板中各项的具体含义和使用方法如表 9.8 所示。

表 9.8 "定位"面板中各项的含义和使用方法

定义类型	含义和使用方法
类型	设定定位方式,有"绝对"定位、"相对"定位和"静态"定位 3 种方式。"绝对"定位表示 AP 元素相对于编辑窗口左上角的位置;而"相对"定位是相对于 AP 元素原来的左上角顶点的位置;"静态"定位就是固定 AP 元素的位置
显示	这一项是针对嵌套 AP 元素的设置。嵌套 AP 元素是插入在其他 AP 元素中的 AP 元素,分为嵌套的 AP 元素(子 AP 元素)和被嵌套的 AP 元素(父 AP 元素)。选择"继承"选项,子 AP 元素继承父 AP 元素的可见性,父 AP 元素可见,子 AP 元素也可见,父 AP 元素不可见,子 AP 元素也不可见;选择"可见"选项,无论父 AP 元素可见与否,子 AP 元素都可见,选择"隐藏"选项,无论父 AP 元素可见与否,子 AP 元素都会隐藏
宽、高	设定 AP 元素的大小
Z 轴	设定 AP 元素之间的叠放次序
溢出	当 AP 元素内的内容超出 AP 元素的大小时的处理方式。选择"可见"选项,则无论 AP 元素多大,内容都会显示出来;选择"隐藏"选项,超出 AP 元素的内容将被隐藏起来;选择"滚动"选项,不管内容是否超出 AP 元素的范围,选中此项都会为 AP 元素添加滚动条;选择"自动"选项,则只有当内容超出 AP 元素的范围时才显示滚动条
定位	设定具体的位置参数
剪辑	限定只显示剪辑出来的区域。剪辑出的区域为矩形,因此只需要设定两个点。一个是矩形左上角的顶点,由"左"和"上"两项设定;另一个是右下角的顶点,由"下"和"右"两项设定。坐标的原点是 AP 元素的左上角顶点

9.2.8 扩展

CSS 样式还可以实现一些特殊功能,这些功能集中在"扩展"面板上。

新建一个名为".shadow"的自定义样式,在".shadow 的 CSS 规则定义"对话框中切换到"扩展"面板上,如图 9.32 所示。

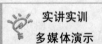

实讲实训
多媒体演示

多媒体演示参见配套光盘中的\\视频\第 9 章\扩展.avi。

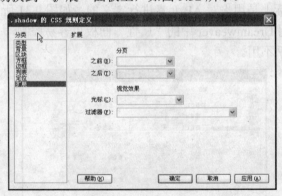

图 9.32 "扩展"面板

"扩展"面板中各项的具体含义和使用方法如表9.9所示。

表9.9　"扩展"面板中各项的含义和使用方法

定义类型	含义和使用方法
分页	分页是通过样式来为网页添加分页符号，但目前还没有浏览器能支持此功能
光标	通过样式改变鼠标形状，鼠标放在被修饰的区域上时，形状会发生改变。可以选择的形状有：手形、交叉十字、文本选择符号、Windows 的沙漏形状、默认的鼠标形状、问号以及指向 8 个方向的箭头。IE 4 以上的浏览器都能支持这些鼠标形状。若使用得当，能收到很好的效果
过滤器	使用 CSS 样式实现的滤镜效果。如果用户会使用图形软件，就不要使用这些效果。这些效果很多浏览器不支持

这里选择"光标"为 help，然后在"过滤器"中选择 DropShadow，此时"过滤器"文本框中出现一条语句，如图 9.33 所示。

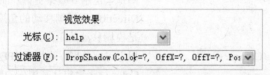

图 9.33　在过滤器中选择 DropShadow

其中过滤器的 DropShadow 就是添加对象的阴影效果。其工作原理是建立一个偏移量，加上较深的阴影。Color 代表投射阴影的颜色，OffX 和 OffY 分别是 X 方向和 Y 方向阴影的偏移量。Positive 参数是一个布尔值，如果为"TRUE（非 0）"，那么就为任何的非透明区域建立可见的投影；如果为"FALSE（0）"，那么就为透明的区域建立透明效果。

修改其中的参数，将后面的语句改为"DropShadow(Color=#666666, OffX=2, OffY=2, Positive=1)"，表示在偏右下方的位置上添加灰色的阴影。

为了让效果更加明显，在"类型"面板中设置文字为粗体，在"区块"面板中设置文字水平居中。然后单击"确定"按钮，并将它应用在第 1 行文字上，此时在 Dreamweaver 中只能看到居中和加粗的效果，如图 9.34 所示。

按 F12 键，在浏览器中将光标移到文字上时还会出现一个问号，但此时的文本上没有出现阴影。将文字所在单元格的背景色设为空，此时就会出现阴影，如图 9.35 所示。

请完成以下表格　　　　　　　　　　请完成以下表格

　图 9.34　Dreamweaver 中的文字效果 　　　　图 9.35　浏览器中的文字效果

"过滤器"下拉列表框中各选项的含义及使用方法如表 9.10 所示。

表 9.10 "过滤器"下拉列表框中各选项的含义及使用方法

命令	过滤器命令使用格式	说明
Alpha	Alpha(Opacity=?, FinishOpacity=?, Style=?, StartX=?, StartY=?, FinishX=?, FinishY=?)	Opacity 后为 0~100 之间的一个数值，100 为完全不透明，通常是为过滤器统一设定的不透明度水平；FinishOpacity 用于实现渐变效果；StartX 和 StartY 是渐变效果起始处的坐标位置，而 FinishX 和 FinishY 是为终止处的坐标；Style 是渐变所要使用的类型（采用 0~3 之间的一个数值，0 代表均匀渐变，1 代表线性渐变，2 代表放射渐变，3 代表直角渐变）
BlendTrans	BlendTrans(Duration=?)	BlendTrans 用于设定淡入淡出效果，Duration 用于指定过渡时间
Blur	Blur(Add=?, Direction=?, Strength=?)	Add 用来确定是否在运动模糊中使用原有目标（其值为 0 和 1，0 代表"否"，1 代表"是"）。对于图像，使用 0 效果更好；而对于文字，则应使用 1。Direction 是模糊移动的角度，0°~360°。Strength 是模糊移动的距离
Chroma	Chroma(Color=?)	用于设定色度，适用于 JPEG 和 PNG 格式及文字。Color 用于设定让其消失的颜色，设定值采用 Hex 格式（#RRGGBB）
DropShadow	DropShadow(Color=?, OffX=?, OffY=?, Positive=?)	Color 是下落阴影的颜色，用 Hex 格式表达；OffX 和 OffY 是下落阴影的像素值；Positive 是一个布尔值（0 或 1，0 指透明像素为阴影；1 指给不透明像素生成阴影）
FlipH	FlipH	水平翻转，不需要设定任何参数
FlipV	FlipV	垂直翻转，不需要设定任何参数
Glow	Glow(Color=?, Strength=?)	光晕将目标的可视像素周围用作者选定的颜色形成渐变放射的效果。Color 用于确定光晕的颜色，Strength 用于设定光晕的强度
Gray	Gray	它去除所有色彩，将其以灰度级别显示，不需要设定参数
Invert	Invert	它将图像的亮度和色彩反转显示，不需要设定参数
Light	Light	
Mask	Mask(Color=?)	该滤镜将可看见的像素遮蔽，将看不见的像素以指定的颜色显示。Color 用于设定显示颜色
RevealTrans	RevealTrans(Duration=?, Transition=?)	RevealTrans 属性提供了多变的转换效果。Transition 参数的参数值有 24 种，以代号 0~23 来表示，分别代表 24 种显示类型
Shadow	Shadow(Color=?, Direction=?)	阴影是一种介于光晕和下落阴影之间的一种滤镜。它的应用类似下落阴影，但它的着色方式不像下落阴影那样采用固定的颜色，它的着色类似光晕的的效果。但是它不能象对 DropShadow 和光晕那样采取精细的控制

（续表）

命令	过滤器命令使用格式	说明
Wave	Wave(Add=?, Freq=?, LightStrength=?, Phase=?, Strength=?)	波形滤镜能造成一种强烈的变形幻觉，它对过滤目标生成正弦波变形。Add 是一个布尔表达式，用来决定是否将原始图像混合入最后的效果；Freq 决定显示效果中应出现多少波形；Light Strength 影响波形边缘的深浅；Phase 改变波形的形状，取值在 0~360 之间；Strength 决定振幅。该滤镜只能水平添加
Xray	Xray	X 光效果滤镜也不需要设定参数，是一种很少见的滤镜。它像灰色滤镜一样去除图像的所有颜色信息，然后将其反转（黑白像素除外），对其效果一般没有确切的把握

9.3　本文档内重定义标签样式

9.3.1　设置网页背景颜色

前面使用的都是"自定义样式"，下面使用"重定义标签样式"来定义整个文档的背景。

❶ 单击"新建 CSS 规则"按钮，打开"新建 CSS 规则"对话框，如图 9.36 所示。

实讲实训
多媒体演示

多媒体演示参见配套光盘中的\\视频\第 9 章\设置网页背景颜色.avi。

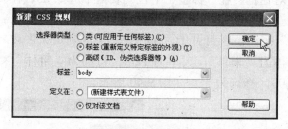

图 9.36　"新建 CSS 规则"对话框

❷ 在其中的"选择器类型"选项组中选中"标签（重新定义特定标签的外观）"单选按钮，在"定义在"选项组中选中"仅对该文档"单选按钮，然后在顶部的"标签"下拉列表框中选择 body 选项。单击"确定"按钮，在打开的"body 的 CSS 规则定义"对话框中切换到"背景"面板，在其中设定背景颜色为橙色（#FF9900），如图 9.37 所示。

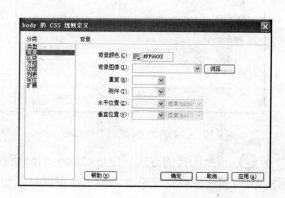

图 9.37　设定背景颜色为橙色

❸ 单击"确定"按钮关闭对话框，此时网页的背景颜色就会变成橙色，如图 9.38 所示。

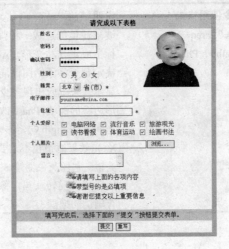

图 9.38 设定背景后的文档

从上面的操作过程中可以看出，使用重定义标签样式只需定义而不需应用，这是它和自定义样式最大的区别。

9.3.2 定义标题文本

下面定义三级标题标签<H3>的默认格式。

❶ 单击"CSS 样式"面板中的"新建 CSS 规则"按钮 ，打开"新建 CSS 规则"对话框，在"标签"下拉列表框中选择 h3，在"定义在"选项组中选中"仅对该文档"单选按钮，如图 9.39 所示。

❷ 单击"确定"按钮，在打开的"h3 的 CSS 规则定义"对话框中定义文本的字体为"宋体"，大小为 12pt，粗细为"粗体"，颜色为红色（#FF0000），修饰为无，如图 9.40 所示。

> **实讲实训**
> **多媒体演示**
>
> 多媒体演示参见配套光盘中的\\视频\第 9 章\定义标题文本.avi。

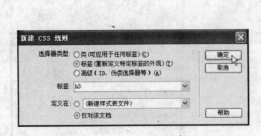

图 9.39 "新建 CSS 规则"对话框　　图 9.40 设定 H3 的文本格式

❸ 按照同样的方式设定好<H1>~<H6>所有的文本格式，所有的标题都设为红色、粗体，并且使用宋体，只有文本的大小根据标题级别的不同而改变，如表 9.11 所示是各级标题文本的参考大小。

表 9.11　各级标题文本的参考大小

标签	文字大小	标签	文字大小
<H1>	18pt	<H4>	9pt
<H2>	15pt	<H5>	6pt
<H3>	12pt	<H6>	3pt

9.3.3　样式的应用优先次序

　　用户可以重新定义几乎所有的 HTML 标签，让它们变成自己所期望的样子。当给不同级别的重定义标签样式发生冲突时，HTML 标签中层次越低的优先级别越高。比如<body>、<table>、<tr>、<td>上都定义了文字颜色、字体、大小，那么就应该以<td>的设定为准，所有单元格里的文字都按照<td>的格式来显示。

9.4　本文档内CSS选择器样式

　　CSS 选择器样式主要用于链接效果的定义，其中有 4 种样式比较常用：a:link、a:active、a:visited 和 a:hover。这 4 种样式的作用如表 9.12 所示。

表 9.12　CSS 选择器样式的作用

CSS 选择器样式	样式的作用
a:link	设定正常状态下链接文字的样式
a:active	设定当前被激活链接（即在链接上按下鼠标左键时）的效果
a:visited	设定访问过后链接的效果
a:hover	设定当鼠标放在链接上时的文字效果

9.4.1　a:link的设定

　　单击"CSS 样式"面板上的"新建 CSS 规则"按钮，在打开的"新建 CSS 规则"对话框中选择类型为"高级（ID、伪类选择器等）"，选择器为 a:link，并将它定义在本文档中，如图 9.41 所示。

> 实讲实训
> 多媒体演示
> 多媒体演示参见配套光盘中的\\视频\第 9 章\ a link 的设定.avi。

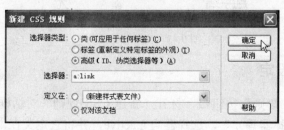

图 9.41　"新建 CSS 规则"对话框

　　单击"确定"按钮，在打开的"a:link 的 CSS 规则定义"对话框中定义链接文字的效果。一般文字链接在页面中会比较多，如果使用特殊字体或者使用比较粗的字体，就会使页面显得比较乱，因此按照普通文字来定义就可以了，具体的设定如图 9.42 所示。

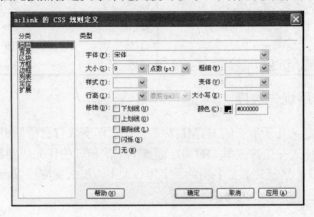

图 9.42　"a:link 的 CSS 规则定义"对话框

　　由于文字链接默认是有下划线的，这样会使页面中到处都是下划线，很不美观，因此需要把它去掉，此时需要用到"修饰"选项组。文字的"修饰"选项组中有几个复选框，它们的作用如表 9.13 所示。

表 9.13　文字的修饰效果

修饰类型	样式的作用
下划线	在文字下方出现一条下划线
上划线	在文字上方出现一条上划线
删除线	在文字中间出现一条删除线
闪烁	只有在 Netscape 浏览器下才能显示这一效果，不推荐使用
无	没有任何修饰，可以强制性地去掉链接文字上的下划线

　　这几种效果的实例如图 9.43 所示。

　　为了去掉下划线，这里选中"无"复选框，然后单击"确定"按钮关闭对话框。

图 9.43　文字修饰效果

9.4.2　a:active的设定

　　单击"新建 CSS 规则"按钮，打开"新建 CSS 规则"对话框，在其中选择类型为"高级（ID、伪类选择器等）"，选择器为 a:active，并将它定义在本文档中。

　　单击"确定"按钮，在打开的"a:active 的 CSS 规则定义"对话框中定义文本的格式，如图 9.44 所示。

图 9.44 "a:active 的 CSS 规则定义"对话框

当单击鼠标时，用户希望链接仍然没有下划线，因此在"修饰"选项组中选中"无"复选框。为了和普通链接区分开来，将颜色也作了一下修改。

9.4.3 a:visited的设定

使用相同的方法定义样式 a:visited 的文字效果，如图 9.45 所示。

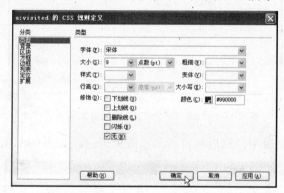

图 9.45 定义访问过后文字链接的效果

9.4.4 a:hover的设定

a:hover 可以实现当鼠标放在链接文字上时文字反白、加粗变色、加上划线和下划线等效果。这里将常见的几种效果的制作方法介绍给大家。

1. 文字反白

当鼠标放在链接上时，文字颜色变成与原来颜色相反的颜色，同时文字后面出现背景颜色，效果如图 9.46 所示。

（a）正常状态　　　　（b）光标放上去时的效果

图 9.46 反白效果

打开"新建 CSS 规则"对话框，在其中选择类型为"高级（ID、伪类选择器等）"，选择器为 a:hover，并将它定义在本文档中，如图 9.47 所示。

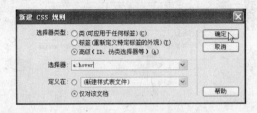

图 9.47　新建 CSS 规则

单击"确定"按钮，在打开的"a:hover 的 CSS 规则定义"对话框中定义文字颜色为白色，如图 9.48 所示。

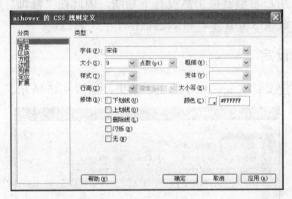

图 9.48　"a:hover 的 CSS 规则定义"对话框

切换到"背景"面板中，然后将背景颜色改为黑色，如图 9.49 所示。

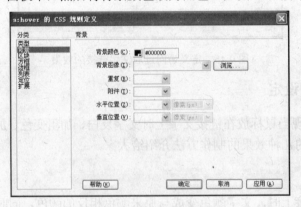

图 9.49　修改背景颜色

单击"确定"按钮后，系统就会自动在链接文字上应用这个样式。

2. 加粗变色

当鼠标放在链接文字上时，文字颜色变化，同时文字加粗，效果如图 9.50 所示。

（a）正常状态　　　　　　　　（b）将光标放上去后的效果

图 9.50　加粗变色

和上面不同的是，在"a:hover 的 CSS 规则定义"对话框中需要设置文本的颜色为红色，粗细为"粗体"，如图 9.51 所示。

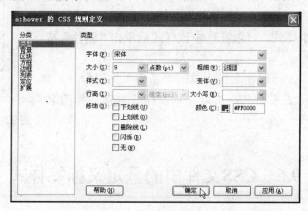

图 9.51　"a:hover 的 CSS 规则定义"对话框

3. 加上划线和下划线

当鼠标放在链接文字上时，文字添加上划线和下划线的效果，如图 9.52 所示。

（a）正常状态　　　　　（b）将光标放上去后的效果

图 9.52　加上划线和下划线

和上面不同的是，在"a:hover 的 CSS 规则定义"对话框中需要对文字进行修饰，在"类型"面板中选中"修饰"选项组中的"上划线"和"下划线"复选框，如图 9.53 所示。

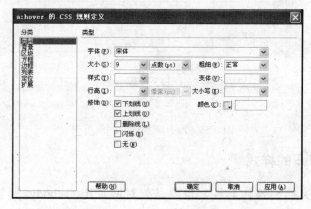

图 9.53　选中"上划线"和"下划线"复选框

9.5　管理本文档中的样式

当建好样式后，有可能需要经常修改、添加、删除样式，这些都可以在"CSS 样式"面板中进行。

如果要修改某个样式，在其中选中该样式的名称，然后单击"编辑样式"按钮（见图 9.54），就会再次打开相应的"CSS 规则定义"对话框。

如果想删除某个样式，可以在选中该样式后单击"删除"按钮🗑。

如果想新建样式，可以在面板中单击"新建"按钮🔁。

如果想对某个样式重命名，可以在单击样式名称后修改名称。

图 9.54　"CSS 样式"面板

9.6　CSS文件中的重定义标签样式

上面介绍了在本文档中定义、使用以及管理 CSS 样式的方法，下面给整个站点定义一个外部的 CSS 样式表。

首先打开站点目录 Exercise\css 下的文件 06_exer.html，其中没有添加任何样式，如图 9.55 所示。

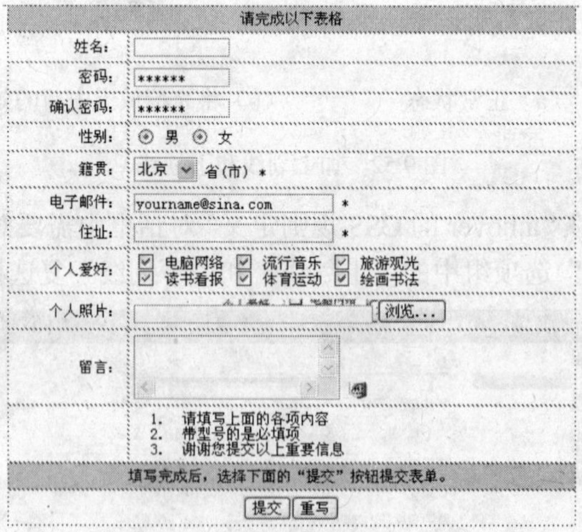

图 9.55　没有添加样式的网页

9.6.1　定义<body>的样式

❶　首先确定文档的整体属性，也就是要对网页中的<body>标签进行重新定义。<body>的定义包括定义文本、背景和页边距 3 个部分的格式，下面首先从文本开始。

❷ 在"CSS 样式"面板中单击"新建 CSS 规则"按钮，打开"新建 CSS 规则"对话框。在"选择器类型"选项组中选中"标签（重新定义特定标签的外观）"单选按钮，在"定义在"选项组中选中"新建样式表文件"单选按钮，然后在"标签"下拉列表框中选择 body 选项，如图 9.56 所示。

❸ 单击"确定"按钮，打开"保存样式表文件为"对话框，在其中找到站点根目录中的 styles 目录，并在"文件名"文本框中输入文件名"styles.css"，如图 9.57 所示。

实讲实训
多媒体演示

多媒体演示参见配套光盘中的\\视频\第 9 章\定义 body 的样式.avi。

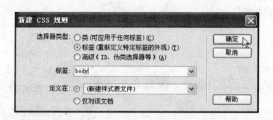

图 9.56　"新建 CSS 规则"对话框　　　　图 9.57　"保存样式表文件为"对话框

❹ 单击"保存"按钮后，在 styles 文件夹下生成一个 CSS 样式表文件，以后所有的样式都将保存在这个文件中。

❺ 此外还会打开"body 的 CSS 规则定义"对话框，在该对话框中可以定义文档的默认文本格式，这里将字体设为"宋体"、大小为 9pt，粗细为"正常"，样式为"正常"，颜色为黑色（#000000），修饰为无，如图 9.58 所示。

❻ 继续定义<body>的背景。切换到"背景"面板，在其中定义文档的背景颜色为橙色（#FF9900），如图 9.59 所示。

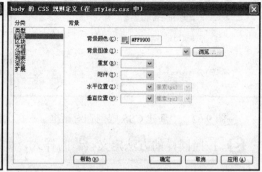

图 9.58　定义文档的默认文本格式　　　　图 9.59　定义文档的背景色

❼ 再定义文档的页面边距。切换到"方框"面板中，在右侧定义文档的页面边界为 0，如图 9.60 所示。

⑧ 单击"确定"按钮完成了<body>标签样式的重新定义，此时的文档效果如图 9.61 所示。

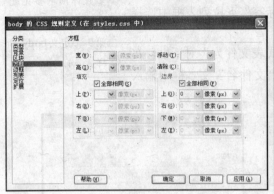

图 9.60　定义文档的页面边界　　　　图 9.61　添加了<body>的样式后的文档

9.6.2　定义<table>和<td>的样式

定义完<body>的样式之后，表格中的文字没有发生改变，因此还需要定义<table>和<td>的样式。

❶ 在"CSS 样式"面板中单击"新建 CSS 规则"按钮，在打开的"新建 CSS 规则"对话框中进行设置，如图 9.62 所示。

❷ 单击"确定"按钮后，在打开的"table 的 CSS 规则定义"对话框中定义表格中默认的文本格式，参数和<body>样式的文本格式定义完全一致，如图 9.63 所示。

> **实讲实训**
> **多媒体演示**
>
> 多媒体演示参见配套光盘中的\\视频\第 9 章\定义 table 和 td 的样式.avi。

图 9.62　"新建 CSS 规则"对话框　　　　图 9.63　表格中默认的文本格式

❸ 按照同样的方法定义<td>的样式，如图 9.64 所示。

提示

之所以要定义 3 次文字的样式，是防止有文字不出现在单元格中，而是出现在表格外或在标签<th>中。

❹ 由于单元格中的文字一般都是顶部对齐的，因此还需要修改<td>样式的垂直排列属性。切换到"区块"面板，然后在"垂直对齐"下拉列表框中选择"顶部"选项，如图9.65 所示。

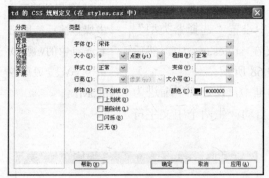 

图 9.64　<td>的样式定义　　　　　　　图 9.65　"区块"面板

9.6.3　定义<H1>~<H6>的样式

下面定义<H1>~<H6>所有标题的默认样式，首先定义最常用的三级标题<H3>。

实讲实训
多媒体演示

多媒体演示参见配套光盘中的\\视频\第 9 章\定义 H1~H6 的样式.avi。

❶ 在"CSS 样式"面板中单击"新建 CSS 规则"按钮，在"新建 CSS 规则"对话框中设置选择器类型为"标签（重新定义特定标签的外观）"，将它定义在 styles.css 中，然后选择标签为 h3，如图 9.66 所示。

❷ 单击"确定"按钮，在打开的"h3 的 CSS 规则定义"对话框中定义文本的格式，设定字体为"宋体"，大小为 12pt，粗细为"粗体"，颜色为红色（#FF0000），修饰为"无"，如图 9.67 所示。

❸ 按照同样的方式设定好<H1>~<H6>所有的文本格式，所有的标题都设为红色、粗体，并且使用宋体，只有文字的大小根据标题级别的不同而改变，如各级标题文本的参考大小参见表 9.11。

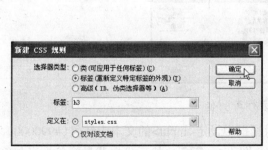 

图 9.66　定义<H3>的样式　　　　　　图 9.67　设定<H3>的样式

9.6.4 设定段落格式

到此为止，关于文本的定义已经基本完成，下面给段落定义格式，实现段落的首行缩进。

实讲实训
多媒体演示

多媒体演示参见配套光盘中的\\视频\第 9 章\设定段落格式.avi。

❶ 在打开的"新建 CSS 规则"对话框中设置"选择器类型"为"标签（重新定义特定标签的外观）"，定义在 styles.css 中，然后在"标签"下拉列表框中选择 p 选项，如图 9.68 所示。

❷ 在打开的"p 的 CSS 规则定义"对话框中，设定文字缩进为 2em，如图 9.69 所示。这样页面中的段落前将自动产生两个中文字符高度的空格。

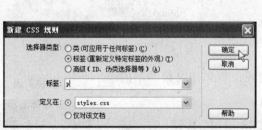

图 9.68 "新建 CSS 规则"对话框

图 9.69 设定文字缩进为 2em

9.6.5 定义表单元素的样式

下面定义标签<input>、<textarea>和<select>的样式。

1. 定义<input>标签的样式

<input>标签包括表单元素中的单行文本框、密码文本框、按钮、单选按钮和复选框。如果给<input>标签设定了样式，那么所有这些元素的样式都是一样的。

❶ 在打开的"新建 CSS 规则"对话框中设置如图 9.70 所示。

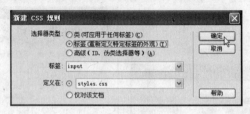

图 9.70 新建样式 input

❷ 在打开的"input 的 CSS 规则定义"对话框中设定<input>的文本为红色（#990000），字体为"宋体"，大小为 9pt，修饰为"无"，如图 9.71 所示。然后设定背景颜色为浅灰色（#EEEEEE），如图 9.72 所示。

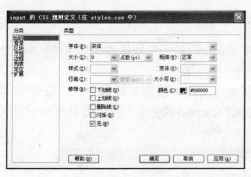

图 9.71 定义字体　　　　　　　　　　　图 9.72 设定背景色

❸ 再设定<input>的边框属性，将边框设为 1 像素的黑实线边框，如图 9.73 所示。

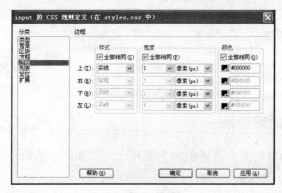

图 9.73 设置边框

此时可以看到页面中单行文本框、密码文本框、按钮、单选按钮和复选框都有了一个浅色的背景，在文本框中输入文字时文字为红色，而且都加上了黑色的边框，但同时也出现问题，单选按钮和复选框也被加上了难看的黑色边框，如图 9.74 所示。

图 9.74 添加样式后的文档

2．定义\<textarea\>和\<select\>标签的样式

因为\<input\>标签不包括文本区域、菜单和列表，因此还要定义\<textarea\>和\<select\>的样式。

按照前面讲过的方法，在 styles.css 中分别定义两个重定义标签样式，它们分别为 textarea 和 select。将其文字、边框、背景色设得和\<input\>的完全一样，此时页面中对应菜单以及多行文本框中的文字都变为红色，如图 9.75 所示。

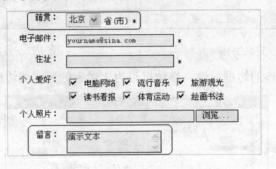

图 9.75　设定样式后的页面效果

9.6.6　设置页面中的滚动条

如图 9.76 所示的滚动条和普通的灰色调相比，更加简洁清新，看起来比较漂亮，这种滚动条是怎么做出来的呢？

在前面的练习过程中，设定格式时不需要手动修改代码，但要实现这样的滚动条，就需要手写 CSS 代码了。首先在"文件"面板中找到 styles.css 文件，双击将它打开。

此时它的所有代码显示在文档编辑窗口中，代码中定义了前面用 Dreamweaver 定义的所有样式。

由于滚动条是页面的一部分，因此需要修改\<body\>的定义内容。在"body｛"和"｝"之间添加代码如下：

实讲实训
多媒体演示

多媒体演示参见配套光盘中的\\视频\第 9 章\设置页面中的滚动条.avi。

```
scrollbar-face-color: #FFFFFF;
scrollbar-shadow-color: #000000;
scrollbar-highlight-color: #000000;
scrollbar-darkshadow-color: #FFFFFF;
scrollbar-track-color: #FFFFFF;
scrollbar-arrow-color: #666666;
```

图 9.76　滚动条

这些参数用来设定滚动条不同部分的颜色，参数具体的含义如图 9.77 所示。

滚动条的风格是通过指定不同部位的颜色来实现的，用户可以结合该图来设计一个自己想要的滚动条。添加完后的代码关于\<body\>部分的定义如图 9.78 所示。

将样式表文件保存下来，再次打开示例网页文件时，页面滚动条就会发生变化，如果有文本域，它的滚动条也会相应地发生改变。

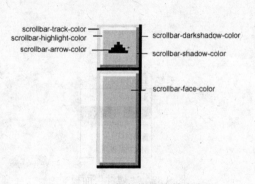

图 9.77　滚动条参数具体的含义　　　　图 9.78　关于<body>部分的定义

9.7　CSS文件中的自定义样式

通过上面的制作，相信用户已经感觉到，仅靠重定义标签样式很难完全达到想要的效果，此时还需用到自定义样式来补充。例如当定义标签<input>的边框为黑色后，单选按钮和复选框的边框都变成黑色线框，如果不想要这些边框，就必须用到自定义样式。

实讲实训
多媒体演示

多媒体演示参见配套光盘中的\\视频\第9章\CSS文件中的自定义样式.avi。

❶ 在"CSS 样式"面板中单击"新建 CSS 规则"按钮，在打开的"新建 CSS 规则"对话框中设置选择器类型为"类（可应用于任何标签）"，将它定义在 styles.css 中，并在"名称"文本框中输入".inputborder"，如图 9.79 所示。

❷ 单击"确定"按钮，切换到"边框"面板，设定边框为"无"，如图 9.80 所示。

❸ 切换到"背景"面板，设置"背景颜色"为白色（#FFFFFF），如图 9.81 所示。

❹ 单击"确定"按钮后，在"CSS 样式"面板中就会出现一个名为".inputborder"的自定义样式。

图 9.79　"新建 CSS 规则"对话框　　　　图 9.80　设定边框样式

❺ 选中页面中的单选按钮或复选框，然后在"属性"面板上的"类"下拉列表框中选择 inputborder 选项，如图 9.82 所示。

图 9.81　设置背景颜色　　　　　　　　　　　图 9.82　"属性"面板

❻　当所有的单选按钮和复选框都设定好样式后，保存文档并在浏览器中打开该网页，此时网页中单选按钮和复选框的边框色以及背景色就被去除了，如图 9.83 所示。

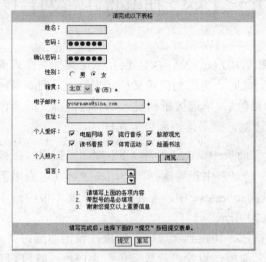

图 9.83　去除单选按钮和复选框的边框后的页面

9.8　CSS文件中的CSS选择器样式

9.8.1　简单的CSS选择器样式

1. a:link 的设定

在"CSS 样式"面板中单击"新建 CSS 规则"按钮，在"新建 CSS 规则"对话框中设置选择器类型为"高级（ID、伪类选择器等）"，将它定义在 styles.css 中，并从"选择器"下拉列表框中选择 a:link 选项，如图 9.84 所示。

单击"确定"按钮，在打开的"a:link 的 CSS 规则定义"对话框中设定好文本格式，如图 9.85 所示。

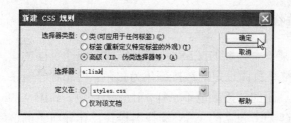

图 9.84　"新建 CSS 规则"对话框

2．a:active 的设定

按照 a:link 的定义方法，在 styles.css 中新建样式 a:active，将按下鼠标时文字的样式设为红色（#FF0000），文字大小为 9pt，修饰为"无"，如图 9.86 所示。

图 9.85　a:link 的 CSS 规则定义

图 9.86　a:active 的 CSS 规则定义

3．a:visited 的设定

与 a:alink 一样，在 styles.css 中新建样式 a:visited，将访问过后的文字颜色设为红色（#990000），修饰为"无"，如图 9.87 所示。

4．a:hover 的设定

前面给大家介绍了几种 a:hover 的效果，这里采用其中的加上划线和下划线的效果，如图 9.88 所示。

图 9.87　a:visited 的 CSS 规则定义

图 9.88　a:hover 的 CSS 规则定义

9.8.2 独立CSS选择器样式

有时候用户想让某一个区域的 CSS 选择器样式和整个页面的设置不一样，比如首页整个页面设定的链接颜色为黑色，但想让导航条上的链接颜色和整个页面的链接颜色不一样，让它为白色，如图 9.89 所示。此时就需要创建一个独立的 CSS 选择器样式，让导航条的链接文字的样式和其他位置的不一样。

实讲实训
多媒体演示

多媒体演示参见配套光盘中的\\视频\第 9 章\独立 CSS 选择器样式.avi。

❶ 在 Dreamweaver 中打开站点目录 Exercise\css 下的文件 07_exer.html，然后在其中定义一系列的样式。

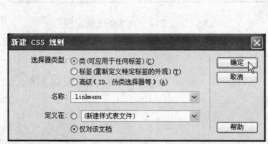

图 9.89 导航条链接颜色为白色

❷ 单击 "CSS 样式" 面板上的 "新建 CSS 规则" 按钮，在打开的 "新建 CSS 规则" 对话框中设定选择器类型为 "类（可应用于任何标签）"，将其定义在本文档中，然后在 "名称" 文本框中输入 ".linkmenu"，如图 9.90 所示。

❸ 单击 "确定" 按钮后，在打开的 ".linkmenu 的 CSS 规则定义" 对话框中设定文本的大小为 9pt，颜色为白色（#FFFFFF），修饰为 "无"，如图 9.91 所示。

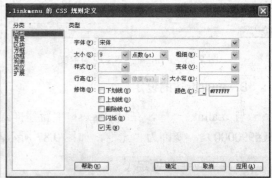

图 9.90 新建样式 ".linkmenu"　　图 9.91 ".linkmenu 的 CSS 规则定义" 对话框

❹ 单击 "确定" 按钮后，就会在 "CSS 样式" 面板中出现一个名为 ".linkmenu" 的自定义样式，如图 9.92 所示。

❺ 再次单击 "新建 CSS 规则" 按钮，在 "新建 CSS 规则" 对话框中进行设置，如图 9.93 所示。

图 9.92 "CSS 样式" 面板

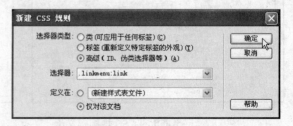

图 9.93 新建样式 ".linkmenu:link"

❻ 单击"确定"按钮,在打开的".linkmenu:link 的 CSS 规则定义"对话框中定义文本的字体为"宋体",颜色为白色（#FFFFFF），文字大小为 9pt，修饰为"无"，如图 9.94 所示。

❼ 用同样的方法定义样式".linkmenu:visited"，设定文本的格式如图 9.95 所示。

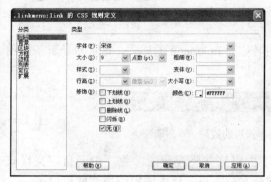

图 9.94 定义样式".linkmenu:link"　　　　图 9.95 定义样式".linkmenu:visited"

❽ 用同样的方法定义样式".linkmenu:active"，设定文本的格式如图 9.96 所示。

❾ 最后定义样式".linkmenu:hover"，设定文本格式如图 9.97 所示。

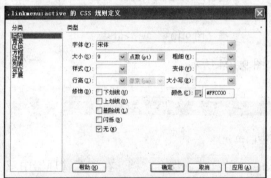

图 9.96 定义样式".linkmenu:active"　　　　图 9.97 定义样式".linkmenu:hover"

此时在"CSS 样式"面板中就能看到定义好的一系列样式，如图 9.98 所示。

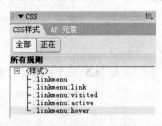

图 9.98 "CSS 样式"面板

❿ 在给链接添加自定义样式时，首先选中文档中要添加样式的链接文字，如图 9.99 所示。然后在"属性"面板中选择名称为 linkmenu 样式，如图 9.100 所示。

图 9.99　选中链接文字　　　　　　　　图 9.100　"属性"面板

⑪　用同样的方法给其他链接文字都添加名称为 linkmenu 的样式，此时的导航条如图 9.101 所示。

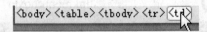

图 9.101　添加样式后的效果

⑫　在导航条中还有一些黑色的竖线，下面将这些竖线变成白色。由于自定义样式".linkmenu"中定义文字的颜色就是白色，因此在整个单元格中应用该样式就可以了。

⑬　将光标放在要应用样式的单元格中，如图 9.102 所示，然后在标记窗口底部单击 <td> 标签，如图 9.103 所示。

图 9.102　放置光标的位置　　　　　　　图 9.103　单击 <td> 标签

此时就会选中光标所在的整个单元格，如图 9.104 所示。

图 9.104　选中的单元格

⑭　然后在"属性"面板上选择名为 linkmenu 的样式。保存文档，在资源管理器中双击该文档将其打开，此时文档中的导航条效果如图 9.105 所示。

图 9.105　导航条效果

9.9　管理CSS文件中的样式

9.9.1　样式表的链接和导入

新建文件，如果该文件也要使用前面定义好的 CSS 样式表文件 styles.css，此时只要将样式表链接到网页上即可。在"CSS 样式"面板上单击"附加样式表"按钮，如图 9.106 所示，此时将打开"链接外部样式表"对话框，如图 9.107 所示。

实讲实训
多媒体演示

多媒体演示参见配套光盘中的\\视频\第9章\样式表的链接和导入.avi。

图 9.106　"附加样式表"按钮　　　　图 9.107　"链接外部样式表"对话框

单击其中的"浏览"按钮，在打开的"选择样式表文件"对话框中找到站点目录 styles 中的样式表文件 styles.css，如图 9.108 所示。

图 9.108　"选择样式表文件"对话框

单击"确定"按钮后，样式表文件的路径就会加入到"链接外部样式表"对话框的路径文本框中，如图 9.109 所示。

在"添加为"选项组中，如果选中"链接"单选按钮，则将把所有的定义放在外部文件中；而如果选中"导入"单选按钮，则会把样式全部导入到本文档中。这里选中"链接"单选按钮，然后单击"确定"按钮，此时新建文档中的内容就会按照 CSS 文件中的定义进行格式化。

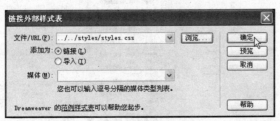

图 9.109　加入样式表文件的路径

9.9.2　管理外部样式表中的样式

如果文档中链接了外部样式表，则可以修改、删除其中的样式。

如果用户要修改已经存在的样式，可以在"CSS 样式"面板中选中某个样式，然后单击"修改"按钮 ，如图 9.110 所示。

然后即可使用前面讲到的方法在"CSS样式"面板中修改已经存在的样式。

如果用户还想再链接一个另外的样式表文件，可以单击右侧的"附加"按钮，但这种方法不提倡，因为这样容易出现两个样式表样式定义冲突的情况。

图 9.110　"CSS 样式"面板

> 🧿 **注意**
>
> 当所有的修改完成后，一定要保存文档以及自动打开的 CSS 样式表文件。

9.10　CSS布局

当使用 Dreamweaver 创建新页面时，可以创建一个已包含 CSS 布局的页面。Dreamweaver 附带了 30 多个可供选择的不同 CSS 布局。另外，用户可以创建自己的 CSS 布局，并将它们添加到配置文件夹中，以便它们在"新建文档"对话框中显示为布局选项。

9.10.1　使用 CSS 布局创建页面

选择菜单命令"文件"|"新建"，在"新建文档"对话框中选择"空白页"类别，在"页面类型"栏目中选择 HTML，然后在"布局"栏目下选择一种布局，此时将在"预览"窗口显示该布局，并给出所选布局的简短说明，如图 9.111 所示。

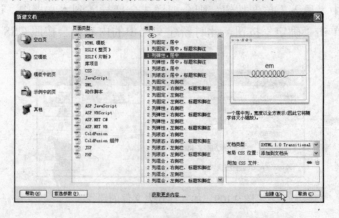

图 9.111　"新建文档"对话框

这些列出的预设 CSS 布局的名称（如"1 列固定，居中，标题和脚注"）中的各项含义如下：

- 固定　列宽是以像素指定的。列的大小不会根据浏览器的大小或站点访问者的文本设置来调整。
- 弹性　列宽是以相对于文本大小的度量单位（全方）指定的。如果站点访问者更改了文本设置，该设计将会进行调整，但不会基于浏览器窗口的大小来更改列宽度。
- 液态　列宽是以站点访问者的浏览器宽度的百分比形式指定的。如果站点访问者将浏览器变宽或变窄，该设计将会进行调整，但不会基于站点访问者的文本设置来更改列宽度。
- 混合　用上述 3 个选项的任意组合来指定列类型。例如，可能存在两列混合的形式：右侧栏布局有一个根据浏览器大小缩放的主列，右侧有一个根据站点访问者的文本设置大小缩放的弹性列。

从"文档类型"下拉列表框中选择文档类型，一般选择 XHTML 1.0 Transitional 或 XHTML 1.0 Strict 选项，使 HTML 文档符合 XHTML 规范。XHTML（可扩展超文本标记语言）是以 XML 应用的形式重新组织的 HTML。通常，利用 XHTML 可以获得 XML 的优点，同时还能确保 Web 文档的向后和向前兼容性。

再从"布局 CSS 位置"下拉列表框中选择布局 CSS 的位置，可选位置有添加到文件头、新建文件、链接到现有文件 3 种，各选项的含义如下：

- 添加到文档头　将布局的 CSS 添加到要创建的页面头中。选择该选项后，直接单击"创建"按钮即可。
- 新建文件　将布局的 CSS 添加到新的外部 CSS 样式表，并将这一新样式表添加到要创建的页面。选择该选项后单击"创建"按钮，将弹出"将样式表文件另存为"对话框，用于指定新建外部文件的存储路径和文件名。
- 链接到现有文件　可以通过此选项指定已包含布局所需的 CSS 规则的现有 CSS 文件。如果选择"链接到现有文件"选项，则需要单击"附加 CSS 文件"后的"添加样式表"图标，如图 9.112 所示，在弹出的"附加外部样式表"对话框中找到已经创建好的 CSS 文件，然后单击"确定"按钮返回"新建文档"对话框，此时再单击"创建"按钮关闭对话框。

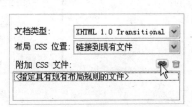

图 9.112　"添加样式表"按钮

当所有选择项目选定后，单击"创建"按钮，将打开网页编辑窗口，如图 9.113 所示。在"CSS 样式"面板中可以查看自动创建的所有样式，如图 9.114 所示。

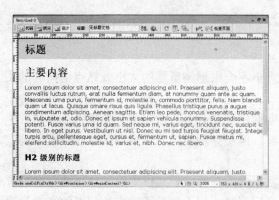

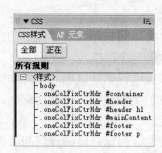

图 9.113　网页编辑窗口　　　　　　　图 9.114　"CSS 样式"面板

9.10.2　向选项列表添加自定义CSS布局

创建一个 HTML 页面，该页面包含用户希望添加到"新建文档"对话框的选项列表中的 CSS 布局。该布局的 CSS 必须驻留在 HTML 页面的头部。

打开站点目录 Exercise\css 下的文件 01.html，将其另存到 Adobe Dreamweaver CS3 安装目录下的\Configuration\BuiltIn\Layouts 文件夹中，文件名设为 csslayout.htm，如图 9.115 所示。

图 9.115　"另存为"对话框

 注意

另存文件时扩展名必须是.htm，不能是.html；Layout 默认情况下的路径为 "C:\Program Files\Adobe\Adobe Dreamweaver CS3\configuration\BuiltIn\Layouts"。

如果觉得有必要，可以在 Fireworks 中将布局的预览图像（例如 GIF 或 PNG 文件）添加到 Layouts 文件夹中，图片建议为尺寸 227×193 像素高的 PNG 文件。这里将站点目录 Exercise\css 下的文件 csslayout.png 复制到 Layouts 文件夹中，如图 9.116 所示。

> **注意**
>
> 图片文件的文件名与 HTML 文档的文件名必须保持一致。

最后为自定义的CSS布局创建备注文件。在 Dreamweaver CS3 安装目录下的 \Configuration\BuiltIn\Layouts_notes文件夹中复制并粘贴该文件夹中的任意一个现有备注文件，然后针对自定义布局重命名该副本。例如，可以复制oneColElsCtr.htm.mno文件，将它重命名为csslayout.htm.mno，如图9.117所示。

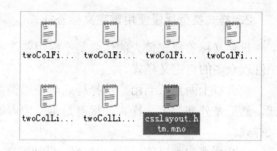

图 9.116　要复制的图片文件　　　　　　图 9.117　重命名后的 MNO 文件

然后打开该文件，修改布局名称、说明和预览图像等内容，如图9.118所示。

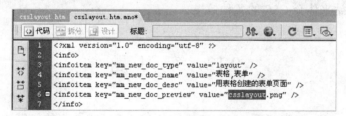

图 9.118　修改内容后的 MNO 文件

保存文件后，再次选择菜单命令"文件"|"新建"，此时将在"布局"栏中出现新增加的布局，图 9.119 所示。

单击"创建"按钮后，将会新建一个文档并包含原有所有样式和内容。删除编辑窗口中的部分内容后，就可以利用原有的 CSS 样式制作新页面了。

图 9.119　新增加的布局

9.11　CSS样式使用原则

在使用 CSS 样式表时，应当注意一些使用的基本原则。

1．存储位置尽量在外部 CSS 文件中

只有存储在外部 CSS 文件中的样式才能用在其他文档上，而只有当所有的网页用的都是一个或某几个样式表文件中的样式时，才能方便地控制整个网站的风格。

2．样式类型尽量使用重定义标签样式

重定义标签样式最大的优势是不应用就能将效果加在某个标签上，而且这样还可以避免管理众多的自定义样式。

结合以上两点，当用户选择样式表使用类型和方法时，首先应考虑外部重定义标签样式，然后是外部自定义样式，接着是本文档内的重定义标签样式，最后是本文档内的自定义样式。

CSS 样式出现以前，利用 HTML 只能实现一些很简单的网页效果。CSS 样式的出现使得网页排版变得更加轻松，以前很多只能用图片才能实现的效果现在用 CSS 就可以实现了。在学习本章时，最好先按照本书中的例子熟悉和掌握 CSS 的创建和应用方法，然后通过制作一个自己的网站来体会 CSS 的各种效果。

9.12　练 习 题

1．在 Dreamweaver 中打开自己创建的站点 Mysamplesite 内的任何一个网页文件，然后在其中创建一个 CSS 样式表文件 main.css，将其保存在站点根目录中。

2．在该文件中创建文档中可能用到的各种样式，包括自定义样式、重定义标签样式以及 CSS 选择器样式。

3．在需要应用该 CSS 文件的网页上附加该样式表文件。

Dreamweaver CS3

第 10 章

制作网站首页（上）

本章导读　　前面已经定义好了站点，并将所有相关的文件复制到了站点目录中，下面要做的工作就是将网站的首页用表格拼起来。本章主要涉及页面制作中的很多重要技巧，特别是表格使用的技巧。在制作过程中要重点体会页面分段处理的方法。

内容要点
1. 分析网页结构
2. 页面整体设计
3. 制作网页顶部
4. 制作中部框架
5. 制作网页底部
6. 创建链接
7. 版式设计原则

10.1　分析网页结构

本章将开始在 Dreamweaver 中制作网站首页，其最终效果如图 10.1 所示。

由图 10.1 可以看出，整个页面可以分为顶部、中部和底部 3 个部分。

图 10.1 网站首页最终效果

顶部主要包括网站图标、广告条、导航条等内容，用户可以将各种对象放置在一个表格的单元格中，如图 10.2 所示。

图 10.2 网页顶部效果

中部分为左右两个区域，左侧是"论坛入口"、"本站公告"、"本站链接"等栏目，右侧是"重要公告"、"办公流程"、"网上调查"、"特别推荐"等栏目，如图 10.3 所示。

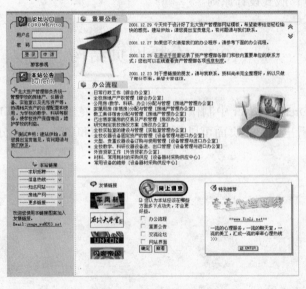

图 10.3 网页中部的效果

底部主要是版权信息等内容，这部分也可以用一个表格进行排版，如图 10.4 所示。

© 北大资产管理部版权所有 2001-2002 | 留言簿 | 联系信箱 |

图 10.4　网页底部的效果

清楚了基本结构后，下面就可以开始制作了。

10.2　页面整体设计

10.2.1　新建文件

如果站点根目录下已经有了 index.html 文件，在 Dreamweaver 的"文件"面板中双击该文件将其打开。如果还没有创建该文件，在 Dreamweaver 窗口中选择菜单命令"文件"|"新建"命令，打开"新建文档"对话框，在左侧列表中选择"空白页"，然后在"页面类型"中选择 HTML，在"布局"中选择"<无>"，如图 10.5 所示。

💡 **实讲实训**
多媒体演示

多媒体演示参见配套光盘中的\\视频\第 10 章\页面整体设计.avi。

图 10.5　"新建文档"对话框

单击"创建"按钮后，打开一个新文档编辑窗口，如图 10.6 所示。

图 10.6　新文档编辑窗口

为了方便制作，这里先将文件保存起来。选择菜单命令"文件"|"保存"，在打开的"另存为"对话框中找到站点的根目录，然后在"文件名"文本框中输入"index.html"，如图 10.7 所示。单击"保存"按钮，将该文件保存到站点根目录下。

图 10.7　"另存为"对话框

10.2.2　使用跟踪图像

以往制作网页时，设计师总是一只手拿着网页效果图，一只手操纵着鼠标，很不方便。现在可以把网页效果图放在编辑窗口的背景上，这样在制作时就有了一个参照物。要实现这个功能，就需要用到跟踪图像。

网页效果图一般由美工制作完成，该图包含了网页中涉及的图形图像。制作效果图有两个目的：一方面是为了让网页的整体感更强；另一方面是为了获得网页中的图像。效果图制作完成后，可以对该图进行切割，将整张大图变成很多小的图像。

> ◉ **提示**
>
> 关于图形图像的制作以及图像的切割不属于本书的讨论范围，读者可以找一些和 Fireworks 或 Photoshop 相关的书籍进行参考。

为了练习的方便，这里使用光盘目录 mywebsite\images\index 中已经做好的网页效果图，文件名为 index.png。

选择菜单命令"修改"|"页面属性"，打开"页面属性"对话框，在其左侧的"分类"列表框中单击"跟踪图像"选项，切换到"跟踪图像"面板。

单击"跟踪图像"后的"浏览"按钮，从打开的"选择图像源文件"对话框中找到站点目录 images\index 中的 index.png,，单击"确定"按钮返回"页面属性"对话框中。然后拖动"透明度"滑块，用它来调整跟踪图像的透明度，将其调为 50%，如图 10.8 所示。

单击"确定"按钮后，效果图就出现在网页窗口了。由于将透明度设成了 50%，因此图像看起来不是很鲜艳，如图 10.9 所示。

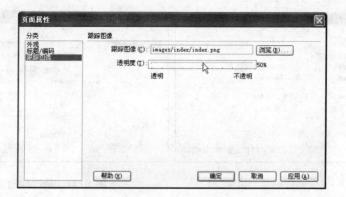

图 10.8　调整透明度

图 10.9　文档编辑窗口

🎄提示

跟踪图像不是网页背景图，它只是制作网页的辅助工具，在浏览器中是看不到的。
为了便于观察和表述，下面的示意图中将不再包括跟踪图像。

10.2.3　调整页面属性

下面调整网页的页面属性。在"页面属性"对话框中切换到"外观"面板，在其中设
定网页的各个边距，如图 10.10 所示。

再切换到"标题/编码"面板，修改标题文本为"北京大学资产管理部"，如图 10.11
所示。

🎄提示

一般在"页面属性"对话框中只要设置标题和边界的数值就可以了，其他参数可
以用 CSS 样式表来控制。

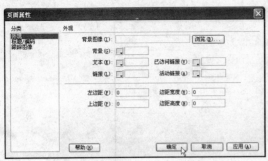

图 10.10 设定网页的各个边距   图 10.11 修改标题文本

10.2.4 链接样式表

下面将外部样式表链接到该网页中。在"CSS 样式"面板中单击"附加样式表"按钮，打开"链接外部样式表"对话框，如图 10.12 所示。

单击其中的"浏览"按钮，在打开的"选择样式表文件"对话框中找到站点目录 styles下的文件 main.css。连续单击"确定"按钮关闭这两个对话框，此时"CSS 样式"面板中将会出现链接到该文档的外部样式文件，如图 10.13 所示。

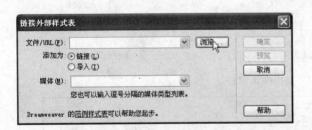

图 10.12 "链接外部样式表"对话框   图 10.13 "CSS 样式"面板

由于该样式表中大部分都是重定义 HTML 样式，因此当在网页中添加对象时，网页将会自动进行格式化。

10.3 制作网页顶部

整个页面分为顶部、中部、底部 3 个部分，这里从页面的顶部开始制作。

1. 第 1 行的制作

❶ 在"常用"插入工具栏中单击"表格"按钮，在打开的"表格"对话框中设定行数为 5，列数为 1，宽度为 778 像素，边框粗细、

实讲实训
多媒体演示

多媒体演示参见配套光盘中的\\视频\第 10 章\制作网页顶部.avi。

单元格边距、单元格间距都为 0，如图 10.14 所示。

图 10.14 "表格"对话框

单击"确定"按钮后，将在编辑窗口中插入一个 5 行 1 列的表格，如图 10.15 所示。

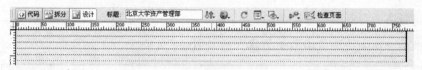

图 10.15 插入的表格

❷ 将光标放在第 1 行单元格中，然后在"常用"插入工具栏中单击"图像"按钮，
在打开的"选择图像源文件"对话框中找到站点目录
images\index\Top 下的 homepage.gif 文件。单击"确定"按
钮后就会在单元格中插入一张图像，如图 10.16 所示。

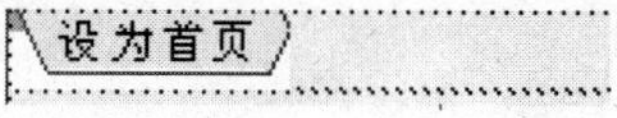

图 10.16 插入的图像

❸ 将光标放在刚才插入图像的右侧，然后用同样的方法插入站点目录
images\index\Top 下的文件 about.gif，此时的表格如图 10.17 所示。

图 10.17 再次插入图像后的表格

❹ 下面将这两张图像移到单元格的右侧。将光标
放在第 1 行单元格中，然后在"属性"面板中将单元格
"水平"选项的值设为"右对齐"，如图 10.18 所示。此
时，单元格中的图像将移动到单元格的右侧，如图 10.19
所示。

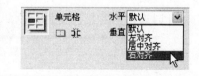

图 10.18 设定单元格水平对齐方式

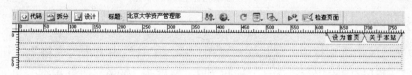

图 10.19 修改后的表格

❺ 下面给第 1 行单元格添加背景图片。将光标放在第 1 行单元格中，然后在"属性"面板中单击"单元格背景 URL"按钮，如图 10.20 所示。

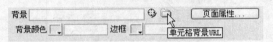

图 10.20　单击"单元格背景 URL"按钮

❻ 在打开的"选择图像源文件"对话框中找到站点目录 images\index\Top 下的文件 topbg.gif。单击"确定"按钮后，单元格中就会出现一个背景条，如图 10.21 所示。

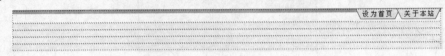

图 10.21　添加背景后的单元格

2．修改表格的背景色

下面将表格的背景颜色修改为白色。

❶ 单击表格的边框选中整个表格，如图 10.22 所示。

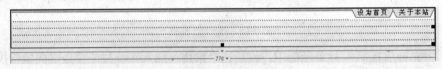

图 10.22　选中整个表格

❷ 在"属性"面板中修改表格的背景色为白色（#FFFFFF），如图 10.23 所示。

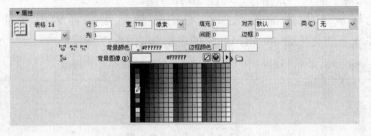

图 10.23　"属性"面板

此时表格的背景色变为白色，这样表格就盖住了文档的背景色，如图 10.24 所示。

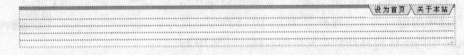

图 10.24　修改背景色后的表格

3．第 2 行的制作

❶ 将光标放在第 2 行中，然后在"常用"插入工具栏中单击"表格"按钮▦，在打开的"表格"对话框中设定行数为 1，列数为 3，宽度为 100%，边框粗细、单元格间距为 0，单元格边距为 3，如图 10.25 所示。

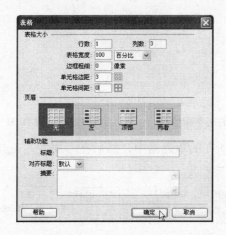

图 10.25 "表格"对话框

提示

使用嵌套表格可以防止出现单元格宽度冲突的情况，如果直接拆分这一行，就必然和第 1 行的单元格冲突。用户不妨试试看直接拆分将会是什么效果。

单击"确定"按钮后，将在单元格中嵌套一个新表格，如图 10.26 所示。

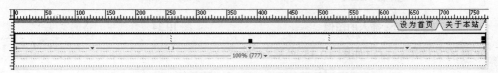

图 10.26 嵌套的新表格

❷ 将光标放在新插入表格的第 1 个单元格内，然后在其中输入文本"ENTER"，如图 10.27 所示。

图 10.27 输入的文本

❸ 将光标放在两个字母之间，然后在按住 Shift 键的同时按下 Enter 键，让两个字母之间出现换行，如图 10.28 所示。

❹ 选中文本后，在"属性"面板上修改文字的颜色为灰色（#999999），如图 10.29 所示。

图 10.28 换行后的文字

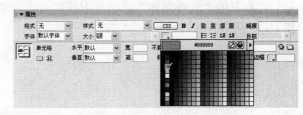

图 10.29 修改文本颜色

此时文本颜色就会变成灰色，如图 10.30 所示。

如果在"首选参数"对话框中设定是"使用 CSS 而不是 HTML 标签"（具体的设置方法可参考 3.11 节），此时"属性"面板的"样式"下拉列表框中就会增加一个新样式 style1，如图 10.31 所示。

图 10.30　修改后的文本颜色　　　　　　　图 10.31　增加的新样式

❺ 将光标放在文字所在的单元格中，然后在"属性"工具栏中设定单元格的宽度为15 像素，如图 10.32 所示。

图 10.32　设定单元格的宽度

❻ 将光标放在文字右侧的单元格中，然后在"常用"插入面板中单击"图像"按钮，在打开的"选择图像源文件"对话框中找到站点目录 images\Logos 下的文件 bdzcb.gif。单击"确定"按钮后，就会在该单元格中插入网站图标，如图 10.33 所示。

❼ 在"属性"面板中修改该单元格的宽度为 210 像素，如图 10.34 所示。

图 10.33　插入的图像　　　　　　　　　图 10.34　修改单元格的宽度

此时的文档编辑窗口如图 10.35 所示。

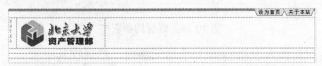

图 10.35　文档编辑窗口

❽ 将光标放在右侧的单元格中，然后在"常用"插入工具栏中单击"媒体：Flash"按钮，如图 10.36 所示。

在打开的"选择文件"对话框中找到站点目录 images\swf 下的文件 topbanner.swf，如图 10.37 所示。

图 10.36　单击"媒体：Flash"按钮　　　　图 10.37　"选择文件"对话框

单击"确定"按钮后，文档编辑窗口就会变成如图 10.38 所示。

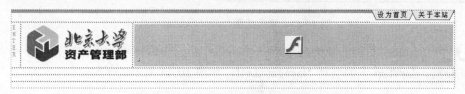

图 10.38　文档编辑窗口

❾　由于插入的 Flash 动画文件的宽度和高度比较大，把整个表格都撑大了，因此在"属性"面板中修改 Flash 动画的宽度为 533 像素，高度为 67 像素，其他属性如图 10.39 所示。

图 10.39　"属性"面板

4．导航条的制作

❶　将光标放在第 3 行单元格中，在其中插入 1 行 2 列的表格，选中插入的表格，在"属性"面板中修改其属性，如图 10.40 所示。

图 10.40　修改表格的属性

❷　将光标插入左侧的单元格中，然后在其中插入站点目录 images\index\Top 下的文件 Navagate.gif，此时的编辑窗口如图 10.41 所示。

图 10.41　插入图片后的编辑窗口

❸　将光标放在插入图片的单元格中，然后在"属性"面板中将该单元格的宽度设为 444 像素，如图 10.42 所示。

图 10.42　修改单元格宽度

此时插入的图片就和左侧单元格的边框紧紧地贴在了一起，如图 10.43 所示。

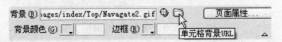

图 10.43　修改后图片和边框贴在一起

❹　将光标放在右侧的单元格中，在"属性"面板中给该单元格指定背景图像为站点目录 images\index\Top 下的文件 Navagate2.gif，如图 10.44 所示。

图 10.44　指定单元格背景图像

此时的文档编辑窗口如图 10.45 所示。

图 10.45　文档编辑窗口

5．装饰条的制作

下面将导航条下面的两个单元格变成装饰条。

❶　将光标放在第 4 行单元格中，把该单元格的背景颜色设为灰色（#999999），高度设为 3 像素，如图 10.46 所示。

图 10.46　设置第 4 行单元格的属性

❷　将站点目录 images 下的图片文件 spacer.gif 插入到该单元格中，然后将光标移到单元格之外，此时该行的高度变为 3 像素，看起来就成了一条细线，如图 10.47 所示。

图 10.47　单元格变成了细线

❸　将光标放入第 5 行单元格中，然后在"属性"面板中指定其背景图像为站点目录 images\index\Top 下的文件 gride.gif，设定单元格的高度为 5 像素，如图 10.48 所示。

图 10.48　指定单元格的背景图片

❹　用同样的方法，在单元格中插入一张图像 spacer.gif，此时该单元格就会变成一条细线，如图 10.49 所示。

图 10.49　插入图像后的单元格

到此为止，这部分就差不多完工了，保存该文件并将其在浏览器中打开，此时的效果
如图 10.50 所示。

图 10.50　网页顶部的效果

10.4　制作中部框架

下面开始搭建中部的左右结构框架。

❶ 将光标放在已经插入的表格右侧，然后在"常用"插入工具
栏中单击"表格"按钮▦，在打开的"表格"对话框中设定行数为 1，
列数为 3，宽度为 778 像素，边框粗细、单元格间距、单元格边距均
为 0，如图 10.51 所示。

**实讲实训
多媒体演示**

多媒体演示参见配
套光盘中的\\视频\
第 10 章\制作中部
框架.avi。

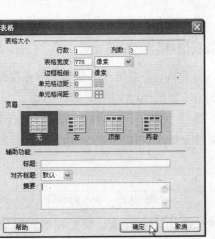

图 10.51　"表格"对话框

单击"确定"按钮，此时将在导航条的下方插入一个新表格。选中该表格，在"属性"
面板中将背景色设为白色，如图 10.52 所示。

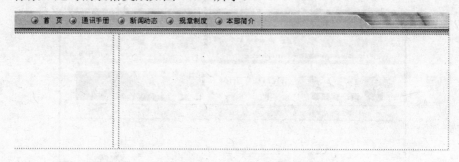

图 10.52　插入的新表格

❷ 将左侧单元格的宽度设为 180 像素，高度设为 200 像素。再将中间单元格的宽度设为 10 像素，此时的表格变成如图 10.53 所示。

图 10.53　修改后的表格

❸ 将左侧单元格的背景色设为灰色（#CCCCCC），再给中间的单元格指定背景图片为站点目录 images\index\Left 下的 linebg.gif，如图 10.54 所示。

图 10.54　设置背景色和背景图片后的表格

10.5　制作网页底部

下面制作网页底部的版权信息。

❶ 插入一个 3 行 1 列的表格，宽度为 778 像素，单元格边距、单元格间距、边框粗细均为 0，如图 10.55 所示。

❷ 将光标放在左侧单元格中，然后插入站点目录 images\index\Bottom 下的文件 left.gif，如图 10.56 所示。

┌─────────────────┐
│ 💡　**实讲实训**
│ 　　**多媒体演示**
│ 多媒体演示参见配套
│ 光盘中的\\视频\第 10
│ 章\制作网页底部.avi。
└─────────────────┘

图 10.55　插入的表格

❸ 将该单元格的宽度修改为 100 像素，然后在中间的单元格内输入一些文本，如图 10.57 所示。

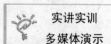

图 10.56　插入的图片

北大资产管理部版权所有 2001-2002 | 留言簿 | 联系信箱 |

图 10.57　输入的文本

❹ 将光标放在文本的左侧，然后打开"文本"插入工具栏，单击其中"字符"按钮，在展开的"字符"下拉菜单中选择"版权"命令，如图 10.58 所示。

此时将在文本左侧添加一个版权字符，如图 10.59 所示。

❺ 将光标移到文本"留言簿"左侧，然后插入站点目录 images\ index\Bottom 下的文件 message.gif，如图 10.60 所示。

图 10.58 "字符"下拉菜单	图 10.59 添加的版权字符	图 10.60 插入的图像文件

❻ 将光标放在右侧的单元格中，然后插入站点目录 images\index\Bottom 下的文件 right.gif，并将右侧的单元格宽度设为 100 像素，如图 10.61 所示。

图 10.61 插入图像后的表格

❼ 选中整个表格，然后在"属性"面板中指定整个表格的背景图片为站点目录 images\index\Bottom 下的 linebg.gif，如图 10.62 所示。

图 10.62 指定背景图片后的表格

❽ 选中文本"留言簿"，然后在"属性"面板的"链接"文本框中输入 "mailto:image_wu@263.net"，如图 10.63 所示，其中"image_wu@263.net"可以替换成自己的 E-mail 地址。

到此为止，整个网页的框架就完成了，如图 10.64 所示。

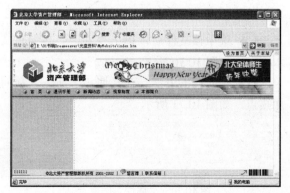

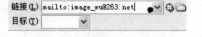

图 10.63 添加邮件链接	图 10.64 完成后的网页框架

10.6 创建链接

下面给首页添加各种超级链接。

实讲实训
多媒体演示

多媒体演示参见配
套光盘中的\\视频\第
10章\创建链接.avi。

❶ 选中导航条中的图片，如图 10.65 所示。

图 10.65 选中导航条中的图片

❷ 在"属性"面板中单击"矩形热点工具"按钮，如图 10.66 所示。将光标移到图像上，然后拖动鼠标绘制出矩形热点区域，如图 10.67 所示。

图 10.66 单击"矩形热点工具"按钮

图 10.67 绘制的矩形热点区域

❸ 此时"属性"面板上显示的是热点的属性，在其中单击"链接"文本框右侧的"浏览文件"按钮，如图 10.68 所示。

❹ 在打开的"选择文件"对话框中找到站点目录下的网页文件 index.html，如图 10.69 所示。

图 10.68 热点的"属性"面板

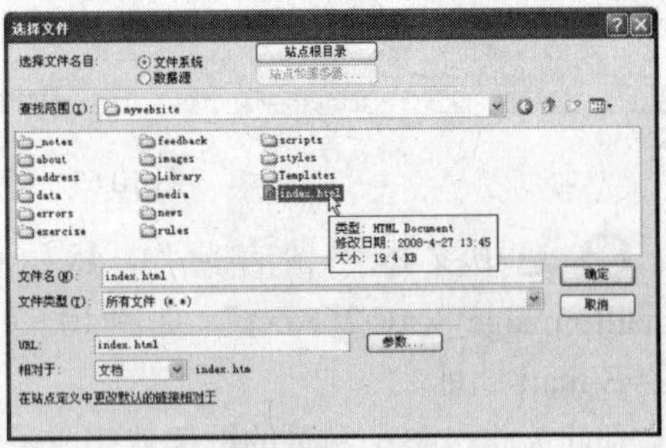

图 10.69 "选择文件"对话框

❺ 选中该文件后，单击"确定"按钮将文件路径添加到"属性"面板的"链接"文本框中，如图 10.70 所示。

❻ 用同样的方法，在"通讯手册"、"新闻动态"、"规章制度"、"本部简介"上都添加热点，如图 10.71 所示。

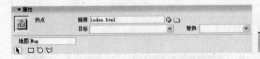

图 10.70 "属性"面板

图 10.71 添加热点后的导航条

❼ 将"通讯手册"上的热点链接到站点目录 address 下的文件 index.html 上；将"新闻动态"上的热点链接到站点目录 news 下的文件 index.html 上；将"规章制度"上的热点链接到站点目录 rules 下的文件 index.html 上；将"本部简介"上的热点链接到站点目录 about 下的文件 index.html 上。

❽ 选中文档底部的文本"留言板"，然后在"属性"面板中指定文本链接路径为站点目录 feedback 下的 index.html，如图 10.72 所示。

图 10.72　给文本"留言板"添加链接

❾ 分别选中这 3 个大表格，并分别将表格的"对齐"属性设为"居中对齐"，如图 10.73 所示。

❿ 保存文件并在浏览器中打开，此时的浏览器窗口如图 10.74 所示。

图 10.73　设定表格的对齐方式　　　　　图 10.74　浏览器窗口

10.7　版式设计原则

有的网页在全屏状态下浏览时一点问题也没有，但一旦调整了窗口的大小，问题就出现了。类似这样的问题还有很多，都是由于页面表格中单元格的长宽等属性发生冲突引起的。为了防止冲突，用户应当遵循一些基本原则。

1.　用大表格控制页面布局，嵌套表格控制内容

一般用户会利用表格将页面分成几个大的表格，这些大表格控制着页面总的布局，但如果将具体内容的排版也交给这些大表格，表格结构就会变得异常复杂，单元格之间的宽和高就更容易发生冲突，以致根本无法做出想要的版式。

此时就可以通过嵌套的方法来处理这种问题，由大表格负责整体的排版，由嵌套的表格负责具体内容的排版，并插入到大表格的相应位置上，这样一来各司其职、互不冲突。

本例中有很多处用到了嵌套表格，这样可以让结构更清晰，修改也更容易。

2．大表格宽度使用像素值，嵌套表格尽量使用百分比

大表格和嵌套表格的宽度及高度的设置也需要遵循一定的原则。为了使页面在不同分辨率下外观一致，大表格的宽度一般使用像素值，而高度一般不定；同时为了使嵌套表格的宽度不和大表格发生冲突，嵌套表格一般使用百分比设置宽和高。

3．一般不指定表格高度

由于表格可以被里面的内容撑大，因此设置的高度太小就没有意义，设置得太大又必然显得太空。如果没有特殊要求，一般不用指定高度，这样表格高度会随着里面内容的多少自动伸缩。

4．每行（列）只需设定一个单元格的宽度（高度）

由于表格各行各列之间是相互关联的，调整一个单元格的高度，整行的高度会同时发生变化；同样，调整一个单元格的宽度，整列的宽度也会同步改变。

5．不要轻易拖动表格边框

通过拖动表格边框来调整表格宽度和高度时，Dreamweaver 将给每个单元格都设置高度或宽度，这样给后面的制作埋下了隐患。因此应尽量用"属性"面板调整表格的各项属性。

6．较长的页面至少要用表格分割成 3 个部分

浏览器只有读完表格的全部代码后才能显示出表格内的内容。如果把所有的内容都放在一个单元格内，那么必须等所有内容全部下载完后才能显示出来，此前浏览器中是一片空白。分割成几个表格后，每个表格的内容就会逐步显示出来，不至于让浏览者迷茫地等待。

本例将整个页面用 3 个表格分成了 3 大块区域，这样在下载时就会首先显示顶部，然后逐渐显示，直到完成。

> 🎐 **提示**
>
> 学习网页版式最有效的方法就是多分析大型网站的网页。比如看到新浪网的首页时，第一个冲动就应当是将它存到自己的硬盘上，然后用 Dreamweaver 打开进行分析，看看里面的表格是怎样嵌套的，整个页面的布局是怎样实现的。分析多了，感受就多了，自然就有章法了，闭门造车绝对不是一个好方法。

10.8 练习题

在Dreamweaver中打开自己创建的站点Mysamplesite\best目录下的文件best1.htm，然后在其中插入表格，并在表格的单元格中插入图片和文字，最终效果参见光盘目录Mysamplesite\best下的文件best1.htm。

Dreamweaver CS3

第 11 章

制作网站首页（下）

本章导读　　　上一章已经将网站首页的基本结构搭建好了，下面将一些具体的内容加到页面中去。本章将重点讲解如何使用表格进行网页的复杂排版。

内容要点
1. 制作网页左侧部分
2. 制作网页右侧部分
3. 首页制作注意问题

11.1　制作网页左侧部分

　　到现在为止，网站首页的框架已经搭建好了，如图 11.1 所示。
　　下面在网页左侧灰色的单元格内添加一些内容，最终效果如图 11.2 所示。

**实讲实训
多媒体演示**

多媒体演示参见
配套光盘中的\\视
频\第 11 章\制作网
页左侧部分.avi。

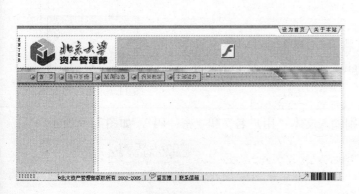

图 11.1　网站首页的框架　　　　图 11.2　左侧单元格最终效果

首先从顶部的"论坛入口"部分开始。

11.1.1 论坛入口

1．插入表单域

将光标放在左侧的大单元格中，然后在"表单"插入工具栏中单击"表单"按钮，如图 11.3 所示。

图 11.3 "表单"插入工具栏

此时将在左侧单元格中插入一个表单域，如图 11.4 所示。

2．插入表格

将光标放在表单域中，然后插入一个 5 行 1 列、宽度为 160 像素、单元格间距和边框粗细为 0、单元格边距为 3 的表格，如图 11.5 所示。

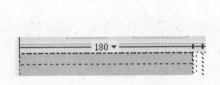

图 11.4 插入的表单域对象

图 11.5 "表格"对话框

选中表格，在"属性"面板中将表格居中对齐，如图 11.6 所示，此时的表格如图 11.7 所示。

图 11.6 "属性"面板

3．插入图片

将光标放在第 1 行单元格中，然后插入站点目录 images\index\Left 下的图片 login.gif，此时表格如图 11.8 所示。

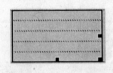

图 11.7 插入的表格

4．插入文本框

❶ 在第 2 行和第 3 行中分别输入文本"用户名"和"密　码"，如图 11.9 所示。

图 11.8 插入图片后的表格

图 11.9 输入文本

❷　选中文本所在的单元格，然后在"属性"面板中将单元格水平居中对齐，如图 11.10 所示。此时单元格中的文字将居中到单元格中央，如图 11.11 所示。

图 11.10　"属性"面板　　　　　　　图 11.11　文字居中到单元格中央

❸　将光标放在文本后，然后在"表单"插入工具栏中单击"文本字段"按钮，在单元格内各加入一个单行文本框，如图 11.12 所示。

图 11.12　加入的文本框

❹　显然这两个文本框太长了。选中第 1 个文本框，在"属性"面板中修改名称为 username，字符宽度为 12，最多字符数为 15，选择类型为"单行"，如图 11.13 所示。

图 11.13　修改第 1 个文本框属性

❺　由于第 2 个文本框是用来输入密码的，因此要将其变为密码文本框。选中第 2 个文本框，在"属性"面板中修改名称为 password，字符宽度为 12，最多字符数为 15，类型为"密码"，如图 11.14 所示。

图 11.14　修改第 2 个文本框属性

此时单元格的高度又恢复正常了，如图 11.15 所示。

5．插入图像域

下面插入"登录"按钮。

图 11.15　修改后的单元格

❶　将光标放在表格的第 4 行中，然后在"表单"插入工具栏中单击"图像域"按钮，在弹出的"选择图像源文件"对话框中找到站点目录 images\index\Left 下的图像文件 denglu.gif，如图 11.16 所示。

❷　单击"确定"按钮后，图像域就会出现在网页编辑窗口中，如图 11.17 所示。

提示

图像域是外观为图像的按钮，它的功能相当于提交按钮，可以用它来提交表单中的数据。

❸　切换到"常用"插入工具栏，单击其中的"图像"按钮，将站点目录 images\index\Left 下的文件 reply.gif 插入到单元格中，如图 11.18 所示。

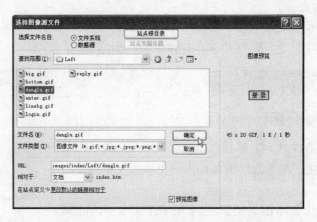

图 11.16 "选择图像源文件"对话框

❹ 将光标放在图像所在的单元格中，然后在"属性"面板中将单元格设置为水平居中对齐，此时单元格中的图像域和图像就会移到单元格的中央，如图 11.19 所示。

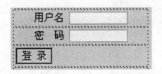

图 11.17 插入图像域　　　　图 11.18 插入的按钮　　　　图 11.19 修改后的单元格

6. 插入第 2 个表格

❶ 将光标放在最后一行中，在其中插入一个 1 行 1 列，宽度为 159 像素，单元格边距、边框粗细、单元格间距均为 0 的表格，如图 11.20 所示。然后在"属性"面板中修改表格的高度为 18 像素。

图 11.20 插入的表格

❷ 将光标放在该单元格中，在"属性"面板中指定单元格的背景图片路径为站点目录 images\index\Left 下的 bottom.gif，将"水平"项设置为"居中对齐"，如图 11.21 所示。

图 11.21 "属性"面板

此时新插入的表格如图 11.22 所示。在该单元格中加入文本"游客参观"，此时的单元格如图 11.23 所示。

到此为止，整个"论坛入口"就制作完成了，效果如图 11.24 所示。

图 11.22 新插入的表格　　　　图 11.23 加入文本后的单元格　　图 11.24 完成后的"论坛入口"

11.1.2　本站公告

下面开始制作"本站公告"部分。

1．插入表格

❶　将光标放在"论坛入口"所在表格的右侧，插入一个 4 行 1 列、宽度为 160 像素、单元格间距和边框粗细均为 0、单元格边距为 3 的表格，如图 11.25 所示。

❷　选中插入的表格，然后在"属性"面板中将"水平"项设为"居中对齐"，此时的表格如图 11.26 所示。

图 11.25　"表格"对话框

❸　将光标放在第 1 行中，插入站点目录 images\index\Left 下的图片文件 big.gif，如图 11.27 所示。

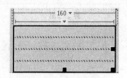

图 11.26　插入的表格

图 11.27　插入的图像

2．加入文本和图片

❶　将光标放在第 2 行中，然后插入站点目录 images\Icons 下的图片文件 notice.gif，这是一个小图标，如图 11.28 所示。

❷　选中该图片后，按快捷键 Ctrl+C 复制，然后将光标放在第 3 行的单元格中，按快捷键 Ctrl+V 粘贴，此时的表格如图 11.29 所示。

❸　在小图标后输入一些文本，效果如图 11.30 所示。

图 11.28　插入的小图标　　　图 11.29　粘贴小图标后的表格　　　图 11.30　输入的文本

3．复制表格

❶　选中"论坛入口"中文本"游客参观"所在的表格，按快捷键 Ctrl+C 进行复制，如图 11.31 所示。

② 将光标移到"本站公告"表格的最后一行中，按快捷键 Ctrl+V 将表格粘贴在该单元格中，此时将其中的文本"游客参观"选中并删除，整个表格如图 11.32 所示。

图 11.31 要复制的表格

图 11.32 最后的表格效果

11.1.3 本站链接

1．插入表格

① 将光标放在"本站公告"所在表格的右侧，然后插入一个 3 行 1 列、宽度为 160 像素、单元格间距和边框粗细均为 0、单元格边距为 5 的表格。

② 选中插入的表格，然后在"属性"面板中将"水平"项设为"居中对齐"，此时的表格如图 11.33 所示。

2．加入文本和图片

① 将光标放在第 1 行中，插入站点目录 images\Icons 下的图片文件 icon.gif，这是一个小图标，如图 11.34 所示。

图 11.33 插入的表格

图 11.34 插入的小图标

② 在该图片的后面输入文本"本站链接"，在第 3 行中输入说明性文本，如图 11.35 所示。

3．添加跳转菜单

将光标放在第 2 行单元格中，然后用 8.11 节介绍的方法在单元格中添加一个跳转菜单，如图 11.36 所示。

图 11.35 输入文本

图 11.36 添加的跳转菜单

4．添加文本链接

选中文本"image_wu@263.net"，然后在"属性"面板上设定"链接"为"mailto: image_wu@263.net"，如图 11.37 所示。

图 11.37　设定"链接"属性

11.1.4　创建库

库是 Dreamweaver 为了重复使用网页中某一个区域的内容而设置的对象，该对象中可以放入任何网页元素。一旦创建该对象，它可以作为一个整体插入其他网页中。这样可以减少重复劳动。

为了让左侧的内容能方便地用在其他页面中，下面将左侧单元格中的内容转换为库对象。将光标放在左侧单元格中，然后在编辑窗口下的标签选择器中单击<form>标签，如图 11.38 所示。

此时将会选中左侧单元格中的所有内容。选择菜单命令"修改"|"库"|"增加对象到库"，将会弹出一个提示对话框，如图 11.39 所示。

实讲实训
多媒体演示

多媒体演示参见配套光盘中的\\视频\第 11 章\创建库.avi。

图 11.38　标签选择器　　　　　图 11.39　提示对话框

单击"确定"按钮后，这一部分即可转化为库对象"left"。

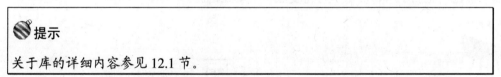

提示

关于库的详细内容参见 12.1 节。

11.2　制作网页右侧部分

11.2.1　顶部

下面制作网页的右侧部分。首先制作顶部的"重要公告"部分，这部分网页的最终效果如图 11.40 所示。

实讲实训
多媒体演示

多媒体演示参见配套光盘中的\\视频\第 11 章\顶部.avi。

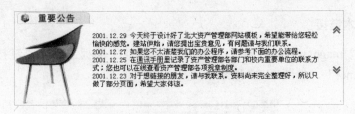

图 11.40 "重要公告"部分的效果

1. 插入表格

首先在右侧单元格中插入一个 2 行 3 列，宽度为 100%，单元格边距、边框粗细、单元格间距均为 0 的表格，如图 11.41 所示。

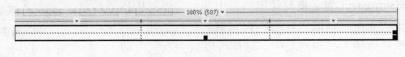

图 11.41 插入的表格

2. 插入图像

❶ 在第 1 行第 1 列单元格中插入站点目录 images\index\Title 下的图片文件 notice.gif，如图 11.42 所示。

图 11.42 插入的图像

❷ 再在第 2 行第 1 列单元格中插入站点目录 images\index\Right 下的图片文件 chair.gif，如图 11.43 所示。

3. 修改背景

❶ 选中第 1 行的 3 个单元格，然后在"属性"面板上单击"合并所选单元格，使用跨度"按钮（见图 11.44），第 1 行将变成一个单元格。

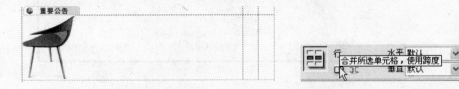

图 11.43 插入的图像   图 11.44 单击"合并所选单元格，使用跨度"按钮

❷ 将光标放在该单元格中，然后在"属性"面板中指定单元格的"背景"为站点目录 images\index 下的文件 back.gif，如图 11.45 所示。

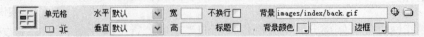

图 11.45 指定单元格的背景

此时编辑窗口中的单元格内出现了背景图像，但保存文件并在浏览器中打开该文件时，

会发现该背景图不见了，如图 11.46 所示。

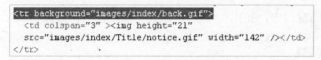

图 11.46　背景图不见了

❸　在 Dreamweaver 编辑窗口选中该单元格，然后切换到代码窗口，上面添加的背景图像并没有出现在单元格标签<td>中，而是出现在了行标签<tr>中，如图 11.47 所示。

```
<tr background="images/index/back.gif">
  <td colspan="3" ><img height="21"
  src="images/index/Title/notice.gif" width="142" /></td>
</tr>
```

图 11.47　切换到代码窗口

❹　将<tr>标签中有关背景的代码剪贴到<td>标签中，修改后的代码如图 11.48 所示。

```
<tr >
  <td colspan="3" background="images/index/back.gif"><img height="21"
  src="images/index/Title/notice.gif" width="142" /></td>
</tr>
```

图 11.48　修改后的代码

再次保存文件并在浏览器中打开网页，背景图片就显示出来了，如图 11.49 所示。

图 11.49　背景图片显示出来

4．插入小表格

❶　切换到编辑窗口中，将光标放在第 2 行左侧的单元格中，将其宽度设为 130 像素，再将右侧的单元格宽度设为 25 像素，此时的表格如图 11.50 所示。

❷　在右侧的单元格中插入一个 2 行 1 列、宽为 100%、高度为 140 像素的表格，单元格间距、单元格边距、边框粗细均设为 0，如图 11.51 所示。

图 11.50　修改单元格宽度后的表格　　　　　图 11.51　插入的表格

❸　在表格的第 1 行中插入站点目录 images\Arrows 下的图片文件 up.jpg，在第 2 行中插入站点目录 images\Arrows 下的图片文件 down.jpg，如图 11.52 所示。

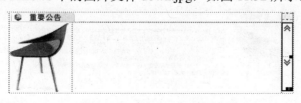

图 11.52　插入图片后的效果

5. 添加<iframe>标签

❶ 将光标放在中间的单元格中，在编辑窗口底部的标签选择器上单击<td>标签（见图 11.53），将该单元格选中。

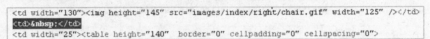

图 11.53　标签选择器

❷ 切换到代码窗口中，选中单元格对应的 HTML 代码将会反白显示，如图 11.54 所示。

```
<td width="130"><img height="145" src="images/index/right/chair.gif" width="125" /></td>
<td> </td>
<td width="25"><table height="140"  border="0" cellpadding="0" cellspacing="0">
```

图 11.54　单元格对应的代码

❸ 选中代码中的空白占位符，将其替换为<iframe>标签，具体的代码如下：

```
<iframe width=100% frameborder=0 framespacing=5 scrolling=no
src="news/note.htm" id=new_date></iframe>
```

<iframe>称为内联框架，它和框架<frame>有很多共同之处。<frame>和<iframe>标记都可以有边框等属性，都可以在同一个窗口中显示很多个页面，但<iframe>相比<frame>更加自由，可以位于页面上的任何位置，甚至可以出现在某个单元格<td>内。

<iframe>各项属性的作用及含义说明如下：

- src 属性　表示引入文件的路径，这里选用站点目录 news 下的网页文件 note.html。
- width 属性　用来定义<iframe>区域的宽度。
- height 属性　用来定义<iframe>区域的高度。
- scrolling 属性　确定是否显示 iframe 框架的滚动条，设为 yes 时始终显示；no 为始终不显示；设为 auto 时，只有当插入内容的长度大于事先定义的 iframe 的宽度或高度时才会显示。
- frameborder 属性　该属性只有 0 和 1 两个值，0 表示没有边框；而 1 表示有边框。
- framespacing 属性　该属性用来控制边框的宽度。

替换完成后的代码如图 11.55 所示。

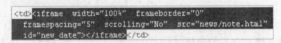

图 11.55　替换后的代码

此时在浏览器中打开该网页，"重要公告"部分的效果如图 11.56 所示。

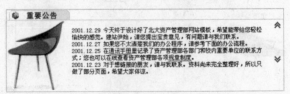

图 11.56　插入<iframe>后的效果

这样做的好处是：如果要修改新闻标题，就无须再次打开首页了，只要修改 note.html 中的内容即可。

11.2.2　中部

这个部分的制作方法和上面的类似，最终的效果如图 11.57 所示。

实讲实训
多媒体演示

多媒体演示参见配套光盘中的\\视频\第 11 章\中部.avi。

图 11.57　中部的最终效果

1．插入表格

❶ 首先插入一个 2 行 2 列，宽度为 100%，单元格边距、边框粗细、单元格间距均为 0 的表格，如图 11.58 所示。

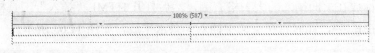

图 11.58　插入的表格

❷ 将第 1 行的单元格合并，将第 2 行右侧的单元格宽度设为 170 像素，如图 11.59 所示。

图 11.59　修改后的表格

2．插入图像

❶ 在第 1 行单元格中插入站点目录 images\index\Title 下的图像文件 officeline.gif，再将该单元格的"背景"设定为站点目录 images\index 下的图片文件 back.gif，此时的表格如图 11.60 所示。

图 11.60　修改第 1 行单元格后的表格

❷ 在第 2 行右侧的单元格中插入站点目录 images\index\Title 下的图像文件 computer.gif，此时的表格如图 11.61 所示。

图 11.61　插入图片后的表格

3. 输入文字

在第 2 行第 1 列单元格中输入文字,这样就完成了网页右侧中部的制作。

11.2.3 底部

下面制作右侧底部的 3 个栏目"友情链接"、"网上调查"、"特别推荐",如图 11.62 所示。

💡 实讲实训
多媒体演示

多媒体演示参见配套光盘中的\\视频\第 11 章\底部.avi。

图 11.62　右侧底部的栏目

1. 插入水平线

❶ 将光标放在上面插入的大表格右侧,然后打开 HTML"插入"工具栏,在其中单击"水平线"按钮▦,此时将在文档中插入一条水平线,如图 11.63 所示。

图 11.63　插入的水平线

❷ 选中该水平线,然后在"属性"面板中将水平线的高设为 3 像素,取消选中"阴影"复选框,如图 11.64 所示。

图 11.64　水平线的"属性"面板

❸ 下面修改该水平线的颜色。在"属性"面板中单击右侧的"快速标签编辑器"按钮,将会显示该水平线所对应的代码,如图 11.65 所示。

❹ 将光标移到标签内,然后按下空格键,稍等片刻后将会显示<hr>标签所有属性的列表,双击其中的 color 属性,如图 11.66 所示。

❺ 此时将在标签内添加 color 属性,再将其中的值设为灰色(#cccccc),如图 11.67 所示。

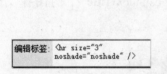
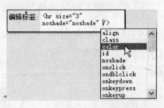
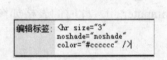

图 11.65　单击"快速标签编辑器"按钮　　图 11.66　<hr>标签的属性列表　　图 11.67　修改后的代码

❻ 保存文件并在浏览器中打开该文件，将会出现一条灰色的水平线，如图 11.68 所示。

图 11.68　添加的水平线

2．插入大表格

❶ 插入一个 1 行 3 列，宽度为 100%，单元格边距、边框粗细、单元格间距均为 0 的表格，如图 11.69 所示。

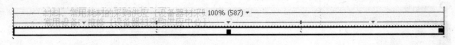

图 11.69　插入的表格

❷ 将左侧的单元格宽度设为 150 像素，中间的单元格宽度也设为 150 像素，此时的单元格宽度显示如图 11.70 所示。

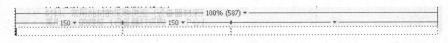

图 11.70　单元格宽度

3．制作"友情链接"栏目

❶ 在左侧的单元格中插入一个 5 行 1 列，长度和宽度为空，边框粗细、单元格间距为 0，单元格边距为 5 的表格，然后在"属性"面板中将表格居中到单元格中央，如图 11.71 所示。

图 11.71　插入的新表格

❷ 在第 1 行单元格内插入站点目录 images\Icons 下的图像文件 links.gif，并在其右侧输入文本"友情链接"，如图 11.72 所示。

❸ 在下面的 4 个单元格中插入站点目录 images\Logos 下的 4 个图标文件 youngth.gif、school.gif、shockunion.gif、flash.gif，如图 11.73 所示。

图 11.72　插入的图像和文本　　　　　图 11.73　插入的图像

❹ 分别在其他图像上添加链接。

4．制作"网上调查"栏目

❶ 将光标放在中间的单元格内，然后在"表单"插入工具栏中单击"表单域"按钮▣，在单元格内插入一个表单域，如图 11.74 所示。

❷ 将光标放在表单域中，然后插入一个 2 行 1 列、边框粗细、单元格间距为 0，单元格边距为 5 的表格，然后在"属性"面板中将表格居中到单元格中央，如图 11.75 所示。

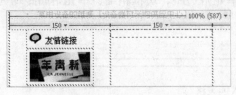

图 11.74　插入的表单域　　　　　　　　　图 11.75　插入的新表格

❸ 在表格的第 1 行中插入站点目录 images\index\Title 下的图像文件 research.gif，如图 11.76 所示。

❹ 在表格的第 2 行中插入站点目录 images\Icons 下的图像文件 book.gif，并输入一些说明性文字，如图 11.77 所示。

图 11.76　插入的图像　　　　　　　　　图 11.77　插入的图像和文字

❺ 切换到"表单"插入工具栏，插入 4 个复选框，并分别附加说明文字，如图 11.78 所示。

❻ 插入"确定"和"查看"两个按钮，如图 11.79 所示。

图 11.78　插入的复选框和文字　　　　　　图 11.79　插入的按钮

5．制作"特别推荐"栏目

❶ 如果用户的计算机上已经安装了 Fireworks，则在 Fireworks 中打开站点目录 images\index\Table 下的文件 table.png，如图 11.80 所示。

❷ 在 Fireworks 窗口中选择菜单命令"文件" | "导出预览"，打开"导出预览"对话框，如图 11.81 所示。

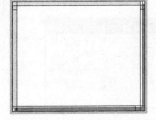

图 11.80　打开的图像文件

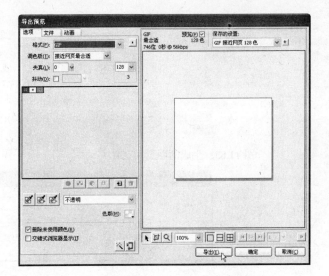

图 11.81　"导出预览"对话框

❸　在左侧"选项"选项卡中选择格式为 GIF，然后单击"导出"按钮，打开"导出"对话框，在其中找到站点目录 images\index\Table，在"文件名"文本框中输入"table"，在"保存类型"下拉列表框中选择"HTML 和图像"选项，在 HTML 下拉列表框中选择"导出 HTML 文件"，在"切片"下拉列表框中选择"导出切片"选项，并选中"包括无切片区域"和"将图像放入子文件夹"两个复选框，如图 11.82 所示。

图 11.82　"导出"对话框

❹　单击"保存"按钮后，将在该目录下生成一个网页文件和一个名为 images 的文件夹，如图 11.83 所示，images 文件夹中是网页中用到的所有图像。

❺　关闭 Fireworks，然后切换到 Dreamweaver 窗口。将光标放在右侧的单元格中，然后在"常用"插入工具栏中单击"图像"按钮旁的下拉按钮，在展开的菜单中选择 Fireworks HTML 命令，如图 11.84 所示，此时将打开"插入 Fireworks HTML"对话框，如图 11.85

所示。

图 11.83　生成的网页和文件夹　　　　图 11.84　选择 Fireworks HTML 命令

图 11.85　"插入 Fireworks HTML"对话框

❻ 单击其中的"浏览"按钮，在打开的"选择 Fireworks HTML 文件"对话框中找到上面导出的 HTML 网页文件，如图 11.86 所示。

图 11.86　"选择 Fireworks HTML 文件"对话框

❼ 选中后单击"打开"按钮，返回到"插入 Fireworks HTML"对话框，如图 11.87 所示。

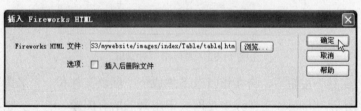

图 11.87　返回到"插入 Fireworks HTML"对话框

单击"确定"对话框后，该网页中的内容就被插入到单元格中了，这实际上是一个包含很多小图片的表格，如图 11.88 所示。

⑧ 选中插入的表格，在"属性"面板中将"对齐"设为"居中对齐"，将表格居中到单元格的水平中央，如图 11.89 所示。

图 11.88　插入的网页内容

图 11.89　插入的大表格

⑨ 将中部大块白色图片选中并将其删除，这块区域可以填入其他内容，如图 11.90 所示。

⑩ 在其中插入一个 5 行 1 列，边框粗细、单元格间距为 0，单元格边距为 3 的表格，然后在"属性"面板中将表格居中到单元格中央，如图 11.91 所示。

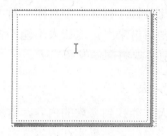
图 11.90　删除中部的大图片

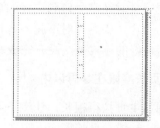
图 11.91　插入的表格

⑪ 在第一行中插入站点目录 images\Icons 下的 hand.gif，并在其右侧输入文本"特别推荐"，如图 11.92 所示。

图 11.92　第一行中的内容

⑫ 在第 2 行中插入站点目录 images\Logos 下的文件 qianqian.gif，如图 11.93 所示。

⑬ 在第 3 行中输入文本" ==edu.xinli.net== "，并在文本上添加链接"http://www.xinli.net"，然后在第 4 行中输入一些介绍性文本，如图 11.94 所示。

⑭ 在最后的单元格中插入站点目录 images\index\Left 下的文件 enter.gif，同样在图像上添加链接"http://edu.xinli.net"，此时整个表格如图 11.95 所示。

图 11.93　插入的图像

图 11.94　插入的文本

图 11.95　插入图像后的表格

到此为止，网站首页就完成了，保存文件并将其关闭。

11.3 首页制作注意问题

在浏览别人的网站时，人们会发现很多问题。这些问题往往不是技术上的，而是习惯上的，它们给浏览者的浏览带来一些不便，直接影响网站的访问量。下面总结了 5 个首页制作应注意的问题。

1．不要醒目的欢迎文字

"欢迎光临"之类的词句一般不会给人很好的感觉，如果文字很大更让人反感。一般把这类语句放在页面的标题上比较合适。

2．忌"建设中"

在浏览网页时经常会碰到这样的事情——花了好几分钟才打开一个页面，对方却放上一个大大的图片，告诉"对不起，本栏目建设中，请稍后再来"，这让人不能不顿生一股无名之火。最好的方式是，没有完成基本网站结构之前不要将网站发布出去。

3．主页长度限在 3 屏以内

有的网站主页拉得很长，让浏览者握着鼠标翻半天才能找到喜欢的内容，这种做法让人很不舒服。一般主页长度应限定在 3 屏以内，一屏半最佳。如果实在内容太多，多分几个栏目或者把内容放在下一级页面中就可以了。

4．导航条的位置

导航条能让浏览者在浏览时轻松到达不同的页面，是网页元素中非常重要的部分，所以导航条一定要清晰、醒目。导航条最好放在页面的顶端，而且最好采用横向放置的导航条。

5．首页中最好不要自我介绍

浏览者是来看你的网页的，不是来了解你的。如果你认为这个很有必要，可以在主页面做个链接，单独做一页来介绍自己。这样，如果浏览者觉得你的网站做得好，就会很自然地去访问你的自我介绍页面。

Dreamweaver CS3

第 12 章

使用库和模板

本章导读　　当制作好关键页面后，就可以批量"生产"网页了。在网页制作中，很多工作都是重复的，比如页面的顶部和底部在很多栏目的页面中都一样，而同一栏目中除了某一块区域外，版式、内容完全一样。如果能够将这些工作简化，就能大幅提高网页制作的效率。而 Dreamweaver 中的库和模板就可以解决这一问题。模板主要用于同一栏目中的页面制作，而库主要用于各栏目间公共内容块的制作。

内容要点　　1．库的使用
　　　　　　　　2．模板的应用

12.1　库 的 使 用

在 Dreamweaver 中打开 index.html，该页面中的顶部和底部在整个网站中多次使用，因此用户希望能将它们作为一个整体保存起来，在想用它们时，像插入图片一样将它们整个插入到页面中去，这样就能节省大量的时间。

这样的整体在 Dreamweaver 中就是"库"，用户可以将网页中常用到的多个对象转换为库，然后作为一个对象插入到其他网页之中。库的操作主要在"库"面板上进行。

12.1.1　创建库

要使用库，必须先创建库。创建库有两种方法：一是新建库，二是将已经做好的网页内容转换为库。

在打开的网页中，由于顶部的内容已经做好了，因此只需将其转成库对象即可。选择菜单命令"窗口"|"资源"，打开"资源"面板，在左侧的按钮中单击"库"按钮切换到"库"面板，如图 12.1 所示。

① 选中文档顶部的整个表格，如图 12.2 所示。

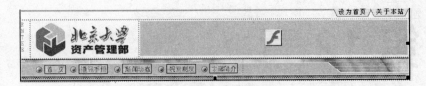

图 12.1 "库"面板   图 12.2 选中表格

② 选择菜单命令"修改"|"库"|"增加对象到库"，此时会打开一个提示框，如图 12.3 所示。

③ 单击"确定"按钮关闭对话框后，新建的库对象就出现在"库"面板上，此时可以将新建的库对象重命名为 top，如图 12.4 所示。

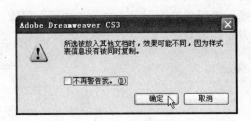

图 12.3 提示框   图 12.4 新建的库对象 top

此时网页中选定的表格成为一个不可编辑的整体，显示为淡黄色，如图 12.5 所示。

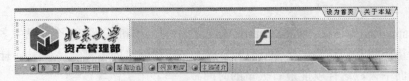

图 12.5 转换成的库对象

如果要对这部分内容进行修改，必须修改库中的内容。

🎀 提示

库的外观可能和网页中内容的外观不同，这是因为网页中使用了 CSS 样式。如果在将来插入该库的网页中有这个样式，这部分内容的外观会变得和原网页中的一致。

---

④ 用同样的方法将底部的表格也转换为库对象。选中底部的表格，如图 12.6 所示，然后将它也转换为库对象，此时"库"面板中出现两个对象，如图 12.7 所示。

图 12.6 选中底部的表格

图 12.7 将底部的表格转为库

创建的库都作为单独的文件保存到站点目录下的 Library 目录中，扩展名为.lbi。

12.1.2 插入库

创建好库对象之后，就可以在新文档中使用它了。

新建文档，将文档保存在站点目录 about 下，覆盖文件 index.html。在"库"面板中选中要插入的库，单击面板下方的"插入"按钮，如图 12.8 所示。

此时就在页面中出现了一个"库"对象，但插入的对象与 index.html 中的有一些区别，如文字变大了，而且文档的属性也还没有进行任何设定，如图 12.9 所示。

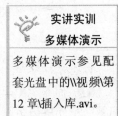

📖 **实讲实训**
多媒体演示

多媒体演示参见配套光盘中的\\视频\第 12 章\插入库.avi。

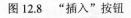

图 12.8 "插入"按钮　　　　图 12.9 插入的对象

这主要是因为插入对象的格式需要用 CSS 样式表进行格式化。下面将 CSS 样式表链接到页面上，让库对象中的文字恢复原来的状态。

❶ 打开"CSS 样式"面板，在面板中单击"附加样式表"按钮 ，此时将打开"链接外部样式表"对话框，如图 12.10 所示。

❷ 单击其中的"浏览"按钮，在打开的"选择样式表文件"对话框中找到站点目录 styles 下的 CSS 文件 main.css，如图 12.11 所示。单击"确定"按钮后，库对象又变回原样，如图 12.12 所示。

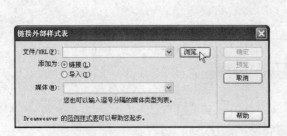 

图 12.10 "链接外部样式表"对话框　　图 12.11 "选择样式表文件"对话框

图 12.12 库对象恢复原样

由于各栏目的中部和首页不同，因此这里需要在中部插入一个表格。

❶ 插入一个 1 行 2 列的表格，在"属性"面板上设定表格宽度为 778 像素，单元格间距、单元格边距以及边框粗细均为 0，背景色为白色（#FFFFFF），如图 12.13 所示。

图 12.13 "属性"面板

❷ 将光标放在左侧单元格内，然后设定左侧单元格的宽度为 180 像素，高度为 100 像素，单元格背景色为浅灰色（#EBEBEB），"垂直"对齐属性设为"顶端"，如图 12.14 所示。

❸ 将右侧单元格的"垂直"对齐属性也设为"顶端"，如图 12.15 所示。

图 12.14 设定左侧单元格的格式　　图 12.15 设定右侧单元格的属性

此时整个表格如图 12.16 所示。

图 12.16 修改后的表格

下面将库对象 bottom 插入到页面的底部。

将光标放在表格后面，然后选中"库"面板中的对象 bottom，单击"插入"按钮将它插入页面中，此时的文档编辑窗口如图 12.17 所示。

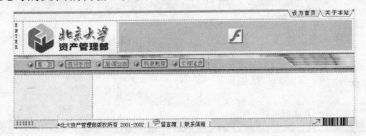

图 12.17　插入库对象 bottom 后的文档编辑窗口

最后修改网页标题为"北京大学资产管理部"，保存并关闭文档。

12.1.3　编辑库

如果想要修改所有插入库对象中的内容，只要修改库就可以了。

❶　在"库"面板中双击要修改的库 top，就会在文档编辑窗口中打开该对象，如图 12.18 所示。

实讲实训
多媒体演示

多媒体演示参见配套光盘中的\\视频\第 12 章\编辑库.avi。

图 12.18　打开的库文件

❷　将光标放在导航条右侧的单元格中，然后插入一个 1 行 2 列，宽度为 200 像素，边框粗细、单元格间距、单元格边距均为 0 的表格，如图 12.19 所示。

❸　选中该表格，然后在"属性"面板上修改表格的高度为 18 像素，将左侧单元格的宽度设为 20 像素，此时的表格如图 12.20 所示。

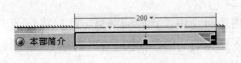

图 12.19　插入的表格

图 12.20　修改后的表格

❹　选中两个单元格，然后在"属性"面板中将单元格的"垂直"对齐设为"底部"，如图 12.21 所示。

❺　在左侧单元格中插入站点目录 images\Icons 下的图片 book.gif，此时的表格如图 12.22 所示。

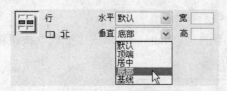 

图 12.21　修改单元格"垂直"对齐方式　　　　图 12.22　插入图片后的表格

❻ 将光标放在右侧单元格中，然后切换到代码视图，在其中插入一段 JavaScript 脚本，如图 12.23 所示。

```
<td valign="bottom">
<script language=JavaScript src="../scripts/showdate.js"></script>
</td>
```

图 12.23　插入的 JavaScript 脚本

这段代码的作用是调用站点目录 scripts 下的 showdate.js 文件，该文件中的代码用来显示当前系统的时间，其源代码如下：

```
today=new Date();
var day;
var date;
var time_start = new Date();
var clock_start = time_start.getTime();
if(today.getDay()==0)  day="星期日"
if(today.getDay()==1)  day="星期一"
if(today.getDay()==2)  day="星期二"
if(today.getDay()==3)  day="星期三"
if(today.getDay()==4)  day="星期四"
if(today.getDay()==5)  day="星期五"
if(today.getDay()==6)  day="星期六"
date=(today.getYear())+"年"+(today.getMonth()+1)+"月"+today.getDate()+"日";
document.write("<span style='font-size: 9pt'>");
document.write(date);
document.write(day);
document.write("</span>");
```

❼ 按快捷键 Ctrl+S 保存文件，此时将打开一个"更新库项目"对话框，其中显示的是包含正在编辑的库对象的网页文件，如图 12.24 所示。

❽ 单击"更新"按钮，这样将更新网站内所有使用了该库的网页。此时将打开"更新页面"对话框开始自动更新，在里面显示正在更新的页面，如图 12.25 所示。

图 12.24　"更新库项目"对话框　　　　图 12.25　"更新页面"对话框

❾ 如果在"更新库项目"对话框中单击的是"不更新"按钮，则 Dreamweaver 会停止更新操作。

❿ 如果想在后面进行补救，可以选择菜单命令"修改"|"库"|"更新页面"，这样也会打开"更新页面"对话框，如图 12.26 所示。

⓫ 单击"开始"按钮，可以更新站点内所有使用过该库的网页。

⓬ 单击"关闭"按钮关闭对话框。

图 12.26 "更新页面"对话框

12.1.4 使库对象脱离源文件

有时用户可能需要将网页中的库和源文件分离，进而能够在网页中直接编辑。这时可以选中页面中的库对象，"属性"面板将变成如图 12.27 所示。

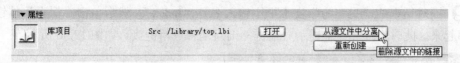

图 12.27 库对象的"属性"面板

单击"从源文件中分离"按钮，原来的库对象就又变成普通的表格和图像，用户又可以在网页中直接编辑了。

> 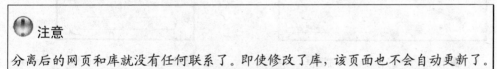 **注意**
>
> 分离后的网页和库就没有任何联系了。即使修改了库，该页面也不会自动更新了。

12.2 模板的使用

利用库可以将部分页面内容作为一个对象插入到新的页面中，这种方法主要用于不同栏目间共用相同内容的情况。如果是在相同的栏目中，页面大部分的内容都是相同的，只有一个区域是不同的，像这样的情况用库显然不太方便，此时就希望有一种方式能将这个页面的整体结构保存，只让其中的部分区域可以进行修改，这就是模板。

12.2.1 保存为模板

创建模板有两种方法：直接创建模板或者将普通网页另存为模板。

前一种方法主要用于从无到有的情况。实际上这种情况很少，一般都是先有了关键性页面（如首页），然后将它保存为模板。下面创建一个全站公用的模板。

实讲实训
多媒体演示

多媒体演示参见配套光盘中的\\视频\第 12 章\保存为模板.avi。

❶ 在 Dreamweaver 中打开站点根目录下的练习文件 index_exer.html，如图 12.28 所示。然后选择菜单命令"文件"|"另存为模板"，打开"另存模板"对话框，如图 12.29 所示。

图 12.28 打开的页面 index_exer.html

❷ 在对话框的"另存为"文本框中输入名称"index"，然后单击"保存"按钮将模板保存起来。此时将打开一个提示对话框，询问是否更新链接，如图 12.30 所示。

图 12.29 "另存模板"对话框 　　　　图 12.30 提示对话框

❸ 单击"是"按钮后，文档编辑窗口标题栏中的名称由原来的 index.html 变成了"《模板》index.dwt"，如图 12.31 所示。

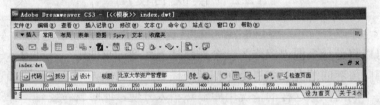

图 12.31 模板编辑窗口

12.2.2 设置可编辑区域

下面在模板中设置可编辑区域，也就是将来能进行修改的区域。

❶ 将光标放在页面中部左侧的单元格内，然后单击右键，在弹出的菜单中选择"模板"|"新建可编辑区域"命令，如图 12.32 所示。

❷ 此时将打开"新建可编辑区域"对话框，在对话框中输入区

实讲实训
多媒体演示

多媒体演示参见配套光盘中的\\视频\第 12 章\设置可编辑区域.avi。

域名称"left",如图 12.33 所示。

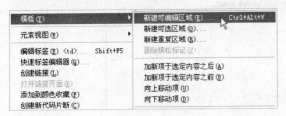
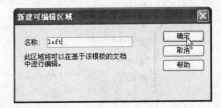

图 12.32 选择"新建可编辑区域"命令　　图 12.33 "新建可编辑区域"对话框

❸ 单击"确定"按钮后,模板文件中将产生一个名为 left 的可编辑区域标记,如图
12.34 所示。

❹ 用同样的方法在右侧的单元格内创建一个可编辑区域 right,如图 12.35 所示。

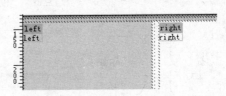

图 12.34 创建的可编辑区域 left　　　　图 12.35 创建的可编辑区域 right

将文件保存起来,Dreamweaver 将在站点根目录下自动生成一个名为 Templates 的文件
夹,里面存放着刚创建好的模板,文件名为 index.dwt。

 注意

模板一定要存放在 Templates 文件夹中,其他文件不要存放在 Templates 文件夹中。
Templates 文件夹必须位于站点文件夹根目录下。

12.2.3 从模板创建新文件

模板创建好后,用户就可以利用它来创建新的网页了。用模板
创建网页的方法有两种:一种是从模板创建新的网页;另一种是将
模板应用于已经存在的网页上。首先来看如何从模板创建新文件。

实讲实训
多媒体演示

多媒体演示参见配
套光盘中的\\视频\
第 12 章\从模板创
建新文件.avi。

❶ 选择菜单命令"文件"|"新建",在打开的对话框中切换
到"模板中的页"选项卡,然后选择刚建好的模板 index,如图 12.36
所示。

❷ 单击"创建"按钮后,将打开网页编辑窗口,此时会发现,
页面外观的基本结构已经有了,而且标题、CSS 样式也已经存在,如图 12.37 所示。

图 12.36　"模板中的页"选项卡

图 12.37　网页编辑窗口

下面要做的事情就是在左右两侧的单元格中放上需要的内容。

将文件保存在站点目录的 feedback 下，覆盖文件名为 index.html 的文件。

12.2.4　将模板应用于已存在的网页

除了新建以外，用户也可以将模板套用在已有一些内容的网页上。

❶ 打开站点目录 address 下要套用模板的网页 index_exer.html，其中的内容如图 12.38 所示。

实讲实训
多媒体演示

多媒体演示参见配
套光盘中的\\视频\第
12 章\将模板应用于
已存在的网页.avi。

资产管理部通讯手册				
编号	名称	电话号码	电子邮件	办公地址
1	北大党委校长办公室	62751201	lish@pku.edu.cn	北大办公楼
2	北京大学发展规划部	62757073	fzb@pku.edu.cn	北大红一楼
3	北京大学党委组织部		hefei@pku.edu.cn	
4	北京大学学生工作部	62754250		
5	北京大学教务部	62751430	jwcbgs@pku.edu.cn	
6	北京大学科学研究部	62751448	zkzl@pku.edu.cn	
7	北京大学研究生院		grsjfb@pku.edu.cn	北大红二楼
8	北京大学基建工程部	62751515		北大总务楼
9	北京大学财务部	62751107		
10	北大科技开发与产业管理办公室	62755455	jiangyx@pku.edu.cn	北大红三楼
11	北京大学国际合作部	62751246	oir@pku.edu.cn	北大南阁
12	北京大学继续教育部	62751451		
13	北京大学社会科学部	62751440		北大均斋

图 12.38　页面效果

❷ 选择菜单命令"修改"|"模板"|"应用模板到页"，此时将打开"选择模板"对

话框，如图 12.39 所示。

❸ 在其中选择要套用的模板 index，然后单击"选定"按钮。在"站点"下拉列表框中选择其他站点可以套用其他站点的模板。

❹ 单击"选定"按钮后，打开"不一致的区域名称"对话框，该对话框主要是将网页上的内容分配到可编辑区域中，如图 12.40 所示。

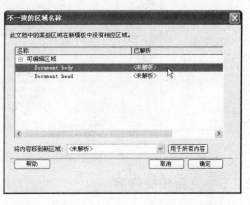

图 12.39　"选择模板"对话框　　　　　图 12.40　"不一致的区域名称"对话框

❺ 这里需要分配的有文档的主体和头部两部分。首先选中 Document body，然后在"将内容移到新区域"下拉列表框中选择可编辑区域 right，如图 12.41 所示。

❻ 用同样的方法选中 Document head，然后在下面的下拉列表框中选择 head，如图 12.42 所示。

图 12.41　选择 right　　　　　　　图 12.42　选择 head

❼ 单击"确定"按钮，网页就套用了已有的模板，如图 12.43 所示。

❽ 将文件另存为同一目录下的 index.html，覆盖原来的空白文件 index.html。

提示

如果此时用户觉得套用的模板不合适，可以选择菜单命令"编辑"|"撤销应用模板"，但这一步必须紧跟套用模板的操作。

图 12.43　套用模板的页面

12.2.5　更新模板内容

　　模板的应用不仅在创建网页时可以节省大量的时间，而且在修改网页时也能提高用户的效率。假如有 100 个同栏目的网页，如果不是使用模板，一旦要修改相同部分的内容，就必须打开每个文件去修改，工作量之大可想而知。

　　如果使用了模板，用户就不需要打开每个页面进行修改，而只要修改模板即可，此时 Dreamweaver 会自动更新所有应用了该模板的页面。比如要修改所有使用模板 index 的文件，只需修改模板 index。

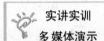

> **实讲实训**
> **多媒体演示**
> 多媒体演示参见配套光盘中的\\视频\第 12 章\更新模板内容.avi。

　❶　选择菜单命令"窗口"|"资源"，在打开的"资源"面板上单击"模板"按钮，切换到"模板"面板，如图 12.44 所示。

　❷　在其中双击模板名称 index，将会在文档编辑窗口打开该模板，如图 12.45 所示。此时可以在其中对模板进行修改。这里将光标放在左侧的单元格中，然后单击编辑窗口下方的标签名称<td>选中该单元格，如图 12.46 所示。

图 12.44　"模板"面板

图 12.45　文档编辑窗口

　❸　在"属性"面板中修改单元格的宽度为 185 像素，如图 12.47 所示。

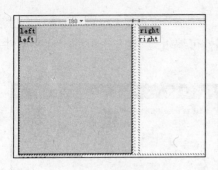

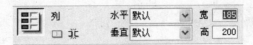

图 12.46　选中单元格　　　　　　　　图 12.47　修改单元格的宽度

④ 此时保存模板文件 index.dwt，将打开"更新模板文件"对话框，如图 12.48 所示。

⑤ 单击其中的"更新"按钮后，将会把列表框中所有文档都更新一遍，并打开"更新页面"对话框，在其中显示更新后的结果，如图 12.49 所示。

图 12.48　"更新模板文件"对话框　　　　图 12.49　"更新页面"对话框

 注意

如果此时有应用过模板的网页处于打开状态，还需要将打开的文件保存一下，这样改动才能保存到文件中。

12.2.6　使网页脱离模板

有时用户需要对模板中的不可编辑区域进行编辑，例如添加网页的样式、行为等，此时就必须让网页脱离原来的模板。

打开使用模板的网页，然后选择菜单命令"修改"|"模板"|"从模板中分离"，此时的网页就会变成普通页面。

12.2.7　定义可编辑标签

在通过模板生成的网页中，除了可编辑区域可以修改之外，还可以设定 HTML 标签属性为可编辑。比如想在页面中修改文档左侧单元格中的背景色，就要用到"定义可编辑标签"。

1. 定义为可编辑标签

❶ 打开模板 index.dwt，将光标放在左侧的单元格中，在编辑窗口底部的标签选择器上选择<td>标签，如图 12.50 所示，也就是选中

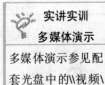

实讲实训
多媒体演示

多媒体演示参见配套光盘中的\\视频\第 12 章\定义可编辑标签.avi。

左侧的单元格。

❷ 选择菜单命令"修改"|"模板"|"令属性可编辑",打开"可编辑标签属性"对话框,如图 12.51 所示。

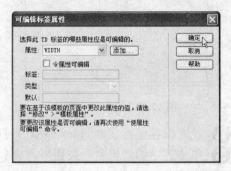

<body><table><tr><td><mmtemplate:editable>

图 12.50 选择"<td>"标签   图 12.51 "可编辑标签属性"对话框

在"属性"下拉列表框中列出了被选中的 HTML 标签的部分属性,如果想要修改的属性没有出现在下拉列表框中,可以单击"添加"按钮添加新的属性。由于这里选择的是 td,因此在属性中列出的就是 td 的属性,如 WIDTH、HEIGHT、BGCOLOR 等。这里选择 BGCOLOR,也就是背景颜色属性。

"标签"是用来给属性命名的,这里保持默认的 bgcolor。

 注意

命名必须使用英文,不能使用空格或特殊符号,这一点和网页的命名完全一样。

另外,还需要选择"类型",这里可编辑属性的类型有 5 种:文本、URL、颜色、真/假、数字,它们的含义和用途如表 12.1 所示。

表 12.1　可编辑属性的类型

类型	含义和用途
文本	如果需要用户在修改时输入文本,则选择该选项
URL	即链接地址,如果要修改网页中插入的图片、链接等,可以使用该选项
颜色	修改时要选择颜色,要设定网页、表格、行、列等颜色的时候,需要选择这该选项
真/假	布尔值,极少使用该选项
数字	设置网页边界宽度、高度,表格高度、宽度,单元格高度、宽度等需要输入数值的属性时,就选择该选项

这里修改的是颜色,因此选择类型为"颜色"。

"默认"文本框中是模板中的默认值。

❸ 选中"令属性可编辑"复选框,只有这样,应用过这个模板的网页才能修改该属性。

设定好各选项后的"可编辑标签属性"对话框如图 12.52 所示。

❹ 单击"确定"按钮关闭该对话框,此时会发现左侧的单元格变成了白色,表示模

板中该属性变成可以编辑了，如图 12.53 所示。

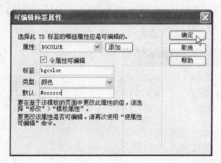

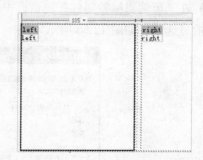

图 12.52　设定后的"可编辑标签属性"对话框　　图 12.53　左侧单元格变成了白色

❺ 保存模板，在打开的"更新模板文件"对话框中更新网站中所有使用该模板生成的网页。

2．修改单元格背景色

下面就可以在应用过这个模板的网页中修改单元格的背景颜色了。

❶ 在 Dreamweaver 中打开 address 目录下的 index.html，然后在网页编辑窗口中选择菜单命令"修改"|"模板属性"，打开"模板属性"对话框，如图 12.54 所示。

由于在模板中只定义了背景色为可编辑属性，因此在对话框中也只能看到一个可编辑属性 bgcolor。

❷ 选中该项后，在对话框底部单击拾色器按钮，在打开的拾色器中选择新的背景色，如图 12.55 所示。

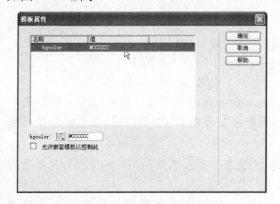

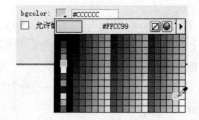

图 12.54　"模板属性"对话框　　　　　图 12.55　选择背景色

❸ 单击"确定"按钮关闭对话框后，单元格的背景色就变成刚设置的颜色。通过这种方法可以让某个对象的部分属性成为可编辑的。

3．删除可编辑标签属性

如果用户觉得没有必要让不同的页面背景色不一样，可以把它变为不可编辑的。

❶ 在编辑窗口中打开模板 index.dwt，再次选中状态栏上的<td>标签，然后选择菜单

命令"修改" | "模板" | "令属性可编辑",打开"可编辑标签属性"对话框。

❷ 在"可编辑标签属性"对话框中找到 BGCOLOR 属性,然后取消选中"令属性可编辑"的复选框,如图 12.56 所示。

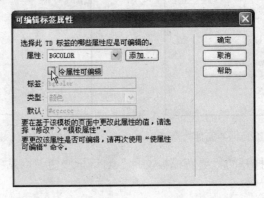

图 12.56 取消"令属性可编辑"的选中状态

❸ 单击"确定"按钮后,网页背景颜色将再次恢复默认的设置。

保存模板时,Dreamweaver 将更新网站中所有应用过该模板的网页。

🍡提示

在大型专业的站点制作过程中,库和模板是提高效率的有效途径,经常会用到。Dreamweaver 经过几个版本的发展,这两种方法也越来越成熟,读者最好反复练习几次,真正做到熟练掌握。

12.3 练 习 题

1. 在 Dreamweaver 中打开站点 Mysamplesite\best 目录下的文件 best1.htm,然后将其中第 2 个表格中的具体内容删除掉,将其另存为模板 best.dwt,最后在表格中创建两个可编辑区域 left 和 right。

2. 使用模板新建文件,然后在两个可编辑区域中分别插入新的图片和文字,并另存为 best2.htm。

3. 使用同样的方法创建网页文件 best3.htm。这些文件的最终效果参见光盘目录 Mysamplesite\best 下的文件 best1.htm、best2.htm、best3.htm。

Dreamweaver CS3

第 13 章

制作其他页面

本章导读　　前面已经完成了网站首页的制作，下面开始制作其他栏目中的网页。在制作的过程中会涉及一些比较常用的技巧，如字幕、模板和库的使用等。

内容要点
1. 制作留言板
2. 制作新闻首页
3. 其他栏目首页

13.1　制作留言板

留言板页面结构比较简单，除了右下角区域外，其他部分和网站首页完全相同，如图13.1 所示。

实讲实训
多媒体演示

多媒体演示参见配套光盘中的\\视频第 13 章\制作留言板.avi。

图 13.1　留言板

1．创建模板

事实上，其他各栏目的首页结构完全相同，因此可以考虑制作一个只有右下角区域可以编辑的模板。

❶ 打开网站首页 index.html，然后将第 2 个大表格右侧单元格中的所有内容全部选中并删除。注意千万不要保存文件，然后选择菜单命令"文件"|"另存为模板"，此时将打开"另存模板"对话框，如图 13.2 所示。

图 13.2 "另存模板"对话框

❷ 单击"保存"按钮后，在打开的提示框中单击"是"按钮关闭对话框，如图 13.3 所示，此时将进入模板编辑状态。

❸ 使用快捷键 Ctrl+Alt+V 打开"新建可编辑区域"对话框，在其中输入名称"right"，如图 13.4 所示。

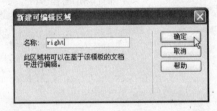

图 13.3 提示框 　　　　　 图 13.4 "新建可编辑区域"对话框

❹ 单击"确定"按钮关闭对话框，然后按快捷键 Ctrl+S 保存模板文件。

2．重新应用模板

打开站点目录 feedback 下的文件 index.html，该文件是使用模板 index.dwt 创建出来的。现在想给它重新应用新的模板 new.dwt。

❶ 选择菜单命令"修改"|"模板"|"应用模板到页"，将打开"选择模板"对话框，如图 13.5 所示。

图 13.5 "选择模板"对话框

❷ 在其中选择新建的模板 new，然后单击"选定"按钮，此时将打开"不一致的区域名称"对话框，其中显示的是新模板中没有与之对应的区域，如图 13.6 所示。

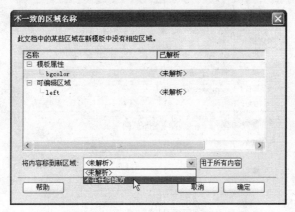

图 13.6 "不一致的区域名称"对话框

❸ 选中其中的模板属性 bgcolor，然后在"将内容移到新区域"下拉列表框中选择"不在任何地方"选项。再选中可编辑区域 left，将"将内容移到新区域"下拉列表框也设为"不在任何地方"。

❹ 单击"确定"按钮关闭对话框，此时的文档就会应用新的模板 new，如图 13.7 所示。

图 13.7 应用新模板后的文档

3. 复制表单

❶ 在 Dreamweaver 中打开站点目录下的文件 Exercise\form 下的文件 01.html，其中

是已经制作好的留言板，如图 13.8 所示。

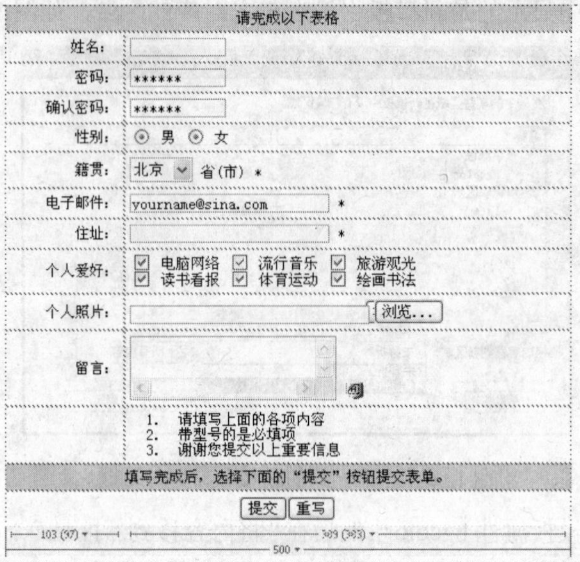

图 13.8　打开文件的内容

❷ 将光标放在表格的单元格中，然后在编辑窗口下方的标签选择器中单击标签 <form>，再将选中的内容复制并粘贴到文档 feedback.html 中，如图 13.9 所示。

图 13.9　粘贴后的文档

❸ 将文档保存起来。如果觉得有必要，可以用 CSS 样式对它的外观进行调整。

13.2　制作新闻首页

使用模板 new.dwt 创建新文档，然后将其保存在站点目录 news 下，覆盖原来的文件 index.html。

实讲实训
多媒体演示

多媒体演示参见配套光盘中的\\视频\第 13 章\制作新闻首页.avi。

13.2.1　添加字幕

下面在该文档右侧的可编辑区域中添加字幕，让新闻标题滚动起来，这样会更加醒目。

字幕也叫跑马灯，它里面的文字可以产生滚动效果，可以用 HTML 的<marquee>标记来实现。由于<marquee>标记在 Dreamweaver 中没有可视化插入的工具，因此只能直接在页面中输入代码。

❶ 在可编辑区域中插入一个 1 行 2 列的表格，将左侧的单元格设为 40 像素，在其中插入站点目录 images\Icons 下的图像文件 notice.gif，然后在右侧的单元格中输入文字"北京大学资产管理部网站正式开通，欢迎您的来访>>>"，如图 13.10 所示。

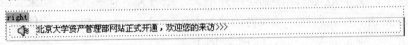

图 13.10　插入的表格

❷ 将窗口切换到代码视图中，其中和表格相关的代码如图 13.11 所示。

```
<table width="100%" border="0" cellspacing="0" cellpadding="0">
  <tr>
    <td width="40" align="center"><img src="../images/Icons/notice.gif" width="20" height="17"></td>
    <td>北京大学资产管理部网站正式开通，欢迎您的来访>>></td>
  </tr>
</table>
```

图 13.11　和表格相关的代码

❸ 在文字前输入代码"<marquee width="500">"，在文字结尾处输入"</marquee>"，此时的源代码如下：

```
<marquee width="500">北京大学资产管理部网站正式开通，欢迎您的来访>>> </marquee>
```

默认情况下，字幕向左滚动无限次，字幕高度由其中文本的高度来决定，如图 13.12 所示。

北京大学资产管理部网站正式开通，欢迎您的来访>>>

图 13.12　滚动效果

现在有几个问题：一是字幕太宽，二是不够流畅，三是滚动得太快。

1．设定字幕宽度

对于第一个问题，用户可以修改<marquee>标记中的 width 属性，将其值改为小一点的数值，这里改为 400。

2．设定停顿时间

文字滚动时实际上是在一跳一跳地移动，跳的时候有停顿，这个停顿的时间间隔默认是 0.5 秒。修改时间间隔的方法是在<marquee>后添加一个 scrolldelay 属性，设置它的属性值为 10。因为这里的单位是毫秒，因此停顿时间就变成了 0.01 秒，这样滚动就流畅多了，此时的代码如下：

```
<marquee width= 400 scrolldelay=10>北京大学资产管理部网站正式开通，欢迎您的来
访>>> </marquee>
```

3．设定滚动速度

如果要修改滚动速度，可以添加 scrollamount 属性，设置属性值为 2，表示每秒钟它将从一端滚动到另一端两次，此时的代码如下：

```
<marquee width= 400 scrolldelay=10 scrollamount=2>北京大学资产管理部网站正式
开通，欢迎您的来访>>> </marquee>
```

4．设定文字方向

默认情况下，文字是从右端滚到左端并消失，然后又从右端出来。如果想改变其滚动方向，可以添加 direction 属性，该属性的值为 left、right、up、down 中的任意一个，表示字幕的滚动方向分别是向左、向右、向上、向下。

5．设定滚动方式

如果用户希望修改它的滚动方式，可以添加 behavior 属性，该属性的值为 scroll、slide、alternate 中的任意一个，其中 scroll 表示由一端滚动到另一端；slide 表示由一端滑到另一端，但不再重复；alternate 表示在两端之间来回滚动。

<marquee>标签的常见属性和属性值的含义如表 13.1 所示。

表 13.1　<marquee>的常见属性和属性值的含义

常见属性	属性值	用途
direction	left/right/up/down	字幕的滚动方向是向左、向右、向上、向下
bgcolor	#RRGGBB	设定字幕的背景颜色，一般是十六进制数
align	left/center/right/top/middle/bottom	字幕的位置
behavior	scroll/slide/alternate	scroll 表示由一端滚动到另一端；slide 表示由一端滑到另一端，但不再重复；alternate 表示在两端之间来回滚动
width 和 height	像素值	设定字幕的宽度和高度
hspace 和 vspace	像素值	分别用于设定字幕的左右边框和上下边框的宽度
scrollamount	每分钟的滚动次数	用于设定字幕的滚动速度
scrolldelay	时间间隔	用于设定滚动两次之间的延迟时间
loop	循环次数	用于设定滚动的次数，当 loop=-1 时表示一直滚动下去，直到页面更新

6．添加鼠标事件

如果用户希望在光标移到字幕上时文字停止滚动，而当光标移走时文字又重新开始滚动，此时可在<marquee>后添加触发鼠标事件的语句，最终的代码如下：

```
<marquee width=400 scrolldelay=10 scrollamount=2 direction=right
behavior=alternate onmouseover=stop() onmouseout=start()>北京大学资产管理部
网站正式开通，欢迎您的来访>>> </marquee>
```

13.2.2　滚动新闻栏

字幕中不仅可以插入文字，而且还可以插入表格、图像、Flash 动画等各种对象。下面使用字幕创建一个新闻栏。

❶ 打开新闻首页，然后在字幕下插入一个 10 行 1 列、宽度为 70%、水平居中的表格，如图 13.13 所示。

❷ 在其中插入一些图片和文字，如图 13.14 所示。

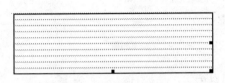

图 13.13　插入的表格

图 13.14　插入内容后的表格

当然也可以在这些文本或图像上添加链接。

❸ 将表格内的内容全部放在<marquee>…</marquee>标记中。打开代码编辑窗口，在表格之前加入代码<marquee>标记，并在表格之后加上</marquee>，最终的代码如下：

```
<marquee onmouseover=stop() onmouseout=start() scrollAmount=1
    scrollDelay=50 direction=up width=100% height=300>
<table width="70%" border="0" align="center" cellpadding="2"
    cellspacing="0">
...
</table>
</marquee>
```

这里的<marquee>中将 direction 属性的值设为 up，也就是让其中的内容向上滚动。

❹ 保存文件后，将其在浏览器中打开，此时表格中的内容在不停地向上滚动，如图 13.15 所示。

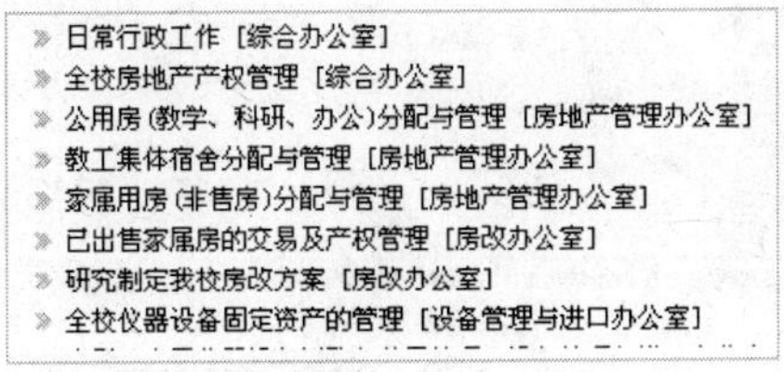

图 13.15　滚动的表格

13.3 其他栏目首页

13.3.1 通讯手册首页

打开站点目录 address 下的网页 index.html，该文件前面应用过模板 index.dwt，其中的内容如图 13.16 所示。

💡 **实讲实训**
多媒体演示

多媒体演示参见配套光盘中的\\视频\第 13 章\其他栏目首页.avi。

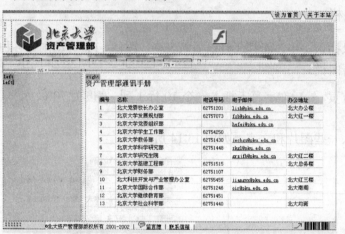

图 13.16 网页内容

使用和 13.1 节中相同的方法将新的模板 new 应用到文档中，此时的文档如图 13.17 所示。

图 13.17 应用新模板后的效果

13.3.2 本部简介首页

打开站点目录 about 下的网页 index_exer.html，将新的模板 new.dwt 应用到文档中，此时的文档如图 13.18 所示。

图 13.18　应用模板后的本部简介首页

其他各栏目的页面制作方法和上面类似，这里不再一一赘述。

13.4　练 习 题

1．在 Dreamweaver 中打开站点 Mysamplesite 目录 fashion 下的文件 fashion1.htm，然后在其中插入表格，并在表格的单元格中插入图像和文本，最后保存文件。

2．使用同样的方法创建其他网页文件 fashion1.htm、fashion2.htm、fashion3.htm、fashion4.htm、fashion5.htm。最终效果参见光盘目录 Mysamplesite\fashion 下的网页文件。

Dreamweaver CS3

第 14 章

使 用 框 架

本章导读　　　框架用来拆分浏览器窗口，在不同的区域显示不同的网页。框架的使用让网页的组织变得更加有序。本章将通过一个具体的实例介绍如何创建、修改和保存框架网页。

内容要点　　　1. 关于框架
　　　　　　　　　2. 创建框架的步骤
　　　　　　　　　3. 创建框架

14.1　关 于 框 架

框架可以更好地组织结构比较复杂的网站页面。一般可以将导航页面放置在某个框架之中，单击其中的某个链接，链接的网页将出现在另外的框架中，而导航页面本身不发生变化。打开站点目录 Exercise\Frame 下的文件 index.html，在左侧的导航条中单击"基本情况"链接，此时将会在右侧出现管理用户信息的界面，如图 14.1 所示。

14.2　创建框架的步骤

框架网页的创建步骤和普通网页有所区别，具体的创建顺序如下：

（1）创建框架结构。创建一个新网页，该网页将作为控制框架结构的页面，然后在 Dreamweaver 中对该网页进行拆分，从而获得自己需要的框架结构。

（2）设置框架。给每个框架指定或新建一个显示具体内容的页面。

**实讲实训
多媒体演示**

多媒体演示参见配套光盘中的\\视频\第 14 章\创建框架的步骤和创建框架结构.avi。

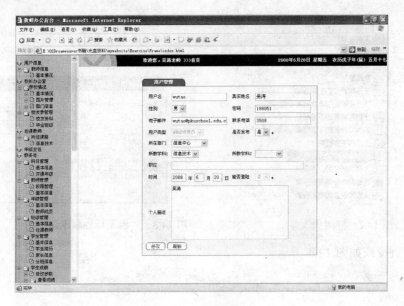

图 14.1　框架效果

（3）创建链接。给每个框架命名，通过"属性"面板给文本或图像指定链接。

（4）保存框架网页。后将所有的网页文件保存起来。

14.3　创　建　框　架

14.3.1　创建框架结构

首先在 Dreamweaver 窗口中新建一个文件，然后在该文件中创建框架页面。

在 Dreamweaver 下创建框架结构有两种方法。

（1）使用预设方式创建框架结构

这种方法可以使用 Dreamweaver 预设的框架结构形式，这些结构已经事先指定了框架的结构形式和长宽比例。

（2）自定义框架结构

用户可以通过拖曳网页边框的方法创建框架。

1．使用预设方式创建框架结构

切换到"布局"插入工具栏，在其中单击"框架"按钮旁的下拉按钮，此时将展开一个框架列表菜单，如图 14.2 所示。

这里选择"左侧和嵌套的顶部框架"命令，打开"框架标签辅助功能属性"对话框，在其中为每个框架设定一个标题，如图 14.3 所示。

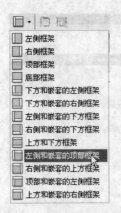

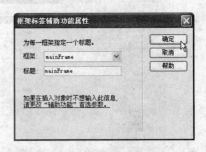

图 14.2　框架列表菜单　　　　　图 14.3　"框架标签辅助功能属性"对话框

此时网页变成如图 14.4 所示。

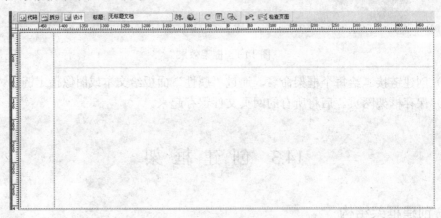

图 14.4　修改后的网页

如果要调整框架的宽度或高度，可以直接用鼠标拖动框架的边框。

2．自定义框架结构

自定义创建框架具有更大的自由度，可以任意控制拆分的方式，控制框架的高度与宽度。要创建框架，首先要在编辑窗口中将框架的边框显示出来。

❶　选择菜单命令"查看"|"可视化助理"|"框架边框"，框架页的边框就会显示出来。

> ✿ **提示**
>
> 框架边框只是在编辑窗口中显示。在浏览器中，框架网页是否有边框，以及边框的宽度、颜色等都可以通过框架的设置来控制。

❷　将鼠标放置于网页编辑窗口边缘，当出现双向箭头时将框架边框拖曳到适当的位置，框架结构就创建出来了，如图 14.5 所示。

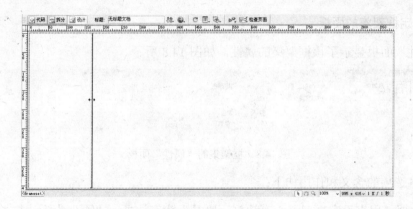

图 14.5 拖曳框架边框

❸ 将光标放在右侧框架网页中，然后在"布局"插入工具栏上展开"框架"下拉菜单，在其中选择"顶部框架"命令。此时将在右侧的框架中插入一个嵌套的子框架，如图 14.6 所示。

图 14.6 插入子框架后的效果

3．删除框架

如果要删除框架，可以将光标放置于要删除的框架的边框之上，然后拖曳框架边框到父框架边框或网页编辑窗口边缘，即可删除框架结构。

14.3.2 设置框架集的属性

通过上面介绍的两种方法都可以获得如图 14.1 所示的框架。下面分别给这些框架指定不同的网页文件。

1．打开"框架"面板

选择菜单命令"窗口"｜"框架"，打开"框架"面板。单击其中框架最外侧的边框，会选中最高一层的框架集，如图 14.7 所示。

图 14.7 选中框架集

实讲实训
多媒体演示

多媒体演示参见配套光盘中的\\视频\第 14 章\设置框架集的属性.avi。

2. 设定框架集的面板

"属性"面板显示了该框架集的属性，如图 14.8 所示。

图 14.8 框架集的"属性"面板

其中各选项的含义和作用如下：

- 边框　用来设定框架是否有边框。"是"为有边框；"否"为无边框；"默认"是根据浏览器的默认设置决定是否有边框，对于大多数浏览器而言，这一项都默认有边框。
- 边框宽度　用来设定框架结构中边框的宽度，单位是像素。
- 边框颜色　用来设定边框的颜色，可以单击颜色框，在打开的拾色器中进行选择。

这里在"属性"面板中修改"边框"为"否"，将"边框宽度"设为 0，如图 14.9 所示。

图 14.9 设定框架集属性

如果要设置框架结构的拆分比例，也可以在"属性"面板中进行。在"属性"面板右侧的示意图中选择要进行设置的框架，选择后会在"值"和"单位"两项下出现该框架对应的值，如图 14.10 所示。

图 14.10 选择要修改的框架

"值"项对于"行"来说就是高度，对于"列"来说就是宽度。"值"的取值与"单位"有关。共有 3 种单位可供选择，其设置方法如下：

（1）像素

给框架的高或宽设置绝对值，如果不希望在用户屏幕分辨率变化时或浏览器窗口缩放时框架大小发生改变，就可以使用像素作为单位。但是网页中的各个框架不可能全部设为像素值，有一个框架设置为像素值，通常就会有其他框架的宽或高设为"相对"。

（2）百分比

百分比是指框架占它所在的框架结构总高或总宽的百分比。

（3）相对

在其他框架中设置了以像素或百分比为单位的高度或宽度之后，剩余的高度或宽度都会分配给单位设置为"相对"的框架。使用"相对"作为单位时，通常将"值"设为1。

这里在示意图中单击左侧的矩形块，然后在"单位"下拉列表框中选择"像素"选项，将值设为170，如图14.11所示。再选择右侧的矩形块，然后将"单位"改为"相对"，"值"设为1，如图14.12所示。

图 14.11　设置左侧框架的宽度　　　　图 14.12　设置右侧框架的宽度

3．设定第 2 级框架集

❶ 在"框架"面板中单击垂直方向的边框，将选中第2级框架集，如图14.13所示。

❷ 在"属性"面板上设定"边框"为"否"，"边框宽度"为"0"。然后设置两行的高度，将顶部的高度设为 30 像素，如图14.14所示。

图 14.13　选中第 2 级框架集

❸ 将底部框架的"单位"设为"相对"，"值"设为1，如图14.15所示。因为顶部框架使用了绝对值，底部就只能使用相对值了。

图 14.14　设定顶部框架的高度　　　　图 14.15　设置底部框架的高度

14.3.3　设置框架的属性

在"框架"面板中单击左侧框架，选中该框架，如图14.16所示。

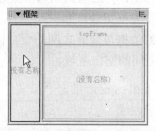

图 14.16　选中左侧框架

实讲实训
多媒体演示

多媒体演示参见配套光盘中的\\视频\第 14 章\设置框架的属性.avi。

此时"属性"面板中会显示该框架的属性，如图14.17所示。

其中各选项的含义和作用如下：

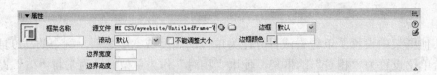

图 14.17 "属性"面板

- **框架名称** 用来给当前选中的框架命名。可以根据框架在整个框架网页中的位置命名，比如在上面的叫做 topframe，在左面的叫做 leftframe 等。框架名称必须是英文字母或数字，允许使用下划线"_"，但不允许使用特殊字符和空格。而且框架名称必须以字母起始，而不能以数字起始。另外，框架名称区分大小写。
- **源文件** 用来给选中的框架指定其中要显示网页的路径。
- **滚动** 用来设定当框架中的内容超出框架范围时是否出现滚动条，该项包括几个选项。

  - ➤ **是** 表示在任何情况下都显示滚动条区域。
  - ➤ **否** 表示始终都不显示滚动条。
  - ➤ **自动** 表示只在内容超出框架范围的情况下才显示滚动条。
  - ➤ **默认** 该项是浏览器的默认值，在大部分浏览器中等同于"自动"选项。

- **不能调整大小** 默认情况下，浏览者使用浏览器观看框架网页时可以拖动框架网页的拆分边框调整框架的大小。如果选中了此复选框，浏览者就不能再拖动框架的边框。
- **边框** 设置框架是否有边框。可选择的选项有"是"、"否"、"默认"。框架边框的设置会优先于框架集属性中边框的设置。大多数情况下不应该让框架网页出现边框。取消边框的方法有两种。

  - ➤ 将当前框架和所有与之相邻的框架的"边框"属性都设为"否"。
  - ➤ 将当前框架边框属性设为"默认"，而当前框架所在的框架集的"边框"属性设为"否"。

- **边框颜色** 设置框架边框的颜色。对框架边框颜色的设置要优先于对框架集边框颜色的设置。框架颜色的设置会影响到相邻框架边框的颜色。
- **边界宽度和边界高度** 设置框架边框和框架内容之间的空白区域。"边界宽度"设置的是框架左侧和右侧边框与内容之间的空白区域；"边界高度"设置的是上面和下面的边框与内容之间的空白区域。

这里将左侧的框架重命名为 leftFrame，指定"源文件"为站点目录 Exercise\Frame 下的 navigator.html，如图 14.18 所示。

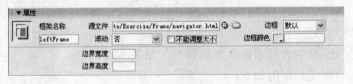

图 14.18 左侧框架的属性

用同样的方法指定顶部框架的名称为 topFrame，指定"源文件"为站点目录 Exercise\
Frame 下的 FrameTop.html，如图 14.19 所示。

图 14.19 顶部框架的属性

再指定右侧下部框架的名称为 rightFrame，指定"源文件"为站点目录 Exercise\Frame
下的 desktop.html，如图 14.20 所示。

图 14.20 右侧下部框架的属性

14.3.4 设置无框架内容

有些浏览器可能并不支持框架，对于这样的浏览器，应该给一些
提示性信息，让这部分浏览者也能够了解框架网页的大致内容。通过
设置无框架内容可以解决这个问题。

实讲实训
多媒体演示

多媒体演示参见配
套光盘中的\\视频\
第 14 章\设置无框
架内容.avi。

❶ 在框架网页的编辑窗口下，选择菜单命令"修改"|"框架
集"|"编辑无框架内容"，此时网页框架消失，同时出现完整的编辑
窗口，窗口上方标注"无框架内容"，如图 14.21 所示。

图 14.21 无框架内容编辑窗口

❷ 此时就可以和编辑普通网页一样，在其中添加或编辑无框架时显示的内容。一般
给出一些提示信息，让浏览者知道自己的浏览器不支持框架就可以了，如图 14.22 所示。

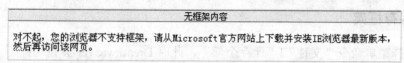

图 14.22 加入的提示信息

❸ 完成无框架内容编辑后，再次选择菜单命令"修改"|"框架集"|"编辑无框架内
容"，就可以退出编辑无框架内容状态了。

此时网页的框架结构就基本完成了，如图 14.23 所示。

图 14.23　完成网页框架结构后的效果

14.3.5　框架内的链接

此时每个框架页都是一个单独的网页，在对框架页进行编辑时，只要将光标放在框架中的页面内，就可以和编辑普通页面一样对框架页进行编辑了。

这里在左侧的页面中给文本"基本情况"添加链接，当单击该链接后，将在右侧的框架中显示站点目录 Exercise\Frame 下的文件 update.html。

选中文字"基本情况"，在"属性"面板上的"链接"文本框中指定要链接的网页 update.html，然后打开"目标"下拉列表框，如图 14.24 所示。其中各选项的含义如下：

图 14.24　设置链接

- _blank　在新的窗口中打开链接的网页。
- _parent　在当前框架的父框架结构中打开链接的网页。
- _self　在框架自己内部打开链接的网页。
- _top　在浏览器窗口中打开链接的网页，并取消所有的框架结构。
- rightFrame　在 rightFrame 框架中打开链接的网页。
- topFrame　在 topFrame 框架中打开链接的网页。
- leftFrame　在 leftFrame 框架中打开链接的网页。

这里选择 rightFrame 选项。

14.3.6　保存框架

最后选择菜单命令"文件"│"保存全部"，此时 Dreamweaver 会自动打开"另存为"对话框,在其中指定文件名为 index.html,将其保存在站点目录 Exercise\Frame 中,如图 14.25 所示。

图 14.25 "另存为"对话框

这时框架中各个网页都会自动保存下来。

> **提示**
>
> 框架是比较常用的网页技术，特别是在软件系统的后台中使用。设置框架属性的时候，要从框架集开始，然后是框架。初学者需要特别注意，在设置框架或框架集前，必须先选中该框架或框架集。

14.4 练 习 题

结合本章的实例，重点练习以下内容：

1. 创建、修改、删除框架。
2. 修改框架集和框架的属性。
3. 在框架内的网页中创建链接，让链接页面在指定的框架中显示。

Dreamweaver CS3

第 15 章

使用行为

本章导读　　很多网站在页面上添加了用 JavaScript 来实现的动态特效，这些效果在 Dreamweaver 中通过行为也可以实现。行为给用户提供了友好的操作界面，制作者无须书写任何代码就可以实现很复杂的动态特效。

内容要点

1. 关于行为
2. 弹出信息框
3. 打开浏览器窗口
4. 设置状态栏文本
5. 插入 JavaScript 脚本
6. 插入 Spry 构件
7. 使用扩展管理器

15.1　关于行为

行为由 3 个部分组成，它们分别是对象、事件和动作。

对象是行为的主体，网页中的元素（如图像、文字等）都可以成为对象。

事件是触发动态效果的条件，如鼠标放置在图像之上或网页下载完毕时。不同浏览器能支持的事件是不一样的，高版本的浏览器能支持的事件更多。表 15.1 中列举的是 Dreamweaver 中经常使用的一些事件。

表 15.1　Dreamweaver 中经常使用的事件

事件名称	事件的含义
onBlur	当浏览者不再对对象进行互动操作时，例如浏览者在文字域内部单击鼠标后，在文字域外部单击鼠标

（续表）

事件名称	事件的含义
onChange	当浏览者改变页面元素的取值时，例如浏览者在表单的菜单中取值，或者改变了文字域中的填写项目
onClick	当浏览者单击页面元素时，页面元素可以是链接文字、图像、图像地图等
onDblClick	当浏览者双击页面元素时
onError	当网页下载过程中出现错误时
onFocus	当浏览者对网页的对象进行操作时，例如在表单的文本域中单击
onKeyDown	当浏览者按键盘上的任意键时
onKeyPress	当浏览者按键盘上的键又松开后
onKeyUp	当浏览者松开按下的键盘后
onLoad	当网页或者图像下载完成后
onMouseDown	当浏览者按下鼠标时
onMouseMove	当浏览者的鼠标在特定对象（如图像）上方移动时
onMouseOut	当浏览者的鼠标移出特定对象时
onMouseOver	当浏览者的鼠标移到对象上方时
onMouseUp	当按下的鼠标被松开时
onReset	当单击表单中的 Reset 按钮，恢复表单到初始状态时
onScroll	当浏览者拖曳网页的滚动条时
onSubmit	当浏览者提交表单时
onUnload	当浏览者离开当前网页时
onSelect	当浏览者选中表单文本域中的文字时

动作是最终产生的动态效果，也就是让浏览器完成什么功能。

在创建行为时，首先应选中对象，然后在该对象上添加动作，最后修改触发动作的事件。

15.2   弹出信息框

Dreamweaver 自带的行为很多，这些行为的创建和修改都可以在"行为"面板上进行。选择菜单命令"窗口"|"行为"，打开"行为"面板，如图 15.1 所示。

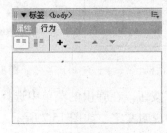

实讲实训
多媒体演示

多媒体演示参见配套光盘中的\\视频\第 15 章\弹出信息框.avi。

图 15.1   "行为"面板

15.2.1 查看效果

打开站点目录 Exercise\behavior 下的文件 01.HTML，在打开网页的同时还会打开如图 15.2 所示的对话框。

单击"确定"按钮，然后在 IE 浏览器中单击窗口右上角的"关闭"按钮将窗口关闭，此时又会弹出一个新的对话框，如图 15.3 所示。

图 15.2　打开的对话框

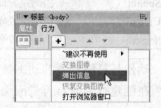

图 15.3　打开的新对话框

15.2.2 创建行为

❶ 新建文件，然后在"行为"面板上单击"添加行为"按钮，在弹出的菜单中选择"弹出信息"命令，如图 15.4 所示。

❷ 此时将出现"弹出信息"对话框，在其中输入打开网页时出现的对话框中的文字，如图 15.5 所示。

图 15.4　选择"弹出信息"命令

❸ 单击"确定"按钮关闭对话框，此时将会在"行为"面板上出现新建的行为，如图 15.6 所示。其中"行为"面板左侧的 onLoad 是一个触发事件，而右侧的"弹出信息"代表在触发事件出现时将会产生的动作。整个行为的作用是在网页载入时触发弹出信息这个动作。

图 15.5　"弹出信息"对话框

图 15.6　"行为"面板

❹ 再次单击"添加行为"按钮，在弹出的菜单中选择"弹出信息"命令，在出现的"弹出信息"对话框中输入新的说明文字，如图 15.7 所示。

❺ 单击"确定"按钮关闭该对话框，此时将在"行为"面板上出现一个新行为，如图 15.8 所示。

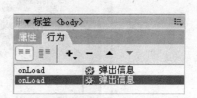

图 15.7　输入新的说明文字　　　　图 15.8　出现新行为

15.2.3　修改事件

在新增的行为左侧的触发事件 onLoad 上单击，展开该行为支持的所有事件的列表，在其中选择 onUnload 选项，如图 15.9 所示。

保存网页文件后将其在浏览器中打开，就会出现前面演示中的对话框。

15.2.4　查看源代码

图 15.9　展开的事件列表

在浏览器中打开刚才保存的文件，然后在浏览器窗口中选择菜单命令"查看"|"源文件"，可以在网页源代码的<head>和</head>之间找到一段 JavaScript 代码，如图 15.10 所示。

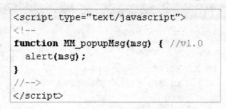

```
<script type="text/javascript">
<!--
function MM_popupMsg(msg) { //v1.0
  alert(msg);
}
//-->
</script>
```

图 15.10　源代码中的 JavaScript 代码

此时<body>中的代码如下：

<body onLoad="MM_popupMsg('HELLO! 在 页 面 下 载 时 我 就 会 弹 出 来 。 ')" onUnload="MM_popupMsg('我在退出这个页面时弹出来! ')">

也就是说，Dreamweaver 中的行为实际上是用 JavaScript 实现的一个功能。

15.3　打开浏览器窗口

15.3.1　查看效果

首先打开站点目录 Exercise\behavior 下的文件 02.html，在打开该网页的同时会打开另外一个网页窗口，如图 15.11 所示。

实讲实训
多媒体演示

多媒体演示参见配套光盘中的\\视频\第15章\打开浏览器窗口.avi。

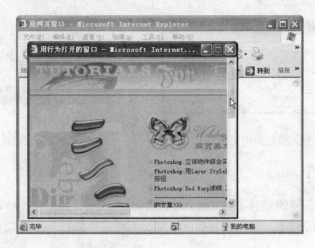

图 15.11　浏览效果

在很多大型网站中，这种效果用来在打开网页的同时显示广告窗口。

15.3.2　创建行为

❶　新建文件，然后在"行为"面板上单击"添加行为"按钮，在弹出的菜单中选择"打开浏览器窗口"命令，此时将弹出"打开浏览器窗口"对话框，如图 15.12 所示。

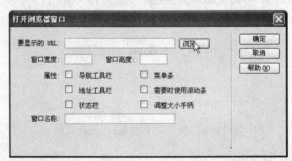

图 15.12　"打开浏览器窗口"对话框

其中各选项的含义和作用如下：

- 要显示的 URL　用来输入浏览窗口中要打开链接文件的路径，也可以单击"浏览"按钮找到要在浏览器窗口中打开的文件。
- 窗口宽度　用来设定窗口的宽度。
- 窗口高度　用来设定窗口的高度。
- 属性　用来设定打开浏览器窗口的一些参数。选中"导航工具栏"复选框表示包含导航条；选中"菜单条"复选框表示包含菜单栏；选中"地址工具栏"复选框表示在打开浏览器窗口中显示地址栏；选中"需要时使用滚动条"复选框表示如果窗口中内容超出窗口大小，则显示滚动条；选中"状态栏"复选框表示显示状态栏；选中"调整大小手柄"复选框表示浏览者可以调整窗口大小。打开浏览器窗口行为本意就是简化浏览器窗口，所以这些设置少选为好。
- 窗口名称　用来给当前窗口命名。

❷ 单击"浏览"按钮，在打开的"选择文件"对话框中找到要同时打开的网页文件，这里选择站点目录 Exercise\behavior 下的文件 image.html。然后在"打开浏览器窗口"对话框中设定窗口宽度为 400 像素，窗口高度为 300 像素，如图 15.13 所示。

❸ 单击"确定"按钮关闭该对话框，此时将在"行为"面板上出现如图 15.14 所示的行为。

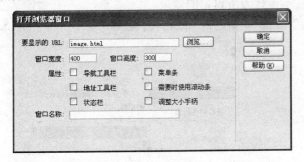

图 15.13　设置窗口宽度和高度

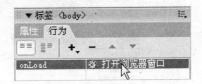

图 15.14　"行为"面板

15.3.3　修改动作

将网页保存起来并在浏览器中打开，此时将会出现两个浏览器窗口，如图 15.15 所示。此时用行为打开的网页窗口中没有滚动条，导致页面的其他部分看不到，因此需要修改一下行为中的动作。

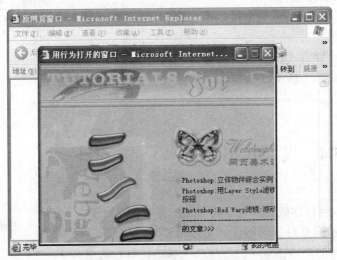

图 15.15　出现的两个浏览器窗口

❶ 在"行为"面板中双击动作名称"打开浏览器窗口"，将会再次打开"打开浏览器窗口"对话框，选中"需要时使用滚动条"复选框。

❷ 保存网页并在浏览器中打开，此时用行为打开的窗口中就出现了滚动条（见图 15.11）。

15.3.4　修改事件

当然，用户也可以修改触发该动作的事件。默认情况下，"行为"面板上事件列表中只有很少的事件，如图 15.16 所示。

如果希望能够使用的事件更多一些，就需要重新指定目标浏览器的版本信息。也就是说，要指定只有哪些浏览器才能正常显示该行为所设定的效果。

单击"行为"面板上的"添加行为"按钮 ➕▾，在弹出的菜单中选择"显示事件"| IE 5.0 命令，如图 15.17 所示。

图 15.16　事件列表

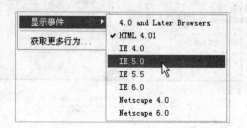

图 15.17　选择 IE 5.0 命令

此时再次展开事件列表，由于目标浏览器改为了 IE 5.0 以上的版本，因此其中的事件增加了许多。选择列表中的 onClick 选项，如图 15.18 所示。

这样修改后，IE 5.0 以前版本的浏览器将有可能不能正常运行该行为。

最后保存文件并再次打开网页，会发现只出现了一个浏览器窗口。用鼠标单击该浏览器窗口中的任何位置，就会弹出新的浏览器窗口。

图 15.18　选择 onClick 选项

15.4　设置状态栏文本

通常情况下，当鼠标放在网页中的对象上方时，浏览器状态栏不显示文本或只显示网页对象的链接。用户可以设定状态栏文本的功能，它和上面行为的功能相似，只不过改变状态栏显示的是文字。

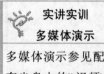

实讲实训
多媒体演示

多媒体演示参见配套光盘中的\\视频\第 15 章\设置状态栏文本.avi。

❶　新建文件，然后将光标放在编辑窗口中，接着在"行为"面板上单击"添加行为"按钮，在展开的菜单中选择"设置文本"|"设置状态栏文本"命令。在打开的"设置状态栏文本"对话框中输入要在状态栏显示的文字，如图 15.19 所示。

❷　单击"确定"按钮关闭对话框，此时将在"行为"面板上出现一个新的行为，修改其触发事件为 onLoad，如图 15.20 所示。

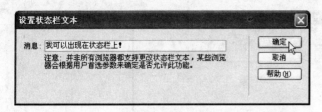

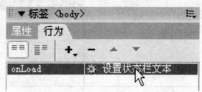

图 15.19 "设置状态栏文本"对话框　　　　图 15.20 "行为"面板

❸ 保存文件并在浏览器中打开该文件，此时将在浏览器的状态栏上显示行为中设定的文本，如图 15.21 所示。

图 15.21 设置好的状态栏文本

在"行为"面板上还有很多行为，限于篇幅，这里不再一一做详细的介绍。具体的使用方法参见 Dreamweaver 中的相关帮助。

15.5 插入JavaScript脚本

如果用户觉得别人网站上用 JavaScript 制作的特效比较好，可以将其代码复制到自己的网页中来。

❶ 打开站点目录 Exercise\behavior 下的文件 04.HTML，该网页能显示出当前的系统日期和星期，如图 15.22 所示。

❷ 查看其源文件，其中就有如下一段 JavaScript 代码：

> 实讲实训
> 多媒体演示
>
> 多媒体演示参见配套光盘中的\\视频\第15 章\插入 JavaScript 脚本.avi。

```
<SCRIPT language=JavaScript>
<!--
  var enable=0; today=new Date();
  var day; var date;
  var time_start = new Date();
  var clock_start = time_start.getTime();
  if(today.getDay()==0)  day="星期日"
  if(today.getDay()==1)  day="星期一"
  if(today.getDay()==2)  day="星期二"
  if(today.getDay()==3)  day="星期三"
  if(today.getDay()==4)  day="星期四"
  if(today.getDay()==5)  day="星期五"
  if(today.getDay()==6)  day="星期六"
  date=(today.getYear())+"年"+(today.getMonth()+1)+"
    月"+today.getDate()+"日 ";
  document.write("<span style='font-size: 9pt;color:#000000;'>"+date);
  document.write(day+"</span>");
// -->
</SCRIPT>
```

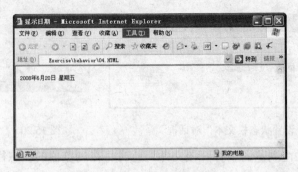

图 15.22　网页中的内容

❸ 在 Dreamweaver 中新建文件，然后切换到代码窗口，此时将显示新建文件的源代码。选中 04.HTML 中的 JavaScript 并按快捷键 Ctrl+C 复制，然后在新文件代码窗口中的 <body> 和 </body> 之间粘贴源代码，如图 15.23 所示。

❹ 保存文件并打开该网页，此时将会在网页中显示当前的系统时间和星期。

```
<SCRIPT language=JavaScript>
<!--
  var enable=0; today=new Date();
  var day; var date;
  var time_start = new Date();
  var clock_start = time_start.getTime();

  if(today.getDay()==0)   day="星期日"
  if(today.getDay()==1)   day="星期一"
  if(today.getDay()==2)   day="星期二"
  if(today.getDay()==3)   day="星期三"
  if(today.getDay()==4)   day="星期四"
  if(today.getDay()==5)   day="星期五"
  if(today.getDay()==6)   day="星期六"

  date=(today.getYear())+"年"+(today.getMonth()+1)+"月"+today.getDate()+"日 ";
  document.write("<span style='font-size: 9pt;color:#000000;'>"+date);
  document.write(day+"</span>");
// -->
</SCRIPT>
```

图 15.23　粘贴后的源代码

15.6　插入Spry构件

Spry 框架是一个 JavaScript 库，Web 设计人员使用它可以构建能够向站点访问者提供更丰富体验的 Web 页。有了 Spry，就可以使用 HTML、CSS 和极少量的 JavaScript 将 XML 数据合并到 HTML 文档中、创建构件（如折叠构件和菜单栏）、向各种页面元素中添加不同种类的效果。Spry 框架的标记非常简单，且便于那些具有 HTML、CSS 和 JavaScript 基础知识的用户使用。

15.6.1　关于Spry构件

Spry 构件是一个页面元素，通过启用用户交互来提供更丰富的用户体验。Spry 构件由以下几个部分组成：

- 构件结构　用来定义构件结构组成的 HTML 代码块。
- 构件行为　用来控制构件如何响应用户启动事件的 JavaScript。
- 构件样式　用来指定构件外观的 CSS。

Spry 框架支持一组用标准 HTML、CSS 和 JavaScript 编写的可重用构件。用户可以方便地插入这些构件（采用最简单的 HTML 和 CSS 代码），然后设置构件的样式。框架行为包括允许用户执行下列操作的功能：显示或隐藏页面上的内容、更改页面的外观（如颜色）、与菜单项交互等。

Spry 框架中的每个构件都与唯一的 CSS 和 JavaScript 文件相关联。CSS 文件中包含设置构件样式所需的全部信息，而 JavaScript 文件则赋予构件功能。当用户使用 Dreamweaver 界面插入构件时，Dreamweaver 会自动将这些文件链接到用户的页面，以便构件中包含该页面的功能和样式。与构件相关联的 CSS 和 JavaScript 文件根据该构件命名，因此，用户很容易判断哪些文件对应于哪些构件。例如，与折叠构件关联的文件称为 SpryAccordion.css 和 SpryAccordion.js。当用户在已保存的页面中插入构件时，Dreamweaver 会在站点中创建一个 SpryAssets 目录，并将相应的 JavaScript 和 CSS 文件保存到其中。

15.6.2　使用可折叠面板构件

1．插入构件

可折叠面板构件是一组可折叠的面板，可以将大量内容存储在一个紧凑的空间中。站点访问者可通过单击该面板上的标签来隐藏或显示存储在可折叠面板构件中的内容。当访问者单击不同的标签时，可折叠面板构件的面板会相应地展开或收缩。在可折叠面板构件中，每次只能有一个内容面板处于打开且可见的状态，如图 15.24 所示。

❶ 在 Spry 插入工具栏中单击"Spry 可折叠面板"按钮插入构件，如图 15.25 所示，此时将在页面上添加一个可折叠面板构件。

❷ 采用同样的方法在页面中添加 3 个可折叠面板组件，如图 15.26 所示。

图 15.24　可折叠面板构件效果　　　　　　　　图 15.25　Spry 插入工具栏

❸ 其中的每个可折叠面板构件的标题和内容都可以进行替换，这里在每个组件内加入一张图片，并将标题修改为"多媒体网站"、"教育网站"、"文学网站"，如图 15.27 所示。

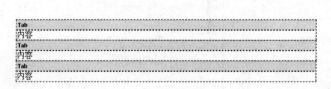
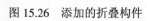

图 15.26　添加的折叠构件　　　　　　　　　　图 15.27　修改内容后的构件

2．修改构件属性

单击顶部的构件，然后单击显示出来的蓝色条选中整个构件，如图 15.28 所示。

此时在"属性"面板上将显示该构件相关的属性，如图 15.29 所示。

图 15.28　选中构件　　　　　　　　　　　　图 15.29　显示构件的属性

如果希望在网页设计窗口中隐藏该构件内容，可以在"显示"中选择"已关闭"选项。注意该选项不会影响到制作完成的页面显示情况，仅限于 Dreamweaver 中的显示。

如果希望当系统在浏览器中加载 Web 页时，可折叠面板构件的默认状态为打开或关闭，可以在其中设定"默认状态"为"打开"或"已关闭"。

默认情况下，如果启用某个可折叠面板构件的动画，站点访问者单击该面板的标签时，该面板将缓缓地平滑打开和关闭。如果取消选中"启用动画"复选框，则可折叠面板会迅速打开和关闭。

3．移动构件顺序

选中整个构件后，可以按快捷键 Ctrl+X 剪切整个组件到剪贴板，然后将光标移动到要新位置，然后用 Ctrl+V 粘贴整个构件。

4．自定义构件样式

尽管使用属性检查器可以简化对可折叠面板构件的编辑，但是属性检查器并不支持自定义样式设置。用户可以修改可折叠面板构件的 CSS 样式，根据自己的喜好设置可折叠面板构件的风格。

❶ 展开"CSS 样式"面板，在其中双击样式名称".CollapsiblePanelTab"，如图 15.30 所示。

❷ 在打开的 CSS 规则定义对话框中可以修改文字的字体、颜色等格式，这里将文字颜色修改为深蓝色（#003399），如图 15.31 所示。

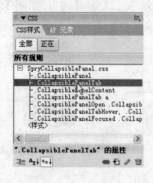

图 15.30　"CSS 样式"面板　　　　　　　　　图 15.31　CSS 规则定义对话框

❸ 切换到"背景"面板，在其中将背景修改为绿色（#CCCC00），如图 15.32 所示。

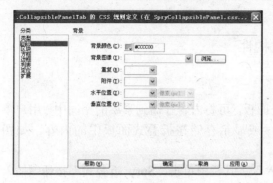

图 15.32　修改背景色

❹ 单击"确定"按钮后，Dreamweaver 编辑窗口中构件选项卡的背景色和文字将发生相应的改变，如图 15.33 所示。

默认情况下，可折叠面板构件会展开以填充可用空间。用户也可以通过设置可折叠面板式容器的 width 属性来限制可折叠面板构件的宽度。双击"CSS 样式"面板中的样式名称".CollapsiblePanel"，如图 15.34 所示。

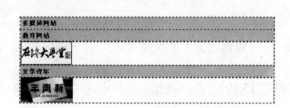

图 15.33　修改后的外观

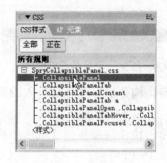

图 15.34　"CSS 样式"面板

在打开的 CSS 规则定义对话框中切换到"定位"面板，在其中设定"宽"的值为 200 像素，如图 15.35 所示。

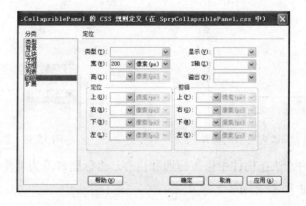

图15.35　CSS规则定义对话框

单击"确定"按钮后，构件的宽度将调整为 200 像素，最后保存网页以及自动打开的 CSS 样式单文件。

15.6.3 使用折叠式构件

1. 插入构件

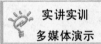
实讲实训
多媒体演示
多媒体演示参见配套光盘中的\\视频\第 15 章\使用折叠式构件.avi。

折叠式构件是一个面板，可将内容存储到紧凑的空间中。用户单击构件的标签即可隐藏或显示存储在折叠式面板中的内容，如图 15.36 所示。

①在 Spry"插入"工具栏中单击"Spry 折叠式"按钮█插入构件，此时将在页面上添加一个折叠式构件，如图 15.37 所示。

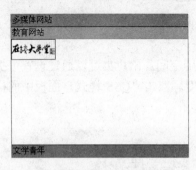

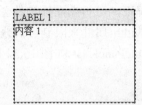

图 15.36　可折叠面板构件　　　　　图 15.37　添加的折叠构件

②双击构件的标题区域进入编辑状态，将标题修改为"多媒体网站"，在内容区加入一张图片，如图 15.38 所示。

③单击构件顶部蓝色区域选中构件（见图 15.39），在"属性"面板中选中 LABEL 2 面板，如图 15.40 所示。

图 15.38　修改内容后的构件　　　　　图 15.39　选中构件

④用同样的方法在构件中修改标题和内容，将标题修改为"教育网站"，在内容区插入一张图片，如图 15.41 所示。

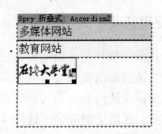

图 15.40 "属性"面板　　　　　　　　　图 15.41 修改后的构件

❺ 选中构件，然后在"属性"面板中单击"添加面板"按钮**+**，此时将在"面板"列表中增加一个面板 LABEL 3，如图 15.42 所示。

❻ 用同样的方法修改面板中的标题和内容，最终构件效果如图 15.43 所示。

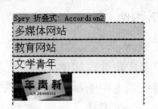

图 15.42 添加面板　　　　　　　　　图 15.43 最终构件效果

2．调整构件面板次序

选中整个构件，在"属性"面板中选中要移动位置的面板，然后单击向上或向下箭头按钮调整位置，如图 15.44 所示。

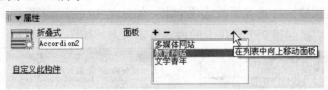

图 15.44 显示构件的属性

3．自定义构件样式

用户可以通过修改 Spry 折叠式构件的 CSS 样式来设定构件的风格。

展开"CSS 样式"面板，在其中双击样式名称".AccordionPanel"，如图 15.45 所示。

在打开的 CSS 规则定义对话框中切换到"定位"面板后，可以修改构件的宽度、高度等。

同样，双击样式".AccordionPanelTab"可以修改标题栏文字的字体、颜色等格式，以及标题栏的背景色等；双击样式".AccordionPanelContent"可以修改内容区中的文本格式等。

图 15.45 "CSS 样式"面板

15.6.4　使用选项卡式面板构件

选项卡式面板构件是一组面板，用来将内容存储到紧凑空间中。站点访问者可通过单击他们要访问的面板上的标签来隐藏或显示存储在选项卡式面板中的内容。当访问者单击不同的标签时，构件的面板会相应地打开。在给定时间内，选项卡式面板构件中只有一个内容面板处于打开状态，如图 15.46 所示。

实讲实训
多媒体演示

多媒体演示参见配套光盘中的\\视频\第 15 章\使用选项卡式面板构件.avi。

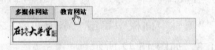

图 15.46　选项卡式面板构件

1．插入构件

❶　在 Spry 插入工具栏中单击"选项卡式面板"按钮 插入构件，此时将在页面上添加一个选项卡式构件，如图 15.47 所示。

❷　将选项卡中的标题文字修改为"多媒体网站"、"教育网站"，并在第一个选项卡中的内容区加入一张图片，如图 15.48 所示。

图 15.47　添加的折叠构件

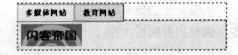

图 15.48　修改构件中的内容

❸　将鼠标指针移到打开的面板选项卡上，然后单击出现在该选项卡右侧中的眼睛图标（见图 15.49），切换到第 2 个选项卡的内容编辑状态，如图 15.50 所示。

图 15.49　切换到第 2 个选项卡的内容编辑状态

图 15.50　切换选项卡

2．调整构件面板次序

选中选项卡式面板构件，在"属性"面板中选择要移动的面板的名称，然后单击向上箭头或向下箭头可以向上或向下移动该面板，如图 15.51 所示。

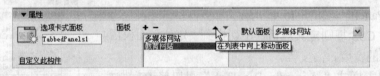

图 15.51　调整构件面板次序

用户可以设置当页面在浏览器中打开时，在默认情况下将打开选项卡式面板构件的哪个面板。在"属性"面板中打开"默认面板"后的下拉列表框，在其中可以选择默认情况下要打开的面板。

3．自定义构件样式

可以按照与上面两个构件类似的方法，通过修改样式来调整构件外观。"CSS 样式"
面板中的每条样式都可以控制一项外观。

15.6.5　使用菜单栏构件

菜单栏构件是一组可导航的菜单按钮，当站点访问者将鼠标悬停
在其中的某个按钮上时，将显示相应的子菜单。使用菜单栏可在紧凑
的空间中显示大量可导航信息，并使站点访问者无须深入浏览站点即
可了解站点上提供的内容。

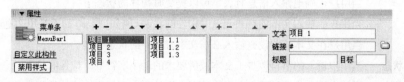

实讲实训
多媒体演示

多媒体演示参见配
套光盘中的\\视频\
第 15 章\使用菜单
栏构件.avi。

1．添加菜单

在 Spry 插入工具栏中单击"Spry 菜单栏"按钮 插入构件，此
时将弹出"Spry 菜单栏"对话框，如图 15.52 所示。

2．添加或删除主菜单项

在其中选择一种菜单栏的布局方式，这里选中"水平"单选按钮，然后单击"确定"
按钮，此时将在页面上添加一个菜单栏构件，如图 15.53 所示。

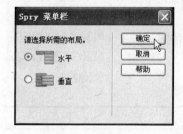

图 15.52　"Spry 菜单栏"对话框　　　　　　　　图 15.53　添加的菜单

选中菜单栏，此时的"属性"面板变成如图 15.54 所示。

图 15.54　"属性"面板

选中第 1 栏中的选项"项目 1"，在面板右侧的"文本"文本框中输入新的主菜单名
称"多媒体网站"，然后在"链接"文本框中输入单击该菜单名后将要打开的链接路径，
这里保持默认；"标题"选项用来定义当光标移动到菜单项上时将要显示的提示文本；"目
标"选项用来定义打开链接的方式，可供选择的选项如下：

- _blank　在新浏览器窗口中打开所链接的页面。
- _self　在同一个浏览器窗口中加载所链接的页面。这是默认选项。如果页面位于
  框架或框架集中，该页面将在该框架中加载。

- _parent 在文档的直接父框架集中加载所链接的文档。
- _top 在框架集的顶层窗口中加载所链接的页面。

用同样的方法可以修改其他各主菜单项的名称、链接、标题文字以及链接目标方式。如果要删除某主菜单项，首先选中该主菜单项，然后单击其上方的减号按钮。

如果要更改菜单项的顺序，可以在"属性"面板中选择要对其重新排序的菜单项的名称，单击向上箭头或向下箭头即可向上或向下移动该菜单项。

3．添加或删除子菜单项

采用与主菜单项同样的方式可以管理其中的子菜单项。

4．自定义菜单栏构件

按照与上面构件类似的方法，通过修改样式来调整构件外观。"CSS 样式"面板中的每条样式都可以控制一项外观。

15.6.6　使用表单验证构件

1．使用验证文本域构件

Spry 验证文本域构件用于在站点访问者输入文本时显示文本的状态（有效或无效）。

验证文本域构件具有许多状态，例如有效、无效和必需值等。表 15.2 中列出了 Spry 验证文本域构件的各种状态。

> **实讲实训**
> **多媒体演示**
>
> 多媒体演示参见配套光盘中的\\视频\第 15 章\使用表单验证构件.avi。

表 15.2　Spry 验证文本域构件的各种状态

状态名称	说明
初始状态	在浏览器中加载页面或用户重置表单时构件的状态
焦点状态	当用户在构件中放置插入点时构件的状态
有效状态	当用户正确地输入信息且表单可以提交时构件的状态
无效状态	当用户所输入文本的格式无效时构件的状态（例如，用 06 而不是用 2006 表示年份）
必需状态	当用户在文本域中没有输入必需文本时构件的状态
最小字符数状态	当用户输入的字符数少于文本域所要求的最小字符数时构件的状态
最大字符数状态	当用户输入的字符数多于文本域所允许的最大字符数时构件的状态
最小值状态	当用户输入的值小于文本域所需的值时构件的状态（适用于整数、实数和数据类型验证）
最大值状态	当用户输入的值大于文本域所允许的最大值时构件的状态（适用于整数、实数和数据类型验证）

❶ 打开站点根目录 Exercise\form 下的网页 01.html，如图 15.55 所示。

❷ 删除"姓名"后的文本框，在 Spry 插入工具栏中单击"Spry 验证文本域"按钮，在弹出的"输入标签辅助功能属性"对话框中单击"确定"按钮，此时将在页面上添加一个 Spry 验证文本域构件，如图 15.56 所示。

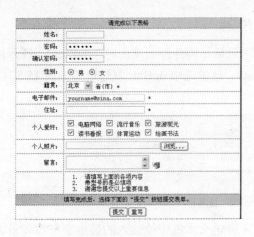

图 15.55　打开的页面

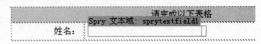

图 15.56　添加的 Spry 验证文本域构件

单击构件顶部蓝色区域选中构件，在"属性"面板中，从"类型"下拉列表框中选择一种验证类型，各种类型的格式及作用如表 15.3 所示。

表 15.3　Spry 验证文本域构建的各种验证类型

验证类型	格式
无	无需特殊格式
整数	文本域仅接受数字
电子邮件	文本域接受包含@和句点（.）的电子邮件地址，而且@和句点的前面和后面都必须至少有一个字母
日期	格式可变。可以从属性检查器的"格式"弹出菜单中进行选择
时间	格式可变。可以从属性检查器的"格式"弹出菜单中进行选择（"tt"表示 am/pm 格式"t"表示 a/p 格式）
信用卡	格式可变。可以从属性检查器的"格式"弹出菜单中进行选择。可以选择接受所有信用卡，或者指定特定种类的信用卡（MasterCard、Visa 等）。文本域不接受包含空格的信用卡号，例如 4321 3456 4567 4567
邮政编码	格式可变。可以从属性检查器的"格式"弹出菜单中进行选择
电话号码	文本域接受美国和加拿大格式（即(000) 000-0000）或自定义格式的电话号码。如果选择自定义格式，可在"模式"文本框中输入格式，例如，000.00(00)
社会安全号码	文本域接受 000-00-0000 格式的社会安全号码
货币	文本域接受 1,000,000.00 或 1.000.000,00 格式的货币
实数/科学记数法	验证各种数字：数字（例如 1）、浮点值（例如 12.123）、以科学记数法表示的浮点值（例如 1.212e+12、1.221e-12，其中 e 用作 10 的幂）
IP 地址	格式可变。可以从属性检查器的"格式"弹出菜单中进行选择
URL	文本域接受 http://xxx.xxx.xxx 或 ftp://xxx.xxx.xxx 格式的 URL
自定义	可用于指定自定义验证类型和格式。在属性检查器中输入格式模式（并根据需要输入提示）

这里选择"无"选项，不为该文本框设定任何特殊格式。

❸ 用户可以指定验证是在何时发生，选项包括在构件外部单击时（onBlur）、键入内容时（onChange）或尝试提交表单时（onSubmit）。这里选中 onBlur 复选框，如图 15.57 所示。

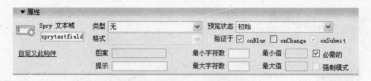

图 15.57　选中 onBlur 复选框

"最小字符数"和"最大字符数"选项用来设定文本框中能输入的最小字符数和最大字符数。例如用户在"最小字符数"文本框中输入"3"，那么只有当用户输入 3 个或更多个字符时，该构件才通过验证。

"最小值"和"最大值"选项用来定义文本框中输入数值的最小值和最大值，这两个选项只有在"类型"选择为"整数"、"时间"、"货币"和"实数/科学记数法"验证类型时才有效。

"提示"选项用于提示用户，这里输入"请输入您的用户名"。

"必需的"选项用来限定必须在该文本框中加入文本，否则不予通过。

修改完各个选项后，从"预览状态"下拉列表框中选择要查看的状态，选择后将在设计视图中看到选中状态下的页面效果。

最后选中构件中所包含的文本框，在"属性"面板中修改其属性为如图 15.58 所示。

图 15.58　修改构件中的文本框属性

2. 使用验证文本区域构件

Spry 验证文本区域构件是一个文本区域，该区域在用户输入几个文本句子时显示文本的状态。

❶ 删除"留言"后的文本区域，在 Spry 插入工具栏中单击"Spry 验证文本区域构件"按钮，然后在弹出的"输入标签辅助功能属性"对话框中单击"确定"按钮，此时将在页面上添加一个 Spry 验证文本区域构件，如图 15.59 所示。

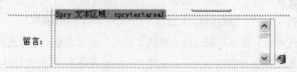

图 15.59　添加的 Spry 验证文本区域构件

❷ 选中构件，在"属性"面板中选中"字符计数"单选按钮（见图 15.60），此时将添

加字符计数器，以便当用户在文本区域中输入文本时知道自己已经输入了多少字符或者还剩多少字符。默认情况下，当用户添加字符计数器时，计数器会出现在构件右下角的外部。

③ 在"验证于"后选中 onBlur 复选框，并选中"必需的"复选框。

"禁止额外字符"复选框可以防止用户在验证文本区域构件中输入的文本超过所允许的最大字符数。例如，如果用户为某个构件集选中此复选框，以接受不超过 20 个字符的文本，则用户将无法在文本区域中输入 20 个以上的字符。

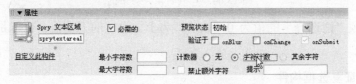

图 15.60 "属性"面板

保存页面后，在浏览器中打开该页面，文本区域效果如图 15.61 所示。

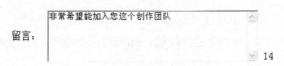

图 15.61 页面文本区域效果

3. 使用验证选择构件

Spry 验证选择构件是一个下拉列表框，该下拉列表框在用户进行选择时会显示构件的状态。

① 删除"籍贯"后的文本区域，在 Spry 插入工具栏中单击"Spry 验证文本区域构件"按钮，然后在弹出的"输入标签辅助功能属性"对话框中单击"确定"按钮，此时将在页面上添加一个 Spry 验证选择构件，如图 15.62 所示。

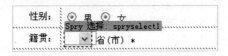

图 15.62 添加的 Spry 验证选择构件

② 选中构件，在"属性"面板的"不允许"选项后选中"空值"、"无效值"复选框，并修改无效值为 0，在"验证于"选项后选中 onChange 复选框，如图 15.63 所示。

图 15.63 "属性"面板

③ 选中构件中部的下拉菜单，在"属性"面板上单击"列表值"按钮，打开"列表值"对话框，在其中添加如图 15.64 所示的选项。

图 15.64 "列表值"对话框

其中第 1 项"请选择"的值为 0，该值即为上面设定的无效值。也就是说，用户不能选择第 1 项。

4. 使用验证复选框构件

Spry 验证复选框构件是 HTML 表单中的一个或一组复选框，该复选框在用户选中（或没有选中）复选框时会显示构件的状态。

❶ 在 Spry 插入工具栏中单击"Spry 验证复选框"按钮☑，然后在弹出的"输入标签辅助功能属性"对话框中单击"确定"按钮，此时将在页面上添加一个 Spry 验证复选框构件，如图 15.65 所示。

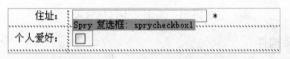

图 15.65 添加的 Spry 验证选择构件

❷ 选中构件，在"属性"面板中选中"强制范围（多个复选框）"单选按钮，并在"验证于"选项后选中 onSubmit 复选框，设定"最小选择数"为 3，"最大选择数"为 5，如图 15.66 所示。

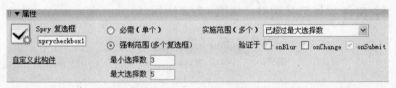

图 15.66 "属性"面板

❸ 将光标放在构件内的复选框后，重复加入新的复选框并输入新的文字，如图 15.67 所示。

图 15.67 加入新的复选框

15.6.7 使用Spry显示数据

使用 Spry 框架可以插入数据对象，以允许用户从浏览器窗口中以动态方式与页面快速交互。例如，可以插入一个可排序的表格，用户无须执行整页刷新就可以重新排列该表格，或在表格中包括 Spry 动态表格对象来触发页面上其他位置的数据更新。为此，用户需要首先在 Dreamweaver 中标识一个或多个包含数据的 XML 源文件（"Spry 数据集"），然后插入一个或多个 Spry 数据对象以显示此数据。当用户在浏览器中打开该页面时，该数据集会作为 XML 数据的一个扁平面化数组加载，该数组就像一个包含行和列的标准表格。

实讲实训
多媒体演示

多媒体演示参见配套光盘中的\\视频\第 15 章\使用 Spry 显示数据.avi。

打开记事本，输入如图 15.68 所示的代码，并保存为文件 data.xml。

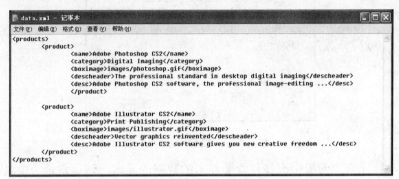

图 15.68　输入的 XML 代码

下面通过使用 Spry 在 Dreamweaver 页中方便地添加如图 15.69 所示的表格，用户只需单击某列即可对其进行排序。用户还可以在页面上插入 Spry 详细区域，然后将数据绑定到详细区域，详细区域中仅显示单个产品的<desc>元素（产品的详细说明）。在将数据绑定到这两个区域（动态表格和详细区域）之后，当用户单击动态表格中的某一行时，详细区域会更新为产品的详细信息。这两项操作（对表格进行排序以及在用户单击表格时更新详细区域）都不需要浏览器执行整页刷新。

Name	Category	Boximage	Descheader
Adobe Photoshop CS2	Digital Imaging	images/photoshop.gif	The professional standard in desktop digital imaging
Adobe Illustrator CS2	Print Publishing	images/illustrator.gif	Vector graphics reinvented

Adobe Photoshop CS2 software, the professional image-editing ...

图 15.69　最终网页效果

1. 定义 Spry XML 数据集

❶ 新建文件并保存文件为 spry6.html，然后在 Spry 插入工具栏面板中单击"Spry XML 数据集"按钮，弹出"Spry XML 数据集"对话框，如图 15.70 所示。

❷ 修改"数据集名称"为 xmldata，然后单击"XML 源"后的"浏览"按钮，在弹出的对话框中找到 Exercise\behavior 目录下的 data.xml，选中该文件后单击"确定"按钮返回对话框。

❸ 单击"Spry XML 数据集"对话框中的"获取架构"按钮，在下面的"行元素"面板上出现整个 XML 数据结构，此面板显示哪些元素是重复的（标记为小加号"+"），以及哪些元素从属于其他元素（缩进），如图 15.71 所示。

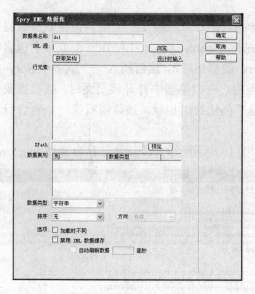

图 15.70 "Spry XML 数据集"对话框

❹ 在"行元素"面板中选择包含要显示的数据的元素，这通常是一个具有几个从属字段（如 <name>、<category> 和 <descheader>）的重复节点（如<product>），此时 XPath 文本框中会显示一个表达式，指示所选节点在 XML 源文件中的位置，如图 15.72 所示。

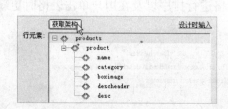

图 15.71　获取 XML 数据结构　　　　　图 15.72　选择包含要显示的数据的元素<product>

当选择<product>重复节点时，XPath 文本框中将显示 products/product，以指示应当显示在<product>数据集内的<product>重复节点中找到的数据。

 注意

XPath（XML 路径语言）是一种语法，用于确定 XML 文档各部分的位置。大多数情况下，XPath 用作 XML 数据的查询语言，这与 SQL 用于查询数据库一样。有关 XPath 的详细信息可参阅 W3C 网站上的 XPath 语言规范，网址是：www.w3.org/TR/xpath。

❺ 如果此时要查看数据在浏览器中的外观，可以单击"预览"按钮，该按钮将显示

XML 数据文件中的前 20 行，每一列对应一个元素，如图 15.73 所示。

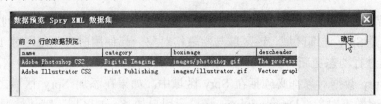

图 15.73　数据预览窗口

6 如果需要将某个列定义为特定类型（如数值类型），可以在"数据集列"面板中选择该元素，然后从"数据类型"下拉列表框中选择另一个数值类型，如图 15.74 所示。

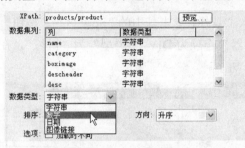

图 15.74　选择其他数据类型

7 如果希望在加载数据时自动排序数据，可以从"排序"下拉列表框中选择某个元素，然后从"方向"下拉列表框中根据需要选择"升序"或"降序"选项，如图 15.75 所示。

图 15.75　设定排序

8 为了确保没有重复列，这里选中"加载时不同"复选框。

如果希望直接从服务器中加载数据，则选中"禁用 XML 缓存"复选框。默认情况下，Spry XML 数据集会加载到用户计算机的本地缓存中以改善性能，但如果数据频繁变化，则这种方法没有优势，最好选中"禁用 XML 缓存"复选框。

9 选中"自动刷新数据"复选框并输入一个毫秒值。如果选中了此复选框，则系统会以指定的间隔自动用服务器中的数据刷新数据集内的 XML 数据，这对于频繁变化的数据非常有用。

10 单击"确定"按钮将该数据集与页面关联。

 注意

当用户定义 Spry 数据集时，系统会向用户的文件中添加用来标识 Spry 资源（xpath.js 和 SpryData.js 文件）的不同代码行。不要删除此代码，否则 Spry 数据集函数将无法运行。

2. 创建 Spry 区域

Spry 框架使用两种类型的区域：一个是围绕数据对象（如表格和重复列表）的 Spry 区域；另一个是 Spry 详细区域，该区域与主表格对象一起使用时，可允许对 Dreamweaver 页面上的数据进行动态更新。

所有的 Spry 数据对象都必须括在 Spry 区域中。如果在添加 Spry 区域之前尝试向页面中添加 Spry 数据对象，Dreamweaver 将提示用户加 Spry 区域。默认情况下，Spry 区域位于 HTML 的<div>容器中。用户可以在添加表格之前添加 Spry 区域，在插入表格或重复列表时由系统自动添加 Spry 区域，或者在现有的表格对象或重复列表对象周围环绕 Spry 区域。

❶ 切换到 Spry 插入工具栏，单击其中的"Spry 区域"按钮 ，在弹出的"插入 Spry 区域"对话框中设定"容器"选项为 DIV，"类型"为"区域"，在"Spry 数据集"中选择 xmldata 选项，如图 15.76 所示。

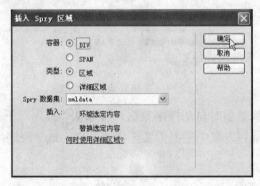

图 15.76 "插入 Spry 区域"对话框

❷ 单击"确定"按钮关闭对话框后，Dreamweaver 将会在页面中放置一个区域占位符，并显示文本"此处为 Spry 区域的内容"，如图 15.77 所示。

此处为 Spry 区域的内容

图 15.77 插入的 Spry 区域

该占位符文本可以替换为 Spry 数据对象（如 Spry 表格或重复列表）或者替换为"绑定"面板中的动态数据。这里选用 Spry 表格来显示 XML 数据源中的数据。

Spry 表格有两种类型的：一个是简单表格；另一个是主动态表格，主动态表格与详细区域绑定，以允许动态更新 Dreamweaver 页面上的数据。创建动态主表格的过程与创建简单表格的过程相同；但使用主表格时，用户可以将动态详细区域绑定到主表格，这样当用户单击主表格中的某一行时，详细区域中的数据会进行动态更新。要构建 Spry 主动态表格，首先需要插入一个主表格以显示用来触发动态变化的数据，然后插入一个详细区域，以包含发生变化的数据。

❸ 删除如图 15.77 中所示的文本，然后切换到 Spry 插入工具栏中，单击其中的"Spry 表"按钮 ，此时将弹出"插入 Spry 表"对话框，如图 15.78 所示。

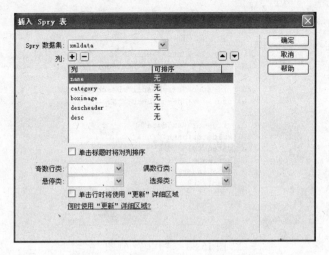

图 15.78　"插入 Spry 表"对话框

 注意

如果用户尝试插入表格，但是尚未创建区域，Dreamweaver 会提示在插入表格之前添加一个区域，所有的 Spry 数据对象都必须包含在区域中。

在对话框中的"列"面板中，单击加号（+）可以添加将要显示在表格中的数据列，单击减号（−）可以减少数据列；单击向上箭头或向下箭头可以移动数据列的排列次序。这里选中 desc 所在的列，然后单击减号（−）按钮删除该列，该列数据默认情况将不会出现在页面中。

如果希望单击网页中数据列上的标题对该列数据进行排序，可以先选中该列，然后选中"单击标题时将对列排序"复选框。对于每个要作为排序依据的列重复以上操作。

选中"单击行时将使用'更新'详细区域"复选框，将创建 Spry 主动态表格。

 注意

如果创建简单 Spry 表格，取消选中该复选框。

❹ 单击"确定"按钮后，用户会在设计视图中看到一个表格，在该表格中，针对所包括的每个元素都有一行标题和一行数据引用，并用大括号（{}）括起来，如图 15.79 所示。

Name	Category	Boximage	Descheader
{name}	{category}	{boximage}	{descheader}

图 15.79　创建的 Spry 主动态表格

在代码视图中，用户会看到 HTML 表标签已经和用来确定可排序的名称列和类别列的代码一起插入到文件中，如图 15.80 所示。

```
<div spry:region="xmldata">
  <table>
    <tr>
      <th spry:sort="name">Name</th>
      <th spry:sort="category">Category</th>
      <th spry:sort="boximage">Boximage</th>
      <th spry:sort="descheader">Descheader</th>
      <th spry:sort="desc">Desc</th>
    </tr>
    <tr spry:repeat="xmldata">
      <td>{xmldata::name}</td>
      <td>{category}</td>
      <td>{boximage}</td>
      <td>{descheader}</td>
      <td>{desc}</td>
    </tr>
  </table>
</div>
```

图 15.80 "代码"视图

❺ 下面添加一个详细区域，这样当浏览者在上面的数据表格中单击某行数据时，详细区域中的数据将随之更新。

将网页编辑窗口切换到代码视图，将光标放在如图 15.80 所示的代码块之后（也就是 </div>之后）。然后切换到 Spry 插入工具栏中，单击其中的"Spry 区域"按钮，在弹出的"插入 Spry 区域"对话框中设定"容器"选项为 DIV，"类型"为"详细区域"，在"Spry 数据集"中选择 xmldata 选项，如图 15.81 所示。

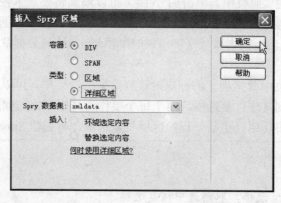

图 15.81 "插入 Spry 区域"对话框

此时在代码视图中将出现新增的代码，如图 15.82 所示。

```
<div spry:detailregion="xmldata">此处为 Spry 详细区域的内容</div>
```

图 15.82 新增代码

删除其中的说明文字"此处为 Spry 详细区域的内容"，将光标放在<div>和</div>之间，然后在"绑定"面板上选中 desc 数据列，单击"插入"按钮，如图 15.83 所示。

图 15.83　插入 desc 数据列

此时将在详细区域中插入要显示的数据列，如图 15.84 所示。

```
<div spry:detailregion="xmldata">{xmldata::desc}</div>
```

图 15.84　插入的代码

选中数据表格，将表格的边框宽度设为 1，以便与下面的详细区域区分开来。

最后保存文件，在浏览器中打开的效果如图 15.69 所示。

15.6.8　添加Spry效果

"Spry 效果"是视觉增强功能，可以将它们应用于使用 JavaScript 的 HTML 页面上几乎所有的元素。效果通常用于在一段时间内高亮显示信息、创建动画过渡或者以可视方式修改页面元素。用户可以将效果直接应用于 HTML 元素，而无需其他自定义标签。

> 💡 **实讲实训**
> **多媒体演示**
>
> 多媒体演示参见配套光盘中的\\视频\第 15 章\添加 Spry 效果.avi。

> **注意**
>
> 要向某个元素应用效果，该元素当前必须处于选定状态，或者它必须具有一个 ID。例如，如果要向当前未选定的 div 标签应用高亮显示效果，该 div 必须具有一个有效的 ID 值。如果该元素尚且没有有效的 ID 值，用户将需要向 HTML 代码中添加一个 ID 值。

效果可以修改元素的不透明度、缩放比例、位置和样式属性（如背景颜色），可以组合两个或多个属性来创建有趣的视觉效果。由于这些效果都基于 Spry，因此，当用户单击应用了效果的对象时，只有对象会进行动态更新，不会刷新整个 HTML 页面。

Spry 包括下列效果：显示/渐隐、使元素显示或渐隐、高亮颜色、更改元素的背景颜色、向上遮帘/向下遮帘、模拟百叶窗、向上或向下滚动百叶窗来隐藏或显示元素、上滑/下滑、上下移动元素、增大/收缩、使元素变大或变小、晃动、模拟从左向右晃动元素、挤压、使元素从页面的左上角消失等。

> 🌐 **注意**
>
> 当用户使用效果时，系统会在代码视图中将不同的代码行添加到文件中。其中的一行代码用来标识 SpryEffects.js 文件，该文件是包括这些效果所必需的。不要从代码中删除该行，否则这些效果将不起作用。

1．应用显示/渐隐效果

❶ 在 Dreamweaver CS3 中打开站点目录 Exercise\behavior 下的文件 spry7_exer.html，选中要应用效果的内容，如图 15.85 所示。

❷ 在"行为"面板中单击加号（+）按钮，并从菜单中选择"效果"｜"显示/渐隐"命令，如图 15.86 所示，打开"显示/渐隐"对话框。

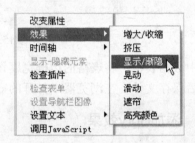

图 15.85　选中要应用效果的内容　　　　图 15.86　选择"行为"面板中的命令

❸ 在其中设定各项参数，如图 15.87 所示。

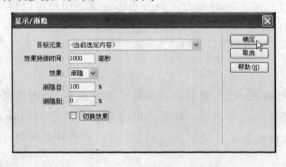

图 15.87　"显示/渐隐"对话框

其中，首先从"目标元素"下拉列表框中选择某个对象的 ID。如果已经选择了一个对象，则选择"<当前选定内容>"选项。

在"效果持续时间"文本框中，可以定义此效果持续的时间，用毫秒表示。

在"效果"下拉列表框中选择要应用的效果，包含"渐隐"或"显示"两个选项。

在"渐隐自"文本框中，定义显示此效果所需的不透明度百分比。

在"渐隐到"文本框中，定义要渐隐到的不透明度百分比。

如果希望该效果是可逆的（即连续单击即可从"渐隐"转换为"显示"或从"显示"转换为"渐隐"），则选中"切换效果"复选框。

> 注意
>
> 此效果适用于除 applet、body、iframe、object、tr、tbody 和 th 以外的所有 HTML
> 对象。

④ 单击"确定"按钮关闭对话框后，预览网页时单击表格
中的任何地方，整个表格中的内容将首先隐藏然后再次显示。

如果要删除该效果，首先应选择要应用效果的表格，然后在
"行为"面板中选中要从行为列表中删除的效果，如图 15.88 所
示。

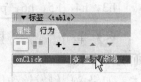

图 15.88 "行为"面板

在"行为"面板的标题栏中单击"删除事件"按钮（-），即
可删除表格上的行为。

2. 应用向上遮帘/向下遮帘效果

① 选中页面中"网页美术设计"处的两张图片，如图 15.89 所示。

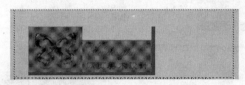

图 15.89 选中图片

② 在"行为"面板中单击加号（+）按钮，并从菜单中选择"效果"|"遮帘"命令，
在打开的"遮帘"对话框中设定各项参数为如图 15.90 所示。

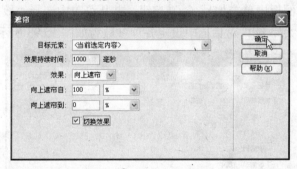

图 15.90 "遮帘"对话框

其中从"目标元素"下拉列表框中选择某个对象的 ID，如果已经选择了一个对象，则
自动选择"<当前选定内容>"选项。

在"效果持续时间"文本框中，定义此效果持续的时间，用毫秒表示。

"效果"下拉列表框中可供选择的效果包括"向上遮帘"、"向下遮帘"两种。

在"向上遮帘自/向下遮帘自"文本框中，以百分比或像素值形式定义遮帘的起始滚动
点。这些值是从对象的顶部开始计算的。

如果用户希望该效果是可逆的（即连续单击即可上下滚动），可选中"切换效果"复

选框。

> **注意**
>
> 此效果仅适用于下列 HTML 对象: address、dd、div、dl、dt、form、h1、h2、h3、h4、h5、h6、p、ol、ul、li、applet、center、dir、menu 和 pre。

❸ 单击"确定"按钮关闭对话框后,预览网页时单击选中的图片,图片将逐渐被下面的内容所遮盖。

如果希望触发该动作的不是 onClick,而是 onMouseOver,可以在"行为"面板的事件下拉列表框中选择 onMouseOver 选项,如图 15.91 所示。

3. 应用增大/收缩效果

❶ 选中页面中"数字平面设计"中的两张图片,如图 15.92 所示。

图 15.91 更换触发事件   图 15.92 选中图片

❷ 在"行为"面板中单击加号(+)按钮,并从菜单中选择"效果"|"增大/收缩"命令,在打开的"增大/收缩"对话框中设定各项参数为如图 15.93 所示。

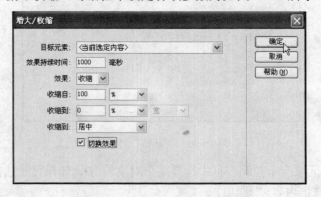

图 15.93 "增大/收缩"对话框

其中"目标元素"下拉列表框用于选择某个对象的 ID。如果已经选择了一个对象,则默认选择"<当前选定内容>"选项。

在"效果持续时间"文本框中,可以定义出现此效果所需的时间,用毫秒表示。

选择要应用的效果包括"增大"或"收缩"两个选项。

在"增大自/收缩自"文本框中,定义对象在效果开始时的大小。该值为百分比大小或像素值。

在"增大到/收缩到"文本框中,定义对象在效果结束时的大小。该值为百分比大小或像素值。

如果为"增大自/收缩自"或"增大到/收缩到"文本框选择像素值,"宽/高"下拉列表框就会可见。元素将根据用户选择的选项相应地增大或收缩。

选择希望元素增大或收缩到页面的左上角还是页面的中心。

如果希望该效果是可逆的(即连续单击即可增大或收缩),则选中"切换效果"复选框。

 注意

此效果适用于下列 HTML 对象: address、dd、div、dl、dt、form、p、ol、ul、applet、center、dir、menu 和 pre。

---

❸ 单击"确定"按钮关闭对话框后,预览网页时单击选中的图片,图片将逐渐缩小直至消失。

4. 应用其他效果

在"效果"菜单中还有高亮效果、晃动效果、挤压效果等可供选择,它们的使用方法与以上几个效果类似,这里不再赘述。

15.7　使用扩展管理器

15.7.1　扩展对象

Dreamweaver 中的行为虽然不少,但毕竟有限。为了解决这个问题,Dreamweaver 专门提供了强大的扩展功能,该功能集中在 Adobe 扩展管理器中,用来管理 Fireworks、Flash 和 Dreamweaver 相关的各种插件。

这些插件是第三方开发的,可以让 Dreamweaver 可以进行无限的扩展。用户可以通过在"开始"页上单击"扩展"选项组中的 Dreamweaver Exchange 链接,如图 15.94 所示,打开浏览器并访问 Dreamweaver 提供的扩展组件交流中心。

扩展

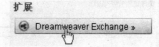

图 15.94　"开始"页中的链接

这些插件可以扩展 Dreamweaver 中的对象包括行为、命令以及对象,所有这些插件的安装方法完全相同。

其中"行为"以实现 JavaScript 动态效果为主;"命令"以简化软件操作为主,有时也能实现 JavaScript 动态特效;而"对象"则以增加插入网页中的对象为主。

> ◈ **提示**
>
> 有关 Dreamweaver 中部分命令的使用，如创建网站相册、选择配色方案等将在第
> 18 章进行详细的介绍。

15.7.2　安装扩展组件

功能扩展管理器是一个独立的应用程序，可用于安装和管理 Adobe 应用程序中的扩展功能。在安装扩展功能前必须安装功能扩展管理器。在网页浏览器中访问扩展管理器下载页面，URL 地址为 http://www.adobe.com/cn/exchange/em_download/，如图 15.95 所示。

图 15.95　扩展管理器下载页面

在其中单击"适用于 Windows 的 Extension Manager 1.8"链接下载并安装可执行 EXE 文件，安装好该扩展管理器。

❶　在 Dreamweaver 中选择菜单命令"命令"|"管理扩展功能"启动扩展管理器，此时将打开 Adobe 扩展管理器程序窗口，如图 15.96 所示。

❷　选择菜单命令"文件"|"安装扩展"或单击"安装新扩展"按钮，在打开的"选取要安装的扩展"对话框中选择光盘目录 softwares\extension 下的文件 insert_avi.mxp，如图 15.97 所示。

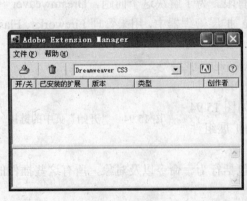

图 15.96　Adobe 扩展管理器　　　　　图 15.97　"选取要安装的扩展"对话框

❸　单击"安装"按钮，此时将弹出一个"Adobe 扩展管理器"对话框，如图 15.98 所示。

❹ 当然，除非用户不想安装该组件，否则都要接受该声明。单击"接受"按钮后等待几秒钟，系统就会安装好用户所选择的组件，并弹出一个信息对话框，如图 15.99 所示。

❺ 单击"确定"按钮后，用户所选择的扩展组件就被成功安装了。

图 15.98 "Adobe 扩展管理器"对话框   图 15.99 信息对话框

15.7.3 使用扩展组件

重新启动 Dreamweaver 后，在"插入"工具栏中出现一个新的子工具栏 insert_avi_file，其中包含一个工具按钮图标，如图 15.100 所示。

图 15.100 展开的"插入"工具栏

单击该按钮会打开 insert_avi_file 对话框，在其中可以指定要插入的 AVI 视频文件的路径以及各项参数，如图 15.101 所示。

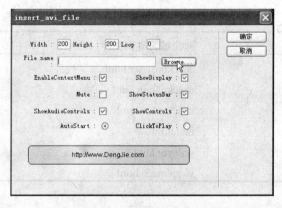

图 15.101 insert_avi_file 对话框

设定好各项参数后，单击"确定"按钮就可以将文件插入到文档中。

> ⚙️ **提示**
>
> 有的插件安装后可能会出现在"行为"面板上。

15.7.4 删除扩展组件

删除组件比较简单，选中要删除的组件，然后按下 Adobe 扩展管理器中的"移除扩展"按钮即可，如图 15.102 所示。

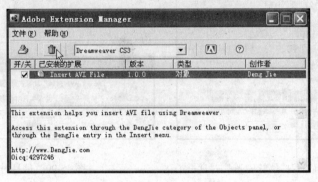

图 15.102 删除扩展组件

删除后窗口的组件就会自动消失。重新启动 Dreamweaver 后，"插入"面板和"行为"面板将会恢复到安装前的状态。

15.8 练 习 题

本章只讲解了 3 个比较常用的行为，还有很多行为需要用户自己去试着用一用。这些实例相关的实例文件位于光盘目录 mywebsite\Exercise\behavior 中。限于本书的篇幅，这里不再进行详细的介绍。练习实例如下表所示。

练习实例名	对应练习实例文件
检查浏览器	checkbrowser.html
检查插件	checkplugin.html
检查表单	checkvalue.html
播放声音	mid.html
设置层文本	setlayer.html
交换图像	swapimage.html

Dreamweaver CS3

第 16 章

使用 AP 元素与时间轴

本章导读　　AP 元素（绝对定位元素）是分配有绝对位置的 HTML 页面元素，具体地说，就是 div 标签或其他任何标签。AP 元素可以包含文本、图像或其他任何可放置到 HTML 文档正文中的内容。通过 Dreamweaver CS3，用户可以使用 AP 元素来设计页面的布局。用户可以将 AP 元素放置到其他 AP 元素的前后，隐藏某些 AP 元素而显示其他 AP 元素，以及在屏幕上移动 AP 元素，还可以在一个 AP 元素中放置背景图像，然后在该 AP 元素的前面放置另一个包含带有透明背景的文本的 AP 元素。

　　AP 元素是网页中比较特殊的对象，它可以自由地移动、显示或隐藏，同时还可以相互嵌套、叠加，所以很大程度上弥补了表格排版的不足。但是 AP 元素的定位比较难处理，同一个网页在不同版本的浏览器中位置有差别，因此完全使用 AP 元素排版的网页很少，它主要用来完成一些动态特效。本章将重点介绍如何创建 AP 元素、设置 AP 元素，掌握使用 AP 元素进行简单排版，以及 AP 元素与表格之间转换的方法。另外，还将 AP 元素、时间轴、行为结合起来，以实现一些特殊的动态效果。

内容要点
1．AP 元素的创建与编辑
2．使用 AP 元素排版
3．AP 元素上的行为
4．时间轴

16.1　AP元素的创建与编辑

　　AP元素通常是绝对定位的div标签，它们是 Dreamweaver 在默认情况下插入的各类 AP 元素。用户可以将任何 HTML 元素（例如，一个图像）作为 AP 元素进行分类，方法是为其分配一个绝对位置。所有 AP 元素（不仅仅是绝对定位的 div 标签）都将在"AP 元素"面板中显示。

16.1.1　AP元素的创建

新建文件，切换到"布局"插入工具栏，然后单击其中的"绘制 AP Div"按钮，如图 16.1 所示。

此时的鼠标将会变为十字形，在文档中按住鼠标并拖动就会画出一个矩形的 AP 元素，如图 16.2 所示。

实讲实训
多媒体演示

多媒体演示参见配套光盘中的\\视频\第 16 章\AP 元素的创建.avi。

图 16.1　单击"绘制 AP Div"按钮

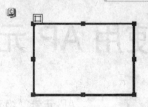

图 16.2　绘制的 AP 元素

> 💮 **提示**
>
> 为了便于选择 AP 元素，最好能在页面中显示 AP 元素锚点。显示 AP 元素锚点的方法如下：选择菜单命令"编辑"|"首选参数"，在打开的"首选参数"对话框中切换到"不可见元素"面板，在其中选中"AP 元素的锚点"复选框即可出现图 16.2 中所示的 AP 元素锚点。

16.1.2　AP元素的调整与移动

1．调整 AP 元素的大小

单击 AP 元素的左上角选中该 AP 元素，此时 AP 元素上就会出现 8 个用来调整大小的控制句柄，将光标放在某个句柄上后按住鼠标拖动，就可以调整 AP 元素的大小了，如图 16.3 所示。

2．移动 AP 元素

选中要移动的 AP 元素，然后将鼠标放在 AP 元素左上角的控制句柄上，按住鼠标就可以将 AP 元素拖到合适的位置上了，如图 16.4 所示。

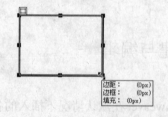

图 16.3　调整 AP 元素的大小

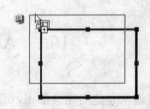

图 16.4　移动 AP 元素

16.1.3 在AP元素中添加内容

将光标放在 AP 元素中，就可以在 AP 元素中插入文字、图像、表格等对象，插入的方法和在网页中插入完全相同。

16.1.4 创建嵌套AP元素

1. 使用菜单命令

在 AP 元素中还可以创建嵌套的 AP 元素。将光标放置在 AP 元素中，然后选择菜单命令"插入"|"布局对象"|"AP Div"，就会在其中绘制出一个嵌套的 AP 元素，如图 16.5 所示。

嵌套 AP 元素的明显标志是子 AP 元素图标 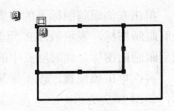 出现在母 AP 元素中。

图 16.5 创建的嵌套 AP 元素

提示

拖动 AP 元素的图标到已经创建的 AP 元素中，也可以将普通 AP 元素转化为嵌套 AP 元素。

---

2. 使用工具

如果要直接绘制嵌套 AP 元素，需要进行一些设置。

选择菜单命令"编辑"|"首选参数"，在打开的"首选参数"对话框中切换到"AP 元素"面板，选中其中的"在 AP div 中创建以后嵌套"复选框，如图 16.6 所示。

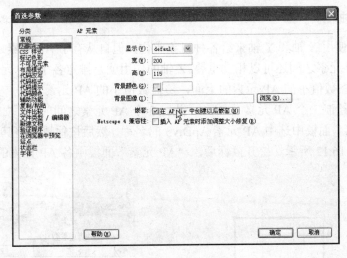

图 16.6 "首选参数"对话框

单击"确定"按钮关闭该对话框。再次单击"布局"插入工具栏中的"AP Div"按钮，此时在 AP 元素中绘制的 AP 元素都会成为嵌套 AP 元素。

16.1.5 "AP元素"面板

使用 Dreamweaver 中的"AP 元素"面板可以对 AP 元素
进行全面的管理。选择菜单命令"窗口"|"AP 元素"，打
开"AP 元素"面板，其中显示的是当前文档中所有的 AP 元
素，如图 16.7 所示。

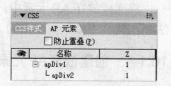

图 16.7 "AP 元素"面板

1. 显示/隐藏 AP 元素

单击左侧眼睛图标下的位置，可以设置 AP 元素的显示或隐藏。默认情况下，该位置
没有眼睛图标，表示该 AP 元素的显示属性为"默认"。单击一次该位置，就会出现一个
闭着眼睛的图标，此时网页中的 AP 元素就会被隐藏起来，如图 16.8 所示。

再次单击该位置，该图标又会变成睁开眼睛的图标，表示该 AP 元素被指定为始终显
示，如图 16.9 所示。

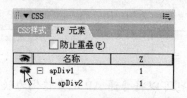

图 16.8 隐藏 AP 元素

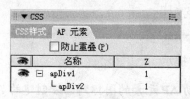

图 16.9 显示 AP 元素

2. 修改 AP 元素的名称

当给 AP 元素添加行为时，需要给 AP 元素命名，默认
情况下 AP 元素都会有一个默认名称，这里为 apDiv1，双击
该名称可以修改该 AP 元素的名称，如图 16.10 所示。

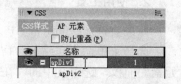

图 16.10 修改 AP 元素的名称

3. 修改 Z 轴顺序

网页中可以使用 X 轴和 Y 轴来给各种对象定位，但自从有了 AP 元素之后，就多了一
个 Z 轴，因为 AP 元素之间还可以相互重叠。Z 轴的作用就是排定各个 AP 元素的叠加顺序。
Z 轴数值大的就在数值小的 AP 元素的上面，覆盖数值小的 AP 元素。

在文档中再绘制一个 AP 元素 apDiv3，此时 3 个 AP 元素之间的关系如图 16.11 所示。

在"AP 元素"面板中选中 AP 元素 ApDiv3 的名称，然后按住鼠标将其拖动到 ApDiv1
的名称下，如图 16.12 所示，松开鼠标后，"AP 元素"面板中各 AP 元素的 Z 轴顺序就会
发生相应的改变。

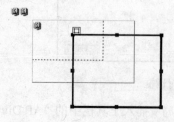

图 16.11 文档中的 AP 元素

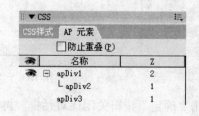

图 16.12 修改 Z 轴顺序

4. 创建嵌套AP元素

利用"AP元素"面板也可以创建嵌套AP元素。打开"AP元素"面板后，在该面板中按住Ctrl键的同时用鼠标拖动某个AP元素的名称到其他AP元素的名称之上，此时在另一个AP元素的名称外部出现一个矩形框，如图16.13所示。

松开鼠标后，拖曳的AP元素（这里为apDiv3）就会移动到目标AP元素（这里为apDiv1）的下一级，也就是说，变成了目标AP元素的嵌套AP元素，如图16.14所示。

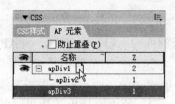

图16.13 调整嵌套关系

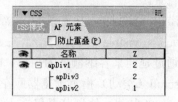

图16.14 调整好后的嵌套关系

16.1.6 AP元素的属性

选中AP元素后，在"属性"面板中可以显示该AP元素的属性，如图16.15所示。

图16.15 AP元素的"属性"面板

其中各选项的含义如下：

- CSS-P元素 用于指定一个名称，以便在"AP元素"面板和JavaScript代码中标识该AP元素。该名称只能使用标准的字母或数字字符，而不能使用空格、连字符、斜杠或句号等特殊字符。每个AP元素都必须有它自己的唯一的编号。
- 左 指定AP元素的左上角相对于页面（如果嵌套，则为父AP元素）左上角的水平距离。
- 上 指定AP元素的左上角相对于页面（如果嵌套，则为父AP元素）左上角的垂直距离。
- 宽 指定AP元素的宽度。
- 高 指定AP元素的高度。

> **提示**
>
> 位置和大小的默认单位为px（像素）。用户也可以指定以下单位：pc（pica）、pt（点）、in（英寸）、mm（毫米）、cm（厘米）或%（父AP元素相应值的百分比）。缩写必须紧跟在值之后，中间不留空格，例如，3mm表示3毫米。

- Z轴 确定AP元素的Z轴顺序。
- 可见性 指定该AP元素最初是否是可见的。其中default（默认）不指定可见性属性，当未指定可见性时，大多数浏览器都会默认为 inherit（继承）；inherit 使用该 AP 元素父级的可见性属性；visible（可见）显示该 AP 元素的内容，而不管父级的值是什么；hidden（隐藏）隐藏 AP 元素的内容，而不管父级的值是什么。

- 背景图像　指定 AP 元素的背景图像。单击"浏览文件"图标可浏览到一个图像文件并将其选定。

- 背景颜色　指定 AP 元素的背景颜色。如果将此选项留为空白，则可以指定透明的背景。

- 溢出　控制当 AP 元素的内容超过 AP 元素的指定大小时如何在浏览器中显示 AP 元素。visible（可见）指示在 AP 元素中显示额外的内容，实际上，该 AP 元素会通过延伸来容纳额外的内容；hidden（隐藏）指定不在浏览器中显示额外的内容；scroll（滚动）指定浏览器应在 AP 元素上添加滚动条，而不管是否需要滚动条；auto（自动）使浏览器仅在需要时（即当 AP 元素的内容超出其边界时）才显示 AP 元素的滚动条。

- 剪辑　用来定义 AP 元素的可见区域。指定左侧、顶部、右侧和底边坐标，可在 AP 元素的坐标空间中定义一个矩形（从 AP 元素的左上角开始计算）。AP 元素经过"剪辑"后，只有指定的矩形区域才是可见的。例如，若要使一个 AP 元素中位于左上角的 50 像素宽、75 像素高的矩形区域可见而其他内容均不可见，可将"左"设置为 0，将"上"设置为 0，将"右"设置为 50，并将"下"设置为 75。

16.2　使用AP元素排版

AP 元素相对于表格的灵活性决定了它很适合形式自由的排版，但不同的浏览器下显示出的 AP 元素排版效果会大相径庭，更何况还有些浏览器不支持 AP 元素的效果。所以 AP 元素在排版上的作用主要体现在，先用 AP 元素创建网页的轮廓，然后再将 AP 元素转换为表格。

16.2.1　防止重叠

由于各类浏览器对 AP 元素的支持不一致，因此用于排版的 AP 元素最终一般都要转换为表格，以保证页面在各种浏览器上的显示都保持一致。这就要求 AP 元素不能有嵌套，不能相互叠加，否则无法转化为表格。

选择菜单命令"窗口" | "AP 元素"，打开"AP 元素"面板，然后选中面板上的"防止重叠"复选框，如图16.16 所示。

图 16.16　选中"防止重叠"复选框

这样再绘制 AP 元素时，就不会有相互重叠的现象了。

16.2.2　对齐AP元素

绘制 AP 元素后，最好将相关的 AP 元素对齐，这样在将 AP 元素转换为表格时，表格的复杂性会大幅度降低。选中要对齐的 AP 元素，按住 Shift 键在"AP 元素"面板上连续单击选中要参与对齐的 AP 元素的名称，然后在编辑窗口下选择菜单命令"修改" | "排列顺序"，其子菜单如图 16.17 所示。

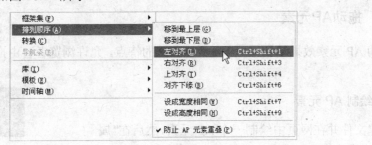

图 16.17　AP 元素的对齐方式

如果选择其中的"左对齐"命令，可以将选中的 AP 元素按照 AP 元素的左侧边缘对齐。其他的以此类推。

16.2.3　AP元素转换为表格

使用 AP 元素排版结束之后，要将 AP 元素排版转换为表格排版，可选择菜单命令"修改" | "转换" | "将 AP Div 转换为表格"，此时将打开"将 AP Div 转换为表格"对话框，如图 16.18 所示。

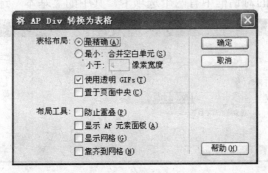

图 16.18　"将 AP Div 转换为表格"对话框

其中"表格布局"选项组中各选项的含义和作用如下：

- 最精确　选中后会严格按照 AP 元素的排版生成表格，但表格结构会很复杂。
- 最小　选中后可以设定删除宽度小于某个具体宽度的单元格，在"像素宽度"前的文本框中可以设定此宽度。
- 使用透明 GIFs　选中此复选框后，将在表格中插入透明图像起到支撑作用。
- 置于页面中央　选中此复选框后，将会把表格居中到页面中央。

设定完毕后单击"确定"按钮，此时 AP 元素就会被转换为表格。

16.3　AP元素上的行为

AP 元素有两个非常重要的特性：能拖动、能显示或隐藏。利用这两个特性可以实现很多动态特效，这些特效可以通过"行为"面板上的行为来实现。

16.3.1　拖动AP元素

拖动 AP 元素效果是利用 AP 元素可移动的特点，允许浏览者自由拖动网页上的 AP 元素。

1．绘制 AP 元素

新建文件并在网页中绘制一个 AP 元素，然后在"属性"面板上设定该 AP 元素的背景色为蓝色（#0099CC），如图 16.19 所示。

图 16.19　设定 AP 元素的背景颜色

提示

当然，用户还可以在 AP 元素中加入一些图片或文字。

2．添加行为

打开"行为"面板，单击面板上的"添加行为"按钮，在展开的菜单中选择"拖动 AP 元素"命令，此时打开的对话框中有两个选项卡，其中的"基本"选项卡如图 16.20 所示。

图 16.20　"基本"选项卡

其中各选项的作用如下：

- AP 元素　从该下拉列表框中可以选择要创建拖动效果的 AP 元素。
- 移动　如果在该下拉列表框中选择"不限制"选项，浏览者将可以在网页上自由地拖动 AP 元素；如果选择"限制"选项，其右侧将多出设定限制区域大小的选项，如图 16.21 所示。

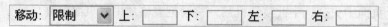

图 16.21　设定限制区域大小的选项

这些设置用来设定拖动AP元素能够移动到的区域范围，该区域为矩形。该范围以AP元素当前所在的位置算起，向上、向下、向左、向右多少像素的距离。这里只需要填写数字，单位默认为像素。

- 放下目标　该选项用来设定拖动 AP 元素的目标，在"左"文本框中输入距离网页左边界的像素值，在"上"文本框中输入距离网页顶端的像素值。单击"取得目前位置"按钮，可以将 AP 元素当前所在的点作为目标点，并自动将对应的值输入在"左"和"上"两个文本框中。

- 靠齐距离　该选项用来设定一旦 AP 元素距离目标点小于规定的像素值时，松开鼠标后 AP 元素会自动地吸附到目标点。

切换到"高级"选项卡，如图 16.22 所示。

图 16.22　"高级"选项卡

其中各选项的含义和作用如下：

- 拖动控制点　用来设定 AP 元素上可拖动的区域。如果选择"整个 AP 元素"选项，则鼠标放在 AP 元素的任意位置都可以拖动 AP 元素；如果选择"AP 元素内区域"选项，则可以确定 AP 元素上的固定区域为拖动区域。选项卡上会多出了一些设置项目，如图 16.23 所示。

图 16.23　拖动区域的设置

"左"和"上"用来设定可拖动区域的左上角顶点距离AP元素的左侧边缘的距离和距离AP元素的顶端的距离。"宽"和"高"用来设定可拖动区域的宽度和高度。

- "拖动时：将元素置于顶层"　选中该复选框，会使 AP 元素在被拖动的过程中位于所有 AP 元素的最上方。

- 然后　用来设定拖动结束后 AP 元素是依旧留在各个 AP 元素的最上面还是恢复原来的 Z 轴位置。

- 呼叫 JavaScript　该文本框中可以输入浏览者在拖动 AP 元素的过程中执行的 JavaScript 代码。

- 放下时：呼叫 JavaScript　该文本框中可以输入浏览者松开鼠标后执行的 JavaScript 代码。

- 只有在靠齐时　该复选框用来规定，只有 AP 元素吸附在目标位置之后才执行

JavaScript 代码。

这里不作任何设置，直接单击"确定"按钮关闭对话框，然后在"行为"面板中指定触发该行为的事件为 onMouseDown，如图 16.24 所示。

保存文件并在浏览器中打开，此时在 AP 元素上按下鼠标就可以用鼠标拖动该 AP 元素了，如图 16.25 所示。

图 16.24 修改触发事件

图 16.25 最终效果

16.3.2 显示和隐藏AP元素

用户可以使用"行为"面板控制 AP 元素的显示和隐藏。

❶ 新建文件，然后在网页上插入 3 个 AP 元素，在"属性"面板上将它们的"CSS-P 元素"分别设为 apDiv1、apDiv2、apDiv3，并分别设定背景色为红色、绿色、蓝色，如图 16.26 所示。

❷ 再在文档中插入两个表单按钮，在"属性"面板中分别设定按钮的标签为"隐藏"和"显示"，此时的按钮如图 16.27 所示。

> 💡 **实讲实训**
> **多媒体演示**
> 多媒体演示参见配套光盘中的\\视频\第 16 章\显示和隐藏 AP 元素.avi。

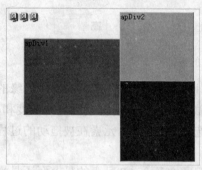

图 16.26 插入的 3 个 AP 元素

图 16.27 插入的按钮

❸ 选中"隐藏"按钮，然后在"行为"面板中单击"添加行为"按钮，在展开的菜单中选择"显示-隐藏元素"命令，打开"显示-隐藏元素"对话框，如图 16.28 所示。

❹ 选中要隐藏或显示的 AP 元素，然后单击"显示"、"隐藏"、"默认"按钮中的一个。其中"显示"按钮用来让 AP 元素显示出来；"隐藏"按钮用来将 AP 元素隐藏起来；"默认"按钮将保留"属性"面板上设定的显示隐藏属性。

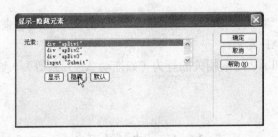

图 16.28　"显示–隐藏元素"对话框

❺　这里选中第一项"div'apDiv1'"，然后单击"隐藏"按钮。用同样的方法将所有
3 个 AP 对象设为隐藏，如图 16.29 所示。

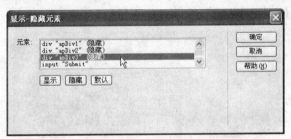

图 16.29　将所有的 AP 对象设为隐藏

❻　单击"确定"按钮关闭对话框。

❼　选中"显示"按钮，然后打开"显示–隐藏元素"对话框，在其中设定所有的 AP
元素为显示状态，如图 16.30 所示。

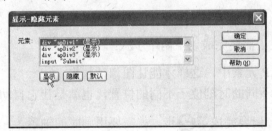

图 16.30　将所有的 AP 元素设为显示

❽　单击"确定"按钮关闭对话框后，保存文件，再将其在浏览器中打开，如图 16.31
所示。

图 16.31　打开的网页

此时单击左侧的"隐藏"按钮，就会将所有的 AP 元素隐藏起来；单击右侧的"显示"按钮将重新显示这些 AP 元素。

另外，还有一些和 AP 元素相关的行为（如拖动 AP 元素等），这里就不再逐个作详细介绍了。

16.4 时 间 轴

在浏览器中打开站点目录 Exercise\layer 下的网页 04.html，可以看到页面上有一个天使在飞来飞去，如图 16.32 所示。

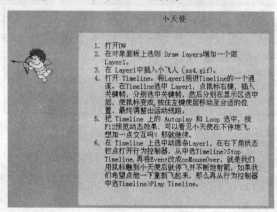

图 16.32 动画效果

实讲实训
多媒体演示
多媒体演示参见配套光盘中的\\ 视频\第 16 章\时间轴.avi。

要实现这样的效果，需要完成以下两个步骤：

❶ 将图片放在 AP 元素中，这样才能让图像动起来。

❷ 让 AP 元素在不同的时刻位于不同的位置，也就是让它自动移动起来。

第❶步没有问题，但要完成第❷步，就需要用到时间轴了。

16.4.1 创建AP元素

新建文件，在其中绘制一个 AP 元素，然后在 AP 元素中插入站点目录 Exercise\layer\images 下的图像文件 angle.gif，如图 16.33 所示。

图 16.33 插入的图像

16.4.2 将AP元素添加到时间轴

① 选择菜单命令"窗口"|"时间轴",打开"时间轴"面板,如图16.34所示。

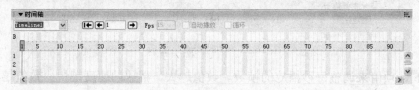

图16.34 "时间轴"面板

② 选中该AP元素,然后按住AP元素左上角的控制方块不放,将其拖放到时间轴上,此时将弹出一个提示对话框,给出一些提示信息,如图16.35所示。

③ 单击"确定"按钮,此时在时间轴上出现一段动画,如图16.36所示。

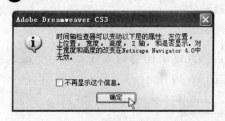

图16.35 提示对话框

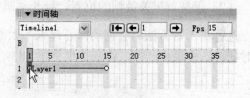

图16.36 产生的动画

其中开始的圆圈代表动画的第1帧,而末尾的圆圈代表动画的最后一帧。由于这两帧中的内容决定了动画的关键状态,因此这两帧都是关键帧,而中间各帧中内容的状态通过插值运算就可以获得,这样的帧称为普通帧。

16.4.3 调整时间轴

要想让AP元素动起来,很显然,不同的时刻它必须处于不同的位置。由于动画中关键帧中的内容决定了普通帧的内容,因此要修改动画,只需要调整关键帧中的内容和普通帧的长度。

单击第1帧上的圆圈选中该帧,然后拖动文档中的AP元素到页面的右下角,此时在文档中就出现一个轨迹,如图16.37所示。

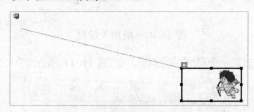

图16.37 拖动后产生的轨迹

 提示

拖动的是AP元素,而不是图像。

在"时间轴"面板上选中"自动播放"复选框，这样当打开网页时，该 AP 元素就会自动起来；再将动画速度设为 15 帧/秒，如图 16.38 所示。

图 16.38 "时间轴"面板

其中 Fps 项用来调整每秒播放的帧数。数值越大，播放的速度越快；数值越小，播放的速度越慢。

保存文件，并在浏览器中打开该文件，此时会发现天使从页面的右下角迅速地飞到了页面的左上角。

如果希望动画能慢下来，有以下两个方法：

（1）将动画速度降低，例如将动画速度设为1帧/秒。

（2）保持首尾关键帧的位置，延长动画的时间长度。

选择第 1 种方法将会使动画看起来不太流畅，因此这里使用第 2 种方法——延长动画的时间。选中最后一帧，将其拖曳到第 30 帧，如图 16.39 所示。

图 16.39 将关键帧拖曳到第 30 帧

16.4.4 增加关键帧

现在的动画只能沿着直线移动，下面在时间轴上添加一个关键帧，让 AP 元素的运行轨迹发生改变。单击时间轴上的第 15 帧，然后在快捷菜单中选择"增加关键帧"命令，如图 16.40 所示。

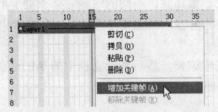

图 16.40 增加关键帧

此时将在时间轴上出现一个新的关键帧，如图 16.41 所示。

图 16.41 增加的关键帧

下面保持第 1 帧和第 30 帧的位置不动，只改变第 15 帧中 AP 元素的位置。选中第 15 帧，然后在编辑窗口中选中 AP 元素，接着将其移动到合适的位置，此时的运动轨迹如图 16.42 所示。

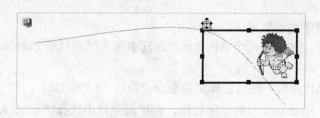

图 16.42　移动后的运动轨迹

保存文件后打开该文件，就会发现天使的运动速度慢了下来，而且运动轨迹变成了曲线。

当然，用户可以继续添加关键帧，让 AP 元素的运动轨迹变成一个圆形，如图 16.43 所示。

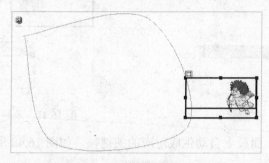

图 16.43　修改后的运动轨迹

为了让动画变得更加流畅，这里将时间轴的长度延长到第 60 帧，此时的时间轴变成如图 16.44 所示。

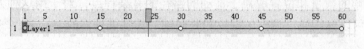

图 16.44　修改后的时间轴

16.4.5　循环播放

为了让动画循环播放，还要选中"时间轴"面板上的"循环"复选框，此时在"时间轴"面板的行为通道上添加了一个折返点，时间轴运行到这一帧就会被行为返回到第 1 帧重新开始播放，如图 16.45 所示。

图 16.45　添加了一个折返点

在制作时间轴动画时，要特别注意折返点的位置，通常要紧接着动画的最后一个关键帧。保存文件并在浏览器中打开，可以看到天使沿着圆形的轨迹运动，并且循环播放。

16.4.6　录制AP元素的路径

有时候 AP 元素的运动轨迹比较复杂，制作起来工作量很大，此时可以采用录制 AP

元素路径的方法创建运动轨迹。

1 新建文件，并创建一个 AP 元素，在其中插入站点目录 Exercise\layer\images 下的图像文件 angle.gif。

2 选中该 AP 元素，然后选择菜单命令"窗口"|"时间轴"，打开"时间轴"面板。再单击"时间轴"面板右上角的扩展按钮，在扩展菜单中选择"记录 AP 元素的路径"命令，如图 16.46 所示。

3 拖动 AP 元素沿着需要的轨迹移动,此时编辑窗口中就会出现 AP 元素运动的轨迹,如图 16.47 所示。

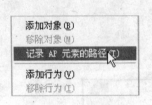

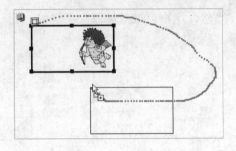

图 16.46　扩展菜单　　　　　　　　　图 16.47　录制 AP 元素路径

同时，"时间轴"面板上自动生成对应的关键帧，如图 16.48 所示。

图 16.48　自动生成的帧

这些关键帧的数量和位置取决于拖动的路径的复杂程度，对于用这种方法创建的 AP 元素动画，还可以继续通过调整关键帧和时间轴的长度进行修改。

16.4.7　控制时间轴的行为

时间轴也可以用行为来控制。

1 在文档中添加两个普通按钮，将标签分别修改为"播放动画"和"停止动画"，如图 16.49 所示。

2 选中"停止动画"按钮，然后打开"行为"面板，在面板上单击"添加行为"按钮，在展开的菜单中选择"时间轴"|"停止时间轴"命令，如图 16.50 所示。

图 16.49　修改后的按钮　　　　　　　　图 16.50　停止时间轴

此时将自动打开"停止时间轴"对话框，如图 16.51 所示。

3 在其中选择要停止的时间轴 Timeline1，然后单击"确定"按钮，此时将在"行为"面板上出现一个新的行为。然后在"行为"面板上修改事件为 onClick，如图 16.52 所示。

图 16.51 "停止时间轴"对话框

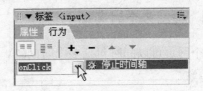

图 16.52 新增的行为

❹ 再选中"播放动画"按钮，在"行为"面板上单击"添加行为"按钮，在展开的菜单中选择"时间轴"|"转到时间轴帧"命令，此时将打开"转到时间轴帧"对话框，如图 16.53 所示。

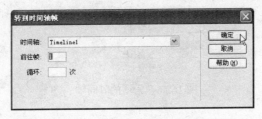

图 16.53 "转到时间轴帧"对话框

其中各选项的含义和作用如下：

- 时间轴　该下拉列表框用来选择要控制的时间轴。
- 前往帧　该文本框用来输入要跳转到第几帧。
- 循环　该文本框用来设定添加行为的帧与"前往帧"文本框中填写的帧之间重复播放的次数。

> 📎 提示
>
> 如果没有跳转，可能会出现错误。

❺ 选中"播放动画"按钮，再次单击"添加行为"按钮，在展开的菜单中选择"时间轴"|"播放时间轴"命令，打开"播放时间轴"对话框，如图 16.54 所示。

图 16.54 "播放时间轴"对话框

❻ 选择要播放的时间轴，单击"确定"按钮后即在按钮上添加此行为，然后在"行为"面板上修改事件为 onClick。

❼ 保存文件并在浏览器中打开该文件，单击其中的"停止动画"按钮可以让动画停止，接着单击其中的"播放动画"按钮会让停止的动画再次开始播放，如图 16.55 所示。

图 16.55 最终效果

16.4.8 控制多个时间轴

一个网页可以同时包括多个时间轴，对这些时间轴的控制都可以通过"时间轴"面板来完成。

1. 添加时间轴

单击"时间轴"面板上的扩展按钮 ，在打开的菜单中选择"添加时间轴"命令，此时将在"时间轴"面板上增加一个时间轴，该时间轴会出现在面板中的"时间轴"下拉列表框中。此时用户可以进行时间轴的切换，如图 16.56 所示。

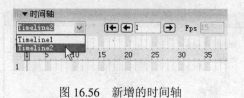

图 16.56 新增的时间轴

2. 删除时间轴

在"时间轴"面板的"时间轴"下拉列表框中选择要删除的时间轴，然后单击"时间轴"面板上的扩展按钮 ，在打开的菜单中选择"移除时间轴"命令，选中的时间轴将被删除。

3. 给时间轴重命名

在"时间轴"面板的"时间轴"下拉列表框中选择要重新命名的时间轴。单击"时间轴"面板上的扩展按钮，在打开的菜单中选择"重命名时间轴"命令，打开"重命名时间轴"对话框，如图 16.57 所示。

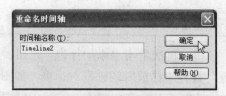

图 16.57 "重命名时间轴"对话框

在其中输入当前时间轴的新名称，该名称只能使用英文，并且不能出现空格和特殊符号。

16.5 练 习 题

本章介绍了AP元素和时间轴相关的重要知识点，有时间最好能将光盘目录mywebsite\Exercise\layer下的文件实例都做一做。

Dreamweaver CS3

第 17 章

网 站 管 理

本章导读　　　站点制作完成并通过测试后，还有很多日常的管理工作，这些大多都由网站管理员来完成。这些工作有的是一劳永逸的，如网站域名的申请、网站系统的配置等；还有一些是经常要做的工作，如链接的检查、网站文件管理等。

内容要点

1. 上传与下载
2. 遮盖文件和文件夹
3. 本地/远程站点文件管理
4. 多人在线协作管理站点
5. 创建网站报告
6. 网页内容的管理
7. 创建网站结构图
8. 网站测试
9. 网站发布
10. 提高网站访问量
11. 申请域名

17.1　上传与下载

　　网页制作完成并经过测试后，就要发布到 Web 服务器上去，这样才能让所有的人都能访问到。由于一般的 Web 服务器都允许使用 FTP 进行网站文件的管理，因此这里重点讲解如何使用 Dreamweaver 内置的 FTP 功能来上传和下载网站文件。

17.1.1　设置服务器信息

发布站点时，Dreamweaver 需要知道网站要发布到哪儿、采用什么方式等信息，因此需要进行一些服务器信息的设置。

在 Dreamweaver 窗口中选择菜单命令"站点"|"管理站点"，打开"管理站点"对话框，如图 17.1 所示。

在左侧的站点列表框中选中要修改的站点名称，然后单击对话框中的"编辑"按钮，将打开"mywebsite 的站点定义为"对话框。

图 17.1　"管理站点"对话框

在对话框左侧选择"远程信息"选项，右侧将显示有关服务器的一些信息。默认情况下，右侧只有一个"访问"选项。从下拉列表框中选择 FTP 选项，如图 17.2 所示。

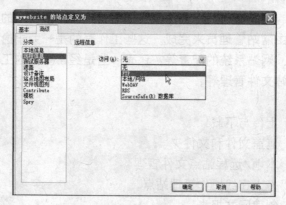

图 17.2　选择 FTP 作为上传方式

此时对话框中出现与 FTP 上传相关的各项参数，如图 17.3 所示。

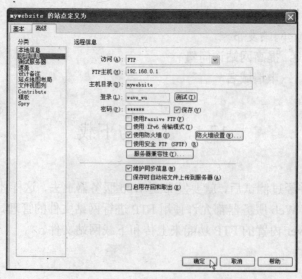

图 17.3　定义远程信息

在"FTP 主机"文本框中输入上传站点文件的 FTP 主机名或者 IP 地址，这里输入
"192.168.0.1"。然后在"主机目录"文本框中输入远程站点的主机目录名，该目录是服
务器用来存储站点的文件夹名称，该名称由服务器管理员提供，这里输入"mywebsite"。

接下来是用户用来登录 FTP 服务器的登录名及密码，如果选中"保存"复选框，则每
次与远程服务器相连的时候都会自动输入密码。

🎀提示

如果用户申请的是网站空间，无论是免费的还是租用的，空间提供商都会发给用
户一封 E-mail，其中会告诉用户详细的上传方法和各种参数。如果用户所在公司
自己有服务器来发布网站，这些参数可以从网络管理员那里获取。

为了安全起见，一般选中"使用防火墙"复选框。如果需要设置防火墙，可以单击"防
火墙设置"按钮进行设置。其他选项暂且保持默认，然后单击"确定"按钮关闭站点定义
窗口。

17.1.2　设定站点信息

选择菜单命令"编辑"|"首选参数"，打开"首选参数"对话框，然后切换到"站点"
面板，如图 17.4 所示。

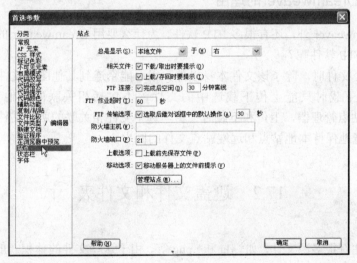

图 17.4　"站点"面板

- 总是显示　用来设定"本地文件"和"远程文件"在站点管理器窗口中的显示位置。
- 相关文件　用来设定上传、下载文件，以及取出、存回时是否打开提示窗口。
- FTP 连接　用来设定空闲多少时间就会自动离线。
- FTP 作业超时　用来设定在连接尝试失败多少秒后终止尝试。
- 防火墙主机　用来设定防火墙的主机地址。

- 防火墙端口 用来设定防火墙的端口号，一般都使用 FTP 的默认端口 21。
- 上载前先保存文件 为了让还没有保存的文档自动保存，可以选中该复选框。
- 移动服务器上的文件前提示 当服务器上的文件被移动时，将自动提醒用户。

17.1.3 上传与下载站点文件

当上面的设置完成后，在"文件"面板的"站点"窗口中单击工具栏上的"连接到远端主机"按钮 ，连上远程服务器。

如果 Dreamweaver 成功连入服务器，"连接到远端主机"按钮会自动变为"切断"按钮，并且亮起一个小绿灯 。

如果只想上传本地站点中的一部分文件，可以先选择要上传的文件，然后在"文件"面板中单击工具栏上的"上传文件"按钮 。因为这里是第一次上传，可用 Ctrl+A 键选中全部文件，再单击"上传文件"按钮，此时就会将整个站点上传到服务器上。

刚才是将文件上传到服务器，有时候也会不小心把本地站点中某个文件给删掉了，此时需要下载文件。

由于远程服务器上已经有了一个备份，用户可以把它下载下来。在左侧远程站点文件列表中选中该文件，在"文件"面板中单击工具栏上的"获取文件"按钮 ，这样就会下载所选的文件及其相关文件。

17.1.4 选用Dreamweaver的理由

除了 Dreamweaver 外，还有很多 FTP 软件。为什么要用 Dreamweaver 的内置功能，而不采用其他的 FTP 软件呢？

当更新一个文件时，除了该文件本身以外，很可能牵连到其他图像文件或文本，使用FTP 软件上传下载时只能上传下载选中的文件，不包括相关联的其他文件，而使用Dreamweaver 站点管理器，上传和下载时会将与选中文件相关联的所有文件上传和下载，这样可以尽可能地保持本地站点和远端站点文件的同步。

17.2　遮盖文件和文件夹

网站中往往有很多源文件，如*.fla 和*.png 等，由于这些文件的体积一般很庞大，上传和下载非常耗费时间，而且它们不会出现在网页上，因此完全可以不上传这些文件。

要使这些文件不被上传，可以使用 Dreamweaver 中的遮盖功能，利用它可以将不想上传的文件屏蔽起来。

1．启用遮盖

默认情况下，网站的遮盖功能都已经启用。如果用户曾经关闭过遮盖功能，可以重新打开"mywebsite 的站点定义为"对话框，并在"遮盖"面板中选中"启用遮盖"复选框，如图 17.5 所示。

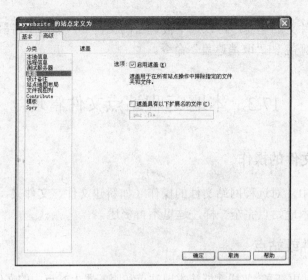

图 17.5　启用遮盖

2．遮盖文件类型

由于 Dreamweaver 默认情况下只对 PNG 和 FLA 文件使用遮盖功能，如果用户还要遮盖其他文档，可以选中"遮盖具有以下扩展名的文件"复选框，然后在下面的文本框中输入不想上传的扩展名，如图 17.6 所示。

单击"确定"按钮后，添加的文件类型将被遮盖，也就是说，上传时将不会自动上传该类文件了。

如果想取消对某种文件的遮盖，可以在该文本框中删除被遮盖的文件类型名称。

如果想取消整个网站的遮盖，可在对话框中取消选中"启用遮盖"复选框。

3．遮盖文件夹

除了遮盖文件外，还可以遮盖文件夹，方法是：在站点管理器中选中要遮盖的文件夹，然后单击鼠标右键，在打开的菜单中选择"遮盖"|"遮盖"命令即可，如图 17.7 所示。

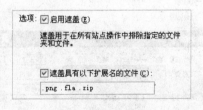

图 17.6　修改文件类型

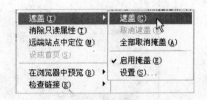

图 17.7　选择"遮盖"命令

被遮盖的文件夹和被遮盖的文件一样，上传和下载时不会被自动上传和下载。

 提示

除了上传和下载时遮盖会有效外，检查链接、同步、更新库和模板等操作时都会相应地被屏蔽。

如果想取消文件夹的遮盖，可以选中被遮盖的文件夹，然后单击鼠标右键，在打开的快捷菜单中选择"遮盖" | "取消遮盖"命令。

17.3　本地/远程站点文件管理

17.3.1　对远程文件的操作

在站点管理器中，对远程网站文件的操作（如新建文件、文件夹，删除文件，移动文件、文件夹等）和本地站点完全一样，这里不再赘述。

17.3.2　同步文件或站点

如果用户的网站更新了，怎样才能让本地站点和服务器上站点中的文件都是最新版本呢？

当然，用户可以将站点文件重新上传一次，但由于站点文件非常多，文件体积很大，上传一次所花的时间很长。如果有一种方法能够自动找到更新过的文件，只上传更新过的文件，就会节省大量的时间。Dreamweaver 的文件同步功能就可以做到这一点。

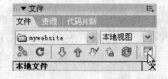

在"文件"面板中单击"扩展/折叠"按钮，如图 17.8 所示，此时将展开站点管理器。选中站点的根目录（也可以是部分文件或文件夹），然后单击右键，在打开的菜单选择"同步"命令，如图 17.9 所示，此时将打开"同步文件"对话框，如图 17.10 所示。

图 17.8　单击"扩展/折叠"按钮

图 17.9　选择"同步"命令

图 17.10　"同步文件"对话框

1．同步

如果要同步整个站点，就应该在"同步"下拉列表框中选择"整个'mywebsite'站点"选项。如果只想上传选中的文件或文件夹，可以选择"仅选中的本地文件"选项。

这里选择"整个'mywebsite'站点"选项。

> **提示**
>
> 如果用户已经知道哪些文件作了改动，用同步选中文件的方法要快得多，但如果用户也不清楚到底站点作了哪些改动，采用同步整个站点的方法可以保证万无一失。

2．方向

如果要将本地文件中的最新版本上传到远程服务器上，就应该在"方向"下拉列表框中选择"放置较新的文件到远程"选项，如图 17.11 所示。

图 17.11　设置"同步文件"对话框

如果要将远程文件中的最新版本下载到本地，就应该在"方向"下拉列表框中选择"从远程获得较新的文件"选项。如果选中的是"获得和放置较新的文件"选项，就会将本地的新版文件上传到服务器，并将服务器上的新版文件下载，从而使两地完全同步。

3．删除本地驱动器上没有的远端文件

如果选中"删除本地驱动器上没有的远端文件"复选框，Dreamweaver 将删除远程站点中有但本地站点中没有的文件。通过这种方法可以删除远程站点中的垃圾文件。

17.4　多人在线协作管理站点

17.4.1　启用存回和取出

要制作和管理一个大型网站，单靠一个人的力量是远远不够的，需要多人在线协作。在这种情况下，如果一时疏忽或协同不好，很容易出现两个（或更多）人同时修改同一页面的情况，更新时相互覆盖，造成混乱，甚至使得长时间的工作成果付之东流。

用户可以用 Dreamweaver 提供的"存回/取出"功能实现对文件操作权限的控制。当某个制作人员在修改首页时，可以通过"取出"功能对自己正在编辑的网页进行锁定，修改完后再用"存回"功能解锁。

打开"mywebsite 的站点定义为"对话框，在对话框左侧选择"远程信息"选项，然后在右侧选中"启用存回和取出"复选框，如图 17.12 所示。

选中"启用存回和取出"复选框后，在下面出现了几个新的文本框。由于在线操作的人员很多，用户需要让别人知道是自己在操作，并需要告诉他们自己是谁，怎么和自己联系。这几个文本框就起这个作用。

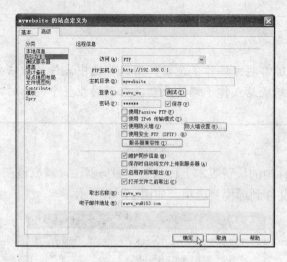

图 17.12　启用存回和取出

　　这里在"取出名称"文本框中输入自己的名字"wave_wu"，在"电子邮件地址"文本框中输入自己的邮件地址"wave_wu@163.net"，如图 17.13 所示，然后单击"确定"按钮关闭对话框。

　　如果要编辑某个文件，应该先选中此文件，然后单击"取出文件"按钮，此时将打开"相关文件"对话框，询问是不是将包含相关的文件，这里单击"是"按钮，如图 17.14 所示。

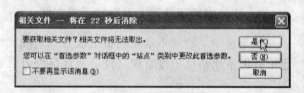

图 17.13　输入取出名称和电子邮件地址　　　　　　图 17.14　"相关文件"对话框

　　此时在编辑者站点管理器的远程和本地窗口中，该文件图标后面将跟随一个绿色的对勾（√），表示该文件已经被取出，在"取出"栏中会显示编辑者的取出名称为"wave_wu"，如图 17.15 所示。

图 17.15　取出成功后的文件

　　此时只有取出用户可以进行修改，其他的维护人员不能对它进行操作。其他维护者的站点管理器窗口中将会看到一个红色的对勾（√），表示该文件已经被人编辑，当然他们也能查看编辑者的名称。

　　编辑完成后将文件上传更新，单击"存回文件"按钮，解除对该文件的锁定，其他维护人员就又可以对该文件进行操作了。在存回过程中，在该文件图标后面出现一个灰色的锁状标识，表示此时文件为只读，防止改变它的内容，如图 17.16 所示。

⊞ 📁	styles	文件夹	2008-4-29 17:49	-
⊞ 📁	Templates	文件夹	2008-4-29 17:46	-
📄	index.html	20KB HTML D...	2008-4-29 15:44	
📄	index_exer.html	5KB HTML D...	2008-4-29 15:44	

图 17.16　存回后的文件

 提示

为了保护所有维护者的工作，建议在编辑公用文件时首先将该文件下载下来，以保证所要编辑的文件为最新版本，避免使用本地端的旧版本覆盖他人更新的新版本文件。

编辑完成后，使用上传功能可将页面及其相关文件一并上传。Dreamweaver 会自动跟踪网站上"取出"和"存回"的情况，决定该文件是否可以被编辑。

🌑 注意

编辑更新完成后，切记将文件存回，否则即使用户退出 Dreamweaver 甚至关闭计算机，他人仍然无法改动该文件。

17.4.2　设计备注

设计备注是用来说明网站文件或文件夹相关信息的。比如用户现在做好了一个页面，他需要告诉所有的网站管理员——用户已经完成了这个页面，此时没有必要打电话挨个去通知，这里使用设计备注就可以通知所有想要编辑该文件的人员。

1. 启用设计备注

如果要使用设计备注，首先必须启用。在 Dreamweaver 窗口中选择菜单命令"站点"|"管理站点"，在打开的对话框中选择要编辑的站点，然后单击"编辑"按钮。

在打开的对话框中切换到"设计备注"面板，如图 17.17 所示。

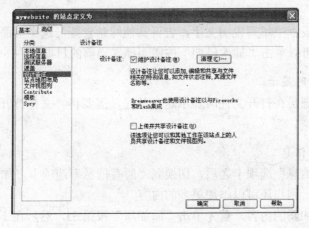

图 17.17　"设计备注"面板

在右侧选中"维护设计备注"复选框,激活设计备注功能;如果不需要这个设计备注功能,也可以取消选中这一复选框。

单击"清理"按钮可以删除网站内部选中文件的设计备注。

如果要将设计备注上传到远程服务器,让网站的设计者共享,可以选中"上传并共享设计备注"复选框。

设置完毕后单击"确定"按钮。

2. 创建设计备注

启用之后用户就可以使用设计备注了。选中要添加设计备注的文件,单击鼠标右键,在打开的菜单中选择"设计备注"命令,然后在打开的对话框中切换到"基本信息"选项卡,如图 17.18 所示。

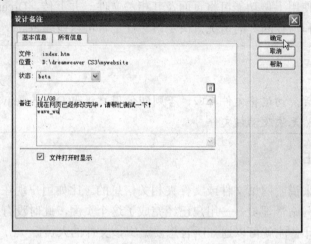

图 17.18   "基本信息"选项卡

(1)状态

在"状态"下拉列表框中选择当前文件的状态,如"草稿"、"最终版"等,这里选择 beta 选项,表示刚刚完成,还有待测试。

(2)备注

在"备注"列表框中填写说明文字,告诉其他网站管理员这个页面已经完成。如果还有必要添加日期,可以单击"插入日期"按钮🔲插入当前的日期。

(3)文件打开时显示

为了让其他管理员在打开文件时显示这个备注,需要将"文件打开时显示"复选框选中。

(4)添加更多信息

设置完"基本信息"选项卡之后,切换到"所有信息"选项卡,如图 17.19 所示。

在该选项卡中,用户还可以添加更多的内容。

如果用户要添加新的内容,首先单击"添加项"按钮➕,然后在下面的"名称"文本框中输入关键字,在"值"文本框中输入关键字对应的值。

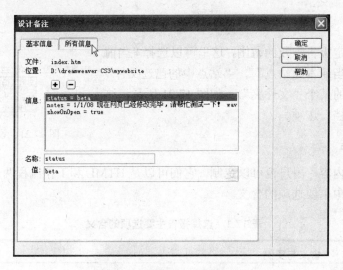

图 17.19 "所有信息"选项卡

 提示

用户可以在备注中添加任何信息，如文件的注释、图像来源等。

如果用户要删除信息，可以单击面板上的"删除项"按钮 ⊟ 。
设置完毕后单击"确定"按钮，就可以将结果保存了。

17.5　创建网站报告

用户还能对整个站点中的网页文件进行检测，并生成网站文件的报告。
在 Dreamweaver 编辑窗口中选择菜单命令"站点"|"报告"，打开"报告"对话框，
如图 17.20 所示。

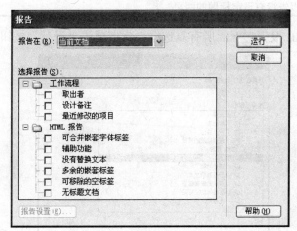

图 17.20 "报告"对话框

1. 报告在

该项用来设定报告涉及的范围，这里可以选择"当前文档"、"整个当前本地站点"、"站点中的已选文件"或者是用户指定的某个"文件夹"，如图 17.21 所示。这里选择"当前文档"选项。

图 17.21　设定报告范围

2. 选择报告

对于报告的内容，用户也可以定制，它们可以是 HTML 和工作流程两方面的报告。表17.1 显示的是其中主要选项的含义。

表 17.1　选择报告主要选项的含义

报告选项	含义与实例
取出者	显示当前网站的网页正在被取出的情况
设计备注	显示设定范围之内网页的设计备注的信息
最新修改的项目	创建一个报告，列出在指定时间段内发生更改的文件。输入要查看文件的日期范围和所在位置
可合并嵌套字体标签	显示可以合并的文字修饰符
	例如：<font color="#FF4400"><font size="3">Hello!</font></font>可以合并在一个 <font>标签内
辅助功能	创建一个报告，详细列出用户的内容与 1998 年康复法案的第 508 款辅助功能准则之间的冲突
没有替换文本	没有添加在图片无法正常显示时显示的图像替换文本
多余的嵌套标签	显示网页中多余的嵌套符号
	例如：<i>Welcome to <i> Neworiental </i> Web Master's Site </i>中间的一对 <i></i>标记可以删除
可移除的空标签	显示空的可删除的 HTML 标签
无标题文档	报告没有设定标题的网页

这里选中"HTML 报告"下的所有复选框，然后单击"运行"按钮，如图 17.22 所示。

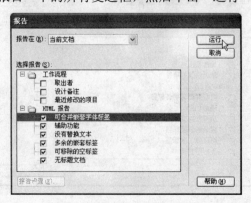

图 17.22　设置"报告"对话框

此时将自动展开"结果"面板组中的"站点报告"面板，如图 17.23 所示。

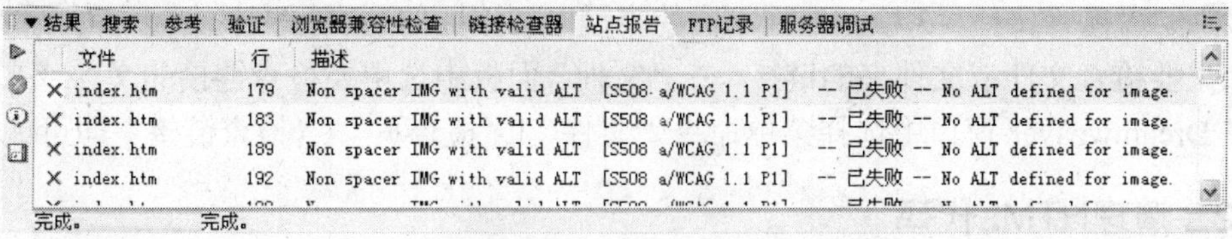

图 17.23 "站点报告"面板

其中的"文件"项中显示的是找到的有问题的文件；"行"中显示的是存在问题的源代码的行数；"描述"中显示的是问题的描述。

双击"站点报告"面板中的某一条，Dreamweaver 将会自动找到有问题的源代码，如图 17.24 所示。

图 17.24 找到有问题的源代码

这样用户就能很方便地找到代码中的问题，并将代码修改过来。

如果想将报告保存起来，可以单击面板上的"保存报告"按钮。

17.6 网页内容的管理

17.6.1 检查网页链接

网站里的页面多了，链接也就多了，这就很难保证没有断链的现象。此时用户可以用 Dreamweaver 的检查链接功能，找到网页文件中链接可能有问题的页面。

在 Dreamweaver 中选择菜单命令"文件"|"检查页"|"检查链接"，此时将自动展开"结果"面板组中的"链接检查器"面板，如图 17.25 所示。

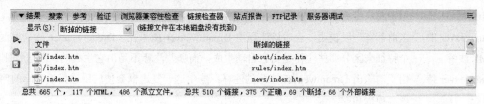

图 17.25 "链接检查器"面板

在"显示"下拉列表框中可以选择要显示链接的类型，其中包括"断掉的链接"、"外部链接"、"孤立文件"3项。选择不同的类型时，下面的列表框中就会列出对应的链接。

如果要检查文件或文件夹的链接，在"文件"面板中选中要检查链接的文件或文件夹，然后在 Dreamweaver 窗口中选择菜单命令"文件"|"检查页"|"检查链接"即可。

17.6.2 清理HTML代码

在编辑网页过程中，不可避免地产生冗长的 HTML 代码。不必要的代码会影响网页的下载速度和网页的兼容性，更糟糕的是还会给编程人员的工作造成很大的困难。所以，网页完成后需要想办法精简代码，使网页更加简洁。

实讲实训
多媒体演示

多媒体演示参见配套光盘中的\\视频\第17章\清理HTML代码.avi。

选择菜单命令"命令"|"清理 HTML"命令，打开"清理 HTML/XHTML"对话框，如图 17.26 所示。

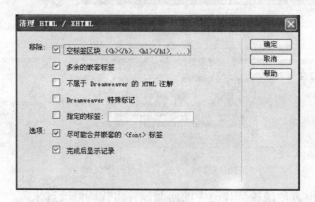

图 17.26　"清理 HTML/XHTML"对话框

在"移除"选项组中有 5 个选项，可以用来清除不需要的代码。

面板中的项目很多，其中每项具体作用如表 17.2 所示。

表 17.2　清理对话框中各项具体作用

各项内容	具体作用
空标签区块	用于清除没有包含任何内容的空标签。比如，选中后会删除"<font size=2></font>"这样的标签，但不会删除"<font size=2>网站设计</font>"这样的标签
多余的嵌套标签	用于清除多余的 HTML 标签。例如，对"<font size=2>网站<font size=2>设计</font>教学</font>"语句，内部的<font size=2></font>标记会被删除，最终代码变为"<font size=2>网站设计教学</font>"
不属于 Dreamweaver 的 HTML 注解	用于删除所有非 Dreamweaver 自动生成的注释信息。Dreamweaver 自动生成的注释之前都有一段说明，表明该注释由 Dreamweaver 所添加，Dreamweaver 就是根据这个特征来区分哪些注释是由它自动生成，而哪些注释不是由它生成的，并进行删除
Dreamweaver 特殊标记	用于清除由 Dreamweaver 产生的注释；选中这一复选框会使应用过模板和库的网页脱离模板和库

（续表）

各项内容	具体作用
指定的标签	在文本框中，用户可以输入想要清除的标签名称。这一项主要用于删除由其他可视化编辑器生成的标签、自定义标签等
尽可能合并嵌套的<font>标签	选中这一复选框后，会将文档中嵌套的<font>标记进行重新组合。比如，代码"<font size="2"><font color="#ff0000">网站设计</font></font>"，将被合并成"<font size="2" color="#ff0000 ">网站设计</font>"
完成后显示记录	选中这一复选框会在精简代码操作完成后显示提示信息。比如选中图 17.26 中的第 1、2 项，然后单击"确定"按钮，系统会打开一个对话框，提示一共清除了几个空标签

如果网页是由 Word 文件另存成 HTML 文件的，那用户可以选择菜单命令"命令"|"清理 Word 生成的 HTML"，这样可以专门清除由 Word 文件转换所产生的垃圾代码。

使用 Dreamweaver 可以有效地清除垃圾代码，但还是有很多代码必须手动去修改，因此防止垃圾的产生是最彻底的方法。

怎样才能使代码最精简呢？这里给大家一些建议：

（1）网页结构应避免过于复杂

表格结构应该尽量简单，表格的嵌套尽可能要少。

（2）尽量少移动对象

频繁地移动图片、文本等对象会产生一些不必要的代码。

（3）避免重复定义对象格式

避免对已继承上级对象格式的对象再定义相同的格式。

（4）对同一对象的格式不要做多次修改

修改对象的格式最好先清除原先的格式，然后再定义。

17.6.3 查找和替换文字

Dreamweaver 具有强大的查找和替换功能。当网页数量很多时，利用查找和替换功能可以大大减小手动修改的工作量。

打开要进行查找和替换的网页，然后选择菜单命令"编辑"|"查找和替换"，打开"查找和替换"对话框，如图 17.27 所示。

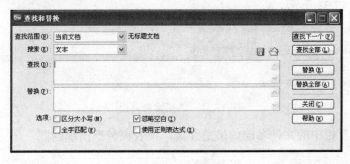

图 17.27 "查找和替换"对话框

1．查找范围

"查找范围"下拉列表框中可以选择的有"所选文字"、"当前文档"、"整个当前本地站点"、"站点中选定的文件"以及"文件夹"等选项。选择不同的选项将确定查找替换的不同范围，如图 17.28 所示。

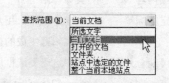

图 17.28 "查找范围"下拉列表框

如果想将整个站点中所有的"北京大学资产管理部"改为"北大资产管理部"，就可以选择"整个当前本地站点"选项；如果只想在当前文档中进行查找替换，那么应当选择"当前文档"选项。这两项在 Dreamweaver 中用得最多。

2．搜索

"搜索"下拉列表框用来确定查找内容的类别，如图 17.29 所示。

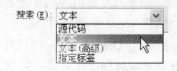

图 17.29 "搜索"下拉列表框

3．查找

"查找"文本框用来确定要查找的具体内容，这里输入"北京大学资产管理部"。

4．替换

"替换"文本框用来确定要替换成的具体内容，这里输入"北大资产管理部"，如图 17.30 所示。

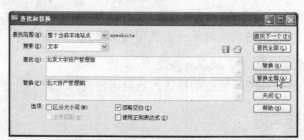

图 17.30 "查找和替换"对话框

单击"替换全部"按钮，Dreamweaver 将在整个站点的网页中进行查找和替换，当所有的替换完成后，将会自动展开"结果"面板组中的"搜索"面板，在其中可以看到替换后的结果，如图 17.31 所示。

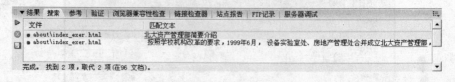

图 17.31 "搜索"面板

其中"文件"栏中的文件名前如果是红叉，代表该替换出现问题。

17.6.4　查找和替换大小写

　　有时候用户要替换文字的大小写，比如要将站点内所有文件中的
"dreamweaver" 全部转变成 "Dreamweaver"。

　　打开站点内的任何一个网页，按下快捷键 Ctrl+F 打开 "查找和替
换" 对话框。在 "查找" 文本框中输入 "dreamweaver"，在 "替换"
文本框中输入 "Dreamweaver"。和普通文字有区别的是，要选中 "区
分大小写" 复选框，如图 17.32 所示。

<table>
<tr><td>实讲实训
多媒体演示</td></tr>
<tr><td>多媒体演示参见配
套光盘中的\\视频\
第 17 章\查找和替
换大小写.avi。</td></tr>
</table>

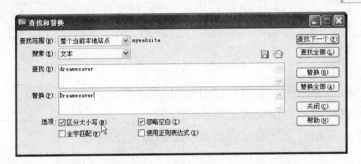

图 17.32　选中 "区分大小写" 复选框

　　此时单击 "替换全部" 按钮，就可以替换所有的 "dreamweaver" 了。

 注意

　　慎用 "替换全部" 按钮，因为替换操作是不能撤销的。建议在没有把握时先按
"查找下一条" 按钮试一下，如果查找正确，再执行 "替换" 命令，这种方法
比较保险。

17.6.5　查找和替换代码

　　如果想要替换的不是普通文本而是 HTML 代码，可以在
"搜索" 下拉列表框中选择 "源代码"，然后再进行查找和
替换，如图 17.33 所示。

图 17.33　替换源代码

17.7　创建网站结构图

　　有时候用户希望能让网页之间的关系一目了然，以便于组织网站
结构，此时可以使用站点地图。

　　在 "文件" 面板中单击 "扩展/折叠" 按钮，在打开的站点管
理器窗口中单击 "站点地图" 按钮，如图 17.34 所示。

　　然后在展开的菜单中选择 "地图和文件" 命令，如图 17.35 所示。

<table>
<tr><td>实讲实训
多媒体演示</td></tr>
<tr><td>多媒体演示参见配
套光盘中的\\视频\
第 17 章\创建网站
结构图.avi。</td></tr>
</table>

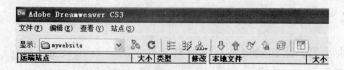

图 17.34　单击"站点地图"按钮　　　　　图 17.35　展开的菜单

此时窗口左侧出现很多文件图标，如图 17.36 所示。

图 17.36　站点地图窗口

单击 index.htm 前的加号，展开后窗口如图 17.37 所示。

这里看到的就是网站内部文件之间的链接关系，默认情况下，顶部的文件是站点根目录下的 index.htm。

如果要在顶部显示其他文件，可以在站点管理器中选中该文件，然后在右键菜单中选择"设成首页"命令，如图 17.38 所示。

如果有不想显示出来的链接，可以在该链接上单击右键，然后选择"显示/隐藏链接"命令将它隐藏起来，如图 17.39 所示。

用户也可以在站点地图窗口中选择右键菜单中的"链接到新文件"和"链接到已有文件"命令，在窗口中添加新的链接关系。

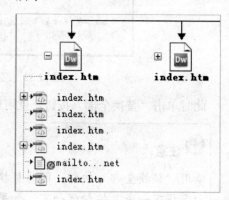

图 17.37　展开后的窗口

如果要将整个网站的链接关系保存起来，可以选择菜单命令"文件"|"保存站点地图"，将整个站点的链接关系保存为一个 BMP 格式的图像文件。

图 17.38　设成首页

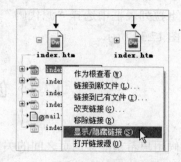

图 17.39　"显示/隐藏链接"命令

17.8 网 站 测 试

网站测试工作由测试人员完成，他们主要从网站的实用性、安全性、稳定性上进行测试。测试的方法主要是用不同版本、不同厂方的浏览器来检测是否能够正常浏览网站。

17.8.1 网站测试方向

具体而言，主要从以下几个方面进行测试。

(1) 功能是否完整，是否达到了客户的要求。

(2) 网页中内容的校对。

(3) 网页之间的链接是否正确。

(4) HTML代码编写是否规范。

(5) Script脚本程序是否正确。

(6) 代码的兼容性。

(7) 网页在不同分辨率下的显示状态。

(8) ASP脚本功能是否精炼、完整、没有安全漏洞。

(9) 数据库结构是否需要进一步调整。

17.8.2 常见错误信息

在调试时，用户会经常看到一些错误信息，如果不知道这些内容是什么意思，要解决也就无从下手。下面将网页上常见的错误列举出来，以供大家参考，如表17.3所示。

表 17.3 常见的错误信息及具体含义

编号	错误信息	出错原因
1	AN UNEXPECTED WEB ERROR OCCURRED	这个错误信息表示可能出现了无法预测的错误，没有进一步的解释
2	BAD FILE REQUEST	用户可能在网页上填写表单时输入了不正确的信息，导致程序在处理资料时出现错误。用户可以单击浏览器上的"返回"按钮修改资料
3	401 UNAUTHORIZED（没有授权）	它表示用户必须有一个用户名和密码才能访问，一般出现在网校之类营业性的网站上
4	403 FORBIDDEN PAGES（拒绝访问页面）	用户访问的页面虽然存在，但只允许有权限的人访问。如果用户有权限，可以重新输入用户名和密码
5	404 NOT FOUND	最常见的出错信息。通常是因为用户要访问的页面不存在了，此时可以在地址栏中重新输入新的地址后按回车键
6	500 SERVER ERROR	这个信息是由网页程序设计错误产生的，需要管理员修改程序

（续表）

编号	错误信息	出错原因
7	503 SERVICE UNAVAILABLE	要访问的网页可能存在，但暂时不能访问。这通常是网站服务器太忙引起的，可以等一段时间之后再访问
8	CANNOT ADD FORM SUBMISSION RESULT TO BOOKMARK LIST	一些并不是长期存放的档案，例如天网搜索出的页面上的网址是不能被存储到 Bookmark 上的，如果试图保存起来就会产生这个错误
9	CONNECTION PROFUSED BY HOST	另外一个类似"403 FORBIDDEN PAGES"的信息，是由网站用户注册问题引起的
10	NOT FOUND	用户想找的网页已不存在，可能是用户输入了错误的 URL 或者这个网站已经搬家了
11	SITE UNAVAILABLE	产生这个信息有很多可能，用户太多、网站因维修而关闭、电话线噪声太大或者网站根本不存在都有可能导致这种信息的出现
12	FAILED DNS LOOKUP	用户输入的地址不能解析成 IP 地址。这种错误通常是由网站负荷太重造成的
13	FILE CONTAINS NO DATA	所访问的页面是存在的，但当前文件为空白。通常是由于该页面正由网页制作者上传，可稍后再试
14	HELPER APPLICATION NOT FOUND	用户若想观看一些需要"HELPER APPLICATION"的档案，浏览器可能会打开这个信息，意思是找不到指定的帮助文件了
15	TOO MANY USER	网站已经饱和，不能接受更多用户了，可以稍等一段之后再连接
16	UNABLE TO CREATE HOST	表示用户所输入的网址或其他 URL 不能找到所要的目标位置，用户可能是打错了字或该网站并不存在，也有可能是用户的网络连接上出了问题
17	HOST UNKNOWN	无法找到主机，网站可能已经转移走了
18	NNTP SERVER ERROR	如果用户的网页浏览器不能找到新闻组的服务器，此信息便会打开。原因可能是该服务器已关闭，或用户输入了错误的服务器名称
19	TCP ERROR ENCOUNTERED WHILE SENDING REQUEST TO SERVER	当网络传送一些不合法或不完整的资料时，就会产生这种错误，再尝试连接一次即可

17.9 网站发布

为了更好地理解网站发布功能，下面介绍一下网站管理员是怎样将网站发布在网络中的。目前网络中最为常见的网站发布服务器软件是 Windows 系统中的互联网信息服务器（Internet Information Server，IIS），使用它可以发布网站、建立 FTP 站点、创建新闻服务和发送邮件，它可以运行在 Windows 2000 Server、Windows 2000 Advanced Server、Windows.NET Server、Windows 2000 Professional 以及 Windows XP 上，这几种平台中的配置方法基本相似。

本例中选用 Windows XP 中的 IIS 作为网站发布服务器软件。

17.9.1　网络配置

❶ 在桌面上右击图标"网上邻居"，在打开的菜单中选择"属性"命令，如图 17.40 所示。

❷ 在打开的"网络连接"窗口中选中"本地连接"图标，然后在右键菜单中选择"属性"命令，如图 17.41 所示。

此时将打开"本地连接 属性"对话框。如果用户的系统正常，在"此连接使用下列项目"列表框中会包含一个名为"Internet 协议（TCP/IP）"的选项，如图 17.42 所示。

实讲实训
多媒体演示

多媒体演示参见配套光盘中的\\视频\第 17 章\网络配置.avi。

图 17.40　选择"属性"命令 1

💡 **提示**

TCP/IP 是在 Windows XP 的安装过程中自动安装的，如果没有该选项，可以单击对话框中的"安装"按钮来添加。

---

❸ 双击该选项，打开"Internet 协议（TCP/IP）属性"对话框，在其中选中"使用下面的 IP 地址"单选按钮，如图 17.43 所示。

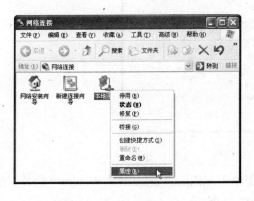

图 17.41　选择"属性"命令 2

图 17.42　"本地连接 属性"对话框

❹ 在"IP 地址"文本框中输入本机的 IP 地址，如果该服务器是在局域网中，须让网络管理员为用户分配一个；如果该主机位于 Internet，并已经申请了一个静态的 IP 地址，则输入此静态 IP 地址。这里输入"192.168.0.1"。

"子网掩码"是一组 32 位数值，IP 包的接收方可由此区分网络 ID 和主机 ID。通常连入 Internet 的子网掩码可设为 255.255.255.0。

"默认网关"是计算机访问网络时第 1 台可访问主机的 IP 地址，如果该服务器位于局域网中，则该项需要询问网络管理员；如果该主机位于 Internet 中，则询问提供静态 IP 地址的网络服务商。这里设为自身的 IP 地址"192.168.0.1"，如图 17.44 所示。

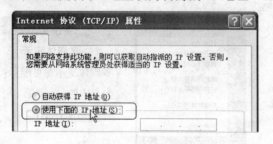 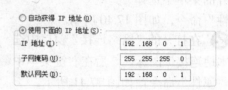

图 17.43 "Internet 协议（TCP/IP）属性"对话框   图 17.44 设置 Internet 协议属性

在"首选 DNS 服务器"文本框中输入 DNS 服务器的 IP 地址，"备用 DNS 服务器"文本框中要输入的是在无法访问首选 DNS 服务器时才会启用的 DNS 服务器的 IP 地址。

如果不清楚 DNS 服务器的地址，可以将这两项设为空。当访问网络时，计算机将自动从连入的网络中找到能够解析域名的服务器，只是时间会稍长一些。

17.9.2 安装与配置IIS

❶ 将 Windows XP 安装盘放到光驱中，打开控制面板，在其中双击"添加或删除程序"图标，如图 17.45 所示。

> 实讲实训
> 多媒体演示
> 多媒体演示参见配套光盘中的\\视频\第 17 章\安装与配置 IIS.avi。

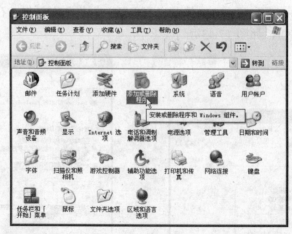

图 17.45 控制面板

❷ 在打开的"添加或删除程序"对话框中单击左侧的"添加/删除 Windows 组件"按钮，打开"Windows 组件向导"对话框，如图 17.46 所示。

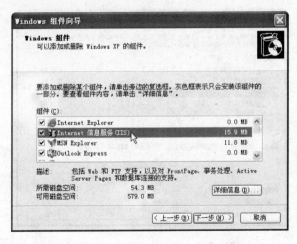

图 17.46　"Windows 组件向导"对话框

❸　双击列表框中的"Internet 信息服务"，在打开的"Internet 信息服务（IIS）"对话框中选中"Internet 信息服务管理单元"、"公用文件"、"万维网服务"、"文档"几个复选框，如图 17.47 所示。

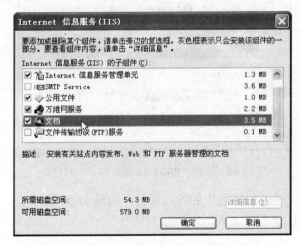

图 17.47　"Internet 信息服务（IIS）"对话框

提示

如果原来已经安装了某个选项，取消选中后将会删除该选项所代表的组件。

其中"万维网服务"选项前的复选框为灰色，表示该选项还有子选项，而且部分选项没有被选中。双击该选项，打开"万维网服务"对话框，在其中选中"万维网服务"复选框，如图 17.48 所示。

❹　连续单击"确定"按钮关闭"万维网服务"和"Internet 信息服务（IIS）"对话框，然后在"Windows 组件向导"对话框中单击"下一步"按钮，如图 17.49 所示。

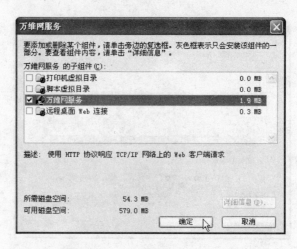

图 17.48 "万维网服务"对话框

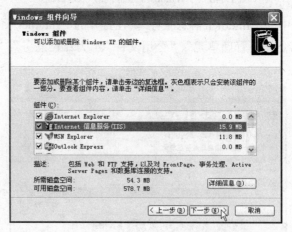

图 17.49 返回"Windows 组件向导"对话框

此时将开始复制文件并配置选中的各项服务，如图 17.50 所示。

几分钟后，系统打开"完成 Windows 组件向导"对话框，单击其中的"确定"按钮结束 IIS 组件的安装。

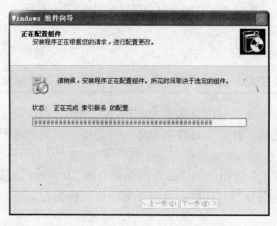

图 17.50 正在配置组件

17.9.3　打开IIS

IIS 安装成功后，在控制面板中双击"管理工具"图标，在打开的"管理工具"窗口中双击"Internet 信息服务"快捷方式图标，如图 17.51 所示，打开"Internet 信息服务"管理器，如图 17.52 所示。

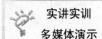

实讲实训
多媒体演示

多媒体演示参见配套光盘中的\\视频\第17 章\打开 IIS.avi。

图 17.51　"管理工具"窗口

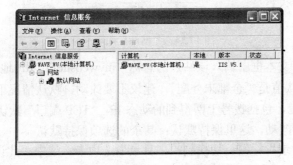

图 17.52　"Internet 信息服务"管理器

17.9.4　设定网站和主目录

❶ 在"Internet 信息服务"管理器中展开"本地计算机"|"网站"|"默认网站"，在"默认网站"上单击鼠标右键，在快捷菜单中选择"属性"命令，如图 17.53 所示。

实讲实训
多媒体演示

多媒体演示参见配套光盘中的\\视频\第 17 章\设定网站和主目录.avi。

图 17.53　选择"属性"命令

此时将打开"默认站点 属性"对话框，默认显示的是"网站"选项卡，其中的设置如图 17.54 所示。

图 17.54 "网站"选项卡

❷ 在"描述"文本框中输入该站点的名称"mywebsite"；"IP 地址"是 Web 服务器绑定的 IP 地址，默认值是"全部未分配"，建议不要改动，默认情况下，Web 服务器会绑定在本机的所有 IP 上，包括拨号上网得到的动态 IP；"TCP 端口"默认值为 80，用户可以根据自己的需要进行改动，这里保持默认；其余的选项保持默认。

❸ 单击"主目录"标签，切换到"主目录"选项卡，选中"此计算机上的目录"单选按钮后，单击本地路径右侧的"浏览"按钮，如图 17.55 所示。

图 17.55 "主目录"选项卡

❹ 在打开的"浏览文件夹"对话框中找到创建的目录 D:\mywebsite，如图 17.56 所示。

❺ 单击"确定"按钮关闭该对话框，此时"主目录"选项卡中的路径变为 d:\mywebsite，

如图 17.57 所示。

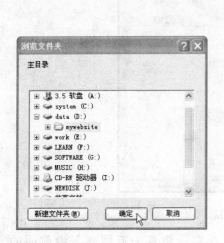

图 17.56　"浏览文件夹"对话框

图 17.57　设置后的"主目录"选项卡

17.9.5　设定默认文档

当用户在浏览新浪网时，只要在地址栏中输入"http://www.sina.com.cn"并按回车键确认，就能打开新浪网的首页，并不需要输入网页的文件名。这是因为设置了默认文档的缘故，这样当在浏览器请求没有指定文档的文件名时，会将默认文档返回给浏览器。

单击"文档"标签，切换到"文档"选项卡，如图 17.58 所示。

实讲实训
多媒体演示

多媒体演示参见配套光盘中的\\视频\第 17 章\设定默认文档.avi。

图 17.58　"文档"选项卡

默认文档列表中现在有 4 个文件名，当访问者用域名或 IP 地址访问网站时，IIS 将在站点主目录下首先寻找名为 Default.htm 的文档。如果找到了该文档，就会将该文档返回给访问者的浏览器；如果没找到，就会继续寻找列表中的下一个文件 Default.asp。如果所有列表中的文件都没有找到，就会显示一个错误信息页面，如图 17.59 所示。

图 17.59　错误信息页面

如果文件 Default.htm 和 Default.asp 同时存在，将首先返回列表中前面的文件 Default.htm。

为了首先返回文件 Default.asp，需要将 Default.asp 放到列表的最前面。选中 Default.asp，单击列表左侧的"上移"按钮，将选中的文档名称移到列表的顶部，如图 17.60 所示。

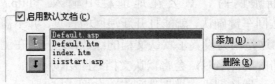

图 17.60　修改后的列表

17.9.6　设定文档目录权限

❶　单击"目录安全性"标签，切换到"目录安全性"选项卡，如图 17.61 所示。

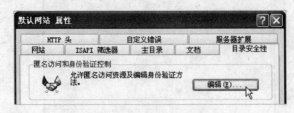

图 17.61　"目录安全性"选项卡

实讲实训
多媒体演示

多媒体演示参见配套光盘中的\\视频\第 17 章\设定文档目录权限.avi。

❷　单击"匿名访问和身份验证控制"选项组中的"编辑"按钮，打开"身份验证方法"对话框，如图 17.62 所示。

❸　在其中应确保已选中了"匿名访问"复选框；将匿名"用户名"修改为"IUSR_WAVE_WU"（其中"WAVE_WU"为计算机名）；另外，还要选中"允许 IIS 控制密码"复选框。

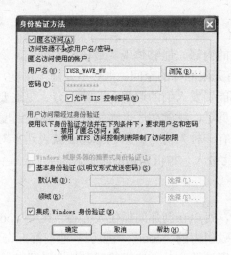

图 17.62 "身份验证方法"对话框

通过这样的设置，才能保证 Internet 用户都有访问该网站的权限。

17.10 提高网站访问量

17.10.1 注册一个好名字

要想让网友访问自己的网站，首先得让他们记住自己的网站，因此有一个好名字是很重要的。怎样算是一个好名字？总的来说，好的网站名字必须做到简单明了、内涵丰富，当然还必须有吸引力。

1. 简洁明了

这一点是显而易见的，要让人记住就必须简单。众所周知的新浪网，它的前身用的是 sinanet.com 这个域名，后来跟四通利方合并后，为了更简洁明了，换成现在的 sina.com。网易也把以前的 nease.net 和 netease.com 弃置一旁，现在对外宣传全部都改用 163.com，原因是后者比前者简短，更容易记忆。虽然有许多这样的名字已经被注册，但仍有大量未被使用过的字母、数字组合。

除了简洁，网站的名字最好还要能体现网站的基本特色。如 51job.com 就表达了这个网站所希望表达的一切："我要工作"。它能引起共鸣，与众不同，并且深入人心。

再比如看到 chinatea.com，用户马上就会想到它是一个中国茶的网站，看到 cars.com，很容易就想到是汽车业务网站。这些域名帮用户树立了旗帜，让它在商业活动中起到了更大的作用，其效果不言而喻。

另外，人们也可以赋予常见词汇新的含义，比如说让人们将 Apple（苹果）和电脑联系起来，将 Shell（壳）和石油联系起来。这种含义一旦建立起来就是一笔不小的财富，但这种方式对小公司来说显然不太现实，因为必须花费大量的广告费让消费者建立这样一个特殊的概念。

2．内涵丰富

一个域名应该有丰富的内涵，能够体现其最核心的价值。例如，百度搜索的网站域名选用了 baidu.com，让人有无限回味的空间。"众里寻她千百度，蓦然回首，那人却在灯火阑珊处"，百度这一名称能引发人们的遐想，韵味无穷。更重要的是，它体现了其最核心的价值：你不用再苦苦寻觅了，我就在灯火阑珊处等着你；百度一下，你就知道。

另外，有的域名还带有一种人情味，如 5i5j.com 就表达了对家的热爱，因此能引起很多人的共鸣，mycar.com 能给人一种很亲切的感觉。

3．有吸引力

一个有吸引力的域名，可以在刹那间抓住人的心。比如 cool.com，曾经看过或听过这个域名的人都被这个极具吸引力的"cool"所吸引，他们都好奇地想看看 cool.com 是个怎样的网站，并有打开这个网站的冲动。这样的域名就非常成功。

17.10.2　注册搜索引擎

除了上面提到的自动搜索的搜索引擎外，还有很多搜索引擎是需要注册的，sohu 就是最典型的例子。

一般搜索引擎的注册分为商务网站和个人网站两类。如果用户选择了商务网站注册，则在搜索得到的列表中它将显示在个人网站的前面，但同时用户也需交纳一定的费用；个人网站的注册是免费的，但也很难在众多的站点中找到用户注册的站点。

 提示

用户可以登录 http://add.sohu.com 访问搜狐主页了解详细的注册方法。

表 17.4 中列出的是当今常用网站搜索引擎的主要功能及简要介绍。

表 17.4　常用网站搜索引擎的主要功能及简要介绍

站名	主要功能	范围	简要介绍
雅虎	分类目录、网站检索、全文检索	全球	收录非常丰富、分类科学细密、归类准确、提要简练严格、部分网站无提要。英文版网站功能十分齐全
搜狐	分类目录、网站检索	大陆	收录丰富、分类科学、类目缜密、网站提要或简或无，提供新闻等其他服务
新浪	分类目录、网站检索	全球	收录比较丰富、分类合理、网站提要或有或无，检索部分与"四通"相同
天网	全文检索、新闻组、FTP 检索	大陆	北大计算机系开发的无分类查询引擎，更新较快、功能规范，能很快搜取大量的 FTP 站点和网页

17.10.3　友情链接

与相关或有业务往来的站点交换友情链接是提高访问量的一个有效途径。比如说"北大资产管理部"网站就可以和北大其他部门、其他兄弟院校、教育管理部门等单位交换链接。要想让别人给我们做友情链接，我们当然也必须在自己的页面中做上别人网站的链接。在首页左下方放上的网站链接如图 17.63 所示。

图 17.63　网站首页上的友情链接

友情链接的站点如果比较少，一般在主页不是很显眼的位置放上文字或图片的链接就可以了；如果链接站点很多，也可以单独制作一个网页。

17.10.4　其他方式

除了上面的方式以外，也可以向注册用户发送电子邮件，宣传新的网站，通报新闻，但要注意，不要发送垃圾邮件。另外，在公司职员的名片上、宣传广告册上印上公司的网站显然也是个不错的主意。

17.11　申请域名

17.11.1　IP地址

通过超文本传输协议，客户端浏览器可以找到服务器，而且服务器也可以知道是谁在申请页面。网上的机器那么多，别人怎么知道哪台机器就是发出请求的主机？这里就需要给全世界所有连上网络的机器都设置一个编号，这个编号就是 IP 地址。这个编号用 4 组十进制数字表示，每组数字取值范围为 0~255，一组数字与另一组数据之间用英文句点作为分隔符。

比如北京大学的 WWW 服务器的 IP 地址是 162.105.129.12。用户在 IE 浏览器的地址栏中直接输入"http://162.105.129.12"也可以访问北京大学网站首页。

17.11.2　域名管理系统

对于用户而言，最大的问题是 IP 地址非常难记，很不形象。为了让主机地址好记且比较形象，1985 年提出了域名管理系统（Domain Name System，DNS），该系统提出了一套比较完善的解决方案。这里的域名指的就是 sohu.com、263.net 这样的名称，比如说，新东方的主机域名就是 www.getjob.com.cn。其中的 cn 代表的是中国，一般最高层域名都是国家或地区代号，com 代表组织机构性质，getjob 代表网站设计的注册名称，www 代表网站服务器的主机名。

比较规范的命名格式为：主机名.组织机构注册名.组织机构性质.最高层域名。这就好像家庭住址，比如中国北京市海淀区中关村大街 11 号。

一般情况下，发布网站的主机名都叫 www，这也就是为什么网上的域名大多是以 www

打头的原因。当然也不排除有很多网站为了让名字更容易记住，使用的是更短的名称，比如 263.net。

组织机构注册名最好用公司的名称，组织机构性质目前主要有以下 5 种：

- com　商业组织、公司，如 sohu.com。
- edu　教研机构，如 pku.edu.cn。
- gov　政府部门，如 beijing.gov.cn。
- net　网络服务商，如 263.net。
- org　非盈利组织。

最高层域名一般是每一个国家或地区的域名，如 cn（中国）、jp（日本）、uk（英国）、us（美国）、hk（中国香港）、tw（中国台湾）等。这里的香港和台湾由于历史原因，是作为单独的地区出现的，我们希望也坚信有这么一天，在台湾和香港的各种机构申请域名时，都可以非常自豪地申请到以.cn 结尾的域名。

17.11.3　域名注册步骤

关于网站域名的注册有两种情况，主要和用户公司目前的网络状况有关。

如果用户所在的公司已经有了公司的域名，而且配置了网络中的域控制器，此时可以通过 DNS 服务添加一个新的网站域名，这部分内容一般由公司的网络工程师或者系统管理员来完成。

如果用户所在的公司还没有申请域名，就必须向域名注册单位提出申请。具体的注册方法一般有两种，一种是通过 E-mail 方式进行注册，另外一种是在线填写注册申请表。通过 E-mail 申请就是将要申请域名的相关数据全部以邮件的形式发送到域名服务商那里，他们会根据用户提供的信息开通新的域名。如果用户对要填写什么内容不是很熟悉的话，最好采用在线申请的方式。

1．填写申请表

首先登录到域名注册网站，在域名服务项目中打开域名申请表页面，然后填写域名申请。

当申请表提交后，注册服务器会检查是否已经有单位注册或预注册，如果没有其他单位注册或预注册，就会告诉用户现在还没有其他用户要注册该域名，可以申请；如果已经有单位注册或预注册了用户使用的名称，用户需要返回上一步重新开始注册，直到没有这个域名为止。

2．材料审核

申请提交成功后，用户需要邮寄域名申请材料或亲自递交申请材料，如果材料不合格，一般域名管理公司会电话通知原因或者发出E-mail；如果材料合格，将进入注册材料的审核。

经过审核后，用户会收到是否通过的通知。如果通过，用户就可以交费并获得域名注册证。如果没有通过，他们会通知用户具体的原因，此时用户还要重新申请。

3. 交费发证

一般交费会有一定的期限，用户需要及时将注册费用送到域名注册公司。交费后他们会发给用户一个域名注册证，这是有法律效应的文件。

一般域名注册公司会在收到申请材料后的 5 个工作日内开通域名，收费后 10 个工作日内寄出注册证。目前比较著名的域名服务商有万网、263、163 等。

17.12　练 习 题

1．如果用户所在的公司没有自己的网站发布服务器，可以申请一个网站空间，然后按照网站空间提供商提供的 FTP 登录管理信息，利用 Dreamweaver 上传站点文件并进行远程管理。

2．如果用户所在的公司有自己的网站发布服务器，可以将站点文件直接拿到服务器上用 IIS 进行发布。

Dreamweaver CS3

第 18 章

常 用 技 巧

本章导读　　网站制作中有很多技巧性的东西，这里集中作一些介绍，希望对大家有所帮助。这些技巧主要包括如何学习别人的优秀作品和如何提高建站效率两个方面的内容。

内容要点　1．学习优秀网页的制作方法
　　　　　　2．与 Fireworks 的结合
　　　　　　3．导入 Word 文档

18.1　学习优秀网页的制作方法

18.1.1　用Dreamweaver查看网页

网上有些网页做得很精美，大家很自然就想知道别人是怎么做的。比如当看到如图 18.1 所示的页面时，第一反应就是将它保存到自己的硬盘上。

实讲实训
多媒体演示

多媒体演示参见配套光盘中的\\视频\第 18 章\用 Dreamweaver 查看网页.avi。

图 18.1　保存下来的页面

❶ 双击打开光盘目录 Exercise\skills 下的网页文件 home.htm，将其在浏览器中打开。然后在浏览器中选择菜单命令"文件"|"另存为"，打开"保存网页"对话框，如图 18.2 所示。

图 18.2 "保存网页"对话框

❷ 在对话框中选择保存类型为"网页，全部"，并在"文件名"文本框中输入文件名，这里取名为"home"，选择保存位置后将网页保存起来。

此时在用户选择的硬盘目录中除了刚才输入的 HTML 文档外，还有一个文件夹，其中放置的是网页中用到的图片文件等，如图 18.3 所示。

下面用 Dreamweaver 打开网页。选中 home.htm，然后单击右键，在打开的菜单中选择"打开方式"|Dreamweaver CS3 命令，如图 18.4 所示。

图 18.3 保存下来的网页文件

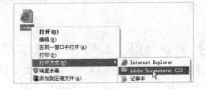

图 18.4 使用 Dreamweaver CS3 编辑

在 Dreamweaver 的编辑区中打开的网页如图 18.5 所示。

图 18.5 编辑区中的网页

通过这种方式，用户可以很清楚地看出整个页面的表格结构，此时可以学习其他设计师是怎样用表格实现页面结构的。

18.1.2 将网页转换为效果图

有时用户想得到网页的效果图可以用 Fireworks 实现，这里将刚才保存下来的网页转变成效果图。

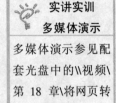

实讲实训
多媒体演示

多媒体演示参见配套光盘中的\\视频\第 18 章\将网页转换为效果图.avi。

展开"开始"菜单，通过"程序"组启动 Fireworks CS3，如果还没有安装该软件，可以从 Adobe 官方网站上下载一份试用版并将其安装在自己的计算机上。

❶ 在 Fireworks 窗口中选择菜单命令"文件"|"新建"，新建一个文档，将文件的尺寸设为 780×500。然后选择菜单命令"文件"|"导入"，在打开的"导入"对话框中找到刚才保存下来的网页文件，如图 18.6 所示。

图 18.6 "导入"对话框

❷ 单击"打开"按钮回到编辑窗口，此时鼠标由箭头变为直角。将鼠标移动到图形区域的左上角，按下鼠标左键拖曳鼠标，出现一个虚线框，这个虚线框的大小就是导入文件生成图形的大小，如图 18.7 所示。松开鼠标后，编辑窗口中出现了生成的图像，如图 18.8 所示。

此时用户不仅可以看到被导入的图片，而且图片上的切片也有了。用户可以根据效果图上的切片分析为什么这个页面要这样进行切片。当然，最后不要忘了把它保存起来，这样用户就有了一个 PNG 格式的源文件。

图 18.7 拖曳出一个虚框

📌 提示

在导入 HTML 文档时，用户应该不但有 HTML 文件，而且网页中用到的图像文件也必须存在，这样 Fireworks 才能把它们变成一张完整的效果图。

利用这种方法可以将页面变成可编辑的图片，利用它，大家可以学习很多优秀的页面。

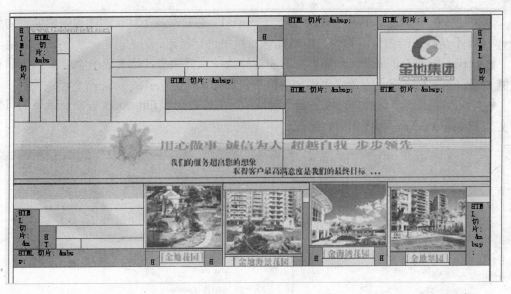

图 18.8　导入后的图像

18.2　与Fireworks的结合

Dreamweaver 和 Fireworks 同是 Adobe 公司的产品，Adobe 公司从软件设计时就考虑到两者的结合。随着软件版本的不断升级，这种结合可以说日臻完美。

18.2.1　设定外部编辑器

1 在 Dreamweaver 中选择菜单命令"编辑"|"首选参数"，打开"首选参数"对话框，然后切换到"文件类型/编辑器"面板，如图 18.9 所示。

实讲实训
多媒体演示

多媒体演示参见配套光盘中的\\视频\第 18 章\设定外部编辑器.avi。

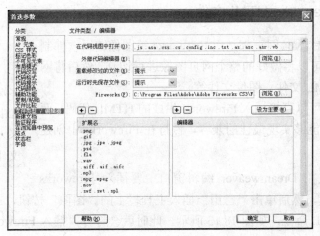

图 18.9　"文件类型/编辑器"面板

如果计算机中安装了 Fireworks，那么 Fireworks 会自动成为默认的图像编辑器。如果 Fireworks 不是默认的图像编辑器，可以在该面板中进行指定。

❷ 在左侧的"扩展名"列表框中选中要修改的文件类型，这里选中".png"，然后在右侧"编辑器"列表框上方单击"添加"按钮，如图 18.10 所示。

❸ 此时将打开"选择外部编辑器"对话框，在其中找到 Fireworks 安装目录下的可执行文件 Fireworks.exe，如图 18.11 所示。

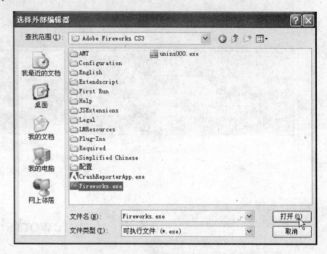

图 18.10　单击"添加"按钮　　　　　图 18.11　"选择外部编辑器"对话框

❹ 选中该文件，然后单击"打开"按钮，此时 Fireworks 就出现在"编辑器"列表框中，如图 18.12 所示。

❺ 如果此时 Fireworks 不是默认的 PNG 图像编辑器，选中该选项后，单击"设为主要"按钮。

图 18.12　"编辑器"列表框

❻ 单击"确定"按钮关闭对话框，重新启动 Dreamweaver 后，Fireworks 就成为 PNG 图像的默认文件编辑器了。

18.2.2　插入Fireworks HTML文件

实际上，很多 HTML 网页都是用 Fireworks 等图像编辑软件制作出来。图像软件可以将做好的整个网页图像进行切割，然后将网页图像导出为 HTML 文件、图像文件等。

Dreamweaver 可以直接插入 Fireworks 生成的 HTML 代码，两个软件创建的代码能够实现最佳的兼容，保持在 Fireworks 中创建的各种效果。

❶ 将光标放在 Dreamweaver 编辑窗口中要插入 Fireworks HTML 文件的位置，然后单击"常用"插入工具栏上的"图像"按钮，在展开的菜单中选择 Fireworks HTML 命令，如图 18.13 所示。此时就会打开"插入 Fireworks HTML"对话框，如图 18.14 所示。

🔖 **实讲实训**
多媒体演示

多媒体演示参见配套光盘中的\\视频\第 18 章\插入 Fireworks HTML 文件.avi。

图 18.13　选择 Fireworks HTML 命令　　　图 18.14　"插入 Fireworks HTML"对话框

❷ 在"Fireworks HTML 文件"文本框中填写 HTML 文件的路径,也可以单击"浏览"按钮找到 HTML 文件。

如果选中"插入后删除文件"复选框,就可以在插入源代码后将 Fireworks 生成的源代码文件删除。

❸ 设置完毕后,单击"确定"按钮关闭对话框,就会将选中的 HTML 文件导入到文档中。

18.2.3　编辑网页中的图像

用户经常需要调整网页中的图像,如果按照传统方法,就要在不同的软件之间不停地转换文件格式,非常麻烦。现在有了 Dreamweaver 和 Fireworks,这些修改就变得非常轻松了。

❶ 首先打开要修改的文件 index.htm,然后选中要编辑的图像,如图 18.15 所示。在"属性"面板上单击"编辑"按钮,如图 18.16 所示。

> 实讲实训
> 多媒体演示
>
> 多媒体演示参见配套光盘中的\\视频\第 18 章\编辑网页中的图像.avi。

图 18.15　选中图像　　　　　　　　　图 18.16　单击"编辑"按钮

此时将打开"查找源"对话框,询问是对 PNG 文件进行编辑还是对选中的文件进行编辑,如图 18.17 所示。

图 18.17　"查找源"对话框

②　如果有源文件，应该单击"使用 PNG"按钮，在打开的对话框中找到源文件进行编辑；如果没有源文件，应该单击"使用此文件"按钮，将会打开网页中用到的图像并进行编辑。由于这里没有该图片的源文件，因此单击"使用此文件"按钮，此时将在 Fireworks 中打开该图像，如图 18.18 所示。

③　对图像进行修改后，单击编辑窗口顶部的"完成"按钮即可。此时 Dreamweaver 中的图像将会被更新。

图 18.18　打开 Dreamweaver 中的图像

18.2.4　优化网页中的图像

用户经常需要优化网页中的图像，由于优化是一个反复调整的过程，因此操作过程必须非常简洁，而 Dreamweaver 正好做到了这一点。

①　在 Dreamweaver 中选中要优化的图片，然后选择菜单命令"命令"|"优化图像"，此时将会打开 Fireworks 的图像优化窗口，如图 18.19 所示。

实讲实训
多媒体演示

多媒体演示参见配套光盘中的\\视频\第 18 章\优化网页中的图像.avi。

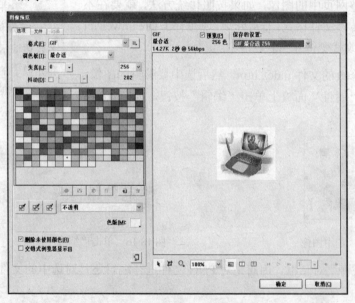

图 18.19　Fireworks 的图像优化窗口

②　设置好图像的各项优化参数后，单击"更新"按钮，就可以更新网页中的图像了。如果在"查找源"对话框中打开了源文件，图像的优化设置也将被保存到源文件中。

18.2.5　创建网站相册

现在很多人有了数码相机，如果要将拍摄的照片优化、制作预览图像、制作图片导航网页，使用传统方法会非常烦琐，但现在使用 Dreamweaver 的"创建网站相册"命令可以快速完成上面的操作。

　　Web 相册是非常常见的页面形式,用户可以将同学的照片放在网上发布,也可以让全世界的人都认识用户幸福的家庭。如果用户想制作一个相册,使用 Dreamweaver 的命令一步就能完成。

实讲实训
多媒体演示

多媒体演示参见配套光盘中的\\视频\第 18 章\创建网站相册.avi。

　❶　首先在硬盘上创建一个文件夹,这里在站点目录 Exercise\skills 中创建一个子文件夹"web 相册",后面它将作为网页相册站点的根目录。将处理好的图片全部放在该文件夹中。

> **提示**
>
> 本例用到的素材放在站点目录"Exercise\skills\相册源文件"中。

　❷　在 Dreamweaver 中选择菜单命令"命令"|"创建网站相册",打开"创建网站相册"对话框,如图 18.20 所示。

图 18.20　"创建网站相册"对话框

"创建网站相册"对话框中各选项的设置方法如下:

- 相册标题　用来设定网站相册的标题。
- 副标信息　用来设定网站相册的副标题。
- 其他信息　用来设定其他信息。
- 源图像文件夹　用来设定源图像所在的文件夹。
- 目标文件夹　用来设定放置生成图像和网页的文件夹。
- 缩略图大小　用来设定预览图像的大小,单位为像素。这里从中选择 100×100,也就是将缩略图长度或宽度定为 100 像素。
- 显示文件名称　用来设定图像下方是否显示图像的文件名。
- 列　用来设定图像共分为几列。
- 缩略图格式　用来设定预览图像的格式以及图像的质量。由于缩略图只是为了让人知道其中主要有什么内容,图像质量差一点问题不大,因此这里选择"JPEG-较小文件"选项,也就是采用 JPEG 格式来存储照片,并且优先保证文件体积。
- 相片格式　用来设定图像源文件优化的格式。因为这是最终要看的图像,质量要高一些,因此选择"JEPG-较高品质"选项。

- 小数位数　用来缩放图像，可以在"小数位数"文本框中直接输入缩放百分比。
- 为每张相片建立导览页面　选中后会为每张相片创建 HTML 网页以及网页之间的导航结构。

设置好各项参数后的"创建网站相册"对话框如图 18.21 所示。

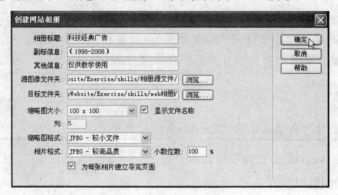

图 18.21　"创建网站相册"对话框

❸ 单击"确定"按钮，此时系统将自动打开 Fireworks，对所有的图像进行批处理，然后用 Dreamweaver 自动创建网页，此时目标文件夹中出现许多文件和文件夹，如图 18.22 所示。

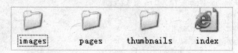

图 18.22　生成的网站相册文件夹

❹ 双击其中的 HTML 文件，此时的首页如图 18.23 所示。
❺ 单击其中的缩略图，可以查看其对应的大图，如图 18.24 所示。

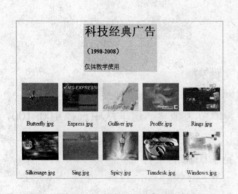

图 18.23　生成相册的首页　　　　　　　　图 18.24　相册中的大图

如果用户对这些网页效果不满意，可以将文件夹"web 相册"定义为站点的根目录，然后在 Dreamweaver 中打开其中的网页文件进行编辑。很显然，此时的工作量已经少了许多。

18.3 导入Word文档

在 Dreamweaver 中还可以导入 Microsoft Word 文档。

❶ 首先打开站点目录 Exercise\skills 下 的 Word 文 档 "用 Dreamweaver 查看网页.doc",然后在 Word 中选择菜单命令"文件" | "另存为 Web 页"。此时将打开"另存为"对话框,首先从"保存位置"下拉列表框中找到要保存网页的文件夹,然后在"文件名"文本框中输入网页的文件名,如图 18.25 所示。

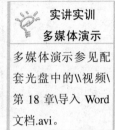

实讲实训
多媒体演示

多媒体演示参见配套光盘中的\\视频\第 18 章\导入 Word 文档.avi。

图 18.25 "另存为"对话框

❷ 单击"保存"按钮后,将在选定的文件夹中出现保存下来的网页文件,该网页中用到的所有图片等文件都存放在同级目录下的文件夹 dreamweaver.files 中,如图 18.26 所示。

❸ 双击网页文件,在浏览器中打开该文件,然后在浏览器窗口中选择菜单命令"查看" | "源文件",如图 18.27 所示。

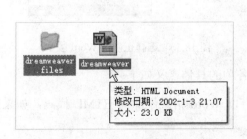

图 18.26 保存下来的网页文件

图 18.27 选择菜单命令

此时将在记事本中打开该网页中的 HTML 代码,从中可以看到,这些代码非常冗长,如图 18.28 所示。因此有必要对这些代码进行精简,清除多余的代码,这项工作可以用 Dreamweaver 完成。

图 18.28　网页中的 HTML 代码

在 Dreamweaver 中打开该网页，然后选择菜单命令"命令"|"清理 Word 生成的 HTML"，打开"清理 Word 生成的 HTML"对话框，如图 18.29 所示。

该对话框中有两个选项卡，它们分别为"基本"和"详细"，一般只要对"基本"选项卡进行设置就可以了。

首先在"基本"选项卡中选择正确的 Word 版本，由于这里的 HTML 是用 Word 2002 生成的，因此选择"Word 2000 及更高版本"选项，如图 18.30 所示。

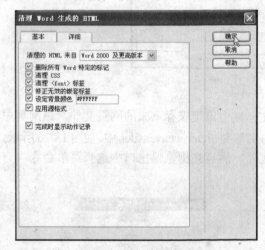

图 18.29　"清理 Word 生成的 HTML"对话框　　　图 18.30　选择正确的 Word 版本

然后在下面的选项中选择要清理的类别，各项的具体含义如下：

- 删除所有 Word 特定的标记　清除所有以 Word 格式添加的 HTML 代码，如果想进行更进一步的设置，切换到"详细"选项卡。
- 清理 CSS　清除所有根据 Word 格式设定的 CSS 样式。如果要进一步设定，切换到"详细"选项卡。
- 清理<font>标签　清除所有的文字格式，文档中的文字变为默认的 2 号字。
- 修正无效的嵌套标签　清除段落外围的文字设定，包括标题级别的设定。
- 设定背景颜色　设定文档背景的颜色。

- 应用源格式　应用用户在 Dreamweaver 中对源代码的设置。
- 完成时显示动作记录　在清除多余代码操作结束时显示日志信息。

这里将所有的选项全部选中。

如果还要对更细致的信息进行设定，可以切换到"详细"选项卡进行选择，如图 18.31 所示。

这里选中全部，将与 Word 相关的样式和格式全部清除。

设定完后单击"确定"按钮，软件会自动执行对代码的优化，执行完成后，会自动打开一个消息框报告清除后的结果，如图 18.32 所示。

图 18.31　"详细"选项卡

图 18.32　清除后的结果

最后将网页保存下来，再次打开源代码，就会发现代码"清爽"了很多，格式也比较规范了，如图 18.33 所示。

```
dreamweaver - 记事本
文件(F) 编辑(E) 格式(O) 查看(V) 帮助(H)
<html>
<head>
<meta http-equiv=Content-Type content="text/html; charset=gb2312">
<link rel=Edit-Time-Data href="dreamweaver.files/editdata.mso">
<title>用Dreamweaver查看网页</title>
<style>
<!--
.a        {text-align:center;
           font-size:9.0pt;
           font-family:"Times New Roman";}

.a3       {text-align:center;
           font-size:10.5pt;
           font-family:"Times New Roman";
           color:black;}

.a4       {text-align:center;
           font-size:9.0pt;
           font-family:"Times New Roman";
           color:black;}

.aa       {text-align:center;
```

图 18.33　清除后的源代码

如果觉得这个方法比较烦琐，还有一个更为简单的方法，那就是直接导入 Word 文档。

❶ 打开 Dreamweaver 后新建一个网页，然后选择菜单命令"文件"|"导入"|"Word

文档"，如图 18.34 所示。

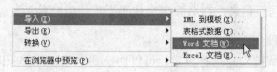

图 18.34 选择菜单命令

❷ 在打开的"打开"对话框中找到站点目录 Exercise\skills 下的 Word 文档"用 Dreamweaver 查看网页.doc"，如图 18.35 所示。

❸ 选中该文件后，单击"打开"按钮，就可以将 Word 文档中的内容导入到网页中了。

❹ 保存文件后，Dreamweaver 会将 Word 文档中的图像存放在站点的根目录下，如图 18.36 所示。

图 18.35 "打开"对话框　　图 18.36 本地站点根目录下新生成的图片文件

如果用户觉得图像文件的位置不合适，可以在 Dreamweaver 的"文件"面板中移动图像文件的位置。

18.4 练习题

1. 在网络上收集一些漂亮的网页，并将它们转换为效果图。
2. 收集一些自己的照片，然后用命令创建一个网页相册。